ullstein

CLAUDIUS CRÖNERT

DAS EWIGE LICHT VON NOTRE-DAME

Historischer Roman

Ullstein

Besuchen Sie uns im Internet:
www.ullstein.de

Wir verpflichten uns zu Nachhaltigkeit
- Klimaneutrales Produkt
- Papiere aus nachhaltiger Waldwirtschaft und anderen kontrollierten Quellen
- ullstein.de/nachhaltigkeit

MIX
Papier
FSC FSC® C083411

Originalausgabe im Ullstein Taschenbuch
1. Auflage September 2022

Umschlaggestaltung: zero-media.net, München
Titelabbildung: ©akg-images (Notre-Dame mit Landschaft);
©Brooklyn Museum of Art / Bridgeman Images (Muster);
©Florilegius / Bridgeman Images (Bildrand)
Gesetzt aus der Albertina powered by *pepyrus*
Druck und Bindearbeiten: CPI books GmbH, Leck
ISBN 978-3-548-06643-1

Wir steigen in die wiegenden Gerüste,
in unsern Händen hängt der Hammer schwer,
bis eine Stunde uns die Stirnen küsste,
die strahlend und als ob sie alles wüsste
von dir kommt, wie der Wind vom Meer.

Rainer Maria Rilke (aus »Werkleute sind wir«)

Prolog

Die Stadt schläft.

Kein Wunder, es ist ein früher Sonntagmorgen und noch einige Stunden hin, bis die Kirchenglocken läuten und der Gottesdienst beginnt. Da macht sich's mancher bequem und ruht aus von sechs Tagen Plackerei. Der eine oder andere dreht sich noch einmal im Bett herum und tastet nach seiner Frau neben ihm oder fasst sich an den pochenden Schädel, denn am Ende der Woche neigen die Leute dazu, zu viel unverdünnten Wein zu trinken, und am Morgen zahlen sie den Preis dafür.

Ich bin allein auf dem Kirchhof. Nur die Vögel zwitschern bereits. In den halbhohen Sträuchern, die diesen geweihten Ort begrenzen, sitzen sie und singen ihre Lieder. Ob Sonntag oder Montag, das ist ihnen ganz egal, und der himmlische Vater nährt sie doch, wie der Evangelist sagt.

Ich bin allein, und ich habe Zeit.

Auch in diese Pfarrkirche werden bald die Gläubigen strömen. Dann wundern sie sich vielleicht, was ein einzelner Mann hier an den Gräbern macht, und winken mich zu sich. Ich werde sie übersehen. Es ist mir nicht leichtgefallen, doch ich habe gelernt, stur zu sein. Wenn ich mir etwas in den Kopf gesetzt habe, bleibe ich dabei. Das ist heute der Fall. Ich will Euch meine Geschichte erzählen, Meister. Sie hat viel mit Euch zu tun.

Der Sommer ist vorbei. An den ersten Bäumen färbt sich das Laub, und die Sonne hat nicht mehr die Kraft, einen ins Schwitzen zu bringen. Passender wäre es, ich stünde im Frühling hier; das hätte etwas Rundes, einen Anfang und ein Ende, die sich harmonisch fügen. Doch es geht nicht immer alles auf, auch das habe ich im Laufe der Jahre begriffen. Das wahre Ziel ist, das Beste aus dem zu machen, was man hat.

So oder so ähnlich lautet, glaube ich, der Leitsatz meines Lebens.

I

1237

An einem Sonntag im April kam ich zum ersten Mal in meinem Leben nach Paris.

Zwei Tage waren wir gewandert, Vater oft einige Schritte vor mir, und ich sah immerzu seinen Rücken und den Stab, den er bei jedem zweiten Schritt in die Erde stieß. Seine Schritte waren weit, der Gang stapfend, den Kopf hielt er meistens gesenkt.

Schon aus der Ferne konnte ich die Stadt am Horizont ausmachen. Zunächst war sie vom Waldrand und den Feldern aus gesehen nur ein schwarzer Punkt in der Landschaft. Beim Näherkommen dehnte er sich langsam aus, wurde ein Fleck, dann ein Fels, nahm scharfe Konturen an und war am Ende größer als alles, was ich bis dahin gesehen hatte.

Alles hatte gewaltige Ausmaße, selbst die Schlange, die sich vor dem südlichen Tor gebildet hatte. Eine endlose Reihe von Ochsenkarren stand da, einer hinter dem anderen. Die Bauern aus den umliegenden Dörfern, die selbst am Tag des Herrn die Stadt versorgten, warteten auf Einlass. Die meisten saßen zusammengesunken auf ihren Kutschböcken, dämmerten in einer Art Halbschlaf, während ihre Tiere die Köpfe zum Wegrand gedreht hatten und die letzten Grasbüschel aus dem sandigen Boden zu ziehen versuchten.

Vater wartete auf der gegenüberliegenden Straßenseite auf mich. Sicherlich fürchtete er, mich im Gedränge zu verlieren. »Pierre, trödle nicht«, rief er. »Komm endlich.«

Für Fußgänger gab es ein eigenes kleineres Tor. Die Wachsoldaten, mit Piken bewaffnet, winkten uns hindurch, genauso wie all die Händler, Musikanten, Bettelmönche und sonstigen Reisenden, die mit uns Einlass begehrten. Ich war erschöpft, außerdem hatte ich Durst. Mein Wasserschlauch war leer.

Unterwegs hatte ich mir oft vorgestellt, dass meinen Vater sein Gewissen quälte, weil er mich mit dreizehn Jahren weggab. Wissen konnte ich das nicht, er redete zwar mit mir, wenn wir zwischendurch nebeneinander gingen, doch kaum über das, was ihn beschäftigte. Stattdessen benannte er die Bäume des Waldes und die Vögel, die wir hörten, und zeigte mir, welche Beeren essbar waren und von welchen ich lieber die Finger ließ.

Sein Lieblingsthema aber war das Bauen, und er sprach viel über die Kathedralen, die überall im Land entstanden, gedacht zur höchsten Ehre Gottes, große Kirchen, die alles überragten, was je von Menschenhand geschaffen worden war. Jede französische Stadt, die etwas auf sich hielt, wollte eine haben, auch Chartres, von wo wir kamen. Ich kannte die Baustelle der dortigen Kathedrale und hatte deshalb eine Vorstellung von dem, was er mir vermittelte, von der Höhe der Mauern, den spitzen Bögen und den schlanken Türmen.

Paris kam mir vor wie ein gigantischer Ameisenhaufen. Menschen und Fuhrwerke, die alle ein Ziel hatten, unzählige Häuser, immer neue Märkte für Getreide, Obst und Gemüse, für lebende Tiere und für geschlachtetes Vieh, für gesponnene Wolle, Kleidung und Schuhe, ein wenig abseits auch für schützende Amulette, Hellseherei und andere heidnische Gebräuche. Dazu ununterbrochener Lärm und beißender Gestank. Jemandem wie mir, der nicht viel mehr als unser überschaubares Chartres kannte, kam all das unwirklich vor.

Ein nie abreißender Strom von Menschen bewegte sich durch die lehmigen Straßen und die engen Gassen, Männer genauso wie Frauen, und alle trugen irgendetwas bei sich. Auch eine Menge Kinder waren unterwegs. Ich bekam vor Staunen den Mund kaum zu. Am liebsten wäre ich stehen geblieben und hätte dem Treiben zugeschaut, doch Vater drängte vorwärts, und inzwischen fürchtete auch ich, wir könnten uns verlieren. Er kannte den Weg, während ich keine Ahnung hatte, wo wir waren oder wohin wir mussten.

Die Häuser und Hütten standen meist dicht an dicht, eine Wand lehnte sich an die nächste. Die meisten von ihnen waren mit Schilf gedeckt, und ihre Fensterläden waren geschlossen, sodass sie abweisend wirkten. In der Straßenmitte lief der Unrat durch eine steinerne Rinne. Ich fragte mich, ob die Anwohner in ihren Höfen keine Gruben hatten. Kannte man so etwas in Paris nicht?

Die Gerüche verschlugen mir den Atem, während der Lärm der Stadt in mich eindrang wie ein Messer in einen weichen Käse. Leute stritten oder lachten, beides gleich laut. Vor mir gingen zwei Frauen Hand in Hand und sangen ein lustiges Lied, wobei sie ihre Arme im Takt schwenkten. Ein Bauer mit rotem Kopf brüllte seinen unbeweglichen Ochsen an und wedelte mit der Knute vor seinen Augen. Hinter ihm drängten drei Reiter in edler Kleidung, adelige Herren, Pelze an ihren Umhängen, gewohnt, dass man ihnen Platz machte. Der eine von ihnen zog sein Schwert und befahl dem Bauern, den Weg freizugeben. Dessen Ochse aber rührte sich nicht. Der Bauer brüllte noch lauter und begann, auf das Tier einzuschlagen. Dabei wurde sein Kopf dunkelrot und sah aus, als würde er gleich platzen.

Ich konnte nicht bleiben und den Ausgang der Auseinandersetzung abwarten, mein Vater war schon wieder ein ganzes Stück vor mir. Er schien keinen Blick für die Stadt zu haben, sondern stieß seinen Wanderstab wieder in den Lehm und stapfte immer weiter. Ich rannte hinter ihm her und holte ihn kurz vor dem Flussufer ein, wo Angler bis zu den Knien im Wasser standen und ihre Ruten ausgeworfen hatten.

Die Seine war genauso befahren wie die großen Straßen. Obwohl es kaum Wind gab, flatterten bunte Segel auf dem Wasser, dazwischen fuhren Ruderkähne, große wie kleine, alle beladen, manche so sehr, dass sie zu tief lagen und Wasser über die Bordwand hineinschwappte.

Ich fragte mich, ob in einer Stadt wie Paris der Sonntag überhaupt eine Bedeutung hatte. Glaubten die Bürger hier an denselben Gott wie wir in Chartres, an den, der, nachdem er die Erde erschaffen hatte, nicht nur selbst am siebten Tag ruhte, sondern von uns Menschen verlangte, es ebenso zu halten? Meinem Vater konnte ich diese Frage nicht stellen, er war schon wieder voraus.

Er bog ab, weg vom Wasser. Offenbar wohnten die Leute, zu denen er wollte, auf dieser Uferseite. Doch dann blieb er plötzlich stehen und wirkte unentschlossen. Sein Kopf bewegte sich erst in die eine, dann in die andere Richtung. Er drehte um. Nahm doch die Brücke.

Ich eilte ihm hinterher.

Mir kam es vor, als ob die Gassen auf der anderen Seite des Flusses noch einmal enger und voller waren. Überall Menschen und Tiere, ein einziges Gewühl. Die Mitte von Paris, das Herz des Ameisenhaufens.

Ich griff nach dem Saum von Vaters Kittel und hielt mich daran fest. Tapste ihm hinterher und schaute erst wieder auf, als er an einem Holzzaun haltmachte.

Als ich zwischen den Latten hindurchlinste, erblickte ich eine Baustelle, so groß, dass sie weder Anfang noch Ende zu haben schien. Ein Himmelsschiff, dachte ich. Entweder eins, das gerade gebaut wurde. Oder aber eins, das hier gelandet war, und Gott selbst hatte den Handwerkern befohlen, es wieder flottzumachen.

Der Platz war am Sonntag menschenleer, doch es gab deutliche Spuren, die mir zeigten, dass viele von ihnen Seinem Aufruf gefolgt waren. Eine Menge Leitern und Bottiche waren ordentlich aufgereiht, leere Wagen und Karren standen dort nebeneinander. Die Wände des Gebäudes in ihrer unterschiedlichen Höhe bildeten Absätze mit scharfen Kanten. Sie waren aus dem gleichen grauen Stein gemauert, wie er in Paris für die Häuser verwendet wurde. Das ganze Gebilde, ohne Fenster und Dach, sah aus wie das Skelett eines Riesen. An vielen Mauern waren Gerüste befestigt, und es gab Dutzende von Seilzügen.

Ich versuchte, die Bauhütten zu zählen, scheiterte aber zweimal. So oder so war es mehr von allem, als ich mir hatte vorstellen können. Gegen diese Baustelle kam mir die in Chartres geradezu übersichtlich vor.

Mein Vater stand und schaute.

»Wird das auch eine Kathedrale? Oder …?« Aus Sorge vor Zurückweisung wollte ich nicht »Himmelsschiff« sagen, aber ein anderes Wort fiel mir nicht ein.

»Sicher«, erwiderte er, »und da wir in Paris sind, soll sie mächtiger werden als alle anderen im Land.« Er neigte den Kopf, ein feines Lächeln umspielte seinen Mund. »Aber in Chartres sind wir um einiges weiter.« Er klang zufrieden. Das war verständlich, schließlich war er dort der Baumeister.

»Das wird noch dauern«, sagte er kopfschüttelnd. Er legte seinen Arm um mich. »Komm, jetzt suchen wir dein neues Zuhause.«

Wir nahmen wieder die Holzbrücke und kehrten zum südlichen Flussufer zurück, wo er nach rechts abbog. Ich fand es verblüffend, wie zielsicher er uns durch die Gassen führte. Für mich sahen sie alle gleich aus.

Er blieb vor einem Haus stehen, das ein wenig zurückgesetzt lag. Auf dem Vorplatz stand rechter Hand ein Schuppen mit einer Bank davor, die aus groben Brettern gezimmert war. Auf der linken Seite gab es einen gemauerten Brunnen. An einer Stange darüber baumelte ein Eimer. Mit Erleichterung stellte ich fest, dass diese Leute auch eine Grube hatten. Wie bei uns war sie mit Brettern abgedeckt, die man hochhob, wenn man seinen Nachttopf darin ausleerte.

Das Haus selbst hatte ein Erdgeschoss aus Stein und einen etwas schiefen ersten Stock aus Holz. Oben standen die Fensterläden offen.

Vater zögerte zum ersten Mal. Schaute nach links und nach rechts. Wieder zu dem Haus. An der Tür gab es keinerlei Hinweis auf die Bewohner, keinen Namen, kein Symbol einer Bruderschaft oder überhaupt eines Handwerks. Er legte den Kopf schief. Ich stellte mich neben ihn. Er schritt beherzt auf die Haustür zu. Ich blieb hinter seinem Rücken, wo ich nicht gesehen werden konnte, wie ich hoffte. Ein mulmiges Gefühl breitete sich in mir aus. Ich fürchtete mich und fühlte mich schon jetzt, obwohl mein Vater noch bei mir war, allein und verloren. Ich sehnte mich nach zu Hause und nach meinen Geschwistern.

Vater klopfte vorsichtig.

Niemand öffnete.

Er klopfte erneut, diesmal etwas kräftiger. Ich wäre am liebsten davongelaufen, doch im nächsten Moment erschien schon eine Frau an der Tür. Sie trug ein hellgraues Wollkleid, das bis zu den Knöcheln reichte, und eine weiße Haube. Ihr Gesicht konnte ich nicht erkennen, da sie im Halbdunkel der Türschwelle stand.

»Entschuldigen Sie, Madame«, brachte mein Vater stockend hervor. Seine Stimme klang rau, wie eine Säge auf Holz. »Ist dies das Haus von Meister Jean?«

»Dann seid Ihr Meister Hugo aus Chartres?«

»Der bin ich.«

Die Frau drehte ihren Kopf und rief ins Haus: »Jean, dein Besuch ist da!« Meinem Vater entbot sie einen Willkommensgruß. »Und du«, sagte sie zu mir, »bist sicher Pierre.«

»Ja, Madame«, erwiderte ich mit meinem trockenen Mund und ohne sie anzuschauen.

Sie lächelte mir zu. »Komm rein, Pierre.«

Ich trat in die Stube und blinzelte. Meine Augen mussten sich an das Halbdunkel gewöhnen. Im Raum stand links ein Tisch mit einer Bank und vier Hockern darum. Dort saß ein Mann mit schwarzem Haar und buschigem Bart. Auf der anderen Seite war ein Herd mit einem großen Topf auf dem Feuer. Die Holzscheite knisterten. Das Regalbrett darüber bog sich unter all den Tellern, Schüsseln und Kochtöpfen, die darauf standen. An ihm hing, ähnlich wie bei uns zu Hause, ein Strick, an dem Blümchen befestigt waren. Sie sollten für gute Luft sorgen. Auch meine Mutter hatte oft gesagt, dass es der Gestank ist, der Krankheiten verbreitet.

Überhaupt fühlte ich mich an mein Elternhaus erinnert. Der größte Unterschied waren die bunten Wolldecken, die hier an den Wänden hingen und die dem Raum etwas Warmes und Wohnliches gaben. Dafür hatten wir in unserem Haus zusätzlich zu unserem Herd eine Feuerstelle, um es im Winter zu heizen.

Der Mann erhob sich vom Tisch und gab meinem Vater die Hand. Mir fiel auf, dass die Finger an seiner rechten Hand schmutzig, geradezu schwarz waren, als würde er sie nie waschen. Insgesamt war etwas Düsteres um ihn, fast so wie der Himmel kurz vor einem Gewitter. Die beiden Männer setzten sich an den Tisch. Meister Jean schenkte Wein ein, woraufhin beide ihre Tonbecher anhoben und gegeneinanderstießen.

Da betrat ein Mädchen den Raum. Sie war etwas jünger als ich, ebenfalls mit schwarzem Haar, das über seine Schultern hing. Sie setzte sich ganz hinten an den Tisch. Als ich näher trat, wandte sie sich ab.

»Agnès, sagst du unserem Besuch nicht Guten Tag?«, fragte ihre Mutter.

Das Mädchen gab keine Antwort.

Ich blieb neben einem der bunten Teppiche an der Wand und drückte die Fingerknöchel hinter meinem Rücken gegen den körnigen Stein. Die fremde Umgebung schüchterte mich so sehr ein, dass ich wie gelähmt war, unfähig, den Mund aufzumachen oder einen Gedanken zu denken.

Ich blieb so lange dort stehen, bis Madame die Hand nach mir ausstreckte. »Komm, Pierre, ich zeige dir dein Zimmer.«

Mit vorsichtigen Schritten folgte ich Madame ans andere Ende der Stube, wo eine Treppe lag, die ich bis dahin noch nicht bemerkt hatte. Sie knarrte, als wir sie hinaufstiegen.

Der Flur oben war wegen der offenen Fensterläden weniger dunkel. Madame führte mich nach links in ein Zimmer. In der schmalen Stube lag ein Strohsack auf dem Boden, daneben standen ein Nachttopf und ein Stuhl.

»Hier wirst du wohnen, Pierre. Ich hoffe, du fühlst dich wohl.«

Ich nickte, immer noch unfähig zu einer Antwort.

»Hast du noch andere Kleidung?«

»Ja«, brachte ich hervor. Ich zeigte auf den geschnürten Beutel, den ich über der Schulter trug.

»Dann häng sie hierher.«

Es gab einen Haken an der Wand. Mit zitternden Fingern knüpfte ich meinen Beutel auf, zog meinen anderen Kittel, der aus grauem Leinen war und den ich in der warmen Jahreszeit trug, und eine zweite Hose heraus und tat, was sie mir gesagt hatte.

Nun sah ich ihr Gesicht besser. Es war rund und kam mir freundlich vor, was, wie ich meinte, an den kleinen Grübchen auf ihren Wangen lag. Ihre Nase war klein, das Haar unter der Haube aufgesteckt, doch es hatten sich zwei Strähnen gelöst, die zu beiden Seiten herabfielen und das Gesicht einrahmten. Sie war damals Anfang dreißig – für mich dreizehnjährigen Jungen also jemand, dem ich mit äußerstem Respekt zu begegnen hatte. Immerhin ließ meine Furcht in ihrer Gegenwart ein wenig nach.

»So«, sagte sie, »jetzt gehen wir wieder hinunter und essen. Du hast doch sicher Hunger?«

Ich hatte vor unserem Aufbruch am Morgen ein Stück harten Käse, ein Ende Wurst und etwas Brot bekommen. In meinem Bauch war ein Loch. Vor allem aber war mein Mund inzwischen so trocken, dass er schmerzte und mir die Lippen aufrissen, wenn ich sie bewegte.

»Entschuldigung, Madame«, sagte ich, ohne den Blick zu heben, »ich habe Durst. Dürfte ich etwas trinken?«

»Aber sicher.«

Unten stand ein Wasserfass neben dem Herd, aus dem sie mir mit einer Schöpfkelle einen Becher füllte. Dazu goss sie

Wein. Das Gemisch schmeckte vertraut, verdünnten Wein hatte ich auch zu Hause immer getrunken. Ich bemühte mich, nicht alles herunterzustürzen, sondern trank langsam. Bald fühlte ich mich ein wenig sicherer, und eine angenehme Wärme stieg in mir auf.

Madame deckte den Tisch. Jeder bekam eine eigene Schüssel. Ich dachte, der Sonntag wird in Paris doch geheiligt. Auch in Chartres aßen wir sonntags von Tellern, während in der Woche jeder seinen Löffel in den Topf tunkte und sich etwas herauszufischen versuchte.

»In diesem Haus beten wir vor dem Essen«, sagte Madame.

Ich beeilte mich, wie alle anderen am Tisch die Hände zu falten. Im Augenwinkel bemerkte ich, dass auch das Mädchen betete, von dem ich bis dahin geglaubt hatte, dass irgendetwas mit ihm nicht stimmte, weil es nicht gesprochen und überhaupt nicht auf uns reagiert hatte.

»Herr, wir danken dir für deine Gaben, für die Speise auf unserem Tisch und für den Wein. Was wir sind, sind wir durch dich. Amen.«

Madame verteilte das Essen. Es gab einen sämigen Eintopf mit Erbsen, Bohnen und dunklen Fleischstückchen, die sie vor allem in die Schüsseln der Männer legte. Ich erhielt nur ein einziges davon. Es war verkocht, ich kaute lange darauf herum.

Die beiden Männer führten das Gespräch. Mein Vater hatte inzwischen Wein getrunken und erzählte wortreich von seinem Bau, der Kathedrale, wegen der wir damals, als ich noch klein war, von Montreuil nach Chartres gezogen waren. Mit einigem Stolz berichtete er, wie gut der Bau voranschritt, und Meister Jean hörte ihm aufmerksam zu. Er redete längst nicht so viel wie mein Vater, dennoch verstand ich nach und nach, dass der Kirchenbau, den er verantwortete, in Saint-Denis lag, irgendwo außerhalb von Paris.

Nach dem Essen wurde ich müde. Mein Körper und mein Geist sehnten sich nach der Kammer, die Madame mir zugewiesen hatte, das Strohlager dort kam mir wie eine Verheißung vor. Aber ich blieb, wo ich war. Vater hatte mich darauf vorbereitet, dass wir einander für lange Zeit nicht sehen würden, weil wir beide in der warmen Jahreszeit beschäftigt sein würden und man im Winter den Weg durch den Wald nicht machen konnte. So wollte ich den Abschied, solange es ging, hinauszögern und saß wie festgewachsen auf meinem Platz.

Doch irgendwann fielen mir die Augen zu. Mein Kopf sackte zur Seite.

Madame legte mir ihre Hand auf den Arm. »Komm, geh schlafen, Pierre.«

»Ja, Madame.«

Mir war schwindelig vor Müdigkeit, als ich die Treppe hinaufstieg. In meinem Zustand und in der Dunkelheit, die im oberen Stockwerk inzwischen beinahe vollkommen war, bog ich auf dem Flur aus Versehen nicht nach links, sondern nach rechts.

In dem Zimmer, das ich betrat, brannte eine Öllampe, die den Raum in ein schummriges Licht tauchte. Das Mädchen mit den schwarzen Haaren saß auf dem Bett und hatte den Rücken an die Wand gelehnt. Augenblicklich schoss mir die Röte ins Gesicht.

»Hau ab!«, rief sie und warf mit einem Gegenstand nach mir. Es war ein Holzlöffel, der meinen Oberschenkel streifte.

Erschrocken wich ich zurück und eilte zu meiner Kammer. Ich war zu müde, um mir Gedanken über die Feindseligkeit meiner Flurnachbarin zu machen.

Ich hatte noch nie ein Zimmer nur für mich gehabt. Zu Hause schlief ich neben meinen Brüdern und war an ihren Atem gewöhnt, an das Rascheln, wenn sie sich auf die andere Seite drehten, an die Seufzer und ihr Aufschreien im Traum. Die Ruhe hier war so bedrückend, dass ich zu weinen begann. Doch noch während mir Tränen über die Wangen liefen, nickte ich ein.

Zum Glück wurde ich wach, als im Morgengrauen Schritte und Abschiedsworte zu hören waren. Ich eilte hinunter.

Mein Vater war schon an der Tür. Ich trat vor und legte wortlos meine Arme um ihn. Mein Kopf reichte ihm bis an die Brust.

Er klopfte mir auf den Rücken. »Vergiss nicht, was ich dir gesagt habe, mein Sohn«, sagte er leise. »Vergiss es nie.«

Selbst zu dieser frühen Stunde hätte ich die Ermahnung nicht gebraucht, denn seine Worte waren tief in mich eingedrungen.

»In Paris«, hatte er gesagt, »bist du der Lehrling eines bedeutenden Baumeisters, Pierre. Sei bescheiden und fleißig, so kannst du viel von ihm lernen und wirst später selbst ein Baumeister. Dann will ich stolz auf dich sein.«

Diese Sätze hatte er gesprochen, während wir nebeneinander gingen und er den Arm um meine Schulter gelegt hatte. Wir durchquerten einen Wald, der so dicht und düster war, dass ich immerzu mit dem Angriff eines wilden Tieres oder einer Bande Räuber rechnete. Doch mit dieser Aufforderung war meine Angst wie weggeblasen. Zum ersten Mal seit dem Tod meiner Mutter sah ich wieder eine Zukunft vor mir. Ich wollte von ganzem Herzen, dass er stolz auf mich war. Er sollte so stolz sein, dass er seine Entscheidung, mich fortzugeben, bereute.

Auch als er jetzt davonging und ich ihm durch die offene Haustür nachsah, war ich mehr als bereit, seinem Rat zu folgen. Ich würde bescheiden und fleißig sein und als Baumeister nach Hause zurückkehren.

II

Mir blieb nicht viel Zeit, mich von der Reise zu erholen, denn früh am Morgen klopfte Meister Jean energisch an die Tür meiner Kammer und drängte zum Aufbruch. Offenbar hatte er selbst nicht geschlafen. Er stützte sich mit einer Hand auf den Tisch und trank seinen Becher in einem Zug leer.

Ich nahm mir den Becher, von dem ich glaubte, dass mein Vater ihn am Abend benutzt hatte. Es war noch ein Rest Wein darin. Ich füllte ihn mit Wasser auf. Er schmeckte so sauer, dass es mich schüttelte.

»Los geht's«, sagte der Meister und hängte sich einen Umhang über, zwei lange Wollstücke, die an den Schultern zusammengenäht waren, sodass man den Kopf durchstecken konnte.

Draußen herrschte jene graue Stunde, die nicht mehr Nacht ist und auch nicht Tag. Das Viertel schlief noch, überall waren die Fensterläden geschlossen, niemand war auf der Straße. Der Meister ging zu jener Holzbrücke, die auf die Seine-Insel führte. Bald darauf nahmen wir eine zweite ans Nordufer. Wie mein Vater schritt Meister Jean ein Stück vor mir, ich trottete hinterher und bemühte mich, den Abstand nicht zu groß werden zu lassen. Dazu musste ich immer mal wieder ein Stück rennen.

Während wir weiter nordwärts vorankamen, wurde die Stadt langsam wach. Frauen kamen aus den Häusern und kippten den Unrat aus ihren Nachttöpfen in die Gosse. In Chartres war das verboten, und ich verstand nicht, warum sie nicht ihre Gruben benutzten. Waren die denn alle voll? Andere Frauen schüttelten vor ihren Türen die Säcke mit dem Bettstroh auf. Ich sah viele Tiere, gackernde Hühner, meckernde Ziegen und sogar Schafe. Magere Hunde streunten durch die Straßen.

Einer von ihnen lief mir nach, wedelte mit dem Schwanz und strich mir um die Beine. Doch ich hatte nichts für ihn und marschierte eilig weiter, um den Meister nicht aus den Augen zu verlieren. Als der Hund erkannte, dass bei mir nichts zu holen war, blieb er zurück.

Es war noch kühl, doch mir wurde durch die schnellen Bewegungen warm. Ich ging davon aus, dass dieses Saint-Denis, von dem der Meister am Vorabend gesprochen hatte, unser Ziel war. Wir waren auf einer der breiten Straßen, die sich wie Schneisen durch die Stadt zogen. Bauernwagen kamen uns entgegen, beladen mit Getreide und lebenden Tieren.

Paris schien kein Ende zu nehmen. Immer wieder gab es neue Häuser und Gassen, Stände, die aufgebaut wurden, Schuppen und Scheunen, Wirtshäuser, Schmieden und Tischlereien. Ich weiß noch gut, dass ich glaubte, die Stadt würde bis ans Ende der Welt reichen, und irgendwann müsste ich aufpassen, um nicht von der Erdscheibe zu stürzen. Als wir schließlich das nördliche Stadttor erreichten, war ich froh, mich geirrt zu haben.

Der Meister beachtete weder Tor noch Wächter, sondern stapfte einfach hindurch. Ich folgte ihm.

Außerhalb der Stadtmauern wurde die Straße nicht schmaler. Auch hier kamen uns beladene Karren entgegen, Bauern mit Zügeln in der Hand, die mit der Zunge schnalzten, was ihre Ochsen aber nicht schneller machte. Einzig der Geruch veränderte sich schlagartig. Der Wind wehte hier draußen kräftig und hatte Platz, sich zu entfalten. Er vertrieb den Gestank nach Unrat und Fäulnis, nach Mensch und Tier.

Ich atmete tief ein und lauschte dem Gezwitscher der Vögel, das in der Stadt nicht zu hören gewesen war. Dabei bemühte ich mich, sie zu benennen, wie ich es von meinem Vater gelernt hatte.

Wir durchquerten kleine Wälder und kamen an gefurchten Feldern vorbei, auf denen die Saat bereits ausgebracht war. Als der Meister weit voraus war, schickte ich ein Stoßgebet zum Himmel, er möge langsamer werden. Es dauerte nicht lange, bis mein Gebet erhört wurde. Meister Jean hielt am Wegrand, um sich zu erleichtern.

Ich schloss zu ihm auf.

»Dein Vater redet ziemlich viel«, sagte er, während er pinkelte. Es waren die ersten Worte, die er seit dem Morgen an mich richtete.

Da es keine Frage war, gab ich auch keine Antwort.

»Er tut so, als wäre er der Baumeister von Chartres.«

»Aber das ist er!«, platzte es aus mir heraus.

»So? Als wir uns kennengelernt haben, war er noch Parlier. Weißt du, was das ist, Junge?«

Ich schüttelte stumm den Kopf.

»Das ist der Vorarbeiter auf der Baustelle. Er hat dafür zu sorgen, dass alle Handwerker den Anweisungen des Baumeisters Folge leisten.« Meister Jean lachte auf. »Damals hat er schon so viel gequatscht. Deshalb war Parlier, der Redner, eine treffende Bezeichnung für ihn.«

Ich wollte erneut widersprechen, aber Meister Jean ließ mir keine Zeit.

»Na ja«, sagte er, »wie hätte ich ablehnen sollen, als er fragte, ob er dich zu mir schicken könne?«

Er zog seine Hose hoch und ging weiter, während ich seinen seltsamen Worten nachhing. Hatte der Meister gar nicht gewollt, dass ich zu ihm kam? Wenn dem so war, würde ich ihm nicht länger als nötig zur Last fallen. Ich wollte Vater stolz machen und nach meiner Lehrzeit nach Chartres zurückkehren.

Ich ließ wieder Abstand zwischen uns. Nach einiger Zeit erreichten wir ein Dorf. Meister Jean hielt auf die Kirche zu. Sie war nicht so groß wie die von Chartres, längst nicht so hoch, gleichwohl beeindruckte sie mich, weil sie etwas Gewichtiges ausstrahlte. Ihr Stein war weißgrau, drei Portale führten hinein. Über ihnen waren spitze Bögen errichtet.

Erst auf den zweiten Blick verstand ich, was der Meister hier tat – er befehligte keineswegs den Bau einer Kirche, wie ich erwartet hatte, sondern nur den eines Glockenturms.

Ich war ein wenig enttäuscht, schließlich hatte mein Vater

mir angekündigt, ich käme zu einem bedeutenden Baumeister. Mir schien seine Aufgabe ziemlich klein zu sein.

Doch das täuschte, denn ich begriff bald, dass dieser Turm bis zu den Wolken reichen sollte. In seinen unteren Etagen glich er dem, der auf der linken Seite bereits stand. Aber er war bereits dabei, über ihn hinauszuwachsen, und machte keine Anstalten, zu einem Dach zusammenzulaufen.

Ich fragte mich, warum Meister Jean das Gleichgewicht dieser Kirche für einen höheren Turm opferte. Schon jetzt machte das gesamte Gebäude den Eindruck, als würde es demnächst zur rechten Seite kippen. Weshalb verhinderte der Meister das nicht?

Mir schien, als wolle er mit dem Bau beweisen, dass er in der Lage wäre, mit der Turmspitze an den Himmel zu stoßen. Und damit nicht genug, sein Kirchturm sollte stabil und gleichzeitig zart aussehen.

Meine Scheu war wie weggeblasen, und mir kamen Hunderte Fragen in den Sinn. Doch ich bekam keine Gelegenheit, sie zu stellen. Meister Jean war bereits beschäftigt. Er redete mit einem Handwerker, ging zum nächsten, wechselte auch mit ihm ein paar Worte, rief einen dritten. Er war in seine Arbeit versunken.

Ich blickte an der Fassade empor. Auf dem Gerüst, das in schwindelerregender Höhe angebracht war, kletterten Bauarbeiter herum. An einem Seilzug brachten einige Männer einen Holzbottich in die Höhe, um dessen Griff das Seil gebunden war. Der Bottich schwankte in der Luft, was die Bauarbeiter aber nicht kümmerte, sie zogen ihn immer höher, bis schließlich oben auf dem Gerüst jemand danach griff.

Ein Mann kam auf mich zu, ein Handwerker, der Furcht einflößend wirkte. Zum einen hatte er schrundige Pockennarben an den Wangen, die wie ein vertrocknetes Flussbett wirkten, zum anderen Zähne, die spitz und scharf waren und an eine Säge erinnerten. Direkt vor mir spuckte er aus. Ich wich zurück. Er ging weiter seines Weges.

Mir viele Gedanken über diese Geste zu machen, dazu hatte ich keine Zeit. »Junge!«, rief der Meister. »Komm endlich. Oder bist du eingeschlafen?«

Er stand mit einem Mann zusammen, der ebenfalls bärtig war und dennoch ganz anders aussah. Wo das Gesicht von Meister Jean schmal und knochig wirkte, war das des anderen breit, er hatte einen weichen Mund und einen sanften Blick.

»Meister Victor, das ist der Junge, von dem ich gesprochen habe«, sagte Meister Jean und zeigte auf mich. »Er ist gestern aus Chartres gekommen, um bei uns etwas zu lernen. Ich möchte, dass Ihr ihm das Handwerk der Steinmetze beibringt.«

»Wie Ihr wünscht.«

»Gut.«

Ohne ein weiteres Wort ging Meister Jean davon und verschwand in einer Holzhütte am Fuße des Turms. Ich blieb mit dem Fremden zurück.

»Wie ist dein Name?«, fragte Meister Victor.

»Pierre.«

»Oh. Ein guter Name für einen Steinmetz.«

Mein Vater hatte mir die Bedeutung meines Namens erklärt, als ich ein Kind war, damals aber hinzugefügt, dass ich mit meinen dünnen Armen und Beinen kein Stein, sondern bestenfalls ein Kieselsteinchen sei und meine Eltern sich geirrt hätten. Meine Mutter widersprach. Sie meinte, mein Name würde mich mein ganzes Leben begleiten, und eines Tages wäre ich ein großer und kräftiger Mann, der ihn zu Recht trug.

»Komm, ich zeige dir, was wir machen.«

Der Steinmetz hatte eine warme Stimme, die gut zu seinem freundlichen Gesicht passte. Er führte mich an die Längsseite der Kirche. Dort lagerten Quader aus einem hellen Stein, riesige Klötze ursprünglich, die bereits in mehrere, etwas handlichere geteilt waren. Es gab vier Steinmetze, zwei Männer, eine Frau und einen Jungen, der nicht viel älter war als ich. Er war der Einzige, der aufschaute, als der Meister mich heranführte. Sie alle hatten eins dieser großen Steinstücke vor sich und bearbeiteten es mit Hammer und Meißel.

»Die Aufgabe des Steinmetzen ist es, aus den Quadern Steine in der richtigen Größe zu schlagen, die die Maurer dann verbauen. So weit, so einfach. Verstanden?«

Ich nickte stumm.

»Wir haben Maßbänder, aber ich sage dir, wir brauchen sie kaum. Mit der Zeit entwickelt man ein Gefühl dafür, wie groß der Stein werden muss. Unsere Kunst ist es, mit Hammer und Meißel die richtige Schlaghärte zu finden. Einerseits braucht es Kraft, sonst geben die Quader die Stücke nicht frei, andererseits kann jedes Zuviel alles kaputt machen. Wenn der Stein einen Riss hat, ist er nicht mehr zu gebrauchen.«

Er nahm Hammer, Meißel und ein Maßband von einem

Tisch und reichte sie mir. »Vorerst wirst du mit den Resten üben. So hat jeder angefangen. Einen Quader kann ich dir nicht geben, die sind zu wertvoll.« Er führte mich zu einem Haufen Steinreste. »Such dir die besten Stücke aus. Behaue sie, und versuche, maßgerechte Steine aus ihnen zu machen. Hast du verstanden?«

»Ja, Meister.«

Er ließ mich allein. Ich schaute unauffällig zu den Steinmetzen. Was sie taten, sah einfach aus, deshalb zog ich mir frohen Mutes ein paar der angeschlagenen Steine aus dem Haufen, trug sie dorthin, wo ich arbeiten wollte, kniete mich nieder wie die Steinmetze und nahm mein Werkzeug in die Hände. Der Hammer war schwer, der Meißel hatte an seinem Kopf schon viele Schläge abbekommen, das Eisen war verformt.

Ich setzte den Hammer an und schlug zu. Ein paar graue Körner stoben zur Seite, doch der Stein selbst blieb wie vorher. So versuchte ich es ein zweites und drittes Mal, wandte mehr Kraft auf und traf zwischendurch mit dem Hammer meine Hand, was so schmerzhaft war, dass ich den Meißel fallen ließ und mir auf den Handrücken pustete und ihn sogar mit der Zunge ableckte. Am Stein hatte sich nichts verändert.

Ich blickte wieder auf die Steinmetze und versuchte zu verstehen, was sie anders machten. Nun erkannte ich, dass sie ihre Schläge vorbereiteten, indem sie mit dem Meißel zunächst eine Linie in den Stein ritzten, an der entlang sie den Stein spalten wollten. Sobald sie ihr Maß festgelegt hatten, holten sie stärker aus, und ihr Hammer traf jedes Mal den

Meißelkopf, und dabei entstand ein charakteristisches Geräusch, das über dem weiten Platz lag, klong, klong, klong. Wenn der Stein abgeschlagen war, befühlten sie ihn, bevor sie noch ein paar Kanten begradigten. Am Ende setzten sie die Meißelspitze in einer Ecke an und schlugen mit dem Hammer noch einmal vorsichtig auf den Eisenkopf. Ich glaubte, dass sie ein Zeichen auf den Stein machten.

Die beiden Männer und die Frau schlugen in erstaunlich kurzer Zeit acht oder zehn Steine zurecht, bevor sie aufstanden und sie zu dem Ort brachten, wo sie gestapelt wurden. Der Junge hingegen trug jeden fertigen Stein einzeln dorthin. Er war ein Lockenkopf mit einem weichen Gesicht und blauen Augen. Am meisten fiel mir seine Langsamkeit auf. Er schaffte einen Stein in der Zeit, in der die anderen zwei schlugen. Sein Gang war ohne jede Eile, und weil er für jedes neue Stück aufstand, war er im Vergleich zu den anderen noch stärker im Hintertreffen.

Von den aufgeschichteten Steinen bedienten sich die Maurergehilfen, die mit ihren einrädrigen Holzkarren kamen, sie befüllten und zum unteren Ende der Seilwinde brachten. Weil sie regelmäßig Nachschub holten, wurde der Stapel der Steinmetze nie größer.

Ich wandte mich wieder meiner Arbeit zu. Ritzte mir, wie ich es gesehen hatte, zwei Linien, eine lange und eine kurze, in den Stein. Sie wurden ziemlich breit, was etwas plump aussah. Ich wusste nicht, wie dick die Linien der Steinmetze waren, deshalb schlug ich versuchsweise mit dem Meißel darauf. Es war wie verhext, egal, was ich probierte, ob ich mit viel Kraft hämmerte oder mit wenig, mein Klotz veränderte sich nicht. »So ein Mist!«, stieß ich halblaut hervor.

Inzwischen stand die Sonne hoch über uns, und die Wärme auf dem Platz mischte sich mit den Schlaggeräuschen, mit diesem ewigen Klong, klong, klong. Vom Staub bekam ich Durst. Mein Magen knurrte. Ich hatte zuletzt am vorigen Abend etwas gegessen. Von zu Hause war ich zwei Mahlzeiten gewöhnt, eine am Morgen und eine am frühen Abend. Außerdem gab es immer genug verdünnten Wein. Beides fehlte mir hier.

Vor allem ärgerte ich mich darüber, dass ich nicht weiterkam. In einem letzten verzweifelten Versuch ließ ich den Hammer aus großer Höhe auf den Meißel treffen.

Das Ergebnis war, dass der blöde Klotz entzweibrach.

Ich schaute zu den anderen und hoffte, dass niemand mein Missgeschick gesehen hatte.

»Mit einem stumpfen Meißel kann man nicht arbeiten«, sagte jemand hinter mir. Ich drehte mich um. Es war der Junge mit den Locken. »Komm. Wenn's der Meister nicht tut, dann zeige ich dir, wie man die Kante schärft.«

Er führte mich zu einem Rad aus einem grobkörnigen Stein, das von einer Achse gehalten und mit einer Kurbel in Schwung gesetzt wurde. »Gib mal her.«

Ich gab ihm meinen Meißel. Der Junge setzte das Rad in Bewegung und hielt die spitze Seite des Meißels dagegen. Funken flogen auf. Ich wich unwillkürlich zurück, aber der Junge drehte das Rad schneller, bis das Eisen laut und schrill am Stein kratzte und der Funkenflug stärker wurde. Ohne die Kurbel loszulassen, drehte der Junge den Meißel, um auch die andere Seite zu schärfen. Ein ganzer Funkenregen in Silber und Gold sprühte hervor. Der Junge schenkte dem Schauspiel keine Beachtung. Er pustete den Staub von der Meißelspitze, dann reichte er mir mein Werkzeug.

»Jetzt sollte es gehen.«

»Danke.«

»Ich heiße übrigens Clément.«

»Pierre«, erwiderte ich.

»Freut mich. Wir sehen uns.« Er hob die Hand und ging davon.

»Warte«, rief ich ihm hinterher. »Was macht ihr da für seltsame Zeichen auf die Steine?«

»Jeder hat eins. Nach ihnen werden wir bezahlt. Zwei Steine ein Denier, so ist die Regel.«

Er nickte mir zu und kehrte zu seinem Quader zurück. So hörte er das lang anhaltende Knurren nicht, das mein leerer Bauch von sich gab. Mein Hunger war mittlerweile so groß, dass ich es kaum noch schaffte, den Hammer anzuheben, geschweige denn einen richtigen Schlag zu setzen, und das gerade jetzt, wo ich dank Cléments Hilfe Aussicht hatte, die Aufgabe zu bewältigen.

Als Meister Victor schließlich rief, es sei Mittagspause, war ich erleichtert. Ich stand auf. Meine Knie waren weich, im Kopf drehte es sich mir. Für einen Augenblick wurde mir schwarz vor Augen. Dann folgte ich Clément und den anderen Steinmetzen in eine der Holzhütten an der Längsseite der Kirche.

Es waren grob gezimmerte Verschläge mit Türen, die nicht richtig schlossen. Jedes Gewerk hatte seine Unterkunft, die Maurer, die Zimmerer, die Mörtelmischer und natürlich auch wir, die Steinmetze. Die erste und größte Hütte war dem Baumeister vorbehalten. Ihr Fundament war aus Stein, sie sah solider aus. Ob Meister Jean dort war, wusste ich nicht, ich hatte ihn den ganzen Vormittag nicht gesehen.

In der Hütte erwartete mich eine böse Überraschung. Die Steinmetze hatten sich ihr Essen mitgebracht. Es war hauptsächlich Brot, harter Käse, der in kleine Leintücher eingeschlagen war, und gekochtes Getreide oder Mus aus Erbsen und Bohnen. Auf einem Regalbrett lagen Wasserschläuche, und sie alle griffen mit großer Selbstverständlichkeit nach einem. Genau wie die Steine hatten sie Zeichen. Jeder wusste, welcher ihm gehörte. Nur ich hatte keinen. Es war zum Heulen.

Ich setzte mich auf einen Stuhl an der Wand. Meine Arme sackten herab, die Beine waren schwer. Um nicht zusehen zu müssen, wie die anderen aßen, schloss ich die Augen und wäre am liebsten eingeschlafen. Durst und Hunger waren übermächtig.

»Hast du nichts zu essen, Junge?«

Ich schlug die Augen auf. Es war die Frau, die sich an mich wandte. Ihre Stimme war tief, auf ihrem Gesicht lag Staub. Mit ihren kleinen braunen Augen schaute sie zu mir. Mein trockener Mund öffnete sich für eine Antwort, aber ich brachte nur ein leises Krächzen heraus, das klang wie von einem Vogel, der aus dem Nest gefallen war. Sie saß an der gegenüberliegenden Wand. Ich wich ihrem Blick aus.

»Kannst du nicht reden?«, fragte einer der Männer spöttisch. Er hatte ein grobes Gesicht mit einer dicken Nase, die von vielen roten Adern durchzogen war. Ich hörte ihn schmatzen.

»D … doch«, brachte ich mühsam hervor.

»Er hat nicht mitbekommen, dass die Fastenzeit vorüber ist«, sagte der andere Mann, der neben dem ersten saß, und lachte. Ich sah, dass ihm mehrere Zähne fehlten.

»Du lebst bei Meister Jean?«, fragte die Frau.

»Ja.«

»Er ist wohl nicht besonders umsichtig.« Sie wandte sich zu den Männern um. »Kommt, wir geben dem Jungen etwas ab.«

Sie nahm eine Tonschüssel aus dem Regal, pustete den Staub heraus und kippte etwas von ihrer Getreidegrütze hinein. Auch ein Stück von ihrem Käse brach sie ab.

»Also ich nicht, Ysobel«, sagte der Steinmetz mit der Knollennase. »Wenn er nicht daran denkt, dass der Tag lang ist und man mittags Hunger bekommt, muss er dafür büßen. Wir kennen ja nicht einmal seinen Namen.«

»Er heißt Pierre«, sagte Clément, bevor ich Spucke sammeln konnte, um für mich selbst zu sprechen.

Nach diesem Satz durchströmte mich ein Gefühl von Dankbarkeit, das bis in die Finger und die Fußspitzen ging. Ich schloss die Augen und wünschte mir, diesen Jungen zum Freund zu haben.

Clément stand auf, ging zu Ysobel und schüttete ebenfalls etwas von seiner Grütze in die Schüssel, die für mich gedacht war.

»Hast du auch Durst?«, fragte er.

Ich nickte.

Er reichte mir seinen Schlauch. Ich setzte ihn an. Ich trank langsam, hielt die Flüssigkeit in meinem Mund und spülte den Staub aus. Einen zweiten Schluck zu trinken wagte ich nicht, sondern reichte Clément den Schlauch zurück.

Ysobel gab mir die Schüssel. Als ich sie nahm, schossen mir plötzlich Tränen in die Augen, und ich kämpfte darum, nicht loszuheulen wie ein kleines Kind, das versorgt werden musste.

»Sind wir Steinmetze, oder sind wir das nicht?«, fragte Ysobel den Mann mit der roten Nase.

»Wir schon. Ob er einer ist, wissen wir nicht.«

»Sitzt er in unserer Hütte?«, gab sie zurück. »Also wird er wohl zu uns gehören.«

Die Tür wurde geöffnet. Meister Victor kam herein. Er schaute sich um, während er sich am Bart kratzte. »Es gibt doch keinen Streit in der Hütte?«

»Wir streiten nicht«, erwiderte Ysobel, die noch stand. »Wir sind nur unterschiedlicher Meinung darüber, ob wir Pierre Essen und Trinken abgeben oder nicht.«

Der Meister schaute zu mir. Dann nahm er den letzten Schlauch, der dort lag, vom Regalbrett und reichte ihn mir. Ich nahm ihn mit der Linken, denn in der anderen Hand hatte ich Ysobels Schüssel.

»Trink, Junge. Bei uns verdurstet keiner. Und morgen bringst du dir selbst etwas mit.«

»Ja, Meister«, sagte ich. »Bestimmt.«

Satt und mit dem geschliffenen Meißel gelang es mir am

Nachmittag, mehrere Steine zu spalten. Wie ich es bei den Gesellen beobachtet hatte, zog ich mir zunächst Markierungslinien, setzte das Werkzeug darauf und trieb es hinein. Mit der Zeit wurden meine Linien schmaler, und die Stücke, die ich abschlug, ähnelten von der Form her schon denen auf dem Stapel, nur dass sie viel kleiner waren, weil mein Ausgangsmaterial aus dem Abfall stammte.

Nach der Arbeit wischten die Steinmetze mit Lappen den Staub von ihrem Werkzeug, brachten es in die Bauhütte und wuschen sich Hände und Gesicht an einer Regentonne. Ich machte ihnen alles nach und stand schließlich vor dem Baustellentor, bereit für den Rückweg. Meine Hände waren sauber und trocken, nur von den Haaren tropfte noch ein wenig Wasser.

Meister Jean war nicht zu sehen.

Ich ging zu seiner Hütte und klopfte an die Tür. Da ich keine Antwort bekam, öffnete ich sie. Der Meister war nicht da.

In der Hütte sah es viel ordentlicher aus als bei den Steinmetzen. In der Mitte stand ein Arbeitstisch mit einigen Kohlestäbchen darauf. Nun verstand ich, warum der Meister immer schwarze Finger hatte. Mit diesen schmalen Stiften zeichnete er. Die Kerzen brannten nicht. Ich entdeckte Baupläne, manche zusammengerollt, andere offen auf dem Tisch, wo sie von Steinen gehalten wurden.

Mir wurde auch klar, warum Meister Jean sich keinen Proviant mitgenommen hatte. Auf einem zweiten Tisch an der Seite lagen Vorräte, ein Stück Schinken, eine lange Wurst und Brot.

Ich ging hinaus und fühlte mich hundeelend. Wie konnte er mich denn allein hier zurücklassen? Wie sollte ich jemals nach Hause finden?

Da kam Clément auf mich zuspaziert. Ich hatte vermutet, dass er wie alle anderen längst fortgegangen war.

»Na, ist Meister Jean verschwunden?«, fragte er.

»Sieht ganz danach aus.«

»Das wundert mich nicht.«

»Wie meinst du das?«

Er zuckte mit den Achseln. »Wenn du willst, gehen wir zusammen zurück nach Paris.«

»Weißt du denn, wo sein Haus ist?«

»So ungefähr. Ich bring dich hin.«

»Das ist nett von dir.«

Er reichte mir seinen Schlauch, wir tranken jeder einen Schluck und verließen den mittlerweile verwaisten Kirchplatz.

»Was hältst du von deinem Meister?«, fragte er unterwegs.

Als Erstes fiel mir die Düsternis ein, die von Meister Jean ausging. Dann dachte ich an die wenigen Worte, die er machte. Und an den Turm, den er entworfen hatte. Ein eindeutiges Bild ergab sich aus alldem nicht. »Ich weiß nicht. Ich bin erst gestern zu ihm gekommen. Was denkst du?«

Clément schaute über die Felder und Wiesen. Einige frühe Blumen und die ersten Obstbäume blühten. Am Morgen hatte ich kaum Augen für die Pracht gehabt. Jetzt fand ich sie wunderschön.

»Ich sehe ihn jeden Tag«, sagte er, »aber ich kann nicht behaupten, ihn zu kennen. Er hat noch nie mit mir geredet.«

»Er ist schweigsam, ja«, verteidigte ich ihn.

»Er ist mehr als schweigsam.«

»Was meinst du?«

»Er ist abweisend«, erwiderte er. »Man hat immerzu den Eindruck, man dürfte ihn in seinen Gedanken nicht stören. Unser Meister Victor ist ganz anders. Er hat eine Nase für das, was passiert. Als er heute Mittag in die Bauhütte gekommen ist, wusste er sofort, dass wir gestritten haben. Das riecht er, und dann mischt er sich ein. Ich würde meinen Tageslohn wetten, dass Meister Jean so etwas nicht bemerken würde.«

»Weil er an seinen Bau denken muss.«

»Ja, vielleicht.«

»Der Turm wird wohl bis an den Himmel reichen«, sagte ich.

»So sieht es aus. Genau wissen wir es aber nicht, weil er uns seine Pläne nie gezeigt hat. Trotzdem, du hast recht, die Idee ist ziemlich wagemutig. Und dennoch …«, sagte er achselzuckend.

Clément brachte seinen Satz nicht zu Ende. Ich verstand ihn auch so. Mein Vater hatte mich bei einer seltsamen Familie abgegeben. Der Mann redete nicht, die Tochter hatte mit einem Löffel nach mir geworfen. Meine einzige Hoffnung war Madame.

»Komm«, sagte er, »wir tragen uns. Abwechselnd. Du fängst an!«

Bevor ich Einspruch erheben konnte, sprang er mir auf den Rücken, klammerte die Beine um meine Hüften und hielt sich mit den Händen an meiner Schulter fest. Ich war erschöpft und kam mit der Last auf mir kaum voran, schon nach wenigen Schritten musste ich ihn wieder abschütteln.

»Tut mir leid, Clément, aber du bist einfach zu schwer«, keuchte ich.

»Werd nicht frech, Frischling«, sagte er grinsend. »Aber ich will mal nicht so sein an deinem ersten Tag.« Er beugte sich nach vorne und forderte mich auf, mich auf seinen Rücken zu setzen. Man merkte, dass er durch die Arbeit deutlich besser in Form war als ich. Das weckte meinen Ehrgeiz, und kurz darauf wechselten wir uns wieder ab. Bald wurde ein Spiel daraus. Wir zählten, wie lange einer den anderen tragen konnte, und darüber vergaß ich, dass ich keine Ahnung hatte, wo es langging. Es war mir egal. Zum ersten Mal seit meiner Ankunft hatte ich keine Sorgen.

In Paris, auf der Hauptstraße, die mir am Morgen so endlos vorgekommen war, entdeckte ich in all dem Gedränge Meister Jean. Er stand mit einem anderen Mann vor einer Gaststätte. Beide hatten Becher in der Hand und ließen sie durch den offenen Fensterladen auffüllen.

Ich trat schüchtern heran.

»Ah, Junge, da bist du ja endlich. Wir müssen nach Hause, Nathalie wartet bestimmt schon mit dem Essen.«

Meine gute Laune war so schnell verflogen, wie sie aufgekommen war. »Ich fürchte, du hast recht«, flüsterte ich Clément zu. »Wenn es nicht anders geht, redet er zwar mit mir, aber er hat sich nicht einmal meinen Namen gemerkt.«

Clément nickte. »Das wird schon. Wir sehen uns morgen. Mach's gut.« Er hielt inne und grinste. »Pierre«, sagte er dann.

Vor dem Haus des Meisters saß seine Tochter auf der Bank am Schuppen. Sie hielt einen Holzklotz in der einen Hand und ein Messer in der anderen. Versunken schabte sie mit der Klinge über das weiche Holz, hoch und runter, immer wieder. Dabei schwangen ihre Haare hin und her. Erst als wir heran waren, blickte sie auf.

»Guten Abend, Vater«, sagte sie.

An mir schaute sie vorbei. Ich konnte mir ihr Verhalten nicht erklären. Aber ignorieren konnte ich sie genauso wenig. Irgendetwas hatte sie an sich, das mich interessierte.

Als wir am Esstisch Platz genommen hatten, zeigte sie mit dem Finger auf mich und sagte: »Der soll nicht hier sitzen.«

»Wo soll er denn hin?«, fragte Madame.

»Von mir aus in den Schuppen.«

»Kind, versündige dich nicht an der Gastfreundschaft. Sie ist heilig«, sagte Madame. »Kommt, lasst uns beten.« Sie faltete die Hände.

»Nein!«, rief Agnès und klang jetzt schrill. »Er soll verschwinden!«

Ich öffnete den Mund für eine Erwiderung, aber Madame war schneller und sprach für mich.

»Er lebt jetzt hier«, entgegnete sie. Sie klang immer noch sanft.

»Tut er nicht.«

»Agnès, nun ist es gut.«

Mir fiel auf, dass der Meister sich nicht einmischte. Ich fragte mich, ob er wohl auch beim Essen an seinen Kirchturm dachte. Er kannte meinen Vater, deshalb war ich hier.

Aber seiner Tochter gegenüber trat er nicht für mich ein. Es wurde wieder offensichtlich, dass er sich nicht um mich scherte. Ich vermisste meinen Vater. Zwar war auch er für gewöhnlich schweigsam, dafür aber herzlich und zugewandt.

»Nun lasst uns beten.«

Wir falteten die Hände, nur Agnès nicht, die ihre demonstrativ auf den Tisch legte. Als Madame ihr Gebet gesprochen hatte, verweigerte sie auch das »Amen«. Ihre Mutter warf ihr einen scharfen Blick zu, verzichtete aber darauf, sie erneut zu ermahnen.

Gleich nach dem Essen ging ich nach oben und legte mich auf den Strohsack. Ich war erschöpft von dem langen Tag, doch mehr als das beschäftigte mich ein Kummer, der mir auf die Brust drückte. Ich fühlte mich wieder so verloren in dem Zimmer, einsam, von der Welt abgeschnitten, und hatte Sehnsucht nach Chartres. Ich stellte mir mein Elternhaus vor und die Geschwister, vor allem meine kleine Schwester Marie, und musste auch an meine tote Mutter denken.

Meine Erinnerungen machten mich so traurig, dass ich trotz meiner Müdigkeit lange brauchte, um einzuschlafen. Es war seltsam, Arme und Beine lagen schwer auf dem Stroh, doch der Schlaf wollte nicht kommen. Schlagartig fiel mir ein, dass ich vergessen hatte, Madame um Proviant für den nächsten Tag zu bitten, und nun war es dieser Gedanke, der mich zu quälen begann. Ich wagte nicht, noch einmal hinunterzugehen, fürchtete mich vor dem abweisenden Meister und seiner bösen Tochter, und meine Beine und der ganze Körper waren so kraftlos, dass sie jede Bewegung verweigerten. Dagegen stand die Sorge vor dem nächsten Tag, vor dem Durst, vor allem vor der Blamage am Mittag in der Bauhütte. Und dennoch kam ich am Ende nicht mehr hoch und schlief mit dem festen Vorsatz ein, mein Versäumnis am nächsten Morgen auszugleichen.

III

»Wir machen heute einen kleinen Umweg«, sagte Meister Jean zu mir, als wir nach einem langen Tag in Saint-Denis auf dem Rückweg nach Paris waren.

Es war Sommer. Ich arbeitete seit vier Monaten als Steinmetz, schlug und stapelte Steine und schärfte meinen Meißel am Schleifstein wie alle anderen auch.

Meistens ging ich mit Clément nach Hause, und wir dachten uns unterwegs Spiele aus, verbanden dem anderen die Augen und führten ihn wie einen Blinden, rannten kurze Stücke um die Wette, hinkten so weit wie möglich auf einem Bein oder gingen rückwärts, bis einer stolperte.

Wenn mich der Meister ab und zu dazu aufforderte, schloss ich mich ihm für den Rückweg an. Das ging nicht anders, und ich wusste dann, dass mir schweigsame Stunden bevorstanden. Er nannte mich weiterhin »Junge« und sprach nur, wenn es sich nicht vermeiden ließ, und so trotteten wir auf der staubigen Straße nebeneinanderher. Meistens hing ich meinen Tagträumen nach oder zählte meine Schritte und fing, wenn ich den Faden verlor, von vorne an. Auf diese Weise erreichten wir das Pariser Stadttor, dann die beiden

Brücken und schließlich das Gassengewirr auf der Seine-Insel. Die beiden Brücken, die wir normalerweise nahmen, berührten die Insel an ihrer westlichen Spitze. Der Meister zeigte aber nach Osten, in das Gassengewirr hinein. Dort war ich erst einmal gewesen, damals am ersten Tag mit meinem Vater.

Damals hatten die engen Gassen dafür gesorgt, dass ich mich am Kittel meines Vaters festklammerte und nicht viel sah. Jetzt schaute ich besser hin. Die Häuser waren schief, viele der Mauersteine dunkel vom Regen, das Stroh ihrer Dächer war ausgebleicht. Das Treiben war auch an diesem Tag lebendiger als in anderen Vierteln, überall standen die Leute und redeten aufeinander ein.

Auch der Gestank war schlimmer als am Südufer, denn die Gosse war schmaler und so voll, dass ich fürchtete, sie würde überlaufen und ihren Inhalt auf die Straße ergießen. Schwärme von Fliegen tummelten sich darüber, schwarze, immerzu summende und brummende Insekten. Ich hielt mir die Nase zu.

Wir erreichten einen Platz voller Marktstände, die zum Schutz vor der Sonne mit Tüchern überspannt waren. Bauern riefen ihre Preise aus, während sich die Leute zwischen den Tischen hindurchschoben. Meister Jean beachtete sie nicht und wurde auch nicht langsamer. Erst an dem Bauzaun vor der Kathedrale, wo ich vor vier Monaten mit meinem Vater gestanden hatte, hielt er an.

Meister Jean legte seine schwarzen Fingerkuppen auf das oberste Brett des Zauns, und im nächsten Moment war er ganz und gar versunken. Der Bau schlug uns beide in seinen

Bann. Das Himmelsschiff. Es wuchs langsam, glaubte ich, mir kam es vor, als seien seit dem Frühjahr nur ein paar Steinreihen hinzugekommen. Aber die riesigen Ausmaße konnte man gut erkennen, denn überall standen zumindest die Fundamente. Mir fehlte die Vorstellungskraft, um auch nur eine Idee davon zu haben, wie man so etwas planen und ausführen konnte.

»Weißt du, was das wird?«, fragte er nach einiger Zeit.

»Eine Kathedrale?«

»Notre-Dame de Paris. Die größte Kirche der Welt. Sie bauen seit Generationen daran. Schon als mein Großvater noch lebte.«

Die Kirche in Chartres hieß ebenfalls Notre-Dame, nach der Jungfrau Maria. Mein Vater hatte mich einige Male dorthin mitgenommen und mir manches gezeigt, Fassaden, Fenster, die Portale. Ich hatte mir alles fasziniert angeschaut, weil es so groß und ungewöhnlich war. Doch die entscheidende Frage, nämlich, wie man der Baumeister einer solchen Großbaustelle wurde, die hatte ich ihm nie gestellt, und von sich aus hatte er auch nicht davon gesprochen.

»Das ist eine Aufgabe für einen großen Baumeister«, sagte ich. Der Satz war mir herausgerutscht. Erst als er in der Welt war, begriff ich, dass Meister Jean ihn als Beleidigung auffassen konnte, schließlich baute er nur einen Turm.

Er musterte mich aus seinen braunen Augen, während sein Mund unter dem buschigen Bart verschlossen blieb.

Dann drehte er den Kopf und schaute wieder auf den Bau. Ich blieb verunsichert zurück.

Einige Minuten verstrichen.

»Es *wäre* eine Aufgabe für einen großen Baumeister«, meinte er, als ich schon nicht mehr mit einer Erwiderung gerechnet hatte. »Aber das Domkapitel hat den da ausgewählt.«

Meister Jean zeigte auf einen Mann in brauner Mönchskutte.

»Ein Mönch als Baumeister?«, fragte ich.

»Pfff«, stieß er hervor und machte eine wegwerfende Geste. »Das ist ja das Übel. Und morgen gebe ich einen Gottesdienst. Und übermorgen werde ich Abt und leite die Gebete im Kloster. Amen.«

»Wie kann das sein?«

»Das musst du mich nicht fragen, Junge. Ich habe den Kerl nicht dazu bestimmt.«

»Macht er seine Arbeit denn gut?«

»Nein.« Er machte eine neuerliche Armbewegung, diesmal ausholend und weit, gewissermaßen über den gesamten Bau hinweg. »Das sieht man doch. Schaust du denn nicht hin, Junge?«

Ich sah es nicht, wagte aber auch nicht nachzufragen, deshalb war ich erleichtert, als er mir ein Zeichen zum Weitergehen machte.

»Eine solche Kathedrale baut man nicht mit dicken Mauern wie ein Kloster.« Er legte die Hände aneinander und fuhr mit ihnen nach oben. »Die müsste schlank in die Höhe gehen.«

Er winkte ab, und ich hatte etwas verstanden: schlank und in die Höhe – das war eine Idee, die mir einleuchtete.

Nach dem Essen war die Weinkaraffe leer, weil der Meister

schnell und viel getrunken hatte. Er schickte mich neuen Wein holen und drückte mir ein paar Deniers in die Hand. Ich nahm den Krug und machte mich auf den Weg zum Wirtshaus, um ihn füllen zu lassen.

Paris war umgeben von Weinhügeln. Kleine Kinder bekamen Milch von Mutterbrüsten und später von Ziegen oder Kühen, im Herbst auch Apfelmost, alle anderen tranken Wasser, in das sie Wein mischten, da Wasser allein oft Durchfall bescherte. Der Meister verlangte stets roten Wein, von dem es hieß, dass er das Blut erneuere, weil er von der gleichen Farbe war.

Mit dem gefüllten Krug in der Hand kam ich zurück.

Agnès saß auf der Bank vor dem Schuppen in der Abendsonne und hielt ein Stück Holz zwischen den Oberschenkeln eingeklemmt. Sie bearbeitete es mit Beitel und Hammer. Ich fand das eine seltsame Beschäftigung für ein Mädchen. Auf der Baustelle in Saint-Denis gab es zwar viele Frauen, und auch bei der Pariser Kathedrale hatte ich eine Menge Handwerkerinnen gesehen, aber keine von ihnen schnitzte.

Sie blickte nicht auf, als ich auf den Hof einbog, sondern war ganz mit ihrem Holzstück beschäftigt.

Ich trat näher. »Was machst du da?«

»Ich schnitze. Sieht man das nicht?«

»Doch.«

»Also?«, fragte sie.

»Warum machst du das?«, hakte ich nach.

»Weil ich es mag.«

Mehr war von ihr nicht zu bekommen, so ging ich hinein, wo ich Meister Jean den Weinkrug auf den Tisch setzte und mich in mein Zimmer verzog. Im Laufe der Monate hatte ich mich an die Arbeit gewöhnt und war am Abend nicht mehr so todmüde. Nur mein Heimweh bedrückte mich nach wie vor. Ich dachte oft an meine kleine Schwester Marie und träumte von ihr, doch kamen wir meistens nicht zusammen, sie streckte ihre Händchen nach mir aus, aber mir gelang es einfach nicht, sie festzuhalten.

Vor allem an den Abenden war ich einsam. Der Meister sprach kaum, Agnès blieb für sich, und an Madame wagte ich mich auch nicht zu wenden. So blieb ich allein in meiner stickigen Kammer, streckte mich auf dem Strohsack aus, genoss es, wenn ein Luftzug hereinkam, sehnte mich nach meinem Elternhaus und wartete darauf, dass der Schlaf kam. Morgens war ich meistens vor dem Meister auf den Beinen.

Er hatte den Weinkrug, den ich ihm gebracht hatte, allein ausgetrunken. Als er am Morgen kurz nach mir die Treppe herunterkam, sah sein Gesicht verquollen aus, die Wangen waren dick und rosig, Stirn und Mund wirkten gespannt, und die Augenlider hingen herab, als hätten sie nicht die Kraft, richtig aufzugehen. Er zog einen säuerlichen Geruch nach Vergorenem hinter sich her und wirkte noch mürrischer als sonst.

Unterwegs zur Baustelle, hielt ich mich noch weiter hinter ihm als üblich. Trotzdem hörte ich ihn schwer atmen. Der Weg hinaus nach Saint-Denis strengte ihn an.

»Du fängst ab heute bei den Mörtelmischern an«, sagte er bei unserer Ankunft.

Ich war drauf und dran zu widersprechen, denn ich

wollte weiterhin in der Nähe von Clément arbeiten. Im letzten Moment bremste ich mich. »Wie Ihr meint, Meister.«

Er führte mich zu einem gedrungenen Mann namens Bertrand. Seine Truppe versorgte drei hölzerne Bottiche, die so groß waren, dass man um sie herumlaufen musste. Die Mörtelmischer schaufelten gebrannten Kalk, zerstoßenes Gestein und Anmachwasser hinein und rührten das Gemisch mit großen Schaufeln um. Es kam, wie ich schnell verstand, auf die richtige Mischung an. Vor allem durfte man nicht zu viel Wasser hineinkippen, denn dann wurde der Mörtel nicht hart. Besser war es, Wasser nachzugießen, wenn sich beim Rühren herausstellte, dass die Masse nicht ausreichend flüssig war.

Anders als bei den Steinmetzen hatte ich keine Anlernzeit, sondern schaufelte und rührte vom ersten Tag an genauso wie alle anderen. Wenn der Mörtel fertig war, verteilten wir ihn auf Eimer, die wir über wackelige Leitern auf das Gerüst schleppten und vor den Maurern abstellten.

In der Rangordnung auf der Baustelle standen die Mörtelmischer weit unten. Sie mussten die Maurer bedienen, die sich für die vollen Eimer nicht einmal bedankten, sondern uns meistens anraunzten, dass es höchste Zeit war. Die leeren Behälter trugen wir wieder herunter.

Seltsamerweise ließen sich die Mörtelmischer davon ihre Laune nicht verderben. Sie sangen meistens, wenn sie das Gemisch mit den Schaufeln rührten, wobei ich schnell mitmachte, und mittags ging es in der Bauhütte lustig zu. Eine junge Frau namens Élise machte die schlecht gelaunten Maurer nach. Ihre Art erinnerte mich an Gaukler, wie ich sie aus Chartres kannte.

Élise hatte goldbraunes Haar, eine richtige Mähne, die sie zu einem Zopf band und trotzdem wild aussah. Eine Haube trug sie nicht, also war sie nicht verheiratet. Mit lauten Schritten stapfte sie durch die Hütte, blieb bei jedem von uns stehen und tat so, als wäre sie eine Maurergesellin und hätte Steine auf eine Wand zu schichten.

Sie hob einen unsichtbaren Stein auf, passte ihn ein, schob ihn vor und zurück, schaufelte schließlich den Mörtel unter ihn und bewegte ihn wieder hin und her. Ihre Bewegungen waren so anschaulich, so genau getroffen, dass ich beinahe vergaß, dass sie nur etwas vorspielte. Ich klatschte und fand, sie hätte auf einer Bühne auftreten können, zumal sie gleichzeitig noch eine zweite Rolle spielte, nämlich einen Mörtelmischer, der Nachschub anschleppte und abstellte. Schnell wechselte sie wieder in die Rolle des Maurers und nuschelte ein paar Worte, aus denen man mit gutem Willen ein »Wird auch höchste Zeit« heraushören konnte. Oder sie tippte mit dem Fuß auf den Boden, und jeder wusste, dass ein leerer Eimer gemeint war, den der Mörtelmischer mitnehmen sollte.

Alle lachten und applaudierten.

In der Bauhütte war es allgemein akzeptiert, dass man sich nach dem Essen auf den Boden legte, sich einen alten Sack unter den Kopf schob und ein Nickerchen machte, gerade an heißen Tagen. Und noch etwas gefiel mir: Meister Bertrand verteilte am Abend an jeden Mörtelmischer gleich viele Münzen. Auch ich bekam meinen Anteil. Anders als bei den Steinmetzen ging es nicht darum, dass man möglichst viel schaffte. Ob schnell oder langsam, jeder bekam das Gleiche.

Obwohl ich in der Hütte der Mörtelmischer so viel lachte wie nie zuvor, fehlte mir Clément. In den Mittagspausen suchten wir uns oft ein Plätzchen im Schatten der Kirche, lehnten uns mit dem Rücken gegen die Wand, saßen eng beieinander, verspeisten, was wir mitgebracht hatten, und teilten uns einen Wasserschlauch.

Der August war heiß, trocken und staubig. Die Sonne schien immerzu. Es gab so wenig Regen, dass die Wassertonne, an der wir uns wuschen, leer war. Wir konnten uns nur den Staub und Dreck von der Kleidung klopfen.

»So geht das nicht weiter«, meinte Clément an einem dieser Tage. »Wir sehen aus wie die Streuner. Hast du schon einmal in der Seine gebadet?«, fragte er.

»Im Fluss? Nein.«

»Ha«, machte er. »Ungetauft.«

Ich verstand nicht, dass er einen Scherz gemacht hatte. »Natürlich bin ich getauft!«

»Jaja, ich weiß, du heißt nach dem heiligen Petrus. Reg dich nicht auf. Hast du Lust zu baden?«

»Nein, ich kann nicht schwimmen.«

»Das macht nichts. Am Ufer ist das Wasser so flach, da kann man stehen.«

»Und was soll ich …?«

Ich brachte die Frage nicht über die Lippen. Stattdessen fasste ich an den Stoff meines grauen Leinenkittels. Darunter hatte ich nur eine dünne Hose an.

»Na, nackt!«, rief er. »Was ist schlimm daran? So hat Gott uns auf die Welt kommen lassen.«

Ich hatte die Nase voll davon, der naive Junge zu sein, deshalb willigte ich ein.

Die Hitze war an diesem Tag so groß, dass man kaum arbeiten konnte. Bald nach dem Mittag, als die Sonne hoch über uns stand und auf den schattenlosen Platz niederbrannte, schickten die Meister uns alle nach Hause.

Clément und ich gingen im Schneckentempo zurück nach Paris, unsere Mützen tief ins Gesicht gezogen, um wenigstens etwas Schatten zu haben. Die Felder waren verbrannt, die Ähren waren geknickt, und selbst die Bäume verdursteten, ihre Blätter waren braun und kräuselten sich, einige fielen bereits herunter. Auf der Landstraße fuhren kaum Bauernwagen. Wenn einer kam, mussten wir uns abwenden, um nicht einen Schwall von trockenem Staub in Augen und Mund zu bekommen.

Am Seine-Ufer waren wir beileibe nicht die Einzigen. Die Abschnitte mit breiterem Strand waren belegt, dicht an dicht standen die Leute mit Füßen und Waden im Wasser. Eine Gruppe Frauen wusch Wäsche. Clément machte ihre aufgeregten Stimmen nach, während wir uns ein ruhigeres Stück ohne Sand suchten.

Ich hockte mich auf einen breiten, flachen Stein. Clément setzte sich gar nicht erst, er zog Kittel und Hose aus und ging ins Wasser. Kaum war er im Fluss, legte er sich auf den Rücken und strampelte mit den Beinen.

»Aaah, tut das gut«, rief er. »Los, komm. Worauf wartest du?« Er winkte mir zu.

Ich entkleidete mich, hielt aber meine Hände vor das, was man nicht zeigte. Schnell ging ich ins Wasser, bis ich bis zu den Schultern im Fluss stand.

Das Wasser war warm und gleichzeitig wunderbar kühlend. Ich wusch mir den Staub vom Körper und tauchte sogar den Kopf unter. Clément strampelte und spritzte das Wasser in meine Richtung.

Bald hatte ich genug vom Baden, ging hinaus und zog mir schnell meine Sachen über den nassen Körper. Es war mir egal, dass der Stoff an mir klebte. Ich hockte mich mit angezogenen Beinen auf meinen Stein.

»Meister Jean lässt dich alle Handwerke lernen«, sagte Clément, nachdem er ans Ufer gekommen war. »Bei welchem wirst du bleiben?«

»Ich werde Baumeister«, sagte ich ohne Umschweife und hatte den Satz meines Vaters im Ohr, dass er stolz auf mich sein würde, wenn ich dieses Ziel erreichte. Auch wenn Meister Jean selbst mir nicht gerade viel beibrachte.

»Oh«, machte Clément. »Was ist dein Vater?«

»Auch ein Baumeister.«

»Das habe ich mir gedacht. Und wo?«

»In Chartres. Ursprünglich stammen wir aus Montreuil, das ist in der Nähe von Paris. Als ich klein war, sind wir nach Chartres gezogen.«

»Und warum bist du dann hier? Ein Sohn lernt doch bei seinem Vater.«

»Ach«, sagte ich, »das ist eine lange Geschichte.«

»Wir haben Zeit.«

Das war eine Antwort, die mir naheging. Ich zog die

Arme fester um meine angezogenen Beine und schloss die Augen. Die Erinnerung kam augenblicklich, ich sah mein Elternhaus wieder, spürte die beklemmende Stimmung an jenem Tag, als meine Mutter starb.

Damals hatte ich schnell gemerkt, dass etwas nicht stimmte. Bei den Geburten meiner jüngeren Geschwister hatte sie sich die Seele aus dem Leib geschrien. Das hatte mir zwar Angst gemacht, aber ich hatte begriffen, dass es wohl dazugehörte, wenn man ein Kind auf die Welt brachte. Diesmal war sie still. Die Schlafzimmertür war geschlossen, ich stand mit meinen Geschwistern davor, wir hatten die Hände gefaltet, mein Bruder François sprach unablässig Gebete. Die Hebamme und mein Vater waren im Zimmer.

Von unserem Platz vor der Tür hörten wir kaum mehr als hin und wieder ein vorsichtiges Japsen oder Stöhnen und die Stimme der Hebamme, die meiner Mutter gut zusprach. Alle sieben, die wir da warteten, wagten nicht, uns zu rühren, auch die Kleinen nicht. Marie, meine jüngste Schwester, klammerte sich an mein Bein. Ich strich ihr über ihre dünnen Haare.

François kniete sich schließlich auf den Boden und verlangte von uns das Gleiche. Er flehte den Herrgott an, unsere Mutter am Leben zu lassen.

»Wir brauchen sie«, sagte er, »und wir lieben sie und sie uns.« Er drückte die Stirn auf den Fußboden. »Bitte, Herr.«

Es dauerte endlos lange, bis sich die Tür öffnete und Vater aus dem Zimmer kam. Der Tag war vergangen, durch die Ritzen in den Fensterläden drang die Kälte der Nacht herein, und trotzdem hatten wir dort auf dem engen Flur ausgeharrt.

Keiner von uns fragte nach Essen. Auch die Kleinen beschwerten sich nicht.

Im Kerzenschein, der aus dem Zimmer auf uns fiel, sahen wir, dass Vater schwankte. Er musste sich gegen die Wand stützen, sonst wäre er womöglich umgefallen.

»Geht nicht hinein«, sagte er leise und gleichzeitig im Befehlston, und das war ein weiteres Zeichen dafür, dass etwas nicht stimmte, denn bei den vorherigen Geburten hatte er uns immer zu unserem neuen Geschwister geführt, damit wir es begrüßten.

»Was ist mit Mutter?«, fragte François.

Vater schüttelte nur den Kopf.

Dass sie und das Kind gestorben waren, erfuhren wir erst von der Hebamme, einer temperamentvollen kleinen Frau, die die meisten von uns auf die Welt gebracht hatte. Sie wirkte erschöpft, als sie aus dem Zimmer trat, ihre Hände und der Kopf, die sonst immer in Bewegung waren, waren ganz starr. Sie lehnte sich gegen den Türpfosten.

»Ich habe alles versucht«, flüsterte sie und bekreuzigte sich. »Alles«, wiederholte sie, als müsste sie es uns oder sich selbst versichern. »Gott ist mein Zeuge.«

Gegen die Anordnung meines Vaters ging ich ins Schlafzimmer, weil ich nicht glauben konnte, was sie gesagt hatte. Es konnte und durfte nicht wahr sein. In der Kammer stank es scharf nach Schweiß, Pisse und Blut. Eine einzige Kerze brannte neben dem Bett, über das ein weißes Leintuch gebreitet war. Darunter zeichnete sich ein Körper ab.

Meine Hand zitterte, als ich nach dem Tuch griff. Ich erwartete Protest von François oder einen barschen Ruf meines Vaters. Nichts davon kam.

Ich zog das Tuch langsam zurück. Meine Mutter hatte die Augen geschlossen. Ihr Gesicht war weiß wie eine gekalkte Wand. Sie atmete nicht und sah dennoch aus, als würde sie schlafen.

»Maman«, brachte ich hervor und stupste sie an.

Sie rührte sich nicht. Das tote Kind lag auf ihrem Bauch, geschützt von ihren Armen. Ich fasste nach ihrem Ellenbogen und begann, ihn zu schütteln.

François zog meine Hand zurück. »Lass ab, sie hört dich nicht mehr. Sie ist jetzt bei Gott. Wir müssen tapfer sein. Wir wollen dafür beten, dass Er sie in Sein Reich aufnimmt.«

Ich bekam nicht mit, wer von uns der Erste war, der aufschluchzte. Es war wie der heisere Schrei eines verwundeten Tiers, und wir anderen stimmten ein, standen vor dem Bett unserer toten Mutter, hielten uns wieder an den Händen und weinten. Auch François liefen die Tränen über die Wangen.

In den nächsten Tagen hatte ich nicht viel Zeit, um traurig zu sein, denn Marie wollte immerzu auf meinen Schoß oder an meine Hand, ich sollte sie festhalten und möglichst auch auf dem Arm tragen. Sie war damals sieben und durchaus schon selbstständig gewesen. Doch das ging verloren. Sie klammerte sich an mich, als wäre ich ihre Rettung, und wenn meine Muskeln weich wurden und ich sie absetzte, streckte sie sofort wieder die Händchen nach mir aus. Auch bei jeder Mahlzeit krabbelte sie auf meinen Schoß. Ich musste sie sogar füttern. Anders aß sie nicht.

So blieb das, was in mir umherging, verschwommen, weil ich nicht die Ruhe hatte, es besser zu begreifen. Ich verstand noch nicht, dass ich die Möglichkeit verloren hatte, mir eine Zukunft vorzustellen. Bis zu Mutters Tod hatte ich nie daran gezweifelt, dass der nächste Tag dem heutigen und dem gestrigen gleichen und schön und sicher sein würde. Jetzt entstand in mir kein Bild mehr dafür, was morgen sein würde. Wenn ich die Augen geschlossen hatte, sah ich nur schwarze Luft, die der Nacht vor unserem Haus glich. Auch meine Träume waren düster.

Einige Zeit später kam Fabienne, die Schwester meiner Mutter, zu uns. Uns älteren Kindern hatte sie ein paar Jahre voraus, im Vergleich zu meinem Vater aber war sie jung. Meiner Mutter ähnelte sie nicht, sie hatte dünnes, farbloses Haar und war herb, mit schmalen Lippen und eng liegenden Augen. Ich hatte immer das Gefühl, sie würde mich anstarren.

Ohne viele Worte übernahm sie die meisten Aufgaben im Haus, kochte für uns, selbst wenn wir nicht essen mochten, schlug die Strohbetten auf, fegte die Zimmer, spendete Trost. An den ersten Abenden ging sie noch nach Hause, aber bald richtete sie sich einen Schlafplatz in einer Ecke unserer Küche ein, was mir nicht gefiel, schließlich war sie keine Dienstmagd, sondern unsere Tante. Wir hatten neben dem Schlafraum für die Eltern zwei Zimmer, eins für die Jungen, eins für die Mädchen. Dass sie dort nicht schlafen wollte, um nicht zu den Kindern gezählt zu werden, begriff ich erst, als Vater uns nach einigen Monaten zusammenrief und uns mitteilte, er würde Fabienne heiraten.

Dabei starrte er auf seine Hände und wich unseren Blicken aus. Mit seinen Worten tat er sich schwer, er stieß sie aus, als wäre dafür eine Kraftanstrengung nötig. Seine Stimme klang rau.

»Es gibt die Zeit, da Kinder alt genug sind, um ihr Elternhaus zu verlassen. Das ist so ähnlich wie bei Vögeln, die sich selbst versorgen, wenn sie fliegen können. Sie brauchen das Nest nicht mehr, das Vater und Mutter ihnen gebaut haben.«

Ich hielt die Luft an und presste Marie an mich.

»Au«, rief sie und patschte auf meine Hände.

»Eure Tante, also Fabienne, ist bereit, auf die drei Kleinen aufzupassen. Sie möchte bald auch ein eigenes Kind.«

Damit war es heraus, auch wenn es einige Zeit dauerte, bis ich die Bedeutung seiner Sätze verstand. Ich hatte zu gehen, genauso wie meine beiden großen Brüder und meine älteste Schwester. Sie war fünfzehn und würde heiraten. Für François, den Zweiten von uns, hatte mein Vater einen Platz in einem Kloster vorgesehen. Ich war der Dritte. Mein nächstjüngerer Bruder kam auf einen Bauernhof.

Warum Vater mich bei einem Baumeister in die Lehre gab, mochte daran liegen, dass ich ganz gut zeichnen konnte und Interesse an seiner Arbeit auf der Baustelle gezeigt hatte.

Wir verließen unser Elternhaus nicht in der Reihenfolge unseres Alters, sondern nach den Möglichkeiten, die sich ergaben. Ich ging als Zweiter, nach François. Der Abschied von Marie fiel mir unendlich schwer. Ich hatte es nicht über mich gebracht, ihr zu sagen, was bevorstand, doch spürte sie die Unruhe und weinte viel.

Als ich beim Abschied meinen Beutel mit der Wechselkleidung umschnallte, hob ich sie hoch. Es war früh am Morgen, mein Vater stand an der Tür, den Proviant unter dem Arm, den Wanderstab in der Hand. Er wollte sich auf den Weg machen. Ich presste beide Hände auf Maries Schultern, drückte ihr einen Kuss auf die Wange, stellte sie wieder auf ihre Füße, verabschiedete mich eilig von meinen anderen Geschwistern und lief hinaus. Marie schrie. Ich hörte sie durch die geschlossene Tür.

»Manchmal«, sagte ich am Seine-Strand zu Clément, der mir die ganze Zeit geduldig zugehört und mich dabei angeschaut hatte, »bete ich und bitte den lieben Gott, dass er auf sie aufpasst, wo ich es nicht mehr kann.«

Clément drückte meine Hand. »Das wird er schon«, sagte er bestimmt.

In der Wärme des Nachmittags war meine Kleidung getrocknet. Die Sonne stand inzwischen schräg, es war Essenszeit, ich musste gehen.

»Und du«, fragte ich trotzdem, »wo kommst du her?«

»Aus Paris. Ich bin noch nie weiter fort gewesen als Saint-Denis. Montreuil, Chartres – was du alles gesehen hast! Da kann ich nicht mithalten.«

»Es ist nicht anders als hier. Felder, Weinberge, eine Stadt mit Häusern, Kirchtürmen und einer Gosse.«

»Mein Vater dagegen ist weit weg.«

»Und wo?«, fragte ich.

»Weiß ich nicht. Er hat sich vor vielen Jahren einem Kreuzzug angeschlossen. Meine Mutter sagt, er hätte Angst um seine Seele gehabt. Er wollte sich das Fegefeuer ersparen.«

»Und er ist nie zurückgekommen?«

»Nein. Vielleicht ist er in einer Schlacht gefallen. Ich weiß es nicht.«

Wir streckten uns in der Abendsonne aus.

»Die Mörtelmischer sind lustige Leute«, sagte ich. »Ich fühle mich wohl bei ihnen. Aber alle anderen verachten sie.«

»Ich nicht. Ohne Mörtel gäbe es keine Wände, also keine Kirche.«

»Dann bist du eine Ausnahme. Für die Maurer stehen sie noch unter den eigenen Gehilfen.«

»Ach, die Maurer. Einen Stein auf den anderen setzen ist auch nicht gerade schwierig.« Er winkte ab. »Die bilden sich schon etwas ein, wenn ihre Mauer halbwegs gerade geworden ist.«

Ich rekelte mich. Es fiel mir schwer, mich loszureißen, doch es war höchste Zeit, den Heimweg anzutreten.

»Und du«, fragte ich ihn, »was willst du werden?«

»Auch ein Baumeister. Was sonst?« Er strahlte. »Ich will der Befehlshaber werden. Am liebsten in Notre-Dame. Dann kommen jeden Tag hundert Handwerker zu mir und fragen mich, was sie als Nächstes machen sollen. Das stelle ich mir toll vor. Alle kennen und bewundern mich, und die Pariser Mädchen werden mich lieben.«

Wie es aussah, hatten Clément und ich das gleiche Ziel. Ich sagte es ihm nicht, sondern dachte, dass er etwas schneller werden müsste, wenn er seinen Traum wahr machen wollte, denn jemand, der so langsam war und jeden Stein einzeln zum Haufen trug, konnte kaum eine ganze Baustelle leiten.

Er war es, der aussprach, was mich beschäftigte. »Es scheint, wir wollen das Gleiche, Pierre.«

»Ja. Lass uns verabreden, dass wir Freunde bleiben, egal, was passiert.«

»Na klar. Wie meinst du das?«

»Na ja, in Notre-Dame gibt es nur einen Baumeister«, sagte ich. »Also wird einer von uns beiden zurückstecken müssen.«

»Das stimmt. Also gut, wer unterlegen ist, der unterstützt den anderen aus vollem Herzen. Und wir bleiben Freunde.«

Wir gaben uns die Hand darauf. Als wir die Seine-Insel erreicht hatten, verabschiedeten wir uns. Ich musste über die Brücke, er hingegen wohnte am Nordufer. Auf dem Heimweg dachte ich immerzu an das Versprechen, das wir uns gegeben hatten. Dass ich eines Tages der Unterlegene sein würde, konnte ich mir nicht vorstellen, und selbstverständlich ahnte ich nicht, dass mir Clément schon bald in einem ganz anderen Feld Konkurrenz machen würde.

Ich kam zeitgleich mit Meister Jean nach Hause. Es gab ein kaltes Abendessen, das zur Hitze passte und bereits auf dem Tisch stand.

Ich wartete darauf, dass Madame mit dem Gebet anfing. Aber sie zeigte auf die Wand neben ihr: »Ist dir unser neues Kreuz aufgefallen, Jean?«

Erst jetzt bemerkte ich es. Das Kreuz war größer als das alte und kunstvoll gearbeitet. Ringsherum lief eine Borte, auch sie aus Holz, schmal und in goldener Farbe gestrichen. Die Besonderheit der Arbeit kam aus den Schwüngen an den

Enden. An allen acht Ecken wurde das Kreuz breiter, und die Borte machte diese Bewegung mit.

Meister Jean warf einen Blick darauf und nickte. Er hatte Hunger. Seine schwarzen Finger lagen bereits an seiner Schüssel.

»Es ist von Agnès. Sie hat es gemacht.«

»Gut«, sagte er, ohne aber noch einmal hinzuschauen.

Ich bemerkte, dass Agnès' Lippen zuckten, und glaubte, sie hatte sich von ihrem Vater etwas mehr Lob und Anerkennung versprochen. Doch das war wohl von ihm nicht zu bekommen.

»Ich finde es wunderschön«, erklärte Madame. »Was meinst du, Pierre?«

»Sehr schön, wirklich.« Ich vermied es, Agnès anzusehen. »Ich bin beeindruckt.«

»Nun, dann lasst uns unser Gebet sprechen«, sagte Madame. »Herr, wir danken dir …«

Während ich von der kalten Suppe löffelte, fragte ich mich, ob ich wirklich unbedingt Baumeister in Paris werden musste oder vielleicht nach Chartres zurückkehren konnte. So würden Clément und ich uns nicht in die Quere kommen. Aber Freunde würden wir auch nicht bleiben können.

Während ich an meine Familie dachte und mir diese Lösung schönzureden versuchte, wusste ich, dass sie nicht infrage kam. Mein Ziel stand fest: Notre-Dame de Paris.

IV

Bei den Mörtelmischern blieb ich bis weit in den Herbst. Meine Zeit bei ihnen ging so lange, bis es auf der Baustelle keine Beschäftigung mehr für sie gab.

Der Mörtel vertrug keine Kälte, deshalb kam Meister Jean Ende November zu den Mischern und sagte, sie bräuchten erst im Frühling wiederzukommen. Ich stand dabei und erwartete Protest und Aufruhr. Doch obwohl sie monatelang kein Geld verdienen würden, nahmen die Mörtelmischer die Nachricht mit größter Gelassenheit auf.

»Nun gut«, sagte einer, ein anderer meinte: »Soll mir recht sein. Die Arbeit ist anstrengend, ich brauche dringend eine Pause.«

Ich verstand sie nicht. Erst während der Mittagspause begriff ich sie besser. Während sie aßen, begann Élise, den Baumeister und seine kurze, mitleidlose Erklärung nachzumachen. Sie ging zu jedem Einzelnen, stellte sich vor ihn hin und entließ ihn persönlich, wobei es ihr gelang, Meister Jean immer etwas anders darzustellen. Mal bellte er wie ein Hund, dann wirkte er wie ein strenger Vater und bewegte nur das Kinn, beim Dritten war er wie ein Adeliger, der sich die Nase zuhielt, wenn er sich an einen einfachen Handwerker wendete. Jedes Mal lachten wir, bis die Tränen kamen.

Sie säuberten ihr Werkzeug und die Bottiche, die sie für den Winter mit Planen abdeckten, und dann gaben sie am Abend in ihrer Hütte ein Fest, mit schwerem Rotwein, einer Menge Fleisch, das sie auf dem Markt besorgt hatten, und mit ihren Liedern und Tanz. Wieder tat sich Élise hervor. Sie winkte Männer zu sich auf die Tanzfläche.

Als einige der Älteren ablehnten, zeigte sie auf mich. Ich vergaß meine Schüchternheit und ging zu ihr. Sogleich zog sie mich heran und begann, sich zu bewegen. Ihre Hände lagen irgendwo zwischen meinen Schultern und dem Nacken.

Von meiner Mutter und meinen Schwestern abgesehen, kam ich zum ersten Mal in meinem Leben einer Frau so nahe, dass ich ihre Hüften fühlte. Sie war älter als ich, Anfang zwanzig, schon wie ein Frühlingstag, und strahlte über das ganze Gesicht. Sie legte den Kopf in den Nacken, und ihre hellbraune Mähne flog durch die Luft. Ich sog ihren Geruch ein, der mich an Veilchen denken ließ.

Wir drehten uns immer weiter und tanzten wild, hielten uns an Schultern, Hüften oder Händen, hatten Kopf und Oberkörper weit nach hinten gebeugt und wirbelten einander herum, so schnell es ging. Von den anderen kam lautes und rhythmisches Klatschen, das uns immer weiter anfeuerte, ein Johlen und Pfeifen, das uns beiden galt und niemand anderem. Seit ich nach Paris gekommen war, hatte ich mich nicht so gut gefühlt.

Élise war außer Atem und stürzte einen Becher unverdünnten Wein hinunter. Dabei hielt sie mich fest, als müsste sie aufpassen, dass ich nicht entschwand, was ich gar nicht vorhatte. Sobald wir unseren Durst gestillt hatten, ging es weiter.

Das Fest dauerte bis tief in die Nacht. Am Ende war mein Kopf schwer, ich hatte ein Rauschen in den Ohren, und die Beine fühlten sich taub an. Ich war glücklich, auch weil ich inzwischen verstanden hatte, was das Geheimnis der Mörtelmischer war. Sie wehrten sich nicht gegen das, was geschah. Ob die Maurer sie schlecht behandelten oder der Meister sie in den Winter schickte, sie nahmen es hin. Lachten darüber. Feierten ihr Fest.

Wir umarmten uns alle zum Abschied und versicherten uns, dass wir uns im März wiedersehen würden. Weil es so spät war, kamen Ermahnungen, den Nachtwächtern auszuweichen. Bevor wir auseinandergingen, strich Élise mir mit den Fingerspitzen über die Wange, küsste sie und hauchte »Pierre« in mein Ohr.

Meine Lippen suchten ihren Mund, und sie erwiderte den Kuss. Als sie in der Dunkelheit verschwand, schaute ich ihr nach, selbst dann noch, als ich sie nicht mehr sehen konnte.

Für mich stand noch keine Winterpause an. Meister Jean schickte mich stattdessen zu den Zimmerleuten. Bei dieser Gelegenheit stellte ich ihm endlich die Frage, die mich immerzu beschäftigte. »Meister, werde ich auch das Baumeisterhandwerk lernen?«

»Baumeister? Ich glaube, erst einmal musst du Geduld lernen, Junge.«

Ich setzte ein Grinsen auf, weil ich ihm nicht zeigen

wollte, wie sehr seine Antwort mich getroffen hatte, und zuckte einfach nur mit den Schultern.

Es war seltsam, in eine andere Bauhütte zu wechseln. Ich dachte oft an Élise und die anderen Mörtelmischer, deren Hütte nun leer stand. Ich musste wieder ganz von vorne anfangen, mit fremden Männern und Frauen, deren Namen und Umgangsformen ich nicht kannte.

Als Erstes erfuhr ich, dass die Zimmerer immer zu zweit arbeiteten, denn allein konnte man die großen Sägen nicht bedienen. Ich wurde einem Mann zugeteilt, den ich bereits vom Sehen kannte. Es war der Kerl mit den Pockennarben und den scharfen Zähnen, der an meinem allerersten Tag vor mir ausgespuckt hatte. Er hieß Xavier und machte mit dem Mund ein seltsames schmatzendes Geräusch, als er mich sah.

Mir war nicht wohl.

Die meiste Zeit des Tages sägten wir. Kürzten Baumstämme, machten Bretter und Latten daraus. Die Stämme lagen auf zwei Böcken, die aussahen wie der Buchstabe X. Das Maß markierte der Meister selbst, dafür hatte er einen Stab mit Kerben, mit dessen Hilfe er anzeichnete, wo wir den Stamm teilen sollten.

Das Sägen war eine schwere und ungewohnte Arbeit, immer und immer wieder mussten wir das Werkzeug über den Stamm ziehen, vor und zurück, vor und zurück, die Zähne kratzten im Holz, Späne rieselten herab.

Xavier war viel stärker als ich. Er stand mir gegenüber und machte sich ein Vergnügen daraus, schneller zu werden, wenn er merkte, dass meine Kraft nachließ.

Meine Oberarme begannen zu schmerzen. Ich versuchte,

mir nichts anmerken zu lassen, aber es wollte mir nicht gelingen.

»Na, Junge, kannst du nicht mehr?«

Ich presste meine Lippen aufeinander und machte weiter.

Mir war klar, dass er mich nicht leiden konnte. Bald kannte ich auch den Grund. Es ging darum, dass ich der Lehrling des Baumeisters war. »Schoßhündchen« nannte er mich, wenn niemand in der Nähe war.

»Hältst du ihm deinen Hintern hin?«

Bei diesen Worten fletschte er seine kleinen Zähne wie ein Hund und bewegte die Hüften vor und zurück.

Wir mussten schwere Bretter, die wir gesägt hatten, auf das Kirchdach und dann über Leitern auf die höchste Gerüstetage bringen. Die Bretter ließen sich nicht über die Wendeltreppen hinauftragen, dazu waren sie zu lang. Xavier ging stets voran, und das bedeutete, dass ich die gesamte Last in meinen Armen hatte, während er nur dafür sorgte, das Brett gerade zu halten.

Die Leitern waren alt, manche ihrer Holme bogen sich bedenklich durch. Mehr als einmal fürchtete ich, sie würden brechen und mich mitsamt meiner Last in die Tiefe stürzen lassen. Xavier, der mehrere Mannshöhen über mir war, sorgte stets dafür, dass er sich im Notfall am Gerüst festhalten konnte. Mir war das nicht möglich, denn in der einen Hand hielt ich das Brett, und mit der anderen zog ich mich an der Leiter aufwärts. Es war eine gefährliche Arbeit.

Kurz vor Weihnachten stellten auch die Zimmerer ihre Arbeit wegen der Kälte ein und säuberten ihr Werkzeug für den Winter. Ich war kräftiger geworden. Sehen konnte ich mich zwar nicht, denn unser Haus hatte keine Fenster, und in der Regentonne spiegelte sich bestenfalls mein Gesicht. Aber ich spürte die Veränderung und fasste mir manchmal an die Oberarme, die sich gewölbt hatten. Meine Brust war ebenfalls breiter geworden. Langsam war ich kein Kieselstein mehr, sondern wurde der Pierre meines Namens.

Die Zimmermänner verabschiedeten sich und sprachen dabei von ihren Plänen für den Winter. Sie waren ein freies Volk, die Männer genauso wie die Frauen, verbrachten lange Wochen und Monate auf Wanderschaft, zogen in kleinen Gruppen von Baustelle zu Baustelle. In ihrer Hütte hatten sie oft von Wäldern, Flüssen und Gasthäusern im ganzen Land erzählt und den Abenteuern, die sie dort erlebt hatten.

Sie gaben sich die Hände und klopften einander auf die Schultern. Vielen von ihnen fehlte ein Finger oder sogar zwei. Bei Xavier war es der rechte Zeigefinger, der in eine Säge geraten war. Nur ein Stumpf war zurückgeblieben. Beim Auseinandergehen zeigten die Zimmerleute ihre Verletzungen wie Ehrenmale, streckten sie in die Höhe und lachten laut.

»Komm heil zurück«, grüßten sie einander zum Abschied.

Der Turmbau war bereits gegen Frost geschützt. Mit Planen auf den Mauerkanten und einer Mischung aus Stroh und Mist an vielen Fugen sah er aus, als ziehe er sich in den Winterschlaf zurück. Mittlerweile war er höher als der Turm auf der anderen Seite, und ein Ende war nicht in Sicht.

Ich war froh, Xavier für längere Zeit nicht sehen zu müssen, und überlegte, wie ich die dunklen Monate verbringen konnte. Ich hatte mehrere Anliegen. Zum einen wollte ich meine Kraft nicht wieder einbüßen. Außerdem plante ich, mich im Zeichnen zu üben, und hatte mir dazu eine Wachstafel und ein paar Stifte mitgenommen. Und schließlich suchte ich nach einer Möglichkeit, mit Meister Jean über meine weitere Ausbildung zu reden. Sein Wort von der Geduld, die ich zu lernen hatte, sollte nicht das letzte sein. Ich war begierig zu wissen, wie es im nächsten Jahr weiterging, wollte mir endlich den Weg zu meinem Ziel, ein Baumeister zu werden, vorstellen können.

Die ersten beiden Vorhaben waren leichter umzusetzen als das dritte. Ich begann, das Brennholz umzustapeln, das an der Hauswand aufgeschichtet war. Dabei achtete ich darauf, immer möglichst viele Scheite gleichzeitig zu tragen. Als ich damit fertig war, zog ich hinaus in den Wald und schlug mit der Axt eine Buche, die ich gerade so weit zerlegte, dass ich die einzelnen Teile schleppen konnte. Zu Hause zerteilte ich sie in kleinere Stücke, die in den Ofen passten.

Madame freute sich darüber, dass ich mich nützlich machte, und selbst der Meister schickte mir ein anerkennendes Nicken, was mich auf eine günstige Stunde für ein Gespräch mit ihm hoffen ließ. Agnès schaute mir manchmal zu, wenn ich mit dem Brennholz beschäftigt war, und ich bekam den Eindruck, insgeheim interessiere sie sich für mich, was mich freute.

Abends zeichnete ich. Als Motive nahm ich die wenigen Gegenstände, die es in meinem Zimmer gab, den Strohsack, meine Wechselkleidung, auch Tür und Wände, oder ich versuchte, die Kirche in Saint-Denis aus dem Gedächtnis zu malen. Dabei dachte ich an meine Erlebnisse. Zwei Gewerke hatten es mir besonders angetan. Das eine war die Schmiedekunst. Die Öfen – die sie Essen nannten – wurden immerzu mit Holz und Kohle gefüttert und glühten vor Hitze.

Die Schmiede trugen lange Lederschürzen und schlugen mit ihren Hämmern auf das Metall, um es zu formen. Der Klang ihrer Arbeit, dieses rhythmische, hohle Klopfen, war, ähnlich wie der Hammerschlag der Steinmetze, ein steter Begleiter auf der Baustelle.

Auch die Glasbläser arbeiteten mit Feuer, dabei viel feiner als die Schmiede. Sie vermengten Sand und andere Stoffe und füllten das Gemisch in unterschiedlich große Formen, die sie in ihre Öfen schoben. Sie wurden noch heißer gemacht als die Essen. Nach einer bestimmten Zeit zogen sie die glühenden Formen mithilfe von Zangen heraus, bliesen mit Röhren in die Masse und formten auf diese Weise das Glas. Es war wie ein Wunder, denn sie machten aus gewöhnlichem Sand etwas Wunderbares und gänzlich Neues.

Die Glasbläser waren eine äußerst verschlossene Bruderschaft. Ihr Handwerk gaben sie nur an ihre Söhne und Töchter weiter, bestenfalls an Neffen und Nichten. Andere durften nicht zuschauen, in welchem Verhältnis sie ihre Grundstoffe mischten. Kam man zu nahe an ihre Plätze heran, jagten sie einen fort. Vielleicht fand ich sie deshalb so anziehend.

Was das Gespräch mit Meister Jean anging, so unternahm ich mehrere Anläufe, die alle nicht fruchteten.

»Baumeister?«, fragte er jedes Mal, und dann kamen Sätze wie: »Dazu bist du zu jung«, oder: »Warte es ab.«

Eine besonders böse Antwort gab er mir, als seine Frau in der Küche war. »Weißt du, was Nathalie dir sagen würde?«

»Nein.«

»Die Zukunft liegt allein bei Gott.«

»Du sollst nicht spotten, Jean«, rief sie vom Herd. »Bedenke, dass Er jedes Wort hört. Und dass Er nichts vergisst. Er notiert alles in seinem großen himmlischen Buch.«

Meine schönsten Winterstunden verbrachte ich mit Clément. Wir trafen uns an der Seine und schauten buchstäblich dabei zu, wie sie langsam zufror und die Eisschicht dicker wurde. Die ersten Kinder wagten sich darauf, dann auch wir. Wir schoben den Schnee beiseite, um eine Rutschbahn zu schaffen. Bald kamen andere hinzu. Das Spiel ging darum, wie weit man gelangte. Wir setzten Markierungen und versuchten, uns gegenseitig zu übertrumpfen. Es war ein großer Spaß, über das Eis zu schlittern. Wir blieben bis zur Dunkelheit und hatten rote Wangen, als wir nach Hause aufbrachen. Hin und wieder machten wir einen Umweg und gingen an Notre-Dame vorbei. Die Kathedrale war abgedeckt wie unser Turm in Saint-Denis und lag im Winterschlaf.

V

Mit den ersten Frühlingstagen begann die Arbeit wieder. Auf der Baustelle in Saint-Denis traf ich Meister Victor, den Steinmetz, in dessen Obhut ich ganz zu Anfang gekommen war.

»Pierre«, sagte er und klopfte mir auf die Schulter.

»Meister.«

»Es geht wieder los.«

»Zum Glück. Der Winter war lang.«

»Wohl wahr. Sag, ich habe gehört, dein Vater ist ein Baumeister.«

»Ja, das ist er. Ist das wichtig?« Ich ahnte zwar bereits, was er mir sagen würde, wollte es aber hören.

»Ich finde schon.«

»Weshalb?«

Meister Victor legte den Kopf schief. Es kam mir vor, als würde er seine Worte genau abwägen.

»Mein Vater war ein Steinmetzmeister«, sagte er dann. »Dessen Vater auch. Weiter weiß ich es nicht, so weit reicht die Überlieferung nicht.«

Er schien wieder zu überlegen. Ich ahnte, worauf er hinauswollte.

»Ich habe drei Söhne«, fuhr er fort.

»Und die werden alle Steinmetze?«

»Vielleicht nicht alle. Aber einer oder zwei von ihnen bestimmt.«

Wir standen vor der Kirche. Das Treiben der Handwerker war noch verhalten, sie mussten erst wieder in die Arbeitsroutine hereinfinden, zumal es neue Leute gab. Meister Jean wies sie ein, er gestikulierte und hatte einen langen Maßstab in der Hand, mit dem er auf die Orte zeigte, von denen er sprach. Während ich ihm zusah, dachte ich, dass Meister Victor mir sicher alles beigebracht hätte, was er wusste. Ich hatte den falschen Lehrherrn.

»Ein Sohn eines Baumeisters wird ebenfalls ein Baumeister, Pierre«, sagte er, und ich konnte mir ein Grinsen nicht verkneifen.

Einstweilen machte ich bei den Zimmerern weiter. Xavier hatte sich keinen Deut verändert. Er begrüßte mich mit dem Namen, den er mir im vergangenen Herbst verpasst hatte. »Ah, das Schoßhündchen. Na, dann mal los.«

Bald begann er mit seinen gewohnten Spielchen. Wir sägten zunächst in normaler Geschwindigkeit, doch dann wurde er schneller. Dabei unterdrückte er ein Grinsen, wobei er seine hässlichen spitzen Zähne entblößte. Ich schaute weg.

Er hatte keine Ahnung, wie ich den Winter verbracht hatte, und ich zeigte es ihm nicht. Meine Muskeln schmerzten nicht mehr, auch nach längerer Zeit an der Säge nicht, dennoch verzog ich das Gesicht und tat so, als würde ich leiden. Wir hatten ein besonders langes Brett auf die oberste

Gerüstetage zu schleppen, wo es als Verstärkung vorgesehen war. Wie immer lag alle Last auf meinem Arm. Die Leiter hatte offenbar den Winter über draußen gestanden, sie war tiefschwarz und morsch. Bei jeder Sprosse testete ich vorsichtig, ob das Holz mich tragen würde, während Xavier über mir ungeduldig an unserem Brett zog.

Nach der Hälfte knackte ein Holm. Er brach nicht durch, riss aber ein, sodass er nicht mehr zu benutzen war. Ich erschrak, verlagerte mein Gewicht auf den anderen Fuß, krallte mich mit der linken Hand an der Leiter fest, wobei ich gleichzeitig aufpassen musste, dass mir das Brett nicht entglitt.

Mir brach der Schweiß aus und tropfte mir in die Augen. Ich kam nicht weiter, weil es nicht möglich war, den anderen Fuß auf den angerissenen Leiterholm zu stellen, und zwei Stufen mit einem Schritt ließen sich mit dem schweren Gewicht nicht bewältigen.

»Na los, komm schon«, rief Xavier von oben.

Ich stand wie angewurzelt da und wusste nicht, welche Bewegung ich machen konnte, ohne einen Absturz zu riskieren. Wieder hinabzusteigen war nicht möglich, da Xavier keine Anstalten machte, diese Bewegung mitzumachen. Nach oben traute ich mich nicht, und das Brett fallen zu lassen war gefährlich, denn unten standen Leute. Meine linke Hand war rot, weil ich mich mit aller Kraft an die Leiter klammerte. In meinem Kopf war eine seltsame Leere, eine Unentschlossenheit, die ewig zu währen schien. Ich wusste nicht weiter.

Dann tauchte eine Haarmähne über mir auf. Élise beugte sich über die obere Gerüstetage.

»Pierre, sei vorsichtig. Hier ist schon mancher abgestürzt.«

Sie setzte sich so auf das Gerüst, dass ihre Beine herunterbaumelten, und griff mit beiden Händen nach meinem Brett. Als sie es festhielt und mir zunickte, ließ ich es los und stieg über den kaputten Holm auf den nächsten. Erst dort nahm ich das Brett wieder.

»Danke.«

»Der Zimmerer ist dumm wie das krummste seiner Bretter«, flüsterte sie. »Lass dich von ihm nicht kleinkriegen.«

Dieser Satz beflügelte mich, und ich kletterte das restliche Stück hinauf. Als ich wieder hinabstieg, erwartete sie mich unten und umarmte mich. Den Winter über hatte ich manchmal an sie gedacht, aber erst jetzt wurde mir klar, wie sehr sie mir gefehlt hatte.

»Mensch, Pierre«, sagte sie und hielt mich an den Hüften. »Was hast du denn gemacht? Du bist ja über den Winter ein Mann geworden. Und was für ein stattlicher! Da war eine Fee am Werk, stimmt's?«

Sie lachte, und wir umarmten uns erneut. Mir gefiel ihr Veilchengeruch. Ich sog ihn ein.

Mit Xavier redete ich kein Wort, als wir wieder an die Säge zurückkehrten. Wir hatten einen Baumstamm in Längsrichtung zu zerteilen, was besonders mühsam war, weil er aufrecht stand und wir jeder auf einen Tritt zu klettern hatten, um sein oberes Ende zu erreichen. Es gab nicht viel Bewegungsraum für unsere Füße, und der Weg für die Säge, bis man absetzen konnte, war besonders lang.

Ich fing langsam an. Auf halbem Weg aber wurde ich schneller.

Xavier grinste. »He, hast du's heute eilig? Wartet dein Schätzchen auf dich? Die Kleine von den Mörtelmischern? Die soll dir wohl noch ein anderes Brett halten.«

Er lachte derbe.

Ich sägte noch schneller.

Er versuchte abzubremsen, aber ich überwand seinen Widerstand und wurde noch schneller. Nun war er es, der ins Schwitzen kam. Ich ließ nicht locker, fuhr den Griff vor und zurück, wieder und wieder, bis wir die Hälfte erreicht hatten und von unseren Tritten absteigen konnten. Er wollte eine Pause, doch ich machte immer weiter und freute mich diebisch darüber, dass ich den Spieß umgedreht hatte.

Xavier warf mir einen bösen Blick zu. Er keuchte und sah mit seinem offenen Mund aus wie ein Hund, der zubeißen wollte. Dieses Mal wandte ich den Blick nicht von ihm ab, sondern wollte dabei zusehen, wie er immer blasser um die Nase wurde.

Als wir ihn in der Mitte geteilt hatten, musste der Stamm weiter zerlegt werden. Ihn umzustellen und wieder festzubinden ließ Xavier Zeit, um Luft zu holen und etwas zu trinken. Selbst mit seinem Spatzenhirn hatte er inzwischen verstanden, dass ich ihn herausforderte, und er wirkte entschlossen, die Auseinandersetzung für sich zu entscheiden. Er kniff die Augen zusammen und biss die Lippen aufeinander. Er wollte mich besiegen, und tatsächlich kam mir für einen Moment die Sorge, ihm doch nicht gewachsen zu sein, deshalb ließ ich ihn zunächst das Tempo bestimmen. Aber noch bevor wir vom Tritt herunter waren, legte ich zu. Bald schwitzte er so sehr, dass er sich mit dem Ärmel über die Stirn wischen musste. Aber er gab nicht auf.

Am Nachmittag hatten wir den gesamten Baum zerlegt. Unser Wettstreit war noch nicht entschieden. Xavier trank ausgiebig. Er sah käsig aus, geradezu erschöpft, und die dunklen Salzspuren auf seinem schmutzigen Kittel zeigten, wie stark er geschwitzt hatte. Nun mussten unsere Bretter nach oben gebracht werden. Wir legten sie uns auf die Schultern, schleppten sie aufs Dach und weiter bis zur Leiter.

Dort schob ich ihn zur Seite. »Ich gehe vorne.«

»Kommt nicht infrage.«

Ich trat dicht vor ihn. »Oh doch. Ab jetzt wechseln wir uns ab.«

Erschöpft, wie er war, widersprach er nicht mehr. Das Brett, dessen Gewicht nun auf seiner Hand lag, war elend schwer. Ich war ein ganzes Stück oberhalb von ihm und achtete darauf, es gerade zu halten. Weder rief ich ihm eine Bemerkung zu, noch trieb ich ihn zur Eile an. Mir ging es nicht darum, ihn einem Risiko auszusetzen, wie er es mit mir gemacht hatte. Ich wollte nur, dass die Arbeit gerecht verteilt war.

Beim nächsten Brett war ich wieder unten, doch das dritte hatte er zu tragen. Noch einmal unternahm er den Versuch, die bessere obere Position einzunehmen, was ich aber nicht zuließ. Danach fügte er sich. Meine Mühen hatten sich gelohnt. Zum ersten Mal fühlte ich mich auf der Baustelle einem anderen Handwerker ebenbürtig.

Im späten Frühling bekam ich Einblick in ein anderes geheimnisvolles Gewerk: das der Bildhauer.

Es war mittlerweile wieder so warm, dass man bei der Arbeit schwitzte. Xavier hatte allen Kampf gegen mich aufgegeben. Er benötigte viele Pausen, in denen er Wein trank und sich mit einem Tuch den Schweiß von Stirn und Armen wischte. An diesem Tag hatte er behauptet, er müsse sich erleichtern, und war verschwunden. Als ich Meister Jean auf dem Weg zur Bildhauerhütte entdeckte, lief ich ihm nach.

Der Meister war bereits am Morgen aufgebracht gewesen. Er war den Weg nach Saint-Denis nicht gegangen, sondern gestapft, und seine Hände waren zu Fäusten geballt gewesen. Halblaut hatte er sich immerzu über die Bildhauer beklagt.

Was genau ihn verärgert hatte, brachte ich nicht in Erfahrung. Doch klar war, dass es um irgendeine Forderung der Bildhauer ging. Meine Neugier war geweckt. Den ganzen Morgen hatte ich ihn nicht aus den Augen gelassen, und als er aus seiner Hütte kam und sich auf den Weg zu ihnen machte, wollte ich unbedingt dabei sein und zuhören. Ich war sein Lehrjunge und er mein Meister, so war es nur recht und billig, dass ich ihn begleitete.

Die Bildhauerhütte lag abseits von den anderen, an der schmalen Seite der Kirche, weshalb wir von ihrer Arbeit kaum etwas mitbekamen. Wir sahen immer erst ihre fertigen Werke, kleinere und größere Figuren, die in frei gelassene Stellen an der Turmfassade eingepasst wurden, Gesichter und Gewänder, Szenen aus der Bibel, die jeder kannte. Auch wenn ich es oft versuchte, konnte ich mir nicht vorstellen, wie man so etwas schuf. Wie die Steinmetze schlugen sie mit

Hammer und Meißel auf kantigen Fels. Doch die Ergebnisse waren völlig anders. Es waren Geschichten, die ihre Steine erzählten.

In der Bauhütte der Bildhauer gab es vier Handwerker, zwei Männer und zwei Frauen. Zwei von ihnen arbeiteten im Freien, zwei waren drinnen, und von diesen saß eine Frau an einem Tisch, während der Mann stand und seine halb fertige Skulptur auf einem Podest vor sich hatte.

Mir stachen die Werkzeuge ins Auge, Meißel in allen denkbaren Größen, der kürzeste nicht länger als mein kleiner Finger. Dazu hatten sie passende Hämmer, von winzig bis groß.

Meister Jean grüßte, woraufhin die beiden Bildhauer in der Hütte ihre Arbeit unterbrachen. Ich war hinter ihm hineingeschlüpft und blieb an der Tür.

Der Bildhauermeister, ein groß gewachsener Mann, trat Meister Jean entgegen. Er hatte kaum Haare auf dem Kopf, nur an den Seiten hingen sie herunter. Wegen seiner langsamen, geradezu bedächtigen Bewegungen kam er mir alt vor.

»Was können wir für Euch tun, Meister Jean?«

»Verzichten.«

»Ich verstehe nicht.«

»Ich glaube, Ihr versteht sehr gut, Meister Richard. Eure Forderungen gefährden den gesamten Bau.«

»Das kann ich mir kaum vorstellen.«

»Wenn ich es Euch sage, glaubt es gefälligst«, ranzte Meister Jean. »Ihr verlangt zu viel Lohn. Dieser Tagessatz, den Ihr wollt, den werde ich nicht bezahlen. Das ist ausgeschlossen. Alle Handwerker werden nach dem entlohnt, was sie herstellen. Das gilt für Steinmetze und Maurer, für Zimmerer und Schmiede. Für Männer wie Frauen. Euretwegen werden wir keine Ausnahme machen.«

»Wir verlangen nicht mehr als andere auch«, entgegnete der Alte.

»Oh doch, das tut ihr.«

Die beiden Bildhauer, die draußen gearbeitet hatten, traten ein und stellten sich neben mich. Selbstverständlich wollten sie wissen, wie dieses Gespräch ausging.

Meister Richard wandte sich von Meister Jean ab. Es machte den Eindruck, als verweigere er ihm das Gespräch. Doch so war es nicht. Mit beiden Händen hob er die Säule, an der er gearbeitet hatte, in die Höhe. Sie war schmal und mehr als mannshoch. Die Kunstfertigkeit stach mir ins Auge. Ringsherum waren auf ihr Quadrate dargestellt, durch die mehrere Linien liefen, die wiederum in ihrer Mitte einen steinernen Fixpunkt hatten, eine kleine Erhebung, die der Bildhauer gelassen hatte.

Das Besondere war nicht nur die vollkommene Gleichmäßigkeit der Quadrate, sondern vor allem, dass sie nicht flach wirkten – was sie tatsächlich waren –, sondern aus der Säule hervorzutreten schienen. Sie sprangen dem Betrachter geradezu entgegen. Ich dachte an Blumen, deren Blüten aus ihnen herausbrachen.

Auch Meister Jean war für einen Moment still und studierte die Skulptur. Erst als er nickte, stellte der Bildhauer die Säule zurück an ihren Platz.

»Wir sind weder Steinmetze noch Maurer«, sagte er. »Bei uns lässt sich ein Fehler nicht ausgleichen. Wenn ich zu hart schlage oder der Stein an einer Stelle müde ist, vernichte ich die Arbeit von vielen Tagen.«

Meister Jean widersprach nicht. Ich glaubte sogar, ein weiteres leichtes Nicken wahrzunehmen.

Der Bildhauer ging hinüber zu dem Arbeitsplatz der Frau. Ich schätzte sie auf mein Alter. Sie hatte ein schmales Gesicht mit kräftigen Wangenknochen und ausgesprochen helle, fast weiße Haut, die im Kontrast zu ihren leuchtend braunen Augen stand.

Die Skulptur, mit der sie beschäftigt war, hatte bereits einen Kopf, aber noch kein Gesicht. Die Ansätze von Brust, Armen und zwei Händen, die aneinanderlagen, waren ausgearbeitet. Man konnte ahnen, wie ausdrucksstark diese Figur werden würde.

»Was Olivia hier macht, wird das Bildnis einer Betenden«, sagte Meister Richard. »Ihr habt es bestellt. Für das Portal.«

»Ich weiß.«

»Dann wisst Ihr sicher auch, wie lange sie an einem solchen Stück arbeitet.« Er wandte sich an sie. »Sagst du es ihm, Olivia?«

Olivia hielt beide Hände um ihr Werkstück, als wollte sie es schützen, und schaute den Baumeister an, nicht herausfordernd, aber selbstbewusst.

»Zwei oder drei Wochen«, antwortete sie.

»Das Problem ist«, fuhr der Bildhauermeister fort, »dass man nicht vorhersagen kann, ob es zwei Wochen dauert oder doch drei. Warum nicht? Olivia gibt die Arbeit erst dann aus der Hand, wenn sie den Ausdruck erreicht hat, den sie sich vorstellt, Anmut, Inbrunst, was auch immer. Er soll ein Leitbild sein für die Gläubigen, die in die Kirche kommen.«

»Ja«, sagte Meister Jean. Er klang leiser als sonst. Einsichtiger, dachte ich. Er war beeindruckt.

»Nun ist es leider so«, fuhr Meister Richard fort, »dass sich ein Gesichtsausdruck, der in die Seele des Betrachters eindringen soll, nicht schlagen lässt wie ein Mauerstein. Man muss hundertmal korrigieren, feilen, schleifen und vorsichtig nachschlagen. Dazu braucht es Geduld. Und dann ist er irgendwann da. Ob morgen oder übermorgen oder erst nächste Woche, das weiß Gott allein.«

Es war mucksmäuschenstill in der Bauhütte. Die beiden Meister standen sich gegenüber und schauten einander an.

»Für die Unwägbarkeit, die unsere Arbeit mit sich bringt, erbitten wir eine angemessene Bezahlung«, schloss Meister Richard seine Rede.

Die beiden Bildhauer neben mir hielten die Luft an. Wir alle warteten auf die Antwort von Meister Jean.

»Nein«, entgegnete er schließlich.

Seine Stimme hatte auf einmal wieder ihre normale Lautstärke. Der Moment von Einsicht war verflogen, und zwar so gründlich, als hätte es ihn nie gegeben. Er hatte den alten Verhältnissen Platz gemacht. Meister Jean ließ sich nicht von anderen Meinungen überzeugen.

»Das kann ich nicht gewähren«, setzte er hinzu. »Bislang hattet ihr das auch nicht.«

»Wohl wahr«, gab der Bildhauermeister zurück. »Deshalb gab es Tage, manchmal mehrere hintereinander, da wir ohne

Verdienst nach Hause gegangen sind. Nämlich dann, wenn uns etwas kaputtging.«

»Dieses Risiko haben andere auch. Ich sage es noch einmal: Eure Forderung gefährdet den gesamten Bau. Die Kirchenleitung gibt uns nicht mehr Geld. Nicht einen Denier. Wie sollen wir euch da einen festen Tagessatz bezahlen? Das ist ausgeschlossen. Das Allerwichtigste ist der Turm. Diesen Auftrag haben die Bauherren mir gegeben.«

»Und Ihr habt bei uns Skulpturen bestellt. Viele.« Er zeigte hinter sich, wo ein kleinerer Tisch stand. »Dort liegt die Liste. Wollt Ihr sie sehen?«

»Nicht nötig«, winkte Meister Jean ab. »Ich weiß, was wir vereinbart haben. Allerdings erinnere ich mich nicht daran, dass wir einen Tagessatz festgeschrieben hätten. Dann müsste man ja kontrollieren, ob ihr auch wirklich arbeitet.«

Meister Richard schluckte. Hintereinander blickte er zu seinen Bildhauerkollegen, die nicht reagierten. Nur Olivia am Tisch schüttelte kaum merklich den Kopf.

»Nun gut, wie Ihr meint, Baumeister. Ihr wisst, die Arbeit kann immer nur so gut sein wie der Lohn; anders ist es nicht möglich. Es bricht uns das Herz – jedem von uns, das könnt Ihr mir glauben –, wenn wir eine Skulptur aufstellen müssen, die nicht vollendet ist. Aber anders wird es nicht gehen.«

»Oh nein!«, rief Meister Jean. »Wir bezahlen nur fertige Stücke. Das gilt für Euch wie für alle Gewerke.«

Ein allgemeines Grummeln setzte ein, ein gemurmelter Protest der Bildhauer.

»Es gibt andere Baustellen«, sagte der Mann, der neben mir stand.

Der Satz war deutlich genug gewesen, dass alle ihn verstanden, und Meister Jean reagierte sofort. »Oh! Sicher gibt es andere Baustellen. Aber es gibt auch andere Bildhauer. Das solltet Ihr nicht vergessen.«

Meister Jean drehte sich um und eilte hinaus.

VI

An diesem Abend legte Agnès, als wir beim Essen waren, ihren Löffel auf den Tisch. Das dumpfe Geräusch ließ uns alle drei aufblicken.

»Ich will ein Handwerk lernen. Und zwar auf einer Baustelle.«

Nach diesen Sätzen nahm sie ihren Löffel wieder auf und tunkte ihn in den Topf. Ich hatte den Eindruck, dass für sie damit alles gesagt war. Weder blickte sie ihre Eltern an, noch fragte sie, was sie davon hielten oder ob sie das erlaubten.

Der Meister verzog den Mund und machte »Pfff«, dann setzte auch er seine Mahlzeit fort, löffelte die dicke Suppe und trank zwischendurch Wein.

»Aber nein, das ist nichts für dich«, sagte Madame.

»Doch, das ist etwas für mich. Genau das will ich tun und nichts anderes.«

»Kind, du bist bald eine Frau.«

»Na und? Viele Frauen arbeiten auf den Baustellen.«

»Ja, solche aus einfachen Familien«, erwiderte Madame. »Die, die Geld verdienen müssen. Sie bekommen Muskeln wie die Männer und rissige Hände.«

»So wird es mir auch gehen. Ich werde Bildhauerin.«

»Auch das noch«, zischte der Meister.

Madame hatte ein wahres Wort gesprochen – Agnès war eine Frau geworden. Ich saß ihr am Tisch gegenüber und sah sie, wie ich sie noch nie gesehen hatte. Sie war schön. Das schwarze Haar hatte sie nach hinten gestrichen, sodass ihr ebenes Gesicht frei zu sehen war. Ich fand zwei Züge darin, eine große Entschlossenheit genauso wie eine verborgene Verletzlichkeit, die mir bis dahin nicht aufgefallen war. Und im Schwung ihres Mundes sah ich etwas Drittes, nämlich Lebendigkeit und eine Menge Ideen.

Jetzt verstand ich, warum sie die ganze Zeit geschnitzt hatte. Seltsam, dass ich nicht früher darauf gekommen war – sie musste nicht mehr tun als das Material wechseln, nicht mehr Holz, sondern Stein nehmen, dann bliebe sie bei dem, was sie immer tat. Ich sah sie geradezu vor mir, wie sie in der Hütte der Bildhauer mit einem der winzigen Meißel aus einem runden Stein einen Kopf zauberte. Es passte zu ihr. Ich würde einen Teufel tun, das vor ihren Eltern auszusprechen, aber zum ersten Mal empfand ich starkes Mitgefühl für sie.

»Das haben wir nicht nötig, Agnès«, sagte Madame. »Wir wünschen uns eine andere Zukunft für dich.«

»Und wie sieht diese Zukunft aus?«, fragte Agnès herausfordernd.

»Du heiratest einen netten Mann, bekommst Kinder und bist für sie da.«

»Eine großartige Idee. So wie du?«

Ich hielt den Atem an.

Aber Madame überging den Ton. »Genau.«

»Mit einem netten Mann.« Sie grinste, und ihr Spott war nicht mehr zu überhören. »Da habe ich ja ein wunderbares Vorbild.«

Meister Jean warf ihr einen bösen Blick zu. Er verzog den Mund. »Was weißt du schon«, raunzte er.

»Und du? Sag doch auch mal was«, herrschte mich Agnès im nächsten Moment an. »Oder bist du stumm?«

»Lass den Jungen da raus«, versetzte der Meister.

Mich hatte ihre Frage erstarren lassen. Inzwischen war ich länger als ein Jahr bei der Familie, doch Agnès hatte kaum mehr als zwei Handvoll Worte mit mir gesprochen.

Ich schaffte es nicht, sie anzusehen, als ich antwortete. »Ich bin nicht stumm, wie du weißt. Aber das hier ist wohl kaum eine Angelegenheit, zu der ich etwas beizutragen habe.«

»Feigling«, zischte sie.

»Das ist keine Feigheit.«

»Was dann?« Ihre Stimme klang böse. »Du gehst jeden Morgen auf die Baustelle und lernst ein Handwerk. Es gefällt dir dort, und nach deinem Tagwerk kommst du zurück und bist hungrig und müde. Aber wenn jemand anders das Gleiche möchte, hältst du dich raus. Das nenne ich feige.«

»Agnès, Schluss jetzt«, rief Madame.

»Wenn du ein Junge wärst, würde ich dir den Stock über den Hintern ziehen«, sagte der Meister.

Sie blickte mit offenem Mund zu ihm. »Nur zu! Du hast keinen Sohn mehr.«

Beide starrten einander an, und keiner war bereit, den Blick abzuwenden. Ich rechnete damit, dass sie einander anschreien würden. Agnès setzte noch eins drauf. »Was ist? Traust du dich nicht?«

»Hört auf, alle beide«, verlangte Madame. »In diesem Haus schlagen wir einander nicht.«

Sie wandte sich an Agnès. »Ich sage dir, du bist unsere Tochter. Wir bestimmen über dich, wie es Gottes Plan ist. Ganz sicher wirst du kein Bauarbeiter.«

»Und erst recht kein Bildhauer«, ergänzte der Meister.

Ich hatte nicht oft erlebt, dass sich beide so einig waren.

Agnès ließ ihren Löffel auf den Tisch fallen, sodass Suppe auf den Tisch spritzte. Dann stand sie auf. »Ich esse nicht mehr mit euch«, erklärte sie. »So lange nicht, bis ihr mir erlaubt, was ich mir wünsche.«

»Na, viel Spaß«, erwiderte der Meister. Er hatte seine Überlegenheit zurückgewonnen. »Jesus hat vierzig Tage gefastet. Wir schauen mal, wie lange du durchhältst.«

Agnès ließ die Tür knallen, und wir drei brachten unsere Mahlzeit schweigend zu Ende. Als wir aufgegessen hatten, schenkte der Meister Madame Wein in den Becher. Das war eine ungewohnte Geste; normalerweise war es so, dass sie darauf achtete, dass er von allem genug bekam, während er sich nicht darum scherte, was sie hatte.

»Was ist in sie gefahren?«, fragte er.

Ich hatte den Eindruck zu stören. In meine Kammer mochte ich nicht, denn draußen war es noch hell. Also ging ich hinaus.

Wie erwartet, hockte Agnès auf der Bank vor dem Schuppen. Sie hatte die Beine angezogen und ein Messer in der

Hand, mit dem sie sich gedankenverloren über den Daumen strich.

Ich blieb einige Schritte vor ihr stehen.

»Was habe ich dir getan, Agnès?«

Sie schaute nicht auf. »Nichts.«

»Seit ich hier bin, redest du fast nicht mit mir. Und jetzt soll ich mich auf einmal auf deine Seite stellen?«

Ihr Blick blieb auf ihren Daumen und das Messer gerichtet, mit dem sie über die Haut schabte.

»Und wenn nicht, dann bin ich ein Feigling?«

Es war ein Frühlingsabend. Die Sonne war noch stark genug, dass ich blinzeln musste.

Ohne eine Aufforderung abzuwarten, setzte ich mich auf die Bank. Sie war breit genug, dass wir Abstand halten konnten.

»Henri hätte mich unterstützt«, sagte Agnès. »Das ist sicher.«

»Wer ist Henri?«

»Mein Bruder.«

»Warum ist er nicht hier?«

»Weil er tot ist, Holzkopf!«, erwiderte sie.

»Das wusste ich nicht. Es tut mir leid.«

Sie änderte ihre Haltung, legte ihren Fuß auf den Oberschenkel und kratzte mit dem Messer über die Sohle ihres Schuhs.

»Habt ihr euch gut verstanden?«

»Ja.«

Ich hatte nicht den Eindruck, dass sie über ihn reden

wollte, und war bereit, das zu respektieren. Umso mehr überraschte es mich, als sie den Faden aufnahm.

»Wir waren immer zusammen. Es gab irgendwie … keine Ahnung, wie ich das nennen soll … ein Band zwischen uns. Eine Verbindung, die …«

„… Gott selbst geschaffen hat?«, schlug ich vor.

»Ich weiß es nicht. Als Kinder hatten wir eine Geheimsprache. Nur wir beide. *To han* hieß: nach oben. Wenn einer von uns das am Tisch sagte, sind wir beide aufgestanden und gegangen. Und oben haben wir gelacht. *To fando* bedeutete: nach draußen. Hierher, zur Bank.« Sie schloss die Augen. »Wir hatten viele andere Wörter, für Mutter und Vater, für Freude und das Gegenteil davon und so weiter. Bestimmt zwanzig Begriffe.«

»Oh«, machte ich. »Und woran ist er gestorben?«

»Er hatte ein Fieber. Es ging ziemlich schnell, er wurde so schwach, dass er sich nicht mehr rühren konnte. Er lag im Bett, das Gesicht weiß wie eine Wolke. Am vierten Tag war er tot, und ich habe immerzu geweint. Das war nur ein paar Wochen vor deiner Ankunft. Deshalb wollte ich dich nicht in unserem Haus haben. Ich dachte, meine Eltern würden ihn durch dich ersetzen.«

»Und jetzt?«

Sie schaute zu mir und schnaubte. »Jetzt bist du schon so lange da, dass ich mich an dich gewöhnt habe.«

Mir lag ein höhnischer Dank auf der Zunge. Ich schluckte ihn herunter und wechselte das Thema.

»Dein Vater hasst die Bildhauer, weil sie zu viel Geld verlangen. Er sagt, wenn er ihren Forderungen nachgibt, ist der gesamte Turmbau in Gefahr.«

»Ja?«

»Wenn du dir ein anderes Handwerk suchst, hast du bei ihm bessere Chancen.«

»Kommt nicht infrage. Etwas anderes will ich nicht.«

»Nur für den Anfang. Später kannst du doch wechseln.«

»Nein«, erwiderte sie und klang derart entschlossen, dass ich es nicht noch einmal versuchte.

Ich hatte Respekt vor ihr, bewunderte sie sogar, weil sie so genau wusste, was sie wollte, und bereit war, dafür zu streiten, egal, was es sie kosten würde.

»Komm, ich zeig dir etwas«, sagte sie.

Sie führte mich in den Schuppen. Die Tür quietschte, als sie sie aufzog. Im hereinfallenden Lichtschein glänzte Staub auf den Regalen, und Spinnweben hingen an der Decke.

Auf einem langen Brett standen ihre Arbeiten. Soweit ich sehen konnte, waren die meisten aus Lindenholz, das weich war und sich gut schnitzen ließ. Es war verblüffend, ihre Fortschritte zu sehen. Die ersten Köpfe sahen noch grob aus, von Kinderhänden gemacht, sie hatten nur Augen, Nasen und Münder wie Rechtecke. Doch bald kamen Haare dazu und Ohren, später Nasenlöcher. Die Lippen bekamen Schwung, und die unteren waren anders als die oberen.

Vor einem Kopf blieb ich stehen. Dargestellt war ein bärtiger Mann, der zur Seite und ein wenig nach unten blickte. Diese Skulptur hatte etwas Sprechendes, es war nicht schwer zu erkennen, wer das Vorbild für sie war. Dieser Mann mit seiner in sich gekehrten, düsteren Ausstrahlung war ihr Vater, Meister Jean.

»Genau getroffen«, sagte ich.

In diesem Moment begriff ich, wie ähnlich sich Vater und Tochter waren. Sie besaßen die gleiche Sturheit und waren einander deshalb ebenbürtig. Ich stellte mir vor, dass es für Agnès zwei Möglichkeiten gab: Entweder setzte sie sich durch, oder sie würde sich zu Tode hungern. Meister Jean hätte es in ihrem Alter und in ihrer Lage wahrscheinlich nicht anders gemacht.

Sie stand vor den Holzfiguren, so dicht neben mir, dass ich ihren Atem hörte. Ich bewegte meine Finger ein wenig und berührte ihre Hand. Aber sie zog sie weg. In dem Moment kam ihr Vater herein. Er schwankte ein wenig, blieb neben uns stehen und betrachtete ebenfalls die Schnitzereien seiner Tochter.

VII

Sie hielt über zwei Wochen durch, doch eines Abends gab sie auf und kehrte an den Esstisch zurück. Setzte sich einfach hin, tauchte ihren Löffel in die Schüssel, schob ihn in den Mund, kaute, und keiner von uns verlor ein Wort darüber.

Sie tat mir leid, vielleicht mehr als sie sich selbst, und ich korrigierte meine Einschätzung, dass sie und ihr Vater ebenbürtig waren. Meister Jean war stärker.

Nach wie vor gingen wir morgens den langen Weg nach Saint-Denis, ohne viele Worte zu machen. Ich verstand mich gut mit Victor, dem Steinmetzmeister. Er zwinkerte mir zu, wenn er mich sah, legte mir auch die Hand auf die Schulter, und sein Gesichtsausdruck hatte etwas Wissendes, als seien wir verschworen.

Meister Jean stritt sich viel. Nicht nur mit den Bildhauern und mit den Glasbläsern, auch mit den Meistern der anderen Gewerke. Sein Amt hatte in erster Linie mit Geld zu tun, und davon brauchten alle stets mehr, als er ihnen zugestehen konnte. Er musste Sorge dafür tragen, dass die Summe ausreichte, die der Bauherr, ein Dekan, der für seine Gemeinde handelte, zur Verfügung stellte.

Drei- oder viermal im Jahr hatte Meister Jean bei ihm vorzusprechen. Diese Termine mochte ich überhaupt nicht. Sie warfen ihre Schatten mehrere Tage voraus. Madame wusch dann seine gute Tunika, die ihm bis an die Waden reichte und eine breite dunkelrote Borte hatte. Der Gürtel dazu war aus Leder. Sie schrubbte sie, bis sie vollkommen fleckenlos war, zog den feuchten Stoff in die Länge und wiederholte diese Prozedur jedes Mal, wenn sie ihn in der Sonne umhängte. Am Vorabend schnitt sie ihm die Haare und stutzte seinen Bart.

Er selbst war vor diesen Gesprächen noch knurriger als sonst, falls das überhaupt möglich war. Er grummelte seine Antworten, und sobald er eine Frage als ungebührlich ansah, bellte er seine Erwiderung wie ein Hund, was uns zurückschrecken ließ.

Im Herbst begleitete ich ihn zum Dekan. Ich trug ebenfalls saubere Kleidung, einen gewaschenen Kittel, hatte meine Haare gekämmt und Gesicht, Hände und Füße gewaschen. An der Pfarrei blieb ich, wie es sich gehörte, einige Schritte hinter ihm. Mit den Plänen und Listen, auf denen die Ausgaben verzeichnet waren, unterm Arm stand ich im Besprechungszimmer an der Wand und trat nur vor, wenn ich dazu aufgefordert wurde.

Der Dekan hatte ein Mondgesicht mit kleinen, wachen Augen darin und einen weißen Bart. Der Meister nannte ihn »Hochwürden«. Er wurde von drei Priestern in braunen Kutten begleitet, die sich genauso im Hintergrund hielten wie ich. Das Gespräch war den beiden alten Männern vorbehalten.

»Meister Jean, seid willkommen.«

Der Meister verbeugte sich und ging vor, ich blieb mit den Papieren im Hintergrund.

»Ich danke Euch, Hochwürden.«

»Nun, was habt Ihr zu berichten?«

»Der Bau macht gute Fortschritte.«

»Das sehen wir. Allerdings geht es langsamer voran als von Euch angekündigt.«

Meister Jean legte den Kopf schief. Eine Antwort war das nicht, eher ein Abwarten dessen, was noch kommen würde.

»Ich habe mir Euren Zeitplan kommen lassen und ihn überprüft. Ihr seid fast ein ganzes Stockwerk in Verzug.«

»Hmm.«

Dem Dekan reichte ein Murmeln nicht. »Ist es nicht so?«

Selbst hinten an der Wand war mir das Gespräch unangenehm.

»Hochwürden, wir haben Konkurrenz am Steinbruch von Pontoise. Auch für Notre-Dame in Paris holen sie das Material dort, und der Hunger der Kathedralenbauer ist unersättlich. Daraus folgt, dass wir manchmal lange auf neue Steine warten müssen. Die Preise sind angezogen, deshalb …«

Der Dekan schnitt ihm das Wort ab. »Geht es darum, dass Ihr mehr Geld verlangt? Wieder einmal mehr Geld?«

»Das war nicht vorhersehbar.«

»Aber sicher war es das! Es ist immer dieselbe Leier. Erstens gibt es den Bau von Notre-Dame schon seit einer halben Ewigkeit. Zweitens wisst Ihr so gut wie ich, dass wir in unserer Region nur wenige ergiebige Steinbrüche haben.« Er ließ seinen Arm durch die Luft fahren. »Die Situation ist doch nicht vom Himmel gefallen.«

Meister Jean hatte seine Finger ineinander verschränkt. Obwohl ich hinter ihm stand, sah ich, dass er einen roten Kopf bekommen hatte. Seine feine Tunika passte nicht zu ihm, und dass er so ordentlich frisiert war, auch nicht.

»Dass es so werden würde, war nicht vorhersehbar«, wiederholte er leise, aber klar. Er klang so stur, dass ich den Atem anhielt.

Der Dekan starrte ihn an. Ein Wutausbruch lag in der Luft. Mit schweren Schritten ging der Kirchenmann zu einem Sessel, der in der Zimmerecke stand, setzte sich umständlich und zeigte auf einen Stuhl. »Bitte.«

Meister Jean zog seinen Stuhl ein wenig zurück, bevor er sich setzte, als wollte er vermeiden, seinem Gesprächspartner zu nahe zu kommen. Der Dekan strich sich über den Bart und schaute nachdenklich zum Fenster.

»Wir erreichen nichts, wenn wir streiten«, nahm der Dekan das Gespräch wieder auf. Seine Stimme klang anders als zuvor, leiser, ohne Wut, und er blickte dem Meister auch ins Gesicht. »Ich will ehrlich mit Euch sein, Meister Jean: Auch wir leiden unter dem Bau der großen Kathedrale. Unsere ganze Gemeinde. Die Spenden für unseren Turm fließen spärlich und in manchen Wochen gar nicht. Soweit ich höre, geben unsere Gläubigen ihr Geld lieber für Notre-Dame. Sie glauben wohl, Paris sei für ihr Seelenheil wichtiger als Saint-Denis.«

Meister Jean nickte. Seine Hände lagen auf den Oberschenkeln, die Röte war aus seinem Gesicht gewichen. »So oder so bauen wir den Turm fertig.«

»Das ist selbstverständlich. Zumindest hoffe ich, dass es das ist.«

Meister Jean streckte die Arme vor, und ich hatte den Eindruck, er wollte den Dekan berühren, ihn zumindest auf seine Seite ziehen. »Aber möglicherweise nicht in der geplanten Zeit. Wir brauchen Geduld.«

»Die Zeit ist bei Gott. Alles ist bei Gott.«

»Selbstverständlich, Hochwürden. Unser Plan ist es, auf die Wochen zu warten, in denen der Preis für den Stein fällt. Im späteren Herbst und im Winter. Dann werden wir kaufen, möglicherweise eine große Menge.«

»Eine gute Idee.«

»Außerdem ist es denkbar, dass wir – zumindest am Anfang – weniger schmückendes Beiwerk haben werden, als es geplant war. Die Bildhauer haben teure Forderungen. Wenn Ihr mehr Geld bewilligt, kann ich sie genehmigen. Sonst …«

»Ich kann Euch nicht mehr Geld geben, Meister«, erwiderte der Dekan. »Woher soll ich es nehmen?«

»Dann bin ich gezwungen, die Zahl der Skulpturen zu reduzieren.«

»Das wäre schade.«

»Schade, aber nicht unveränderlich. Wir könnten später noch welche einfügen.«

»Nun, dann sei es so. Meinen Segen habt Ihr.«

So kam Meister Jean ungeschoren aus dieser Sitzung. Der Dekan hatte verstanden, dass eine Gegnerschaft zum Baumeister den Turmbau weiter verlangsamen und womöglich gefährden würde. Sie wussten, was sie an Meister Jean hatten, und wollten es sich mit ihm nicht verderben.

Eine Garantie für die Zukunft war das natürlich nicht. Ein anderer Kirchenmann als Bauherr konnte zu einem gegenteiligen Schluss kommen. Meister Jean schien sich derartige Sorgen nicht zu machen. Als wir die Pfarrei verließen, war er in gehobener Stimmung und steuerte die nächstgelegene Weinschenke an.

Ich kehrte allein nach Paris zurück und machte einen Abstecher zu Notre-Dame, weil ich wissen wollte, ob es dort wirklich so viel mehr Steine und anderes Material gab. Es zog mich manchmal an den Bauzaun, ich wollte die Fortschritte sehen, wollte wissen, ob ein neues Stockwerk entstanden war oder woran gerade gearbeitet wurde. Einmal bin ich auch mit Élise hingegangen, an einem Sommerabend, den wir zusammen in Paris verbrachten, obwohl sie in Saint-Denis wohnte. Ich zeigte ihr die Kathedrale, und sie staunte.

An diesem Nachmittag aber berührte mich am Bauzaun ein Engel. Ich stand da, schaute und träumte. Beobachtete den Baumeister in seiner Mönchskutte. Er war ein alter Mann mit gebeugter Haltung und wirkte dennoch ausgesprochen lebendig. Andauernd kamen die Meister der Gewerke zu ihm, sprachen ihn an, brauchten Auskünfte, baten um Rat.

Ich war zu weit weg, um auch nur ein einziges Wort zu verstehen, aber das machte nichts, ich gab mich meiner Vorstellung hin, dem Gedanken, dass ich selbst dort der Baumeister wäre. Chartres hatte ich fast völlig vergessen, für mich gab es nur diesen Ort, diese Kathedrale, Notre-Dame. Gott selbst hatte die Kirche in Auftrag gegeben. Er wollte, dass wir in der Hauptstadt Frankreichs, in der Mitte der christlichen Welt, jene Frau ehrten, die seinen Sohn zur Welt gebracht hatte und dabei eine Jungfrau geblieben war.

Am Abend ging ich früher als sonst in meine Kammer, streckte mich auf meinem Lager aus und schloss die Augen. Sofort sah ich mich auf dem riesigen Bauplatz voller Handwerker, mit Meistern, für die mein Wort Gesetz war. »Meister Pierre«, riefen sie von links, »Meister Pierre« auch von rechts, sie standen Schlange für eine Anweisung von mir, und meine Position war fraglos anerkannt. Mit einem Kohlestift machte ich Zeichnungen, wie Meister Jean es tat, und erklärte ihnen auf diese Weise, was ich erwartete, und sie führten es genau so aus. Dieses Bild gefiel mir so gut, dass ich es tagelang mit mir herumtrug.

Obwohl wir uns damals am Seine-Strand die Freundschaft versprochen hatten, begann ich, Clément aus dem Weg zu gehen. Dabei kam mir zupass, dass Meister Jean mir endlich mehr Aufgaben übertragen hatte. Ich war zuständig für den Innenbereich des Turms. Die gerundeten Mauern mussten ohne Vorsprünge sein, und ich fertigte Zeichnungen für die Wendeltreppe an. So war es leicht, Clément einen Korb zu geben, wenn er mich fragte, ob wir die Mittagspause zusammen verbringen würden. Auch am Nachmittag, wenn er auf mich wartete, um mit mir zusammen nach Paris zurückzugehen, sagte ich ihm, ich hätte noch zu tun.

Die Wahrheit ist, dass ich ihm auswich, weil ich ein schlechtes Gewissen hatte. Selbstverständlich hatte ich bessere Chancen als er, Baumeister zu werden. Viel bessere

Chancen. Er war ein einfacher Steinmetz, schlug den ganzen Tag mit dem Hammer auf den Meißelkopf, während ich alle Möglichkeiten hatte, mir die Geheimnisse eines Baumeisters abzuschauen. Selbst von jemandem, der so widerwillig war wie Meister Jean, würde ich lernen, was ich brauchte. Es war nur eine Frage der Zeit, dessen war ich mir sicher.

Clément war der beste Freund, den ich hatte. Die Vorstellung, ihn zu verlieren, war bitter, und ich schämte mich für mein Verhalten. Noch mehr schämte ich mich dafür, dass ich es leichter hatte, ein Baumeister zu werden.

Viele Tage entzog ich mich den Begegnungen mit ihm. Am Ende aber lauerte er mir auf.

Ich lief gerade im Auftrag von Meister Jean über die Baustelle; ich sollte den Chef der Maurer zu ihm schicken. Clément kam hinter einer Ecke hervor und stellte sich mir in den Weg.

»Was ist los?«, fragte er scharf.

»Nichts. Was soll sein?«

»Habe ich dir irgendwas getan? Oder kannst du mich nicht mehr leiden?«

»Nein. Doch.« Ich wusste nicht, was ich ihm sagen sollte, und suchte nach einem guten Grund, warum ich weitermusste. »Der Meister …«

»Sag mir, was los ist. Jetzt. Ich will es wissen.«

»Ich weiß nicht, was du meinst.«

Er stieß mir mit der flachen Hand gegen die Brust, und das kam so überraschend, dass ich rückwärts stolperte.

»Jetzt«, rief er.

»Clément …«

Er packte mich an den Armen, ich riss mich los, und im nächsten Moment rangen wir miteinander, stürzten, wälzten uns auf der Erde. Mal war der eine oben, mal der andere. Clément drückte meinen Kopf gegen den harten Boden. Ich versuchte, ihn zu würgen.

Doch dann löste ich meinen Griff. »Du hast recht«, sagte ich keuchend.

Auch er zog seine Hand zurück. »Warum?«

Es fiel mir schwer, ihm von meinem schlechten Gewissen zu erzählen, nur stockend brachte ich die Worte hervor. »Kannst du das verstehen?«

»Nein«, sagte er.

Wir knieten auf der Erde. Der harte Boden drückte sich durch meine Hose.

»Ich habe mich einfach geschämt, weil ich dachte, ich würde dich hintergehen. Deshalb …«

»Ist das wahr?«

»Ja.«

Er stand auf, klopfte sich den Dreck von Kittel und Hose, reichte mir die Hand und zog mich auf die Füße.

»Und ich dachte, ich hätte dich irgendwie beleidigt«, sagte er. »Ich habe mir den Kopf zermartert, aber mir ist nichts eingefallen.«

»Es tut mir leid. Ich will Baumeister werden. Das ist alles.«

Er schnaubte, dann schlug er mir auf die Schulter. »Na dann ist gut. Vielleicht bin ich anders als du, Pierre. Ich schaue, wo es mich hintreibt. Es wird kommen, wie es soll. Auf jeden Fall will ich, dass wir Freunde bleiben.« Er streckte mir die Hand hin. »Erneuern wir unser altes Versprechen?«

Natürlich schlug ich ein. »Ja«, sagte ich. Wir grinsten beide und umarmten uns.

»Hast du schon das Neueste gehört?«, fragte er dann.

»Was meinst du?«

»Der Baumeister von Notre-Dame ist gestorben.«

»Der Mönch?«

»Ja.«

»Und woran?«

»Was weiß ich. Im Zweifelsfall hat Gott ihn zu sich gerufen.«

In diesem Moment ahnte ich noch nicht, welche Folgen diese Nachricht haben würde.

VIII

Als ich Clément verließ, überlegte ich, ob und wie ich diese Nachricht an Meister Jean weitergeben sollte. Oder wusste er es längst? Meistens reagierte er unwirsch, wenn ich etwas zu ihm sagte. Vielleicht interessierte ihn die Kathedrale überhaupt nicht, er ging nie dorthin, wusste nicht, wie sie wuchs, zumindest hatte ich nicht mitbekommen, dass er nach unserem gemeinsamen Ausflug jemals wieder dort gewesen wäre. Damals hatte ich vermutet, dass er von dieser Kirche träumte. Aber stimmte das wirklich?

Der Meister war und blieb für mich ein Rätsel.

Beim Abendessen konnte ich mein Wissen nicht länger für mich behalten. Es platzte heraus, letztlich, weil ich derjenige sein wollte, der es ihm sagte. »Der Baumeister von Notre-Dame ist gestorben.«

»Ich weiß«, entgegnete er, ohne mich anzusehen. »Das hat sich schon herumgesprochen.«

»Er war ein alter Mann«, sagte Madame.

Ihre Worte überraschten mich. Der Bau von Notre-Dame war im Haus nie Gesprächsthema gewesen, zumindest nicht in meiner Gegenwart.

»Ich werde für seine Seele beten«, sagte sie noch und aß weiter.

Agnès mischte sich nicht ein. Zwar saß sie wieder mit uns am Tisch, dennoch hatte sich etwas verändert. Sie beteiligte sich an keiner Unterhaltung. Wenn Madame ihr eine Frage stellte, gab sie eine knappe Antwort, manchmal so kurz, dass es an Frechheit grenzte. Ihr Kampf ging weiter, es war offensichtlich, dass sie mit dieser Art ihre Eltern zu bestrafen versuchte.

»Wo hast du davon gehört?«, fragte mich der Meister.

»Auf der Baustelle. Clément hat es erzählt.«

»Der Steinmetz?«

»Ja.«

Der Meister trank einen Schluck Wein, hielt die Flüssigkeit im Mund, wo er sie hin und her bewegte. »Ganz Paris weiß es schon«, sagte er schließlich. »Was für eine geschwätzige Stadt.«

Seine letzten Worte blieben in der Luft hängen, sie klangen nach wie ein Ton, den jemand angeschlagen hatte und der nicht verging. Er selbst starrte auf die Lampe, als läge in ihrer Flamme ein Geheimnis, das er zu ergründen suchte.

»Jean, was ist?«, fragte Madame.

Den Blick weiterhin auf die Flamme gerichtet, zuckte der Meister mit den Schultern. »Was soll sein?«

»Ich möchte wissen, was du denkst.«

»Nichts. Was soll ich denken?«

Sie hielt ihren Löffel aufrecht in der Hand. Es sah aus, als hätte sie eine Waffe. »Du …?«

Der Meister drehte sich mit einem Ruck zu ihr. »Was?«, gab er zurück. Auf einmal klang er gereizt.

Der Raum war schwach beleuchtet, neben der Öllampe, in die Meister Jean gestarrt hatte, brannten nur ein paar Kerzen, dennoch fand er nach einigem Rühren ein Stückchen Rindfleisch, das er triumphierend hochholte und sich in den Mund schob.

»Jean ...«, begann sie wieder. Ihre Stimme hatte jetzt etwas Flehendes. Ich hätte gerne gewusst, um was ihre Auseinandersetzung ging. Aber ich wagte nicht zu fragen.

Er schenkte ihr keine Beachtung. Kaute und schmatzte, schluckte schließlich seinen Bissen herunter, trank den Wein aus und stand auf.

»Nein, Jean. Geh jetzt nicht fort.«

»Pfff«, machte er.

Madame stand ebenfalls auf und machte zwei Schritte auf ihn zu. Er hatte ihr den Rücken zugewandt. Sie packte seinen Ärmel.

»Jean, ich will eine Antwort. Jetzt.«

Er drehte sich mit einer derartigen Heftigkeit um, dass ich fürchtete, er würde sie schlagen. Seine Hände blieben zum Glück unten. Dafür fletschte er die Zähne.

»Ja!«, brüllte er plötzlich, und sie wich erschrocken zurück. »Die Antwort ist Ja! Was denkst du denn? Dass ich eine solche Gelegenheit verstreichen lasse? Da kennst du mich schlecht.«

»Nein, Jean. Tu das nicht. Du bist kein Kirchenmann.«

»Ich bin Baumeister! Und ein Baumeister ist jetzt gefragt.«

Beide schienen vollkommen vergessen zu haben, dass

Agnès und ich jedes Wort hörten. Sie schaute mittlerweile gebannt auf ihre Eltern, während ich nicht recht wusste, wohin mit mir.

»Sag mir eines«, fragte Meister Jean mit einem bösen Unterton. »Weshalb sollte ich mich nicht bewerben?«

»Darüber haben wir schon oft gesprochen. Es braucht einen Priester, um die Kathedrale zu bauen. Am besten einen Mönch. Jemand, der sein Leben Gott gewidmet hat, ist besser vor Hochmut und Wahnsinn geschützt. Einem solchen Menschen führt der Herr die Hand und schützt ihn vor zu viel Eitelkeit.«

»Papperlapapp.«

»Du hingegen glaubst nicht einmal richtig.«

»Das tue ich sehr wohl. Ich gehe zur Messe. Ich werfe Münzen in den Klingelbeutel.«

»Ach ja? Wann warst du zum letzten Mal in der Kirche?«

»Vor zwei Wochen.«

»Vor *vier* Wochen«, verbesserte sie.

»Und wenn schon, nächsten Sonntag wollte ich gehen. Nicht wegen dir, bilde dir das nicht ein.«

»Ich sage ja, du glaubst nicht richtig. Wie kann Gott dich da lieben? Diese Kathedrale ist der reine Hochmut. In Wahrheit soll sie ihre Erbauer rühmen und nicht den Herrn. Das nenne ich Selbstverliebtheit. Glaubst du, das merkt Er nicht? Er sieht jede Sünde. Auch diese.«

Er winkte ab. »Wie oft bist du mir schon mit dieser dämlichen Einrede gekommen?«

»Oft. Weil sie wahr ist. Jean, bleib, wo du bist. Bleib in

Saint-Denis. Tu es für dein Seelenheil. Was ihr dort macht, ist eine gottgefällige Sache.«

Bisher war es immer so gewesen, dass er grantig wurde, wenn ihm etwas nicht passte, und sich zurückzog. So gab er seinem Gegenüber zu verstehen, dass er in Ruhe gelassen werden wollte. Doch jetzt wich er zwei Schritte zurück, bis er die Wand erreicht hatte. Sie musste ihn an einer empfindlichen Stelle getroffen haben, auch wenn ich es nicht verstand.

Ich schaute zu Agnès, die die Auseinandersetzung zwischen ihren Eltern genauso verfolgte wie ich, und ich dachte, dass nicht sie, sondern Madame diejenige war, die in der Lage war, Meister Jean Paroli zu bieten.

Für eine lange Zeit sprachen weder Madame noch der Meister ein Wort, wir am Tisch erst recht nicht. Keiner wagte überhaupt, sich zu rühren. Ich fand mich fehl am Platz, doch um aufzustehen und zu gehen, dazu war es zu spät. Ich blieb. Atmete flach und machte keinen Mucks. Agnès dagegen hatte bei aller Anspannung etwas Ungerührtes an sich. Sie aß einfach weiter.

Langsam nahm Meister Jean die Hände wieder von der Wand. Eine Kerze war ausgegangen, der Raum war noch dunkler geworden, deshalb war es nur ein Schemen des Meisters, der sich auf Madame zubewegte. Es waren wenige Schritte nötig, zwei, höchstens drei, und er setzte sie ganz gemächlich.

Madame bekam es mit der Angst, das konnte ich spüren. Sie wich zurück, bis sie mit dem Rücken an den Tisch stieß.

Er kam näher.

Agnès drückte sich an ihrem Platz auf die Füße, bereit,

ihrer Mutter zu helfen, sollte ihr Vater handgreiflich werden. Ich hatte eine Gelegenheit, vor ihr als tapfer zu erscheinen, ich sollte derjenige sein, der sich schützend vor Madame stellte, auch wenn ich nicht zur Familie gehörte und den Zorn des Meisters auf mich zog.

Mein Herz pochte, und die Ader am Hals pulsierte. Ich kam nicht hoch. Wie gelähmt blieb ich auf meinem Platz, unfähig, irgendetwas zu tun oder zu sagen. Ich starrte immer nur auf den Meister.

Doch er schlug sie auch diesmal nicht und brüllte sie auch nicht an. Sein Kopf war nur eine Handbreit vor ihrem. »Misch dich nicht in meine Angelegenheiten, das rate ich dir«, zischte er.

Dann ging er hinaus.

Wir blieben in einer seltsamen Stille zurück, wie sie entsteht, wenn ein Gewitter plötzlich weitergezogen ist. Einige Minuten verstrichen. Madame setzte sich, ich schenkte ihr mit zitternder Hand Wein ein, den sie aber nicht anrührte.

Wortlos deckten Agnès und ich den Tisch ab und räumten die Küche auf, während Madame sitzen blieb, die Hände faltete und ein Gebet vor sich hin murmelte. Ich trank einen letzten Becher Wasser mit Wein, dann stieg ich die Treppe hinauf und verzog mich in meine Kammer.

Als ich auf dem Stroh lag, dachte ich an meinen Vater. Er hatte mir damals auf unserem Weg von Chartres nach Paris einen ähnlichen Ratschlag gegeben wie Madame jetzt ihrem Mann. Ich sollte bescheiden und fleißig sein, hatte er gesagt, so wie Madame verlangte, dass ihr Mann sich unterordnete, dass er der Eitelkeit widerstand und nicht zu hoch hinauswollte.

Mir war klar, dass sie ihn mit diesen Worten nicht erreichen konnte. Hätte sie seinen Turm in Saint-Denis gesehen, dann hätte sie gewusst, dass sein Ziel der Himmel war. Mit weniger gab sich ihr Mann nicht zufrieden. Ich für meinen Teil hoffte natürlich, dass Meister Jean der neue Baumeister von Notre-Dame werden würde. Auf einmal lag mein Ziel zum Greifen nahe.

An einem der nächsten Sonntage brachte Meister Jean ein Stoffpaket aus dem Haus in den Hof. Er entfaltete es, woraufhin zwei Teile zum Vorschein kamen. Das eine war eine Tunika, die ich nicht kannte und die allein wegen ihrer vielen Farben teuer aussah, das andere ein Umhang aus schwarzem Samt. Er war staubig. Ungeschickt versuchte der Meister, den Staub abzuklopfen.

Agnès saß auf ihrer Bank und grinste in sich hinein, Madame kam mit einem Eimer hinaus und schüttelte den Kopf. Meister Jean beachtete sie nicht. Er zog eine Bürste aus der Tasche, mit der er den Stoff zu traktieren begann. Zwar ging er systematisch vor, erst den Rücken, dann die Ärmel und die beiden vorderen Seiten, doch seine Bewegungen waren grob, sie hatten etwas Ungeduldiges und Abgehacktes, und ich dachte, dass er einen schlechten Handwerker abgäbe. Seine Steine würden, sollte er sie so behauen, wie er den Staub abbürstete, frühzeitig zerbrechen.

Auch wenn er kein Wort verlor, war es eindeutig, wozu er die gute Kleidung brauchte, und ich wünschte ihm Erfolg.

Dabei war ich nicht einmal sicher, ob er mich überhaupt mitnehmen würde, sollte er tatsächlich neuer Baumeister von Notre-Dame werden. Es war wie immer: Er hatte nichts gesagt, und ich hatte ihn nicht gefragt. Die Zukunft, tröstete ich mich, war sowieso bei Gott. Er allein entschied.

Nachdem er seinen Samt gesäubert hatte, zog Meister Jean die Tunika und den Umhang an. Soweit ich das beurteilen konnte, saß beides gut.

»Und?«, fragte er seine Frau. »Geht das?«

Anstelle einer Antwort zuckte sie mit den Schultern.

Er verschwand im Haus und kehrte ohne seine guten Sachen, dafür aber mit einem Stuhl und einem Messer zurück.

»Nathalie«, sagte er, während er sich setzte, »schneid mir Haare und Bart, ja?«

Sie hatte genauso wie ich verstanden, was Meister Jean vorhatte. »Damit du beim Domkapitel einen guten Eindruck machst?«

»Genau.«

»Ich weiß nicht, Jean, ob du mir manchmal zuhörst«, sagte sie freundlich, aber bestimmt. »Falls das nicht der Fall ist, wiederhole ich mich gerne: Ich hatte gesagt, du sollst *nicht* versuchen, Baumeister von Notre-Dame zu werden, sondern in Saint-Denis bleiben.«

»Ja, ich weiß. Und?«

»Da werde ich dir doch nicht helfen, dich herauszuputzen.«

»Du bist meine Frau!«

»Und als deine Frau bete ich jeden Tag, dass du zur Besinnung kommst. Erst heute Morgen habe ich in der Kirche eine Kerze für dich angezündet.«

»Ach, hör auf.«

»Aufhören, sagst du? Ist dir noch nie zu Ohren gekommen, dass der Herr an dieser Kathedrale Wände einstürzen lässt, und unter dem Schutt liegen Handwerker begraben? Andere fallen von Gerüsten. Glas zerbricht. Ich soll aufhören? Oh nein, Jean. Ich sage dir, dieses Vorhaben ist ohne jede Bescheidenheit und deshalb ohne Segen. Gott will nicht, dass die Menschen alles tun, was ihnen vielleicht möglich ist.«

»Der Bischof von Paris scheint da anderer Meinung zu sein.«

»Das weiß ich nicht. Unser Pfarrer denkt jedenfalls wie ich. Und ich sage dir, wenn diese Kathedrale des Hochmuts schon gebaut wird, dann lass es jemanden übernehmen, dessen Hand und Gedanken Gott selbst führt. Der hören kann, was Er will.«

»Ich bin ganz deiner Meinung.«

»So?« Sie wirkte erstaunt.

»Ja. Wenn das Domkapitel mich auswählt, dann, weil es Sein Wille ist.« Ein Lächeln umspielte seine Lippen.

»Jean, achte auf deine Worte, ich flehe dich an. Pass auf, dass nicht der Teufel aus deinem Mund spricht. Gotteslästerung ist eine Sünde. Es ist elend heiß im Fegefeuer.«

Er stand auf und ging mit dem Messer in der Hand zu Agnès. »Mach du mir Haare und Bart, Kind. Ja?«

»Das kann ich tun.«

»Dann los. Sollen wir das Messer schärfen?«

»Ich möchte auch etwas von dir, Vater.«

»Das denke ich mir. Wann habe ich jemals etwas umsonst bekommen. Was willst du?«

»Dein Einverständnis, dass ich ein Handwerk lernen darf. Das der Bildhauer.«

Er sah aus, als sei er nicht sicher, ob sie diesen Satz wirklich gesagt hatte. »Was ist in dich gefahren?«, polterte er los. »In euch alle? So lasse ich nicht mit mir reden!«

Der Streit endete so, dass ich derjenige war, der dem Meister Haar und Bart stutzte. Madame war im Haus verschwunden, Agnès warf mir böse Blicke zu.

Ich hatte keine Erfahrung mit dieser Tätigkeit, entsprechend vorsichtig ging ich sie an.

Der Meister war ungeduldig. »Nun mach schon, Junge!«

Beherzt schritt ich zur Tat. Dabei musste ich das Messer dreimal über den Schleifstein ziehen, denn sein Haar war dicht und der Bart struppig, und ich war ewig lange damit beschäftigt. Am Ende lag rings um den Stuhl ein Kreis von schwarzem Haar, das ich wegzufegen hatte.

Immerhin: Dass ich für ihn tat, was seine Frau und seine Tochter abgelehnt hatten, stimmte ihn mir gegenüber milde. Ich sah eine Möglichkeit und wollte sie nutzen.

»Du gehst morgen früh allein nach Saint-Denis, Junge. Achte darauf, dass die Handwerker keine Dummheiten machen.«

»Und Ihr sprecht beim Domkapitel vor?«

»Ja.«

»Da würde ich gerne mitkommen, Meister, wenn es Euch recht ist.«

Er fuhr sich über die geschnittenen Haare, woraufhin noch einige herunterrieselten. »Von mir aus.«

Ich erkannte an diesem Tag, wie sehr ich mich in ihm geirrt hatte. Seine Sehnsucht war groß, auch wenn er über sie genauso wenig sprach wie über die meisten anderen Themen. Genau wie meine. Wir unterschieden uns nur in einem Punkt: Um sein Ziel zu erreichen, war er bereit, es sich mit allen zu verderben – sogar mit seiner Frau. Mich dagegen hatte es gequält, an Clément zu denken, und ich war erleichtert, dass wir wieder Freunde waren. Ganz allein konnte ich in der Welt nicht bestehen.

IX

Der Bischofspalast lag neben einem Kloster auf der Seine-Insel. Er war zweistöckig, aus einem grauen Stein, mit dem sich die damaligen Steinmetze nicht viel Mühe gegeben hatten, wie ich erkannte – die verbauten Quader waren auffallend klobig geraten.

Der Bogen über dem Eingang war rund, verziert mit grober Bildhauerei, die mir vorkam, als hätten sie Kinder geschaffen, und über die Agnès gelacht hätte. An beiden Seiten standen Türme, die an eine Burg erinnern sollten, aber nur der Zierde dienten, sie waren viel zu eng und gedrungen, um Wachsoldaten aufzunehmen. So wirkten sie wie Gegenstücke zu dem Turm, den der Meister in Saint-Denis bauen ließ: niedrig, mit Dächern wie Kegel.

Dem gesamten Gebäude sah man an, dass es aus einer lange vergangenen Zeit stammte. Notre-Dame würde es in den Schatten stellen, wenn die Kathedrale erst fertig war, und mir ging durch den Kopf, dass der Bischof, sobald er ihre Höhe und Ausmaße erkannte, auch für sich einen neuen Palast wollen würde. In nicht allzu ferner Zeit wartete hier eine weitere Aufgabe für einen Baumeister.

Meister Jean nannte den beiden Wachmännern seinen Namen, wir wurden ohne weitere Fragen eingelassen und fanden uns in einer holzvertäfelten Eingangshalle wieder. An den Wänden hingen brennende Fackeln, auf einem niedrigen Tisch in der Mitte stand ein Krug mit mehreren Bechern. Der Meister stellte sich an eine der Wände und wartete. Ich hatte den Eindruck, er suchte bei dem dunklen Holz Schutz.

Er wirkte so angespannt, wie ich ihn noch nie gesehen hatte. Am Morgen, während Madame, Agnès und ich am Tisch gesessen hatten, hatte er nichts gegessen, sondern war durch die Küche gewandert. Zwischen ihm und Madame gab es kein Wort, nicht einmal einen Blick. Sie lehnte sein Vorhaben ab, und er ging es trotzdem an.

Nun nestelte er an seinem Samtumhang, als wollte er letzte Fuseln und Staubreste abkratzen. Seine Haare und der Bart sahen ordentlich aus, auch wenn ich immer wieder Stellen entdeckte, wo ich nicht ganz gleichmäßig geschnitten hatte. Aber jetzt war es zu spät.

Die Tür, durch die wir gekommen waren, öffnete sich erneut. Ein auffallend gekleideter älterer Mann trat ein, flankiert von zwei Jungs in meinem Alter. Der Mann hatte ein glatt rasiertes Gesicht mit dicken Wangen. Er trug einen beigefarbenen Umhang. Das war ein seltsames Stück Stoff, denn es bedeckte nur den Rücken, nicht aber Bauch und Brust. Vorne, unter dem Schlüsselbein, wurde es von einer goldenen Kette zusammengehalten. Der Stoff warf Wellen und diente offenbar weniger dem Schutz gegen die Kälte als dem Ziel, Aufmerksamkeit zu erwecken, zumal er am Kragen und den Ärmelsäumen mit dunkelbraunem Pelz gefüttert war. So etwas trugen reiche Leute.

Seine Begleiter hielten sich im Hintergrund, genauso, wie ich es tat, während sich der Mann mit dem Umhang auf eine Weise durch die Halle bewegte, als sei er regelmäßiger Gast des Bischofs.

Meister Jean machte zwei kleine Schritte auf ihn zu. Beide trafen sich an dem Tisch und deuteten eine Verbeugung an.

»Meister Jean.«

»Meister Gabriel.«

Gabriel nahm den Krug und befüllte einen Becher. »Möchtet Ihr auch?«

»Nein, danke.«

Meister Jeans Stimme klang rau wie die von jemandem, der lange nicht gesprochen hatte, während Gabriels Worte herauskamen, als hätte er Öl in seiner Kehle.

»Wie geht es in Saint-Denis?«

»Gut. Der Turmbau schreitet voran.«

»Ich weiß. Er soll besonders hoch werden, erzählt man sich.«

»Ja, richtig. Und Ihr?«

»Oh, ich kann nicht klagen, wir haben so viel Arbeit, dass ich meine jungen Mitarbeiter entwerfen lassen muss, weil ich selbst nicht alles schaffe.« Er zeigte auf die beiden Jungen. »Dann mache ich nur noch Verbesserungen. Das ist ziemlich praktisch.« Er lachte. »Mein wichtigstes Projekt ist ein Wohnhaus für den Bischof, gar nicht weit von hier. Als ich ihm die Pläne gezeigt habe, war er so angetan, dass er mich gebeten hat, mich als Kathedralbaumeister zu bewerben. Deshalb bin ich hier.«

Er redete laut, seine Worte klangen durch die Halle.

Meister Jean sackte ein wenig zusammen, griff nun doch nach einem Becher, füllte ihn und stürzte den Wein hinunter. Dann wurde die Tür am Ende der Halle geöffnet.

»Meister Jean, bitte«, rief eine Männerstimme.

Ich trat nach dem Meister ein und blieb, wie ich es aus Saint-Denis gewohnt war, neben der Tür stehen. Diesmal hatte ich keine Pläne unter dem Arm und würde also auch nicht nach vorne gerufen werden.

Das Zimmer wirkte weitläufig, so groß, dass die Mörtelmischer hier hätten tanzen können. Im Gegensatz zur Eingangshalle hatte es eine niedrige Decke. In der Mitte stand ein langer Tisch, an dem fünf Männer saßen, von denen vier ihrer Kleidung nach zur Kirche gehörten. Zwei trugen einfache Mönchskutten, ein weiterer erinnerte mich an den Dekan von Saint-Denis. Der Vierte hatte einen sandfarbenen Mantel an, der, anders als der des Meisters, Ärmel hatte. Als sich Meister Jean tief vor ihm verbeugte, wusste ich, dass es sich um den Bischof handelte. Ich machte es ihm nach.

»Monsieur«, begann der fünfte Mann, der Einzige in weltlicher Kleidung, mit einer blütenweißen Tunika und einem purpurfarbenen Umhang, der am Hals von einem Band und am Bauch von einem Gürtel gehalten wurde. »Mein Name ist Jacques, ich bin Kaufmann und habe die Ehre, dem Domkapitel anzugehören. Selbstverständlich kennt Ihr unseren Bischof und sicher auch Vater Didier. Wir haben Euch hergebeten, damit Ihr uns Eure Ideen für die Kathedrale vorstellt.«

Die beiden außen sitzenden jüngeren Männer in den Kutten hatte er nicht vorgestellt. Beide hatten Federn in der Hand und waren offenbar dazu da, das Gespräch zu protokollieren. Meister Jean stand vor dem langen Tisch, mehrere Schritte von mir entfernt. Seine Finger waren seltsam ineinander verknotet. Selbst auf die Entfernung spürte ich seine Furcht.

Er brachte kein Wort heraus.

»Meister?«, forderte ihn der Mann auf, der sich als Jacques vorgestellt hatte.

Meister Jean räusperte sich. »Ja.«

»Bitte, legt los. Ihr habt um dieses Gespräch gebeten. Ich gehe davon aus, Ihr habt eine Vorstellung davon, wie Notre-Dame weiterentwickelt werden soll.«

»Ja.«

Mehr sagte er nicht.

»Nun, dann teilt sie mit uns.«

»In ganz Frankreich werden Kathedralen gebaut«, stieß Meister Jean hervor. Er sprach die Worte einzeln aus und ließ lange Pausen zwischen ihnen, es klang wie »In. Ganz. Frankreich. Werden …«

Ich fürchtete, dass er sich nicht vorbereitet hatte. Die ganze Vorgeschichte kam mir in den Sinn, der Streit mit seiner Frau, der offenbar schon lange schwelte. Und dann so etwas? Das konnte nicht wahr sein.

»In Chartres, in Straßburg und Reims.« Unbeholfen hob er bei jedem Städtenamen einen Finger. »Auch in Auxerre und in Rouen.«

»Das wissen wir.«

»Es ist ein Kampf.«

»Wie meint Ihr das?«

»Ein Kampf darum, wer die schönste Kirche hat. Wer den Herrn und die Jungfrau am besten würdigt.«

Auf dem Gesicht des Bischofs erschien ein Lächeln. »Und wer sollte das Eurer Meinung nach sein?«

»Paris«, platzte es aus Meister Jean heraus. Er krächzte immer noch. »Hier lebt der König, und ich glaube …«

»Was?«, fragte der Bischof, als der Meister nicht fortfuhr. »Was glaubt Ihr?«

»Ich fürchte … Ich halte es für möglich …«

Es war so schlimm, dass ich vor lauter Scham meinen Blick senkte. Ich erkannte Meister Jean nicht wieder. Er beendete seine Sätze nicht, strauchelte, schien nicht zu wissen, was er sagen sollte. Ich hätte ihm gerne geholfen, aber das ging natürlich nicht.

»Also, was ich sagen will, ist, dass der König sich dazu entscheiden wird, in der Stadt mit der eindrucksvollsten Kathedrale zu residieren.«

Immerhin, ein ganzer Satz.

»Glaubt Ihr?«, meinte Monsieur Jacques. »Wenn das so ist, dann muss das natürlich Paris sein.«

»Ja«, erwiderte der Meister.

»Und wie wollt Ihr das erreichen?«

Die drei Männer schauten ihn erwartungsvoll an, während sich im Zimmer ein Schweigen ausbreitete, das mir wie ein Vorbote des Todes vorkam.

»Licht«, stieß Meister Jean schließlich aus.

»Licht?«, fragte Monsieur Jacques.

»Ja, Licht! Eine Kirche braucht Licht, erst recht eine Kathedrale.« Sein Knoten war geplatzt, der Meister plapperte drauflos. »Unsere Wohnhäuser sind die meiste Zeit des Jahres dunkel, selbst ein Palast wie dieser muss mit Fackeln und Kerzen erhellt werden. Im Sommer, von Mai bis September, stoßen wir die Fensterläden auf und lassen die Sonne herein. Aber was ist in der übrigen Zeit, in den vielen Monaten von Herbst, Winter und Frühling?«

Seine Rede war immer noch nicht flüssig, aber immerhin fand der Meister jetzt Worte. Ich begann, leise zu hoffen, dass er einen Plan hatte.

»Wir haben in der Kathedrale bereits viele Fenster vorgesehen«, sagte Monsieur Jacques.

»Ich weiß. Es bedeutet aber für die Helligkeit in der Kirche einen großen Unterschied, ob die Fenster im Erdgeschoss liegen oder im ersten und zweiten Stock, so wie ich es vorhabe.«

»Verstehe.«

»›Ich bin das Licht der Welt‹, sagt Jesus Christus.«

»Und das ist Er auch«, erklärte der Bischof.

Ohne ihn zu beachten, fuhr der Meister fort. »Wir bauen eine Kathedrale für unseren Herrn und für seine Mutter. Sie soll anders werden als die Häuser des Volkes, ganz anders. Höher, weiter, großzügiger, sodass jedermann beeindruckt ist, sobald er seinen Fuß hineinsetzt. Vor allem aber braucht diese Kathedrale Licht. Viel Licht. So viel, dass man fühlt, man ist im Kontakt mit dem Licht der Welt, mit Jesus Christus.«

Nach diesem Satz schwiegen die Männer am Tisch. Man hörte nichts als das Federkratzen der Protokollanten.

»Vielleicht fragt Ihr Euch, wie das geschehen soll«, fuhr Meister Jean fort.

Ich lächelte in mich hinein. Nun war er in seinem Element.

»Ich will Euch die Antwort geben.« Er breitete die Arme aus, als würde er eine neue Wahrheit verkünden. »Durch Glas. Durch Fenster, größer als alle Vorstellung. Ich baue Euch ein Fenster in Form einer Rose. Eine Rose ohne Dornen, wie die Jungfrau Maria eine war. Die Rose ist die eigentliche Gottesblume.«

Er trat vor und zog einen seiner Kohlestifte aus der Tasche.

Mir drohte das Herz stehen zu bleiben. Ich dachte, jetzt wird er den hohen Herren den Tisch vollkritzeln wie im Wirtshaus.

Und tatsächlich begann er, auf dem Tisch zu malen.

Aber die Reaktion der Herren war anders als in meiner Befürchtung. Sie schauten ihm zu. Selbst der Bischof folgte den schnellen, geschickten Bewegungen des Meisters. Was er zeichnete, konnte ich von meinem Platz aus nicht erkennen, auch seine wenigen Worte – »So«, »Hier«, »Alles Glas«, »Versteht Ihr?« – halfen mir nicht. Deshalb achtete ich nur auf die drei Männer. Sah, wie Monsieur Jacques sich über den spitzen Bart strich. Wie der Bischof den Kopf aufstützte und den Blick immer weiter auf die Zeichnungen gerichtet hielt. Wie der weißhaarige Vater Didier nickte.

Von Neugier getrieben, schlich ich mich auf Zehenspitzen an den Tisch. Ich wollte wissen, was Meister Jean da zeichnete.

Ich blieb seitlich hinter ihm stehen und reckte den Kopf. Er hatte auf dem Tisch den Rahmen einer Wand gezeichnet, und zwar über Kopf, sodass die drei Herren sie richtig herum sahen. Es war kein Eingang zu erkennen, offenbar stellte sie eins der Querschiffe dar. Außen gab es zwei Säulen und im oberen Teil einen riesigen Kreis, der fast die gesamte Breite einnahm. Wenn das das Fenster sein sollte – die Rose, von der er gesprochen hatte –, dann war sein Vorhaben zum Scheitern verurteilt. Da war ich mir sicher. Die Wand mit dem Glas würde unter der Last der oberen Steine und des Daches zusammenbrechen.

»Wie kann das tragen?«, fragte denn auch Monsieur Jacques.

»Das wird es«, erwiderte Meister Jean und setzte neue Striche mit seinem Stift, mit denen er die Säulen ausmalte. »Dies ist der Halt.« Er zog eine massive Linie. »Wir verteilen die Last. Bringen sie nach außen. Seht Ihr?«

Es war eine Art Sturz, den er skizziert hatte, ein Träger über seinem Fenster, der von einer Seite zur anderen reichte. Auf ihm würde alles Gewicht lasten, und er würde es auf die beiden Säulen verteilen. Denn in der Mitte, unterhalb der Rose, sah der Entwurf des Meisters anscheinend wieder Glas vor; das entnahm ich den Schraffuren in seiner Zeichnung.

Ich hatte keine Vorstellung, aus welchem Material dieser Sturz sein sollte, nur dass er nicht aus Mauersteinen bestehen konnte, war klar, denn in dem Fall würde das Risiko bestehen, dass sie an einer Mörtelkante brachen. Ich wartete auf eine Nachfrage von Monsieur Jacques. Er aber schaute nur auf das, was Meister Jean, der jetzt nicht zu bremsen war, zeichnete. Inzwischen waren es gewölbte Bögen, die ebenfalls einen Teil der Last aufnehmen und nach außen, auf die Giebelfassade, lenken würden.

Was der Meister präsentierte, bekam mehr und mehr Kontur, und er ging virtuos mit seinem Kohlestift um, machte immer neue Striche, die sich auf wundersame Weise zu einem Ganzen fügten. Ich begriff, dass er diese Entwürfe lange in sich getragen hatte. So etwas konnte man nicht einfach mal auf einen Tisch zeichnen. Vielleicht gab es sogar Pläne in seiner Bauhütte in Saint-Denis.

»Trotzdem, es ist ein Risiko«, sagte Monsieur Jacques nach einer Weile.

»Nein«, sagte Meister Jean. »Ich weiß, was ich tue. Habt Vertrauen.«

Er tippte mit dem Kohlestift wieder auf seine Zeichnung. »Wir werden zwischen den Fenstern wenig Maßwerk aus Stein haben. So wenig wie möglich, weil wir viel Platz gewinnen wollen. Vielleicht fragt Ihr Euch, wozu ich diesen Platz brauche. Ich sage es Euch: für weiteres Glas. Wir lassen das Fenster bemalen und stellen Stationen aus dem Leben Christi dar, all die Ereignisse und Wunder, von denen die Bibel berichtet. Und da die Sonne wandert, wird je nach Tageszeit und Monat eine andere Geschichte erleuchtet. Versteht Ihr? Auf diese Weise tragen wir die Bibel direkt in die Herzen der Gläubigen.«

Ohne mich umzudrehen, schlich ich an die Wand zurück.

»Nun, meine Herren«, sagte Monsieur Jacques und

wandte sich an den Bischof und an Vater Didier, »ich denke, wir haben gesehen, was der Baumeister plant.«

Die beiden anderen stimmten zu.

»Deshalb bitten wir Euch, Meister Jean, vor der Tür zu warten. Wir wollen nun den anderen Bewerber hören.«

Meister Jean drehte sich mir zu. »Junge, mach den Tisch sauber.«

Auf diese Anweisung war ich nicht vorbereitet. Ich hatte an die Fenster gedacht, die er plante, mir waren eine Menge Fragen gekommen, die ich ihm dazu stellen wollte. Entsprechend dauerte es einen Moment, bis sie mich erreichte und ich mich rührte.

Es war eine große, detailreiche Zeichnung, die der Meister auf dem Tisch angefertigt hatte. Ich hatte kein Tuch, deshalb nahm ich den Ärmel meines Kittels, der schon schwarz war, als ich damit zweimal über die Skizze gewischt hatte. Ich wechselte zum anderen Ärmel und zog schließlich die Stoffecke, die über meinen Beinen hing, hinzu. Während ich mich bemühte, die Tischplatte sauber zu bekommen, wagte ich nicht, die Männer vor mir anzuschauen. Ich atmete flach. Es war demütigend.

»Das reicht«, erlöste mich schließlich Monsieur Jacques. »Den Rest lassen wir nachher mit Wasser säubern.«

Wir gingen hinaus, während Meister Gabriel hineingerufen wurde. Die beiden Männer trafen sich an der Tür, und keiner von ihnen war bereit, dem anderen den Vortritt zu lassen, so drückten sie sich aneinander vorbei. Beide würdigten sich keines Blickes.

Im Saal griff ein Luftzug in Meister Gabriels Umhang,

er bauschte sich und sah elegant aus, das Kleidungsstück eines eiligen wohlhabenden Mannes. Dann schloss sich die Tür hinter ihm.

In der Eingangshalle ging Meister Jean direkt zu dem Tisch in der Mitte und füllte sich einen Becher, den er herunterstürzte und gleich wieder vollgoss. Auch ich hatte Durst bekommen, wartete, bis der Meister fertig war, und nahm mir ebenfalls etwas zu trinken. Es war kein Gemisch, sondern reiner Wein. Das Gesicht von Meister Jean hatte sich bereits gerötet.

Zum Glück fragte er mich nicht, wie ich seinen Auftritt fand. Er war in sich gekehrt und gleichzeitig ruhelos, schritt durch den hohen Saal, die Sohlen seiner Schuhe machten das immer gleiche stumpfe Geräusch auf dem Steinboden. Zwischendurch schenkte er sich noch einen Becher Wein ein.

»Meister«, sagte ich.

»Was?«

»Kann es nicht sein, dass Ihr wieder hineingerufen werdet und weitere Fragen beantworten müsst?«

»Na und?«

Er hatte meine Warnung nicht verstanden. »Nur so«, sagte ich und wandte mich ab.

Mir wurde klar, dass er sich seit langer Zeit mit Notre-Dame beschäftigt hatte. Den Entwurf, den er auf den Tisch gezeichnet hatte, konnte man nicht plötzlich und unvorbereitet vorlegen. Mich hatte er damit überrascht; ich war in keiner Weise eingeweiht. Er teilte seine Gedanken und Ideen nicht.

Von innen drang nichts heraus, nicht einmal der dumpfe

Klang von Stimmen. Wieder und wieder ging mir durch den Kopf, was Meister Jean dort drinnen vorgestellt hatte. Es waren kühne Ideen, so wie auch sein Turm in Saint-Denis kühn war.

Irgendwo tief in ihm musste eine Kammer voller Bilder verborgen sein, und deshalb hatte er die Möglichkeit, vor seinem inneren Auge ein Gebäude zu sehen, das es noch nicht gab. Womöglich war es gar nicht möglich, diese Vorstellungen mit jemandem zu teilen. Wie sollte er einen anderen Menschen dorthin mitnehmen, wo seine Ideen lebten?

Die Tür ging auf, Meister Gabriel kam heraus, gefolgt von seinen beiden Mitarbeitern, von denen einer die Tür wieder schloss. Meister Jean unterbrach seine Runde und blieb stehen. Die beiden Baumeister würdigten einander wieder keines Blickes, Meister Gabriel bezog die gegenüberliegende Wand, wo er ein leises Gespräch mit seinen Begleitern begann.

Ja, er redete mit seinen jungen Untergebenen. Allerdings, so sagte ich mir, hieß das noch lange nicht, dass er ihnen etwas beibrachte. Wie zum Beweis schickte er einen von ihnen für einen Becher Wein zum Krug. Der Umgang war nicht viel anders als der, den Meister Jean mit mir pflegte. Die Baumeister waren alle gleich. Wir Jungen waren für sie austauschbar.

Die beiden Meister wurden hereingerufen. Sie traten vor den Tisch, wir Assistenten hielten uns an der Tür. Vor Aufregung konnte ich kaum stillstehen.

»Meine Herren, wir haben zwei aufschlussreiche Vorträge zur Zukunft unserer Kathedrale erhalten«, begann Monsieur Jacques. »Dafür zunächst ein Dank an beide.«

Meister Gabriel verbeugte sich, während Meister Jean starr stehen blieb, was ich für falsch hielt. Doch natürlich war die Entscheidung längst getroffen. Eine einzelne Geste würde sie nicht mehr verändern.

»Das Domkapitel hat sich nach der Beratung entschieden. Einstimmig, wie ich hinzufügen darf. Wir werden …«

Er machte eine Pause, in der er nacheinander beide Männer vor ihm anschaute.

»… Meister Jean mit der Fortführung des Kathedralbaus beauftragen.«

Für einen Moment herrschte Totenstille im Saal, und ich fragte mich, ob ich richtig gehört hatte.

Der Erste, der sich fing, war Gabriel. Er reichte Meister Jean die Hand, drückte sie kurz und ging eilig ab, gefolgt von seinen Mitarbeitern.

»Wir möchten genau das, was Ihr uns hier präsentiert habt, Meister«, fuhr Monsieur Jacques fort. »Eine Kirche voller Licht, die den Gläubigen die Wahrheiten aus dem Leben unseres Herrn Jesus Christus nahebringt.«

Der Bischof und Vater Didier nickten, während die Protokollanten eifrig schrieben.

»Euer Honorar beträgt das Doppelte der Handwerkermeister. Ihr habt Berichtspflichten, das heißt, Ihr müsst alle vier bis sechs Wochen hier erscheinen und uns über den Baufortschritt Auskunft geben. Dabei erwarten wir Ehrlichkeit, denn wir können nur solche Schwierigkeiten beheben, die wir kennen. Beschönigt uns nichts, sondern sagt uns, wie es steht.«

»Das werde ich«, krächzte Meister Jean.

»Gut, dann sind wir uns einig. Fangt bald an, möglichst schon nächste Woche.«

Nun schaffte Meister Jean doch eine Verbeugung, auch wenn sie ziemlich steif und ungelenk aussah.

»Ich habe noch eine Frage.«

»Bitte«, sagte Monsieur Jacques.

»Der wievielte Baumeister dieser Kathedrale werde ich sein?«

»Meine Güte, das weiß niemand.« Monsieur Jacques wandte sich an den Bischof und Vater Didier. »Oder?«

»Nein, woher auch«, meinte der Bischof. »Es gibt aber alte Pläne. Wenn Ihr Euch die Mühe machen wollt, schaut sie durch. Falls sie signiert sind, findet Ihr vielleicht die Antwort auf Eure Frage.«

Meister Jean verneigte sich ein weiteres Mal, dann verließen wir den Bischofspalast.

Draußen überholte ich ihn und blieb stehen.

»Meister, ich gratuliere Euch.«

»Danke.« Er schaute an mir vorbei nach vorne. »Ich habe ihnen nicht die Wahrheit gesagt.«

»Was meint Ihr?«

»Wenn ich auf einer Seite des Querschiffs ein Fenster baue, was folgt daraus?«

»Ich weiß es nicht.«

»Junge, auf wie vielen Beinen stehst du?«

»Auf zweien.«

»Eben.«

Ich hatte keine Ahnung, worauf er hinauswollte.

»Deshalb«, fuhr er fort, »bauen wir an der anderen Seite

des Querschiffs natürlich auch ein Fenster, in gleicher Größe. Wenn ich ihnen das gesagt hätte, hätte sofort ein großes Jammern eingesetzt.« Er drückte seinen Tonfall in die Höhe. »Was wird das kosten? Wer soll das bezahlen?«

Ich lachte.

Seine Nervosität, der stockende Vortrag am Anfang, all das war vergessen; er war jetzt wie immer.

Ich erwartete, dass er zu Notre-Dame ging, um sich umzuschauen, vielleicht schon mit dem einen oder anderen Meister zu sprechen. Stattdessen marschierte er in Richtung Saint-Denis, was ich gleichzeitig schade und ein wenig seltsam fand.

Wir bogen auf die große Straße ein, die zum Stadttor führte. Es war voll wie immer.

»Meister«, sagte ich und nahm meinen Mut zusammen, »ich will auch ein Baumeister werden und dieses Handwerk von Euch lernen. Zeigt es mir. Und wenn es geht, dann lasst mich ein paar Entwürfe für Notre-Dame zeichnen, ja? Anfangs zum Üben für kleinere Bereiche. Vielleicht könntet Ihr sie …«

Er blieb nicht stehen, als er mir ins Wort fiel. »Das kommt nicht infrage. Wenn du bei mir bleiben willst, dann als mein Assistent wie bisher. Du machst, was ich dir sage, nichts anderes.«

Ich verstummte.

»Und mach dir den Kittel sauber, Junge.« Er zeigte auf meine schwarzen Ärmel, die von seiner Zeichnung stammten. »Wie läufst du denn rum?«

Ich ließ mich zurückfallen. In meinem Kopf war ein

Brummen und Summen, als wäre ein Schwarm von Insekten eingefallen, und meine Gedanken stoben in die unterschiedlichsten Richtungen. Da waren die Ideen des Meisters über das Licht, die mich genauso beeindruckt hatten wie das Domkapitel. Da war auch die Tatsache, dass er nie ein Wort darüber verloren hatte, obwohl wir zwei Jahre lang miteinander den weiten Weg von Paris nach Saint-Denis und wieder zurück gewandert waren. Seine Anweisung, dass ich den Tisch abwischen sollte. Und sein harsches Zurückweisen meines Wunsches nach ein paar eigenen Entwürfen.

Wir erreichten Saint-Denis, wo ich direkt zu Clément ging, der an seinem üblichen Platz hockte und Steine schlug.

»Meister Jean wird neuer Baumeister an Notre-Dame.«

Clément schaute auf. »Also wechselt ihr?«

Ich zuckte mit den Schultern, weil ich nicht wusste, ob ich ihm überhaupt folgen würde.

»Dann gehe ich auch dorthin«, sagte er.

»Ehrlich?«

»Na klar. So leicht mache ich es dir nicht.« Er lachte. »Außerdem gibt es hier kaum noch Geld. Und die Seine-Insel ist viel näher an zu Hause. Da spare ich mir das stundenlange Wandern jeden Tag.«

»Ich bin froh. Allerdings hat Meister Jean nicht gesagt, dass er mich mitnimmt.«

»Das wird er schon. Er braucht dich doch.«

»Glaubst du?«

»Sicher.«

»Und du?«, fragte ich. »Was wirst du dort tun?«

»Kommt darauf an, welche Gewerke gesucht werden.

Vielleicht arbeite ich als Maurer. Ich glaube, es ist ein besseres Handwerk als das der Steinmetze.«

»Ja, vielleicht«, erwiderte ich, war aber nicht recht bei der Sache. Mir gingen die Zurückweisungen des Meisters nach, und gleichzeitig freute ich mich auf die Arbeit an der Kathedrale. Es sah danach aus, als wäre ich meinem Ziel einen Schritt näher gekommen, zumindest räumlich.

Sicher, ich hatte den Wunsch, die innere Schatzkammer des Meisters näher kennenzulernen. Er sollte mir wenigstens davon erzählen, wenn er sie mir schon nicht zeigen konnte. Ich wollte verstehen, woher seine Einfälle stammten, wie er sie ausarbeitete und schließlich entschied, ob er sie umsetzen wollte oder nicht.

»Hörst du zu?«, fragte Clément.

»Natürlich«, log ich.

»Was habe ich gerade gesagt?«

Ich musste passen.

»Dass ich dich nicht allein gehen lasse.«

Er lachte und klopfte mir auf die Schulter, und ich dachte, dass ich zwei Möglichkeiten hatte: Entweder ich ergründete die Geheimnisse des Meisters, oder ich schuf mir selbst einen Raum für meine eigenen Ideen.

X

Als wir am Abend nach Hause kamen, stand die Schuppentür offen, und Agnès saß nicht auf ihrem üblichen Platz auf der Bank. Meister Jean war guter Laune, er hatte auf dem Weg von Saint-Denis mit mir geredet und sogar gelacht. Er ging in den Schuppen. Ich folgte ihm.

Agnès war dabei, ihre Holzfiguren umzustellen, und sah erstaunt auf. Der Meister war bislang nur das eine Mal im Schuppen gewesen, um ihre Arbeiten zu betrachten. Ein Kommentar oder gar ein Lob kam nicht über seine Lippen. Er brummte nur und verschwand wieder.

Madame stand vor dem Haus und hängte Wäsche ab. Sie blickte kurz auf, als er vorbeiging, sagte aber kein Wort, sondern setzte ihre Tätigkeit fort, nahm ein weißes Tuch von der Leine, zog es auseinander, strich es glatt und legte es zusammen. Die Spannung, die in der Luft lag, war greifbar. Ich wollte nicht derjenige sein, der von Madame nach dem Gespräch im Bischofspalast gefragt wurde und die Nachricht überbrachte, und genauso wenig war ich bereit, Agnès die Neuigkeit mitzuteilen, deshalb tat ich so, als hätte ich auf der Rückseite des Schuppens etwas zu tun, dabei gab es dort nichts außer einem schmalen Streifen Erde mit Brennnesseln. Hinter ihm begann bereits das Nachbarhaus. Es war eine Ecke, wo die Sonne nie hinkam und in der es faulig stank, nach brackigem Wasser und verrotteten Pflanzen. Im Sommer lebten dort Scharen von Insekten.

Als ich später ins Haus kam, wusste Madame bereits Bescheid. Das erkannte ich daran, dass sie immerzu den Kopf schüttelte. Die Haarsträhnen, die nicht von ihrer Haube gehalten wurden, bewegten sich rhythmisch hin und her.

Der Meister hatte seinen schwarzen Umhang ausgezogen und ihn an einen Nagel gehängt, er war sich auch mit den Fingern durch die Haare gefahren, die nun wieder so wild aussahen wie immer. Er saß am Tisch und trank Wein.

Madame brachte den Topf, setzte sich ebenfalls, faltete die Hände und begann zu beten. Anders als sonst achtete sie nicht darauf, ob wir anderen mitmachten. Ich tat es, Agnès auch. Der Meister murmelte ein paar Worte, ohne seinen Becher loszulassen. Am Ende aber sagte er halblaut und mit Blick nach oben »Merci«.

Er leerte einen zweiten Becher Wein, stellte ihn auf den Tisch, legte beide Hände darum und durchbrach das Schweigen, indem er sich an Agnès wandte.

»Ich werde der neue Kathedralbaumeister.«

»Schön für dich.«

Falls ein Unterton von Bosheit in diesem Satz mitschwang, überhörte er ihn. »In der Tat, das ist es. Das Domkapitel folgt meinen Vorschlägen. Nächste Woche werde ich dort anfangen.«

Sie nickte. Es war nicht zu erkennen, ob die Neuigkeit sie interessierte oder sogar beeindruckte.

Er aber war noch nicht fertig. »Hast du noch den Wunsch, ein Handwerk zu lernen?«

Ihr blieb der Mund offen. Sie starrte ihn an, als fragte sie sich, ob er sich einen Scherz mit ihr erlaubte. »J–ja«, sagte sie.

»Jean, ich bitte dich!«, verlangte Madame.

Er beachtete sie nicht, sondern fuhr mit Blick auf Agnès fort. »Dann komm am Montag mit. Wir werden sehen, was wir für dich finden.«

»Das machst du nicht!«, rief Madame ihrer Tochter zu.

»Doch«, entgegnete Agnès. Sie schluckte; es sah aus, als müsste sie für ihren nächsten Satz innerlich Anlauf nehmen. »Danke, Vater«, brachte sie hervor.

»Ihr seid alle vom Teufel besessen!«, rief Madame.

»Vom Teufel? Hast du dir die Figuren unserer Tochter schon mal angesehen?«

»Ja, sicher.«

»Ich habe es getan.« Er schaute zu Agnès. »Du bist begabt, Kind. Ich habe heute das bekommen, was ich mein Leben lang wollte. Wenn du wirklich ein Handwerk lernen möchtest, hast du meine Zustimmung.«

»Ja, das möchte ich«, erklärte Agnès. Sie konnte ihr Glück offenbar kaum fassen. Madame schüttelte noch den Kopf, doch sie stand allein da. Agnès hatte sich durchgesetzt. Sie hatte lange gebraucht, am Ende aber war sie die Siegerin, und ich verstand, dass der Vater mit Gottes Hilfe seine Kraft und Sturheit an die Tochter weitergegeben hatte.

An diesem Abend begriff ich auch, dass ich dem Meister

gegenüber auftreten musste wie Agnès, wenn ich bei ihm etwas erreichen wollte.

Unseren ersten Weg zur neuen Baustelle machten wir also nicht zu zweit, sondern zu dritt. Es war ein Spätsommermorgen, recht frisch, doch der wolkenlose Himmel hatte bereits eine tiefblaue Farbe. Ein warmer Tag stand bevor.

Ich hatte mich in den beiden Jahren, die ich hier war, an die lange Strecke nach Saint-Denis gewöhnt. Es war seltsam, nun gleich hinter der ersten Seine-Brücke abzubiegen.

Agnès neben mir wirkte fröhlich und gespannt. Sie hatte ihr schwarzes Haar zu einem Zopf gebunden, der bei jedem Schritt ein wenig hüpfte. Dazu ließ sie ihre Arme weit ausschwingen, und in ihrem Gesicht lag ein Strahlen, das ihr gut stand.

Zwischen Vater und Tochter war die Frage offengeblieben, in welcher Bauhütte Agnès anfangen würde. Ich warf ihr einen Blick zu und war fest überzeugt davon, dass sie die Bildhauerei lernen würde. Selbst wenn ihr Vater sie bei einem anderen Gewerk unterbrachte, würde sie dort nicht lange bleiben, sondern bald wechseln.

Auf dem Gelände trafen wir auf Clément. Ich freute mich. Er hatte seine Ankündigung wahr gemacht und eine Stelle als Maurer gefunden. An der Kathedrale wurden immer Handwerker gesucht. Mit der Kelle in der Hand kam er auf uns zu.

»Clément, du bist wirklich hier!«, rief ich und umarmte meinen Freund, bevor ich ihn mit Agnès bekannt machte.

Er streckte ihr die Hand entgegen. »Es freut mich. Ich habe schon viel von dir gehört.«

Ich weiß nicht, wo er einen derart gedrechselten Satz hernahm, der auch noch unwahr war, denn ich hatte – wenn überhaupt – nur selten von Agnès gesprochen, und wenn doch, dann nur in der allerersten Zeit, als ich mich über ihre Unfreundlichkeit beklagt hatte. Clément aber war charmant, und sie senkte den Blick und wurde sogar rot im Gesicht.

Meister Jean blickte über den weiten Platz. Ich wusste aus Erfahrung, dass er das Warten nicht schätzte.

»Was ist«, knurrte er seine Tochter an, »kommst du? Oder willst du dich selbst um dich kümmern?«

Sie ging mit ihm, und ich schaute ihnen nach. Sie strebten zur Hütte der Bildhauer.

»Sie ist hübsch, deine Schwester«, grinste Clément.

»Sie ist nicht meine Schwester!«, fuhr ich ihn an und wusste selbst nicht, woher dieser plötzliche Ärger kam.

»Junge, das war Spaß. Sie ist jedenfalls nicht nur hübsch, die Tochter deines Meisters, sondern auch ziemlich eigen, scheint mir.«

»Das kannst du laut sagen.«

Ich sah ihnen nach. Meister Jean öffnete die Tür der Bauhütte und verschwand darin, gefolgt von Agnès. Die erste Amtshandlung, die er an seiner neuen Arbeitsstelle vollzog, war also, seiner Tochter genau die Lehrstelle zu verschaffen, die sie sich gewünscht hatte.

Er kehrte kurz darauf ohne Agnès zurück, nickte mir zu, und ich setzte mich in Bewegung. Ich war sein Assistent, also folgte ich ihm.

Zum ersten Mal jenseits des Bauzauns, erkannte ich die wahren Ausmaße des Vorhabens. Die Baustelle war derartig groß, dass sie einschüchternd wirkte. Schon vor Jahren, bei meinem allerersten Besuch, hatte ich sie für ein Himmelsschiff gehalten. Und auch jetzt dachte ich, dass Sterbliche so etwas ohne Gottes ausdrücklichen Willen und ohne seine Unterstützung nicht bauen konnten.

Es waren unendlich viele Menschen hier. Immerzu liefen ganze Schwärme von Handwerkern über die Baustelle, Steinmetze, die große Quader auf Schubkarren transportierten, Meister, die ihnen Anweisungen gaben, Maurergehilfen, die ihren Gesellen Steine zu bringen hatten. Jeder hatte ein Ziel. Über den Platz klangen unzählige Stimmen und Rufe, die Gerüste waren bevölkert, man hörte Hammerschläge aus unterschiedlichen Ecken, denn sie hallten von den Wänden wider.

An ihnen hingen eine Menge Seilzüge, verbunden mit großen hölzernen Trommeln, in denen Männer immerzu liefen, um sie anzutreiben, und damit schwere Materialien in die Höhe zogen. Die Mörtelmischer betrieben vier Bottiche zugleich anstatt nur einen wie in Saint-Denis, und selbst die Bretter, die die Zimmerer schleppten, schienen mir länger und schwerer zu sein. An der Seine hatten die Lastenkähne einen eigenen Kai. Von dort kam immerzu neues Material, Schutt und Sand, ganze Baumstämme, Feuerholz, Steinquader, Eisenerz. Die Männer, die es auf die Baustelle brachten, waren Hilfsarbeiter oder hellhäutige Leibeigene aus Ländern irgendwo im Osten, die verschleppt und verkauft worden waren. Das hatte mir der Meister erzählt. Alle hatten sie schwer zu tragen.

Der Rohbau war vorne, an Apsis und Chor, schon ziemlich hoch, seitlich gab es sogar schon eine Bedachung, die so alt war, dass sich bereits Moos darauf breitgemacht hatte. Der restliche Grundriss mit den Querschiffen und dem lang gestreckten mittleren Teil, der an den Portalen endete, war ein Durcheinander aus unterschiedlichsten inneren Wänden und Außenmauern, die einen gerade mal angedeutet, die anderen bereits in die Höhe ragend.

Man erkannte die Kreuzform, in der alle Gotteshäuser gebaut wurden, und auch die Ausrichtung der Kirche. Der Altar würde im Osten stehen, wie es sich gehörte, denn schließlich kam von dort das Licht, das Christus uns zuteilwerden ließ. Die Wände bestanden im Wesentlichen aus eckigen, enorm hohen Säulen mit Platz für Maßwerk und Fenster zwischen ihnen. Die Bögen liefen spitz zusammen.

Ich verstand, dass die Weite und Helligkeit, über die der Meister beim Kapitel gesprochen hatte und die er weitertreiben wollte, schon angelegt waren. Das Gewicht wurde auf die Säulen verteilt. Die Konstruktion in ihrer Gesamtheit ragte in die Höhe und wirkte gleichzeitig fragil und beinahe nackt, so ganz ohne Putz und ohne Dächer. Zu dem Unfassbaren gehörte, dass hölzerne Gerüste an den dünnen Wänden festgeschraubt waren, ohne mit dem Boden verbunden zu sein. Ich hatte keine Vorstellung, wie sie dort oben befestigt worden waren. Die steinernen Wendeltreppen an den Seiten jedenfalls reichten nicht bis zu ihnen hinauf.

»Das ist der erste Stock«, sagte Meister Jean und zeigte auf die Säulen. »Hier steht auch bereits der zweite.«

»Wie viele Stockwerke wird es geben?«

»Drei.«

Es würde eine Ewigkeit dauern, bis dieser Bau fertig sein

würde. Allein das Kirchenschiff war so groß, da hätte ein ganzes Dorf hineingepasst, und eines Tages könnte es wahrscheinlich halb Paris aufnehmen.

Immer wieder blieb Meister Jean stehen und stellte sich Arbeitern vor. Die Reaktionen, die er bekam, waren recht unterschiedlich. Einfachere Leute nickten, schauten ihn aber kaum an, nannten ihn »Monsieur« und setzten ihren Weg fort, während die Meister der Gewerke auf ein paar Worte stehen blieben und erklärten, woran sie gerade arbeiteten.

Meister Jean hörte ihnen zu, bis sie zu Ende gesprochen hatten. Wenn er den Namen nicht richtig verstanden hatte, erkundigte er sich noch einmal, wiederholte ihn laut, um ihn sich zu merken, und sagte, sie würden das Gespräch fortsetzen. Ich fand es beeindruckend, wie er auf die Leute zuging. Er wusste, dass er ohne die Handwerker nichts war. Von seinen Vorhaben sprach er erst einmal nicht. Das geschah erst, als wir ins Querschiff kamen.

Dort legte er den Kopf in den Nacken und starrte nach oben. Ich hatte die Skizze gesehen, die er auf den Tisch des Domkapitels gezeichnet hatte, deshalb wusste ich, dies war der Platz für sein Fenster, für die Rose. Die Wand, obwohl zweischichtig, war so dünn, dass ich sie vor meinem inneren Auge bereits unter dem Gewicht des gewaltigen Glasfensters einknicken sah. Zerbersten wie ein dürres Stück Holz, auf das ein schweres Gewicht gelegt wird, und in sich zusammenfallen.

Dieses Bild blieb tief in mir hängen.

Meister Jean hielt einen Maurer an, der gerade vom nächstgelegenen Gerüst herunterstieg und sich in den Schritt fasste, ein untrügliches Zeichen, dass er eine Pinkelpause brauchte.

»Wer ist dein Meister?«

»Meister Yves, Monsieur.«

»Und wo finde ich ihn?«

Der Maurer drehte sich um die eigene Achse und suchte das Gelände ab. Er zeigte auf ein anderes Gerüst, gegenüber von seinem. »Dort ist er doch.«

»Der mit den weißen Haaren.«

»Ja.«

Wir gingen hinüber. Meister Jean legte die Hände wie einen Trichter vor den Mund. »Meister Yves!«

Der Weißhaarige hatte eine Setzwaage in der Hand, die er auf die oberste Steinreihe legte. Er brachte ungerührt zu Ende, was er begonnen hatte, bevor er herunterschaute. Als Meister Jean ihn zu sich winkte, wirkte er unwillig.

»Was wollt Ihr?«, rief er uns zu.

»Euch sprechen.«

»Und wer seid Ihr?«

Meister Jean war nicht bereit, über eine solche Entfernung zu diskutieren. Er wiederholte sein Winken. Der Weißhaarige gab missmutig nach und kletterte eine Leiter herunter.

»Nun, wer seid Ihr?«, wiederholte er ungeduldig.

»Mein Name ist Jean de Chelles. Ich bin der neue Baumeister.«

Er deutete eine Verbeugung an. »Monsieur. Es freut mich, Euch kennenzulernen.«

Er war einen halben Kopf kleiner als Meister Jean und um

einiges älter, dennoch wirkte er kräftig. Mir fiel sein Gesichtsausdruck auf, mit scharfen Konturen, aber ohne jede Rührung oder Mimik, und ich dachte, der Mann ist im Laufe der Jahre zu einem der Steine geworden, die er jeden Tag verbaut.

»Ich werde euch in den nächsten Tagen meine Pläne präsentieren«, erklärte Meister Jean. »Aber eins vorweg: Die Querschiffe erhalten Fenster. Große Fenster. Sehr große sogar. Mauert deshalb vorerst nicht höher.«

»Wie Ihr wünscht. Ich gebe zu bedenken, dass die Wände dünn sind.«

»Das sehe ich.«

»Es wäre ein herber Rückschlag, wenn sie einstürzten.«

»Sie stürzen nicht ein, Meister, keine Sorge. Ich passe auf.«

Der Maurer starrte Meister Jean ungerührt an. »Euer Vorgänger wollte schlanke Wände.«

»Die hat er bekommen.«

»Aber er hatte keine Fenster vorgesehen.«

»Ein neuer Baumeister bringt neue Vorstellungen«, sagte Meister Jean. »Ist das nicht immer so?«

»Doch, sicher.«

Die Skepsis von Meister Yves war nicht zu überhören.

»Wollt Ihr mir etwas sagen?«, hakte Meister Jean nach, was ich ungewöhnlich fand, normalerweise machte er sich eine solche Mühe nicht.

»Die Wände sind nicht für große Lasten geplant. Niemand weiß, wie viel sie tragen können. Woher auch? Wenn Ihr mich fragt, sollten wir das Schicksal nicht herausfordern.«

»Ich nehme Eure Meinung zur Kenntnis, aber lasst das

meine Sorge sein«, erwiderte Meister Jean. »Achtet Ihr darauf, dass Eure Leute die Wände an den Querschiffen nicht höher mauern, damit nichts wieder abgerissen werden muss.«

Meister Yves deutete ein Nicken an. »Wie Ihr wünscht, Monsieur.«

Anschließend suchten wir den Meister der Glasbläser auf, einen Mann namens Albert. Er hatte keine Haare auf dem Kopf, sondern eine spiegelblanke Glatze, dafür aber einen langen schwarzen Bart. Anders als der Maurermeister wirkte Monsieur Albert lebendig, seine Augen blitzten, und es war ziemlich offensichtlich, was er dachte, denn er legte immerzu die Stirn in Falten, zog die Mundwinkel nach oben oder kräuselte die Nase. Was der Maurer zu wenig hatte, war bei ihm reichlich vorhanden.

Auf den Plan von Meister Jean ging er sofort ein.

»Eine Rose, sagt Ihr?«

»Ja.«

Er setzte ein Lächeln auf, das breiter und breiter wurde. »Und wahrscheinlich bemalt. Und größer als alle Rosen, die die Welt je gesehen hat?«

Meister Jean erwiderte das Lächeln, soweit ihm das möglich war. »Nicht nur das, sondern auch mit reduziertem Maßwerk. Viel Glas, wenig Stein.«

Albert stieß einen Pfiff aus. »Ihr habt Mut, Monsieur.«

»Ich möchte etwas Besonderes und sehe, dass Ihr das versteht.«

»Nun ja …« Der Glasbläser legte seine Hände über dem Kopf zusammen, führte sie auseinander und ließ sie in Höhe seiner Beine wieder aufeinandertreffen. Er hatte einen großen Kreis gezogen. »Für so ein Vorhaben brauchen wir eine Menge Material.« Er reckte seinen Daumen in die Höhe. »Erstens Brennholz. Sehr viel davon, um auf die nötige Hitze zu kommen.« Er zählte weiter an den Fingern ab. »Außerdem Sand und Pottasche. Alles in großen Mengen.«

»Das werdet Ihr bekommen.«

»Möglicherweise werden wir einen ganz neuen Ofen bauen müssen. All das wird teuer, Baumeister.«

Meister Jean winkte ab. »Hier geht es doch nicht um Geld! Wir sind dabei, eine Kathedrale zu erbauen, wie sie die Welt noch nicht gesehen hat. Das ist es, was das Domkapitel verlangt. Paris soll alle anderen Kirchen überragen.«

»An mir wird es nicht scheitern. Im Gegenteil, wir sind stolz, wenn wir unseren Teil beitragen.«

Ich schaute zum Gerüst, wo Maurermeister Yves seinen Finger in einen Eimer Mörtel steckte und die Konsistenz prüfte. Seine Sache waren gerade Wände, waren Mauern, die standhielten, nicht irgendwelche kühnen Fensterträume. Ein Streit zwischen den beiden schien mir nur eine Frage der Zeit zu sein.

XI

Nach den Gesprächen mit den beiden Meistern verzog sich Meister Jean in seine Bauhütte. Ich ging ihm nach und sah sie zum ersten Mal. In der Mitte stand ein Pult, dahinter gab es ein Regal, auf dem sich die Papyrusrollen stapelten, von denen der Bischof gesprochen hatte. Dicker Staub hatte sich darauf gesammelt. Es waren, wie der Bischof gesagt hatte, alte Pläne für die Kathedrale, in vergangenen Jahrzehnten von den verschiedenen Baumeistern gezeichnet und von ihren Nachfolgern vergessen oder verworfen.

Meister Jean zündete eine Öllampe und ein paar Kerzen an und begann, Zeichnungen auf Wachstafeln zu machen. Gegenüber dem teuren Papyrus hatten sie den großen Vorteil, dass man die Skizzen wieder verwischen und neu ansetzen konnte. Meister Jean benutzte ein Holzstäbchen, an dem ein kleines spitzes Stück Blei befestigt war.

Er hatte kaum angefangen, als er innehielt und mit dem Daumen hinter sich auf das Regal zeigte.

»Junge, schau mal die alten Pläne durch, ob du welche findest, wo man die Fundamente erkennt. Ich muss wissen, ob unsere Vorgänger die Kirche stabil gegründet haben.«

Ich ging ans Regal und begann, vorsichtig den Staub von den Papyrusrollen zu pusten. Es ließ sich nicht vermeiden, dass er durch die Luft wirbelte. Ich öffnete den Fensterladen. Als ich auch die Tür aufmachen wollte, hielt mich der Meister ab.

»Lass sie zu! Sonst pustet der Wind uns alles durcheinander.«

Selbst mit dem offenen Fensterladen war es im rückwärtigen Teil der Hütte zu dunkel, um auf den Plänen etwas zu erkennen. Mir blieb nichts anderes übrig, als immer einige davon nach vorn zu tragen.

Meister Jean war mit seinen Wachstafeln beschäftigt, machte seine Skizzen, verwarf und verwischte, begann von Neuem. Korrigierte wieder, jetzt nur noch einzelne Bereiche. Fing wieder und wieder an. Nahm eine zweite Tafel hinzu, dann eine dritte, sodass er einen größeren Teil der Kathedrale in einem Maßstab darstellen konnte, der verständlich war.

Immer wieder schaute ich zu ihm herüber, um zu sehen, womit er beschäftigt war. Das Fenster. Seine Rose. Und die Wand, die sie tragen sollte.

Auf der ersten Tafel war die Rose oberhalb der Wand nur angedeutet. Auf der zweiten hatte er sie weiter ausgeführt. Wie die Blume ihre Blüte und die Blätter hatte, bekam seine Rose ein Zentrum und lief außen in viele Glieder aus, die er auf der dritten Tafel feiner darstellte.

Die Größe des Fensters ließ sich anhand der Zeichnungen nicht ermessen, die kannte ich nur von seinen Reden.

Er blickte auf. »Hast du sie gefunden?«

»Noch nicht.« Er hatte mich ertappt. »Es sind viele.«

»Dann mach weiter.«

Ich nahm den nächsten Stapel Papyrusrollen unter den Arm, entrollte sie, versuchte zu verstehen, was dargestellt war. Meistens waren Details aufgemalt, einzelne Wände oder Streben, die Portale, Querschiff, Chor oder Apsis.

Ich öffnete viele von ihnen, bis mir der Gedanke kam, dass ich auf der falschen Seite suchte. Die Fundamente waren wahrscheinlich als Erstes gezeichnet worden und lagen deshalb ganz unten auf den Regalbrettern. Darauf hätte ich gleich kommen können. Tatsächlich entdeckte ich dort, was ich gesucht hatte. Es gab zwei Pläne, einen für die Nord- und einen für die Südseite.

»Meister, ich denke, ich habe die Rollen gefunden, die Ihr sucht.«

»Leg sie dahin«, sagte er, ohne aufzusehen. »Ich schau sie mir später an.«

Ich legte sie am Rand des Stehpults ab und ging hinaus, um mir den Staub vom Kittel zu schlagen und frische Luft zu atmen. Das altbekannte Tock-tock des Steineklopfens schlug mir entgegen, es drang in meine Ohren und wanderte direkt weiter in Bauch und Beine.

Agnès war nicht zu sehen. Ich vermutete sie in der Bildhauerhütte. Clément entdeckte ich auf einem der Gerüste. Meister Yves war in seiner Nähe, und ich begriff, dass der Mann mit dem versteinerten Gesicht sein Vorgesetzter war. Ob Clément es bereits bereute, nicht Steinmetz und in Saint-Denis geblieben zu sein, wo er einen netten Meister gehabt hatte?

Ich drehte eine neuerliche Runde, um mir den Bau genauer anzusehen. Ehrlich gesagt war es ein wenig peinlich: Alle Handwerker arbeiteten, nur ich wanderte ziellos über die Baustelle, sog den Geruch nach frisch gesägtem Holz und von feuchtem Mörtel ein und schaute mich um. An der Apsis gab es ein kleines provisorisches Dach, spitz aufgestellte Bretter, deren schwarze Farbe davon zeugte, dass sie mit Teer bestrichen waren. Ich trat näher. Unter dem Dach stand ein kleiner Tisch, geschmückt mit einem lilafarbenen Tuch, Kerzen und einem Kreuz. Ein Altar. Offenbar wurden hier bereits Gottesdienste gefeiert, auch wenn es noch keine Sitzbänke gab. Man musste im Stehen beten.

Die meisten Arbeiten fanden an den Seitenfassaden statt, und weil sie so lang waren, dauerte es eine kleine Ewigkeit, bis eine Reihe Steine aufgemauert war. Ich ging hinunter zur Seine, wo die Schiffe entladen wurden. Auch dafür gab es Seilwinden an Gerüsten, und trotzdem war es schwere Arbeit, für die Träger genauso wie für die Zugtiere, die die Knute zu spüren bekamen, wenn sie sich nicht zügig bewegten. Überall waren die Leute beschäftigt, schleppten Steinquader, Baumstämme oder Sandsäcke, legten ihre Last vorsichtig auf die Ladeflächen, ächzten, schwitzten, rissen sich die Hände auf. Mich drängte es danach, selbst etwas zu tun. Aber was? Der Meister war nach wie vor mit seinen Wachstafeln beschäftigt. Ich nahm mir ebenfalls eine Tafel und einen Stift, setzte mich an den freien Tisch und begann, aus dem Gedächtnis einzelne Abschnitte der Kathedrale zu zeichnen.

Als die Sonne sank, versammelte sich wie auf Verabredung eine Menge Volk am Bauzaun. Die Handwerker auf dem Platz bildeten Schlangen vor ihren Meistern, um einer nach dem anderen den Tageslohn ausgezahlt zu bekommen, und dann gingen sie zu ihren wartenden Angehörigen, den hungrigen Kindern, schwangeren Frauen und alten Leuten. Sie alle brauchten Geld fürs Abendessen.

Auch Clément war von seinem Gerüst heruntergekommen, wusch sich an einer Regentonne und stellte sich an, während er sich die Hände an seiner Kleidung trocken rieb. Er bekam seine Münzen von Meister Yves und steckte sie achtlos in seine Tasche, als interessiere ihn der Verdienst nicht. Ich hatte auf ihn gewartet und wollte gerade zu ihm hinübergehen, als er in die entgegengesetzte Richtung abzog. Ich ging ihm nach, drauf und dran, ihn zu rufen, doch ich hielt ein, denn ich ahnte, was sein Ziel war. Er wartete vor der Bildhauerhütte auf Agnès.

Ich stand einige Schritte von ihnen entfernt im Schutz zweier Steinquader. Die beiden waren zu weit weg, um ihre Worte zu verstehen, ich sah aber, dass Agnès lachte. Clément hatte eine Bemerkung gemacht, die ihr gefiel.

Ich verkrampfte innerlich. Wie konnten sie auf der Baustelle anbändeln und das gleich am ersten Tag? Aber ich konnte mich auch nicht gegen den Gedanken wehren, dass sie gut zueinanderpassten, Clément mit seinen Locken und den weichen Zügen und Agnès mit ihrem ebenen Gesicht und den kräftigen schwarzen Haaren.

Das änderte nichts daran, dass ich mich ausgeschlossen fühlte. Und das, nachdem ich sie einander vorgestellt hatte.

In mir stieg Wut auf, und alle meine guten Gefühle Clément gegenüber verschwanden so gründlich, als hätte ich sie nie gehabt. Am liebsten hätte ich laut aufgeschrien. Ich fühlte mich verraten, und als ich gegen einen Stein trat, kam mir in den Sinn, ihn aufzuheben und auf die beiden zu werfen.

Niedergeschlagen zog ich mich zurück. Meister Jean verließ seine Hütte, aber strebte auch nicht dem Ausgang zu, sondern ging zum Arbeitsplatz der Glasbläser, und als er dort den glatzköpfigen Meister Albert fand, verwickelte er ihn in ein Gespräch.

So ging ich an diesem Abend allein fort, schlängelte mich durch die engen Gassen mit dem lauten Stimmengewirr und dem Gestank, nahm die Holzbrücke nach Süden und den Weg nach Hause. Es war noch warm.

Das Haus stand leer, Madame war nicht da, was mich wunderte. Wenn ihr Mann nach Hause kam und feststellte, dass es kein Essen gab, wäre er alles andere als erfreut. Ich nahm mir einen Becher, schenkte mir unverdünnten Wein ein, so viel, dass mir schwindelig werden würde, und setzte mich auf die Bank vor dem Haus.

Die Sonne sank und stach mir in die Augen. Der Wein schmeckte gut, ich trank gierig, er stieg mir in den Kopf und machte den Schmerz über Agnès und Clément leichter. Ich mochte nicht daran denken, dass sie sich vielleicht gerade in diesem Moment in einer verborgenen Ecke näherkamen. Der Becher war schnell leer, und ich hatte Lust auf einen zweiten, als Madame eintraf. Sie trug ein langes dunkelgraues Wollkleid, ihre Haube sah anders aus als sonst, sie war ganz weiß, geradezu makellos, und keine Haarsträhnen lugte darunter hervor.

Obwohl ich bereits bald sechzehn wurde, fühlte ich mich

wegen des Weins ertappt und hielt die Hand vor den Becher, als ich aufstand. »Madame.«

Sie lächelte, sodass die Grübchen an ihren Wangen tiefer wurden. Ich hatte nichts zu befürchten. Entweder nahm sie nicht wahr, dass ich schon vor dem Essen trank, oder sie sah darüber hinweg.

»Pierre, du bist schon so lange bei uns und sagst immer noch Madame zu mir. Nenn mich Nathalie, ja?«

Sobald sie ihren Satz ausgesprochen hatte, wusste ich, dass ich ihr Angebot nicht würde annehmen können. Ich konnte sie nicht mit dem Vornamen anreden. »Ja, Madame«, brachte ich hervor.

Sie lachte auf. »Nathalie.« Sie nahm meine Hand und drückte sie. »Ist nicht so schwer.«

»Nein.«

»Dann versuch's.«

»Madame Nathalie«, sagte ich.

Sie lachte wieder. »Wo sind die anderen?«

»Der Meister wird bald kommen. Agnès ist …«

Ich schluckte den Rest meines Satzes herunter, denn ich wollte sie nicht verraten.

»Was? Wo ist sie?«

»Sie kommt ebenfalls. Ich glaube, Meister Jean wird hungrig sein.«

»Ja, ich bin spat dran«, sagte sie. »Ich war in der Kirche und habe für sein Seelenheil gebetet. Auch für das von Agnès und dir, Pierre. Was ihr da auf der Baustelle treibt, das ist eine Sünde. Ich hoffe, du weißt das.«

Auf ein solches Gespräch legte ich keinerlei Wert, deshalb verzichtete ich auf eine Erwiderung.

»Hochmut ist sogar eine Todsünde«, fuhr sie fort. »Jean behauptet, die Kirche würde zu Gottes höchstem Lob gebaut. Aber das ist nicht wahr. Sie ist zu groß, ihre Türme werden bis in den Himmel reichen.« Sie zeigte nach oben. »Dort oben, das ist Gottes Reich. Wir Menschen müssen uns auf die Erde beschränken. Das ist der Bereich, den Er für uns geschaffen hat.«

»Ich glaube nicht«, brachte ich vorsichtig hervor, »dass Notre-Dame den Himmel berühren wird.« Ich schaute nach oben. »Er ist doch sehr weit weg.«

»Pierre! Gott lässt sich nicht spotten.«

Sie legte ihre Hände auf meine Schultern. »Ich bitte dich, gehe nicht auch diesen Irrweg. Es reicht, wenn Jean das tut. Auch dein Seelenheil steht auf dem Spiel. Du weißt, wie es geschrieben steht: ›Was der Mensch sät, das wird er ernten.‹ So sagt der Apostel. Pass auf dich auf, mein Junge.«

Sie ließ meine Schultern los. »Und ich bitte dich«, fuhr sie leiser fort, »pass auch auf Agnès auf. Und auf meinen Jean. Er will zu viel. Viel zu viel.«

»Wie meint Ihr das?«

»Mit vereinten Kräften können wir ihn dazu bringen, wieder vernünftig zu werden und eine Baustelle zu finden, die Gott besser gefällt.«

Sie kannte ihren Mann schlecht. Meister Jean wünschte sich nichts anderes, als an dieser Kathedrale zu wirken. Zudem ließ er sich von niemandem hineinreden. Er wollte diese

Kirche, wollte sie zur Lobpreisung der heiligen Jungfrau, der Mutter des Gottessohnes.

»Pierre, versprichst du mir das?«

Sie stand direkt vor mir, schaute mich an und erwartete eine Antwort. Doch was sie sich erhoffte, konnte ich ihr nicht versprechen. Im Gegenteil, letztlich wollte ich ja nichts anderes als Meister Jean.

Ich senkte den Blick. »Madame …«

»Sag doch Nathalie.«

»Madame Nathalie.«

Ich spürte den Wein in meinem Kopf. Er ließ nicht zu, dass mir eine gute Ausrede einfiel. Sie wirkte ernst, ihr Lächeln war verschwunden. Sie sah mir in die Augen.

Es waren Agnès und Meister Jean, die auf den Hof kamen und mich erlösten. Der Meister schien gute Laune zu haben.

»Ich habe Hunger«, rief er. »Hoffentlich gibt es reichlich.«

Ich war froh, Agnès zu sehen. Meine schlimmsten Befürchtungen waren nicht eingetreten.

»Ich will sehen …«, sagte ich leise zu Madame Nathalie, um sie nicht ohne Antwort zu lassen.

»Jaja. Wir reden noch einmal darüber. Ich brauche deine Hilfe, Pierre. Es geht um unendlich viel.«

Sie wandte sich ab und verschwand im Haus. Ich wusste, ich konnte ihr nicht geben, was sie von mir erwartete.

XII

Ob sich Madame Nathalie mit der Zeit an die neue Wirklichkeit, die in ihr Haus eingezogen war, gewöhnte, war schwer zu sagen. Tatsache war, dass sie nicht mehr von Notre-Dame sprach. Der ganze Bereich unserer Arbeit – wohin wir morgens gingen, was wir erlebten, welche Sorgen und Freuden wir dort hatten – blieb zu Hause ausgespart, darüber fiel kein einziges Wort mehr.

So ging es über viele, viele Monate hinweg. Es war, als wüssten alle, dass etwas Schlimmes passieren würde, sollte einer von uns die Kathedrale erwähnen.

Madame Nathalie fuhr fort, sich anders anzuziehen. Ihre Kleider waren farblos, aus Wollstoff, sie reichten bis an die Knöchel, die Hauben waren blütenweiß. Mir fiel auf, dass sie neuerdings an ihrer Halskette ein kleines goldenes Kreuz trug. Meistens war es unter dem Kleid verborgen, doch manchmal rutschte es hervor. Es war ein schlichtes Kreuz von einem Goldschmied. Weder Agnès noch Meister Jean fragten sie, wo sie es herhatte. Auch das Kreuz schien es nicht zu geben.

Unterdessen wuchs unser Bau, ohne dass ich das wirklich

mitbekam. Es war wie mit einem Geschwisterkind, das größer wird, aber weil man es jeden Tag sieht, bemerkt man es nicht. Nur im Frühling, wenn die Arbeit wieder begann, konnte ich mit frischem Blick auf das schauen, was wir erreicht hatten, und ich staunte, wie hoch die Wände schon waren. Aber ich dachte auch wieder, diese Kathedrale würde niemals fertig werden, das Vorhaben war einfach zu groß, es war mehr, als Menschenhand schaffen konnte. Wie sollte alleine in diesen schwindelerregenden Höhen eine Decke erstellt werden? Würden die Maurer in der Luft hängen und auf dem Rücken liegend arbeiten? Oder würde Gott sie schwebend halten, bis sie ihre Arbeit vollbracht hatten?

Ich wurde siebzehn, achtzehn und neunzehn und war ein fester Teil des Vorhabens, ein wichtiger junger Mann, die rechte Hand des Baumeisters. Alle kannten und respektierten mich. So bekam ich das meiste mit, was auf der Baustelle vor sich ging. Ich kannte die kleinen und größeren Streitereien, wusste, welche Meister beliebt waren und welche nicht, wo zwei Gesellen einander nicht grün waren und man sie trennen musste, und selbstverständlich begleitete ich Meister Jean, wenn er dem Domkapitel berichtete. Dennoch war es Clément, der mir erzählte, dass er auf dem Platz einen Fremden gesehen hatte.

»Der Mann ist überall stehen geblieben und hat sich umgeschaut. Ich habe ihn vom Gerüst aus beobachtet.«

»Wie sah er aus?«

»Er hatte einen Umhang mit Pelzbesatz. Ein Herr, das ist sicher.«

Ich tippte sofort auf Meister Gabriel.

Damals war er bei der Bewerbung um die Bauleiterstelle unterlegen gewesen. Die Frage war, was der Kerl jetzt hier wollte.

Es war Mittagszeit, wir hatten beide Essen bei uns und setzten uns, um es gemeinsam zu verspeisen, was wir schon lange nicht mehr getan hatten. Es war Ende März, die Sonne stand wärmend über uns und verhieß nach dem Winter den ersehnten Neubeginn. Wir lehnten an einer Wand und hatten die Beine ausgestreckt. Ich trank von meinem Schlauch.

»Bist du sicher, dass dieser Fremde einen Umhang mit Fellkragen hatte?«

Er schaute mich mit großen Augen an, als hätte ich in einer fremden Sprache gesprochen. »Wenn ich es doch sage.«

»Welche Farbe hatte der Umhang?«

»Braun. Beige. Was weiß ich? Ich war oben auf dem Gerüst.«

Er packte einen kleinen, in Stoff eingewickelten Käse aus, schaute ihn von allen Seiten an und roch ausführlich daran, bevor er hineinbiss. Während er kaute, fasste er sich an die Brust.

»Was ich noch weiß, ist, dass der Umhang von einer goldenen Kette zusammengehalten wurde. Sie hat geglitzert. Ein reicher Mann, ganz klar.«

»War er allein?«, fragte ich.

»Ich glaube nicht. Da war noch ein jüngerer mit ihm.«

»Sicher nur einer? Oder waren es zwei?«

»Pierre«, erwiderte er kauend, »wenn ich gewusst hätte, dass du mich anschließend ausfragst, hätte ich besser aufgepasst.«

Ich gab mir Mühe, nett zu sein. »Schon gut. Reden wir nicht mehr darüber.«

Mir ging die Sache nicht aus dem Kopf. Zwar konnte ein Baumeister sich anschauen, was ein anderer tat, aber in der Regel dann, wenn er von diesem eingeladen war. Dass jemand ohne dessen Wissen in seinem Bereich herumstromerte, fand ich derart seltsam, dass ich mich an Meister Jean wandte.

Ich fand ihn in der Baumeisterhütte, wo er mit seinen Plänen beschäftigt war, und berichtete, was Clément gesehen hatte.

»So?«, fragte er, und ich sah mich bestätigt. Er wusste nichts von Meister Gabriels Besuch.

»Offenbar hat er sich ziemlich gründlich umgesehen.«

»Wer behauptet das?«

»Clément, mein Freund.«

»Ein geschwätziger Maurer. Da will sich jemand wichtigmachen.«

»Nein, Meister. Er sagt, dass dieser Gabriel sich manche Einzelheiten angeschaut hätte.«

»Verständlich.« Meister Jean nickte. »Er möchte eben lernen, wie man richtig baut. Mit Eleganz. Das spricht für ihn. Er schaut bei jemandem, der ihm überlegen ist.«

Mir kam das Wort »Hochmut« in den Sinn, das Madame Nathalie damals benutzt hatte. »Meister …«

Er tippte mit dem schwarzen Zeigefinger auf seine Zeichnungen. »Jetzt lass mich in Ruhe mit dem Unsinn. Ich muss arbeiten.«

Ich ging hinaus. Zunächst wollte ich mir einreden, dass

ich die Angelegenheit nicht ernst nehmen musste, wenn der Meister es nicht tat. Ich änderte meine Meinung erneut, als ich das neue Wohnhaus des Bischofs sah, nicht weit von dem Palast, in dem er residierte und in dem auch das Domkapitel zusammenkam. Es war fertig. An den Wänden wurden die letzten Gerüste abgebaut, zwei Hilfsarbeiter fegten den Sand vom Aufgang, alle Fensterläden standen offen, um Durchzug zu schaffen, damit Kalk und Mörtel trockneten. Der Bischof würde bald einziehen.

Meister Gabriel war der Baumeister gewesen, und wahrscheinlich brauchte er nun einen neuen Auftrag. In den folgenden Wochen behielt ich den Zaun und Eingang unserer Baustelle besser im Auge.

Meister Gabriel ließ sich aber nicht mehr blicken. Wie es schien, hatte Meister Jean doch den richtigen Riecher gehabt. Sein Konkurrent wollte vielleicht nicht unbedingt etwas von ihm lernen, aber doch wissen, wie es um die größte Baustelle der Stadt stand. Das war verständlich. Und im Übrigen würde Meister Gabriel, so wie ich ihn kennengelernt hatte, nicht lange ohne neuen Auftrag bleiben. Er wusste, wie man sich den Bauherren präsentierte, und war deshalb ein vielbeschäftigter Mann.

Zufällig entdeckte ich ihn eines Nachmittags auf der Straße. Ich ging ihm nach. Es war ein Kinderspiel, in dem Gewühl der Gassen nicht aufzufallen. Als er den Bischofspalast ansteuerte, war ich alarmiert. Er trat ein, und ich beobachtete den Eingang, bis der Meister nach einiger Zeit wieder herauskam. Es war inzwischen früher Abend. Ich fragte mich, was er so lange mit dem Domkapitel zu besprechen hatte?

Es drängte mich, Meister Jean von meiner Beobachtung zu erzählen. Ich wartete bis nach dem Essen, um ihn anzusprechen. Er blieb am Tisch sitzen und schenkte sich den Becher voll Wein.

»Meister, ich habe heute beobachtet, wie Meister Gabriel dem Bischofspalast einen Besuch abgestattet hat. Er war beim Domkapitel«, behauptete ich.

Er blickte auf, seinen Becher in der Hand, die Stirn in Falten. Offenbar war es mir diesmal gelungen, sein Interesse zu wecken.

Doch nun trat Madame Nathalie an den Tisch. Zwei, drei weite Schritte. Die Augen klein, die Züge verhärtet. »Redet in meinem Haus nicht über diese Kirche!«

»Dein Haus?«, gab Meister Jean zurück. »Wie kommst du denn darauf?«

Der Frieden der langen letzten Zeit, so fragil er gewesen sein mochte, war dahin, und ich war es, der ihn aufs Spiel gesetzt hatte.

»Verzeiht, Madame Nathalie«, beeilte ich mich zu sagen. »Das war meine Schuld, ich habe damit angefangen. Es kommt nicht wieder vor.«

Sie zog ihren Blick von ihrem Mann ab und ließ ihn auf mir ruhen. Ich hielt die Luft an.

»Ist gut, Pierre«, sagte sie.

Wie es seine Art war, sagte der Meister nichts weiter zu der Angelegenheit. Ich ging hinauf in meine Kammer und fiel sogleich in einen unruhigen Schlaf.

Am nächsten Tag bekamen wir Besuch von Monsieur Jacques. Auch auf der Baustelle sah man ihm an, dass er ein wohlhabender Kaufmann war. Er trug einen dunkelblauen Wams mit Edelsteinen und kniehohe Lederstiefel, von denen ich nicht einmal wusste, wo man so etwas kaufte. Ich beeilte mich, ihm entgegenzugehen, machte eine tiefe Verbeugung und führte ihn in die Bauhütte zu Meister Jean.

Kaum hatte ich die Tür geöffnet, sah ich, dass dies kein Ort für jemanden wie Monsieur Jacques war. Nur eine Öllampe und zwei funzelige Kerzen brannten am Pult, sodass die Ecken des Raums im Dunklen lagen. Der Boden war ungefegt, auf dem Regal lag immer noch jener Staub, mit dem ich ausgiebig Bekanntschaft gemacht hatte, die Luft roch nach altem Käse oder ungewaschenen Füßen.

Mir war danach, die Tür offen zu lassen und den Fensterladen aufzureißen, ich wusste aber, dass der Meister Durchzug nicht duldete, weil der Wind seine Blätter durcheinanderbringen konnte.

Meister Jean schaute auf. Seine Haare hatte er an diesem Tag nicht gekämmt, seine Frisur war wirr wie eh und je, und der Bart musste dringend wieder gestutzt werden.

Immerhin kam er seinem Besuch zwei Schritte entgegen und deutete eine Verbeugung an. Für Meister Jean war das ziemlich viel an Höflichkeit.

»Monsieur Jacques, was führt Euch zu mir?«

»Ich würde gerne den Baufortschritt sehen.«

»Selbstverständlich. Aber sagt mir: Ich war doch erst kürzlich da und habe berichtet – fiel das nicht zu Eurer Zufriedenheit aus?«

»Doch, doch, selbstverständlich. Bloß möchte man

manchmal auch selbst schauen. Es geht nichts über den Augenschein.«

Ich war froh, die ungastliche Hütte verlassen zu können, und als wir unsere Runde begannen, hielt ich mich dicht hinter den beiden Männern. Monsieur Jacques interessierte sich für die Trettrommel, mit der die Lasten in die oberen Stockwerke befördert wurden. Es war in der Tat eine großartige Erfindung; durch das Drehen der Trommel blieb das kreisförmige Seil, das mit ihr verbunden war, immerzu in Bewegung, und es war stark genug, um Steine, Bretter und schwere Bottiche in die Höhe zu ziehen. Mit den Männern allerdings, die die Trommel anzutreiben hatten, hätte ich nicht tauschen mögen. Ihre Arbeit war eintönig, ein Schritt nach dem anderen und immer in diesem hölzernen Käfig.

Meister Jean bemühte sich, seinen Gast zum Querschiff zu dirigieren, dorthin, wo das Fenster geplant war. Die Säulen standen bereits. Sie waren schmal wie Finger und sehr hoch.

Monsieur Jacques jedoch blieb unterwegs immer wieder stehen. Er schaute den Maurern zu und den Mörtelmischern, die den Seilzug nicht benutzten, weil die Maurer den Vortritt genossen, und die ihre vollgefüllten Eimer deshalb über Wendeltreppen und Leitern auf die Gerüste schleppten; er stellte sogar Fragen über die Essen der Schmiede, der er wegen der Hitze selbstverständlich nicht zu nahe kam.

Meister Jean gab sich Mühe, seine Ungeduld zu verbergen. Ich, der ich unzählige Stunden in seiner Nähe verbracht hatte, spürte sie natürlich trotzdem. Inzwischen kannte ich ihn so gut, dass ich seine Stimmungen wahrnahm.

»Die Säulen sind sehr dünn«, sagte Monsieur Jacques, als wir endlich das Querschiff erreichten.

»So war es geplant.«

»Werden sie halten?«

»Aber sicher.«

»Auch das schwere Fenster, das Ihr vorgesehen habt?«

»Monsieur, ich bitte Euch, macht Euch keine Sorgen.«

»Die mache ich mir nicht. Ich kann Euch aber nicht verhehlen, dass es im Domkapitel Unruhe gibt.«

»So?«, fragte Meister Jean. »Weshalb?«

Anstelle einer Antwort schritt Monsieur Jacques um die Wand des Querschiffs herum. Wie ein Fachmann nahm er mit Daumen und Zeigefinger Maß, schaute nach oben und hielt den Kopf lange in einer unangenehmen Haltung. Es schien ihm nichts auszumachen.

Meister Jean wiederholte seine Frage nicht.

»Den Herren ist zu Ohren gekommen«, sagte Monsieur Jacques schließlich, »dass in Saint-Denis eine Wand eingestürzt ist. Eine, die Ihr noch geplant habt, Meister.«

»Welche soll das sein?«

»Ihr habt davon noch nicht gehört?« Monsieur Jacques klang überrascht.

»Ähh ...« Ich konnte dem Meister ansehen, dass er nach der bestmöglichen Antwort suchte. »Nein.«

»Das wundert mich.«

In diesem Moment brachte ich die Ereignisse endlich zusammen. Es gab nur eine einzige sinnvolle Erklärung: Meister Gabriel hatte dem Domkapitel diese Nachricht überbracht. Vorher war er hier gewesen, wie Clément beobachtet hatte, und nicht etwa, um die Bauweise von Meister Jean zu studieren, sondern auf der Suche nach Fehlern. Wer wollte wissen, was er den hohen Herren alles erzählt hatte? Monsieur Jacques jedenfalls wirkte ziemlich skeptisch.

»Nun gut«, sagte er zum Abschied. »Ich habe einiges gesehen, und wir werden uns beraten. Kommt bitte Mitte des Monats. Sagen wir, am fünfzehnten. Dann reden wir weiter.«

»Wie Ihr wünscht, Monsieur.«

»Meister«, sagte ich, nachdem wir Monsieur Jacques zum Ausgang begleitet hatten und ihm nachschauten, »solltet Ihr nicht nach Saint-Denis aufbrechen und Euch selbst ein Bild machen, was da passiert ist?«

»Bestimmt nicht. Für solchen Mist habe ich keine Zeit.«

»Aber Meister, das ist wichtig!«

Er hatte sich schon umgedreht und ging davon.

Zu meiner Überraschung blieb er aber stehen.

»Weißt du was, Junge: Du machst das. Schau dir an, wie schlimm der Einsturz ist. Und dann berichte. Besser noch, mach eine Zeichnung.«

XIII

Nach Saint-Denis zu gehen war für mich wie eine Reise in die Vergangenheit. Der weite Weg durch die Stadt und über das Land war mir immer noch vertraut, die Wälder und Felder, die vielen, vielen Schritte. Dann, endlich, der Blick auf den Turm. Der Gang durch den Ort, der mir geradezu verschlafen vorkam. Es war Vormittag und keineswegs heiß, und dennoch war kaum jemand auf der Straße. Deshalb war es so still, dass ich das Gezwitscher der Vögel hörte.

Ich blieb stehen, lauschte und stellte fest, wie sehr ich mich an den ewigen Lärm von Paris gewöhnt hatte, an das Brüllen der Marktverkäufer, die Flüche der Bauern, wenn ihre Wagen auf den lehmigen Straßen feststeckten und die Ochsen sich weigerten zu ziehen, und das allgegenwärtige Gerede und Geschrei der Leute. Gegenüber alldem wirkte Saint-Denis wie ein Kloster mit Schweigegebot.

Der neue Glockenturm war inzwischen so weit über den auf der Südseite hinausgewachsen, dass beide kaum noch zu derselben Kirche zu gehören schienen. Und noch immer war nicht zu erkennen, dass er zum Abschluss gebracht werden sollte. Das Mauerwerk verjüngte sich nicht.

Damals, als ich zum allerersten Mal hierhergekommen war, hatte ich gerätselt, warum Meister Jean die Harmonie des Gleichgewichts aufzugeben bereit war. Ich hatte unterstellt, dass er testen wollte, wie hoch er bauen konnte, und mit diesem Gedanken hatte ich offenbar richtiggelegen. Hier hatte er begonnen, das Althergebrachte herauszufordern. Das setzte er jetzt in Paris fort, und zwar mit einer Selbstsicherheit, die mich immer wieder beeindruckte. Er wusste, wohin er wollte.

Ich betrat die Baustelle und traf Meister Victor, der den Steinmetzen vorstand. Auch wenn seine Haare inzwischen von grauen Strähnen durchsetzt waren, war er leicht an seinem breiten Gesicht und dem weichen Mund zu erkennen.

Er brauchte einen Moment, bis er mich eingeordnet hatte. »Pierre! Das ist ja eine Überraschung.«

Er drückte mich an seine Brust.

»Kommst du zu uns zurück?«

»Nur heute, Meister. Weil ich etwas verstehen muss.«

»Und was ist das?«

»Die Wand, die eingestürzt ist. Wie schlimm ist es?«

»Welche Wand?«

»Es kann nicht lange her sein. Eine, die Meister Jean geplant hat. Also muss sie am Turm sein.«

»Davon weiß ich nichts.«

Ich stutzte. Wie konnte es sein, dass er nicht Bescheid wusste?

»Du meinst doch nicht die drei Steine, die aufs Dach gefallen sind? Oder?«

»Keine Ahnung! In Paris erzählt man sich von einem größeren Unglück.«

»Das ist merkwürdig. Komm mal mit.«

Er brachte mich zum Maurermeister und führte selbst das Gespräch mit ihm. Weder der Mann noch seine Gesellen wussten etwas von einer eingestürzten Mauer.

»Und was hat es mit diesen drei Steinen auf sich, die Ihr erwähnt habt?«, fragte ich Meister Victor.

»Ein Maurerlehrling. Er hat zu viel Mörtel genommen, sodass die Steine fliegen gegangen sind wie Herbstlaub bei Wind.«

»Haben sie jemanden getroffen?«

»Nein. Aber er …« Meister Victor kicherte. »… der Junge bekam vor Scham einen Kopf so rot wie die untergehende Sonne und ist davongerannt. Drei Tage ist er nicht wiedergekommen.«

»Und jetzt?«

Er schaute sich um. »Er arbeitet hier. Im Moment sehe ich ihn nicht. Aber er ist hier. Ich zeig dir die Unglücksstelle, falls sie noch nicht ausgebessert ist.«

Über die Wendeltreppen stiegen wir auf das Kirchdach. Währenddessen fragte mich Meister Victor über Notre-Dame und Meister Jean aus. Ich war stolz, ihm von den Plänen zur Fensterrose zu erzählen, und hob hervor, wie gewaltig sie werden würde.

Durch eine schmale Tür traten wir ins Freie. Wie selbstverständlich wandte ich mich Richtung Turm. Er hielt mich zurück.

»Wir sind schon da.«

Es ging um einen Aufbau auf dem Dach, der einerseits als Zierde vorgesehen war und andererseits Regenwasser verteilen sollte. Meister Victor führte mich an die Ostseite.

»Hier. Das ist der ganze Schaden.«

Es war ein Witz. Eine Wand, die kaum höher war als meine Knie. In der Mitte fehlten ein paar Steine, es gab ein Loch, das an den Buchstaben V erinnerte. Zusammengebrochen war nichts.

Ich hatte zwei Wachstafeln dabei, die an meinem Gürtel hingen. »Darf ich eine Zeichnung machen?«

»Nur zu. Wenn du fertig bist, vergiss nicht, mir *Au revoir* zu sagen.«

Ich hockte mich auf den Boden und fertigte zwei Zeichnungen der Mauer mit dem V an. Dabei gab ich mir viel Mühe, schließlich würde ich sie Meister Jean zeigen. Als ich fertig war, verabschiedete ich mich von Meister Victor und kehrte nach Paris zurück.

Es war Nachmittag, als ich wieder an der Kathedrale ankam. Die ersten Kinder und Alten sammelten sich bereits am Tor. Vom Bau selbst empfingen mich die altbekannten Geräusche, das Hämmern der Steinmetze und die tiefen Stimmen der Handwerker. Noch war nicht Feierabend. Ich fand Meister Jean auf dem Platz, wo er mit dem Maurermeister redete.

Als er mich sah, wirkte er angespannt.

»Ein großes Unglück?«, fragte er ohne Begrüßung.

»Gar nicht.« Ich hakte meine Wachstafeln vom Gürtel und hielt sie ihm hin. »Schaut selbst.«

Auf der einen Tafel hatte ich die gesamte Situation dargestellt, das Dach, die beiden Türme und den Aufbau mit den herausgebrochenen Steinen, auf der anderen den Schaden detaillierter wiedergegeben. Er warf einen Blick auf beide.

»Deshalb die ganze Aufregung?«

Ich nickte, und er fing an zu lachen. Er wurde lauter und lauter und schüttelte sich dabei. Ich hatte Sorge, er würde die Tafeln fallen lassen, und nahm sie ihm ab. Er lachte immer weiter.

»Was ist in diese Leute gefahren?«, prustete er, wobei ihm ein Speichelregen aus dem Mund geschossen kam. »Kannst du mir das sagen?«

Ich hätte es ihm erklären können. Es war genau so, wie ich gedacht hatte, als Monsieur Jacques auf die Baustelle gekommen war. Meister Gabriel hatte spioniert und seinen Gegenspieler dann beim Kapitel angeschwärzt. Man brauchte nicht allzu viel Verstand, um das zu erkennen.

»Ihr solltet …«, brachte ich hervor, wohl wissend, dass er Ratschläge nicht leiden konnte. Ich setzte mich darüber hinweg. »… mit den Zeichnungen zu Monsieur Jacques gehen.«

»Ach was.«

Er lachte jetzt nicht mehr, sondern war wieder mürrisch und winkte ab. »Wenn es dem Mann so wichtig ist, kann er sich selbst in Saint-Denis ein Bild machen.«

»Dann nehmt sie wenigstens mit, wenn Ihr dort vorsprechen müsst.«

»Junge«, sagte er, »du bist genauso komisch wie diese Leute. Wo nichts ist, da brauche ich mich nicht zu verteidigen.«

Ich war anderer Meinung. Der Meister war blind, und das konnte gefährlich werden.

Ich wollte mit jemandem über den Vorfall reden, deshalb ging ich hinüber zur Bildhauerhütte. Agnès arbeitete vor der Tür. Eine Kollegin war bei ihr, die ich aus Saint-Denis kannte. Sie hieß Olivia, und beide standen vor einer halb fertigen Skulptur und betrachteten sie.

»Wer ist dir denn über den Weg gelaufen?«, fragte mich Agnès, als ich heran war. Sie wandte sich an Olivia. »Er sieht aus, als wäre er dem Leibhaftigen begegnet. Findest du nicht?«

Sie lächelte und stimmte zu.

»Pierre?«, wiederholte sie.

Ich wollte meine Geschichte nicht vor Olivia ausbreiten. »Was?«

»Das sollte ich dich fragen!«

»Kommst du mit nach Hause?«, fragte ich.

Sie schaute zu Olivia, und beide nickten einander zu.

Agnès wusch sich, dann machten wir uns auf den Weg über den Bauplatz.

»Was ist passiert?«

»Es geht um deinen Vater.«

»Quält er dich?«, fragte sie und lachte auf. »Da bist du nicht der Einzige.«

Am Zaun trafen wir Clément. Ich bezweifelte, dass das eine zufällige Begegnung war, denn ich hatte schon einige Male beobachtet, dass sie zusammen fortgegangen waren. Offenbar wartete er auf sie. Was ich nicht recht einschätzen konnte, war die Rolle von Agnès in diesem Spiel. Ermutigte sie ihn? Schlug sie sogar von sich aus diese Verabredungen vor? Oder war sie nur bereit, sein Spielchen mitzumachen?

»Ihr wirkt, als würdet ihr ein ernstes Gespräch führen«, sagte Clément. Er hatte die Hände in seinen Kitteltaschen und grinste.

Ich erzählte beiden von Saint-Denis und der Reaktion des Meisters und zeigte ihnen auch die Wachstafeln. Agnès betrachtete sie ausgiebig.

Clément hingegen warf nur einen kurzen Blick darauf. »Ach«, sagte er, »der wird sich schon wehren, wenn es ernst wird.«

»Zumindest wird es dir nicht gelingen, Vater zu etwas zu bewegen, was er nicht will«, erklärte Agnès. »Das kann keiner.«

Ich dachte, dass sie genau das fertiggebracht hatte und nur deshalb hier war. Dennoch, Clément hatte ausgesprochen, wie es war. Die Verantwortung lag bei Meister Jean. Allein bei ihm.

»Aber schöne Zeichnungen«, sagte Agnès. »Alle beide.«

XIV

Meister Jean war und blieb der Großmeister der Schweigsamkeit. Mit keinem Wort erwähnte er Gabriel und seine Unterstellungen, Saint-Denis und meine Zeichnungen und auch nicht Monsieur Jacques. Er war einzig und allein mit seiner Rose beschäftigt.

Stunde um Stunde verbrachte er damit, das Fenster und die umgebende Mauer zu zeichnen. Dabei versuchte er, das steinerne Maßwerk, das die einzelnen Glaselemente halten sollte, immer weiter zu reduzieren. Offenbar wünschte er sich eine pure Glasscheibe, die riesengroß sein sollte. Auch das konnte man als Hochmut ansehen. Eine Sonne zu schaffen stand allein Gott zu.

Während er arbeitete, machte ich ebenfalls Zeichnungen.

Ich hatte meinen eigenen Tisch, zündete mir Kerzen an und versuchte, angespornt durch das Lob von Agnès, besser zu werden. Aber ich versuchte mehr, nämlich einzelne Elemente, etwa die Westportale, weiterzuentwickeln. Die Eingänge waren inzwischen ausreichend hoch gebaut, um sie immer wieder anzuschauen und Fehler in meinen Zeichnungen zu korrigieren. Als ich zufrieden war, begann ich zu skizzieren, wie sie in meiner Vorstellung aussehen würden. Breite Portale, die zum Gottesdienst offen standen und viele Leute aufnahmen. Schwere, massive Türen, einer Kathedrale wie der unseren angemessen.

Auch andere Details nahm ich mir vor. Ich zeichnete gut; doch etwas Neues zu erfinden fiel mir alles andere als leicht. Ich wagte nicht, über das Bekannte hinauszugehen, es war wie eine innere Sperre, die irgendwo in mir saß. Besonders stark war sie, wenn es um Höhe ging. Die Türme, die vorgesehen waren. Ich wurde die Befürchtung nicht los, dass das, was ich entwarf, einstürzen würde.

Mit aller Macht wollte ich diese Sperre überwinden. Wenn ich ehrlich sein soll, dann muss ich zugeben, dass ich mir auch hier mit Wein half. Sobald es sich in meinem Kopf drehte, wurde ich freier. Ich begann, mir etwas Kühneres vorzustellen. Auch die Türme.

Anfangs waren es nur Striche, zwei auf der linken und zwei auf der rechten Seite. Nicht einmal mit viel gutem Willen konnte man erkennen, was sie darstellen sollten, doch ich hörte eine leise innere Stimme, die mich ermutigte, und ihr folgte ich und zeichnete die Türme ein zweites Mal. Wie bei meinen Skizzen von Saint-Denis begann ich, mich mit Einzelheiten zu befassen, mit spitz zulaufenden Aussparungen, mit Trägern und Säulen, mit dem Dach. Und kam langsam und mithilfe des Weins in Fahrt.

Seltsamerweise nahm Meister Jean mich nun doch wahr. Er schaute zu mir, während ich die Wachstafel bearbeitete, wirkte erstaunt, fragte aber nicht, was ich da trieb. Ich machte weiter, und das Zeichnen machte mir immer mehr

Spaß. Mit jedem Tag wuchsen meine Sicherheit und die Freude.

Eines Tages, als ich wieder über meinen Zeichnungen saß, schreckte mich ein Knall auf.

Auch Meister Jean sah auf. Der Knall war laut, geradezu durchdringend, gefolgt von Geschrei. Der Meister und ich waren gleichzeitig an der Tür, stürmten heraus und rannten über den Bauplatz. Andere Handwerker kamen von verschiedenen Seiten dazu. Wir strebten ins Innere des Rohbaus. Ein Maurer lag auf dem Boden, wand sich in seinem Schmerz, schlug mit der flachen Hand auf die Erde und fluchte. Sein rechtes Bein war unnatürlich verdreht. Es sah übel aus.

Wie sich herausstellte, hatte sich ein Gerüst gelöst. Zum Glück hatte es nicht ganz oben an der Wand gehangen, sondern nur in einer Höhe von acht oder zehn Fuß. Eine Seite des Bretts hing noch an den Verschraubungen, aber die andere zeigte nach unten. Der Mann war abgerutscht und hatte sich nirgendwo festhalten können.

»Beruhige dich, Simon«, sagte Meister Yves. »Wir schicken nach dem Wundarzt. Er wird das richten.«

Simon war jung, ein blonder Mann mit Bartstoppeln im Gesicht, das kreideweiß aussah. Er zitterte. Man konnte sehen, dass er sich bemühte, der Anweisung seines Meisters Folge zu leisten. Doch es gelang ihm nicht, das Zittern seiner Hände und Lippen unter Kontrolle zu bringen. Der Schmerz war zu groß.

»Beruhigen?«, presste er hervor. »Meine Familie wird verhungern.«

»Das wird sie nicht«, widersprach Meister Yves entschieden. »Die Bruderschaft unterstützt euch, bis du wieder arbeiten kannst. Bei uns verhungert niemand.«

Der verletzte Maurer ließ seinen Kopf auf den Boden sinken, während ich auf Meister Yves blickte. Ich war nicht wenig erstaunt. Sein Gesicht war versteinert wie immer. Doch dahinter gab es Mitgefühl. Zumindest dann, wenn es um ein Mitglied seiner Bruderschaft ging.

Clément hatte ganz in der Nähe gearbeitet. Ich war erleichtert, dass er nicht verletzt worden war. Wir stellten jeder eine Leiter an und kletterten hinauf, um die Bruchstelle zu überprüfen. Der Stein fühlte sich porös an, man konnte mit dem Finger hineinbohren.

»Falsches Material«, meinte Clément. »Wer immer das verbaut hat, hat einen Fehler gemacht.«

»Ja. Aber wir finden den Schuldigen nicht mehr.«

»Wahrscheinlich nicht.«

Am Abend ging ich zum ersten Mal seit langer Zeit mit ihm zusammen fort. Auf einem Marktplatz entdeckte ich Monsieur Jacques. Er war unschwer zu erkennen, denn er trug wieder den purpurfarbenen Umhang, in dem ich ihn kennengelernt hatte. Es war ein milder Frühsommerabend. Mütze und Wams brauchte der Kaufmann für die kühlere Jahreszeit. An diesem Abend reichten Tunika und Umhang.

Ich blieb stehen. »Das ist der Mann, dem Meister Jean meine Zeichnungen zeigen müsste.«

»Hä?«, machte Clément. »Was meinst du?«

»Er ist der Sprecher des Domkapitels. Ihm muss der Meister zeigen, dass in Saint-Denis kein Schaden entstanden ist.«

»Was er aber nicht macht?«

»Nein. Er denkt nicht einmal daran.«

»Dann mach du!«

»Ich? Wie denn?

»Wo sind die Wachstafeln?«

»In der Baumeisterhütte.«

»Hol sie. Schnell.«

»Ich kann doch einen so wichtigen Mann nicht aufhalten.«

Clément hatte immer eine Antwort parat. »Das lass mal meine Sorge sein.« Er schlug mir auf den Rücken. »Beeil dich, Pierre. Lauf schnell.«

Ich rannte los.

Es war nicht einfach, in dem Gewühl voranzukommen, aber ich ließ mich von den wüsten Beschimpfungen der Leute nicht aufhalten und lief immer weiter. Am Bauzaun vorbei, durch den Eingang und zur Bauhütte.

Dort saß Meister Jean, und weil ich die Tür so stürmisch aufgerissen hatte, blickte er auf.

»I-ich …«, stotterte ich, »h-hab etwas vergessen.«

Er schnaubte und wandte sich seiner Zeichnung zu. Meine Wachstafeln lagen neben meinem Tisch. Ich nahm sie mit einem Griff, schlich mich hinaus und schloss die Tür hinter mir. Dann begann ich wieder zu rennen, diesmal mit den klappernden Tafeln in der Hand.

Ich erblickte Clément in der Menge, er winkte mir zu.

»Hast du die Tafeln?«, fragte er.

»Ja.«

Er nahm meine Hand und zog mich an den Straßenrand, wo er seinen Schritt beschleunigte, bis wir Monsieur Jacques überholt hatten.

Er kam jetzt auf uns zu. Mein Herz klopfte laut.

»Monsieur«, sagte Clément.

Ich wäre am liebsten in den Boden versunken.

Der Kaufmann musterte uns von oben herab.

»Wir sind zwei Handwerker von der Kathedrale.« Clément deutete mit dem Daumen in Richtung Notre-Dame. »Wir waren in Saint-Denis.«

»So?«

»Ja, um uns den angeblichen Schaden anzusehen. Mein Freund hier hat ihn gezeichnet.«

Clément hielt Monsieur Jacques die beiden Wachstafeln hin.

»Genau so, wie es hier dargestellt ist, sieht es dort aus. Ein Schaden, der nicht der Rede wert ist.«

Monsieur Jacques warf einen Blick auf die Tafeln. Irgendetwas erweckte sein Interesse, er schaute genauer hin. Wechselte zwischen der größeren und der detaillierten Ansicht hin und her.

»Ist das die Wahrheit?«

»Ich schwöre es bei meiner toten Mutter«, brachte ich hervor.

»So ein Aufruhr wegen dieser paar Steine.«

»Ja, offenbar«, sagte Clément.

»Wie heißt ihr?«

Wir nannten ihm unsere Namen, und ich fügte hinzu, dass ich der Gehilfe von Meister Jean war.

»Mit ihm habe ich dich gesehen! Mir war gleich so, als würde ich dein Gesicht kennen.«

Ich nickte und nahm die Tafeln wieder an mich.

»Ich werde selbst nach Saint-Denis reiten«, sagte er. »Wenn ihr nicht die Wahrheit gesagt habt, dann lasse ich euch einsperren.«

XV

Clément und ich saßen nach der Arbeit auf einem Mauervorsprung, ließen die Beine baumeln und blickten auf die Kathedrale. Die Tage waren einer wie der andere, morgens kamen wir auf die Baustelle, mittags machten wir Pause, aßen und tranken, arbeiteten wieder, gingen nach Hause. Von Monsieur Jacques hatte ich nichts mehr gehört, sodass ich die Angelegenheit nach und nach aus den Augen verlor.

Eine Frau blieb bei uns stehen, eine Dachdeckerin. »Na, ihr beiden«, sagte sie. »Genießt ihr die letzten Sonnenstrahlen?«

»Guten Abend, Sylvie«, erwiderte Clément.

Sie hatte einen auffallend weichen Mund und grüne Augen. Ihr Haar war glatt. Es reichte ihr bis auf die Schulter. Ich schätzte sie auf Mitte zwanzig, ein paar Jahre älter als wir.

Sie strich Clément mit zwei Fingern über die Hand. »Du Hübscher.«

Im Gegenzug fuhr er ihr über den Kopf. »Selber hübsch.«

Sie schaute zu mir. »Er gefällt mir, dein Freund.«

Ich blickte mit Sylvies Augen auf Clément. Er war schmal und gleichzeitig kräftig, hatte diesen Lockenkopf, der mir bereits am allerersten Tag in Saint-Denis aufgefallen war, und ein hübsches Gesicht. Ich verstand, dass sich eine Frau für ihn interessierte.

Agnès sah ihn ja offenbar auch so.

»Und du gefällst ihm«, sagte ich.

»Ach? Woher weißt du das?«

Ich zuckte mit den Schultern. »Mir hat er noch nie über den Kopf gestrichen.«

Sie lachte, während Clément meinen Satz als Aufforderung nahm und durch mein Haar fuhr, bis es völlig verwuschelt war.

»Jetzt ist gut«, wehrte ich ab. »Das reicht für die nächsten Jahre.«

»Wenn du ihn nicht willst, wirst du dir jemand anders suchen müssen, der dich streichelt«, sagte Sylvie zu mir. Und zu Clément: »Mir kannst du noch mal zeigen, wie gut du das kannst.«

Sie klang kokett, zumal sie ein spitzes Lächeln aufgesetzt hatte.

Er ließ sich nicht lange bitten. Anders als bei mir strich er nur mit den Fingerspitzen über ihr Haar, ganz zart, und sie legte den Kopf schief und schloss die Augen. Ich musste an eine Katze denken. Es fehlte nur, dass sie schnurrte.

»So«, sagte sie dann. »Nun muss ich weiter. Ich hoffe, wir sehen uns bald wieder.«

Der letzte Satz richtete sich eindeutig nur an Clément, nicht an mich. Er war es, dem sie zum Abschied zuzwinkerte.

»Und ich dachte«, sagte ich, als Sylvie fort war, »du magst Agnès.«

»Das stimmt. Sie ist besonders. Aber mir gefallen viele Frauen. Dir nicht?«

»Doch. Wem nicht?«

»Siehst du. Ich glaube, wir sind auf der Welt, um uns zu paaren. Nur so geht es immer weiter.«

»Lass das bloß keinen Pfaffen hören.«

Er winkte ab. »Die machen es doch selbst, wie sie die Lust überkommt.«

»Clément, hör auf.«

»Warum? Ist doch wahr.«

Er hatte diese direkte Art. Mit seiner Unverfrorenheit hatte er Monsieur Jacques auf der Straße angehalten, und so redete er auch mit einer Frau wie Sylvie. Ich hingegen war schüchtern. Und mich quälte die Eifersucht. Ich kam einfach nicht dahinter, wie es zwischen ihm und Agnès stand.

Wenn sie sich trafen, wirkten sie vertraut, als wären sie ein Paar, und es gab Abende, da verließen sie gemeinsam den Bauplatz, was mir jedes Mal einen Stich versetzte. Doch dann ließ er sich von Sylvie schöne Augen machen, und ich wusste noch weniger, woran ich war.

An diesem Abend ging ich zur Bildhauerhütte, denn ich suchte eine Antwort auf meine Frage. Agnès hatte ihre Fingerspitzen auf ihre Skulptur gelegt, was geradezu zärtlich aussah. In der linken Hand hielt sie Hammer und Meißel. Sie vermittelte den Eindruck, als wäre sie nie etwas anderes gewesen als eine Bildhauerin. Ihre Kleidung war staubig. Selbst auf dem Kopftuch lag eine Schicht feiner Körner.

Der Meister stand neben ihr und betrachtete ihre Arbeit.

Die Skulptur zeigte einen sitzenden Mann, der sich an

den Kopf fasste. Seine Augen waren aufgerissen, der Mund stand offen. Agnès zeigte ihn in einem Moment des Schreckens.

»Ja«, sagte der Meister, der genauso staubig war wie Agnès. Sein Haar und die Hände waren von einer weißen Schicht bedeckt. Er ging zweimal um die Skulptur herum und besah sich die Details.

»Sehr schön«, sagte er. »Es könnte noch etwas mehr Bewegung darin sein. Dass man sieht, er ist genau in diesem Moment aufgeschreckt.«

»Mehr Faltenwurf?«

»Das wäre eine Möglichkeit.«

Es war unschwer zu erkennen, dass es sich bei dem dargestellten Mann um Samson handelte, den Helden aus der Geschichte im Alten Testament, dessen Kraft in seinen Haaren lag. Seine Geliebte Delila hatte ihn für Geld verraten, und seine Feinde kamen nachts, als er schlief, schnitten ihm das Haar ab und raubten ihm auf diese Weise seine Kraft.

Agnès hatte den Moment dargestellt, als er das begriff.

Auf den zweiten Blick sah ich, dass es viel mehr als nur Schrecken war, was Samson zeigte – Überraschung, Entsetzen, Verzweiflung. All das lag in seinem steinernen Gesichtsausdruck.

»Ich arbeite weiter daran, Meister«, sagte Agnès.

»Tu das«, erwiderte der Alte und verschwand in die Hütte.

Ich trat näher.

»Pierre«, sagte sie, und ich bildete mir ein, dass sie sich freute.

Ich betrachtete die Skulptur. »Du hast das gemacht?«

»Wer sonst?«

Ich strich mit dem Finger über den Stein. Er fühlte sich wunderbar glatt an, so gründlich hatte sie ihn geschliffen. Ich mochte gar nicht wieder aufhören.

»Gefällt sie dir?«

»Ja«, sagte ich. »Ich bewundere sie«, setzte ich leise hinzu und fand den Satz blöd, sobald ich ihn ausgesprochen hatte.

»Danke, Pierre«, sagte sie. »Du bist ein guter Mensch.«

Ich trat einen Schritt zurück. Ein guter Mensch?, wiederholte ich wortlos.

Mir schoss die Röte ins Gesicht.

»Wartest du, bis ich mich gewaschen habe?«

»Ja«, murmelte ich.

Ich schaute zu, wie Agnès ihr staubiges Kopftuch abnahm und ausschüttelte, wie sie sich an der Regentonne Hände und Gesicht säuberte und den Dreck vom Kittel klopfte. Ihre Bewegungen waren anmutig. Es wirkte kraftvoll, wie sie sich auf Schultern, Bauch und Oberarme und auf die Brust schlug, und gleichzeitig lag viel Zartheit darin, und ich wünschte mir, sie würde mich auf diese Weise berühren und ich sie.

»Hast du Clément gesehen?«, begann ich, als wir den Bauplatz verließen.

»Nein. Was ist mit ihm?«

»Keine Ahnung.« Ich wollte ihn nicht verraten. Aber mein Wunsch zu erfahren, wie es zwischen ihnen stand, war stärker. »Ich glaube, er ist mit einer Frau fortgegangen.«

»Macht er das nicht manchmal?«

»Wie meinst du das?«

»Das musst du doch wissen. Schließlich ist er dein Freund.«

»Und?«

»Sag mir nicht, du hättest noch nicht mitbekommen, dass er den Frauen gefällt. Allein wegen seines Lockenkopfes.«

Ich fasste mir ein Herz. »Dir auch?«, fragte ich, ohne sie anzusehen.

Sie blieb stehen und tippte mir mit dem Finger auf die Nasenspitze. »Sei nicht so neugierig. Das steht dir nicht.«

Wir schwiegen für den Rest des Weges.

Als wir nach Hause kamen, lag der Hof verlassen da. Die Fensterläden waren geschlossen.

»Maman scheint ausgeflogen zu sein«, bemerkte Agnès.

Wir traten ein.

Im Herd war das Feuer ausgegangen. Das war etwas, das alle Welt vermied, denn es war lästig, mit Feuerstein und Reisig ein neues anzuzünden. Abends legten wir extra Holz nach, um morgens Glut zu haben. Doch jetzt gab es nur kalte Asche.

Ich nahm ein Kienholz. »Ich hole Feuer von den Nachbarn. Und dann fangen wir schon mal an zu kochen.«

Ich hatte Sorge vor der schlechten Laune des Meisters und fürchtete Unmut, wenn das Essen nicht auf dem Tisch stand.

»Damit wir allen Streit vermeiden. Ich sag's ja: ein guter Mensch.«

»Nicht jeder hat eine schwarze Seele«, gab ich zurück und klang heftiger als beabsichtigt.

Immerhin, nun war sie unsicher, zumindest ein wenig. »So wie ich?«

Diesmal war ich es, der ihr eine Antwort schuldig blieb. Ich verschwand mit dem Kienholz. Als ich mit der kleinen Flamme zurückkam, heizte ich den Herd an, und wir schauten nach, welche Vorräte es im Haus gab. Der Getreidesack war halb voll, daneben lagen zwei Stangen Lauch, ein paar Zwiebeln, eine Knoblauchzehe und ein paar Möhren in einer Lade. Und es gab Dörrobst. Fleisch schien Madame Nathalie überhaupt nicht mehr zu kaufen. Auch Fisch besorgte sie selten.

Agnès zuckte mit den Schultern. »Na, dann los.«

Sie goss Wasser in einen Topf und stellte ihn auf die Platte. Ich machte mich daran, eine Zwiebel zu schälen. Als ich sie in der Mitte durchgeschnitten hatte, ging die Tür auf, und Madame Nathalie trat ein.

»Ihr guten Kinder, möge Gott euch segnen. Ich fürchte, ich habe im Gebet die Zeit vergessen.«

Sie nahm ihre Haube ab und legte sie vorsichtig an die Seite. Ihr Haar war mit Nadeln festgesteckt.

»Wenn ihr möchtet, mache ich weiter.«

»Gerne«, erwiderte Agnès und verschwand nach draußen zu ihrer Bank. Ich hingegen setzte mich an den Esstisch und schenkte mir etwas zu trinken ein.

Die Tür war nur angelehnt, ein Lichtstrahl drang herein und führte auf dem Fußboden ein kleines Spiel vor, dem ich fasziniert zusah. Der Lichtkegel stieß vor, flimmerte auf, zog sich zurück und breitete sich wieder aus. Er war ständig in Bewegung, war ein einziges Surren und Flirren, und ich begleitete jede seiner Regungen, vor und zurück, glitzernd hell und schattiger, in die eine, dann in die andere Richtung strebend. Es war ein Tanz, der einem geheimnisvollen Rhythmus folgte.

Während ich ihm zusah, verstand ich zum ersten Mal wirklich, welche Vorstellung der Meister mit seinem Rosenfenster gehabt hatte. Im Licht lag in der Tat etwas Göttliches, während die Dunkelheit zum Teufel gehörte. Es war ein großartiger Einfall, die Kirche hell zu machen und die Gläubigen auf diese Weise die Anwesenheit des Höchsten spüren zu lassen, eine Ergänzung zu Gebet und Gesang, zur gesamten Liturgie. Das Licht würde den Gottesdienst vervollkommnen.

»Madame Nathalie?«

»Ja?«, fragte sie, ohne sich zu mir zu drehen. Sie rührte im Kochtopf.

»Der Meister …?«

»Was ist mit ihm?«

»Er hat Ideen. Mehr als das. Vorstellungen. Bilder im Kopf.«

»Ja, das ist wahr.«

Ich wollte sie fragen, wo er sie hernahm, wollte etwas über seine innere Schatzkammer wissen, doch sie war schneller. »Wo bleibt er eigentlich?« Sie zog ihren Topf vom Feuer.

»Ich weiß nicht.«

»Wahrscheinlich hat er auch die Zeit vergessen. Was für eine Familie! Würdest du ihn holen, Pierre?«

Ich lief zur Baustelle. Meister Jean saß mit den Meistern

der Maurer und Glasbläser auf dem Platz vor der Kathedrale. Es war ein Bild, das mir zu Herzen ging. Alle drei hockten mit ausgestreckten Beinen auf alten Holzkisten, und sie hatten eine weitere Kiste umgedreht, die sie als Tisch benutzten. Darauf lagen zwei Zeichnungen von Meister Jean. Neben ihnen stand eine Karaffe, ein rotbraunes Gefäß mit Bauch und schmalem Ausguss.

Die beiden Handwerkermeister schauten auf, als ich näher trat. Meister Jean hingegen nahm mich nicht wahr. Er hatte die Arme ausgebreitet und beendete offenbar gerade seine Ansprache.

»Das ist das, was wir schaffen wollen.«

»Baumeister, wenn Ihr meine Meinung hören wollt«, entgegnete Meister Yves, »das Maßwerk ist allzu reduziert. Es wird das Glas nicht halten.« Er tippte auf die Zeichnung. »Ihr müsst bedenken, wie schwer eine solche Menge davon sein wird.«

»Ja.«

»Und selbst wenn es trägt. Lasst es eine Erschütterung erleben. Blitz und Donner. Oder viele Menschen in der Kirche, das Getrampel ihrer Schritte. Und dann?«

Meister Jean antwortete nicht.

»Wollt Ihr riskieren, dass das Glas kaputtgeht und auf die Besucher niederfällt? Warum?«

»Weil ich es hell haben will.«

»Das wird es auch mit etwas mehr Stein.«

»Bevor wir über diese Sache streiten, müssen wir uns mit einer anderen Angelegenheit befassen«, mischte sich Albert ein. »Ich habe nicht ausreichend Material. Es fehlt Blei und vor allem Pottasche. Ohne das kann ich keine Gläser in der gewünschten Größe herstellen. Schließlich bin ich Glasbläser und kein Zauberer.«

»Wir werden das Material bekommen«, entgegnete Meister Jean und trank einen großen Schluck aus seinem Becher. »Zugegeben, im Moment ist es etwas schwierig, offenbar gibt es nicht genug Spenden. Ich weiß nicht, was die reichen Leute mit ihrem vielen Geld machen. Ins Grab mitnehmen können sie es nicht. Trotzdem sind sie knauserig wie alte Weiber.«

»Dann können wir nicht weiter.«

»Es wird sich wieder ändern, da bin ich gewiss. Aber zurück zum Maßwerk«, sagte er an Meister Yves gewandt.

»Lasst uns die Sache kleiner machen«, schlug dieser vor. »Bescheidener. Gottgefälliger. Mit genügend Stein, dass wir kein Risiko eingehen.«

Ich stand schräg hinter Meister Jean. Sprach ihn nicht an, machte mich nicht bemerkbar. Auch Madame Nathalie und ihr Abendessen hatte ich vergessen. Das Streitgespräch fesselte mich, und ganz besonders die Frage, ob sich Meister Jean gegen den Maurer durchsetzen würde.

»Eisen wäre eine Idee«, sagte er.

Meister Yves wandte ihm sein regungsloses Gesicht zu.

»Armierungen«, fuhr Meister Jean fort. »Wir verstärken den Stein mit Eisen. Das ist nicht sichtbar, und es macht ihn nicht dicker.«

»Armierungen im Maßwerk? Davon habe ich noch nie gehört«, entgegnete Meister Yves.

Meister Jean dachte nach. »Und trotzdem kann es funktionieren.«

»Daran zweifle ich. Wenn es möglich wäre, hätte es schon jemand gemacht.«

»Nicht unbedingt. Was, wenn noch niemand auf diese Idee gekommen ist? Wenn wir die Ersten sind.«

Er klang überzeugend.

Ich rieb meine Hände aneinander. Für einen kurzen Moment gab ich mich der Vorstellung hin, die Sache mit dem Eisen wäre meine Idee gewesen, und ich hätte Zuspruch und Bewunderung der drei Männer bekommen.

»Warum es nicht versuchen?«, meinte Meister Albert.

»Versuchen? Was soll das denn heißen?«, fragte der Maurer.

»Nun, ohne ausreichend Pottasche können wir derzeit keine großen Fenster bauen. Deshalb haben wir Zeit, um etwas auszuprobieren. Warum soll ich meine Leute nach Hause schicken? Ihr lasst Eisen in den Stein eines Maßwerks. In einen dünnen Stein wohlgemerkt. In einen sehr dünnen, wie der Baumeister verlangt. Wir bauen Glas darein wie bei der Rose, stellen den Stein auf und testen seine Haltbarkeit …«

Meister Yves entfuhr ein Seufzer.

»… indem wir eine solche Konstruktion Belastungen aussetzen«, ergänzte Meister Albert.

»Eine gute Idee«, sagte Meister Jean. »Lasst es uns so tun. Bedenkt, der gesamte Bau hängt an dieser Glasrose. Mit diesem Fenster unterscheiden wir uns von allen anderen Kirchenbauten im Land. Es wird die Kathedrale der Hauptstadt ausmachen.«

Er betonte das Wort »Hauptstadt«, sodass seine Aussage

feierlich wirkte und man, wenn man wollte, an den König denken konnte.

Nach diesem Satz schwiegen die drei Männer und hingen ihren Gedanken nach.

Schließlich sagte Meister Albert: »Euer Gehilfe ist da.«

Meister Jean drehte sich um.

»Was willst du?«, fragte er schroff.

»Madame schickt mich.«

Meister Jean nahm seinen Becher und leerte ihn mit einem Zug, bevor er ihn zurückstellte.

»Verstehe«, sagte er. Und zu den beiden Männern gewandt: »Zwischen uns ist alles besprochen, denke ich. Morgen beginnen wir mit den Versuchen. Und ich werde beim Domkapitel nach Geld fragen. Darauf könnt Ihr Euch verlassen.«

Als wir zurückkamen, hockte Agnès auf ihrer Bank, und als hätte sie am Tag noch nicht genug getan, schnitzte sie an einem Stück Holz. Mit langen, fließenden Bewegungen schabte sie die Fasern ab. Der Meister grüßte sie und ging ins Haus.

»Kommst du nicht essen?«, fragte ich.

»Doch. Aber es ist eh kalt.«

»Komm schon.«

Sie schabte weiter an dem Holz.

»Ich habe Hunger«, sagte ich.

Sie legte ihr Messer und das Holzstück auf die Bank, stand aber nicht auf. »Weißt du, Pierre, wenn ich eines Tages so weit bin, möchte ich einen Lehrjungen, der so ist wie du.«

Wieder empfand ich, dass etwas Gemeines in ihrem an

sich freundlichen Satz lag. Was war los? Ich war längst kein Lehrjunge mehr, sondern der Assistent des Baumeisters, und trotzdem bezeichnete sie mich so. Und wie stand es mit ihrem Satz vom Nachmittag? Ein guter Mensch war jemand, den man nicht ernst nehmen musste, da er immer freundlich blieb. Ein solcher Mann machte alles, was ihm aufgetragen wurde. Er ging auch abends noch einmal zur Baustelle und holte seinen Meister, wenn das Essen fertig war.

»Dann streng dich an, dass du einen guten Lehrjungen findest«, gab ich zurück.

»Ich strenge mich immer an.«

Das stimmte. Agnès hörte nie mit einer Arbeit auf, bevor sie nicht völlig zufrieden war. Sie war getrieben; und wenn sie gefunden hatte, was sie suchte, nahm sie es in Besitz. So war es schon damals bei ihren Holzschnitzereien gewesen.

Ich stieß laut den Atem aus. Dann erwiderte ich, was mir als Erstes in den Sinn kam. »Vielleicht nimmst du lieber ein Mädchen in die Lehre«, sagte ich und dachte an Olivia.

»Warum glaubst du das?«

»Weil es leichter für dich sein wird.«

Sie stand auf, stellte sich direkt vor mich, strich sich das Haar aus dem Gesicht und schaute mich mit ihren braunen Augen an. »Ich kann mit Männern nicht umgehen? Ist es das, was du mir sagen willst?«

»Das musst du selbst entscheiden.«

»Ich will es von dir hören.«

»Und ich erkläre es dir nicht. Auch du sagst mir manches Seltsame.«

»Das stimmt nicht.«

»Oh doch. Komm, lass uns essen«, sagte ich. »Deine Eltern warten schon auf uns.«

Sie blieb, wo sie war, während ich mich verzog. Ich hatte das diffuse Gefühl, zu weit gegangen zu sein, denn ich mochte Agnès. Ich mochte sie sogar sehr. Aber ich wollte mich von ihr nicht zurechtweisen lassen.

Madame Nathalie und der Meister aßen bereits. Ich setzte mich zu ihnen. Bevor ich meinen Löffel in den Topf tunkte, faltete ich meine Hände und bat Gott um Hilfe.

Ich wünschte mir, nicht mehr so viel an Agnès denken zu müssen.

XVI

Das eingebrochene Mäuerchen in Saint-Denis spielte bei dem Bericht, den der Meister im Domkapitel zu erstatten hatte, keine Rolle mehr. Ich ging davon aus, dass es meine Zeichnungen waren, die das Blatt gewendet hatten. Offenbar hatte Monsieur Jacques die Angaben vor Ort überprüft.

Ich hatte Meister Jean erzählt, wie wir den Kaufmann auf der Straße angehalten hatten, dabei die Rolle von Clément nicht ausgespart, aber meine besonders hervorgehoben.

Meister Jean hatte gesagt: »Gut gemacht. Dann ist das ja geklärt«, und im nächsten Moment hatte er die Angelegenheit vergessen.

Angenehm war unser Termin beim Domkapitel trotzdem nicht. Der Bau machte kaum Fortschritte. Es fehlte an Geld.

»Meine Herren«, sagte Meister Jean, nachdem wir uns verbeugt hatten, »uns geht das Material aus. Weil wir kein neues Holz bekommen, sind wir dazu übergegangen, die Gerüste, auch wenn sie hoch in der Wand hängen, abzubauen und umzusetzen, selbst wenn wir wissen, dass wir sie später dort wieder brauchen werden. Das kostet viel Zeit. Unsere

Schmiede reparieren die Werkzeuge so lange, bis das Eisen dünn ist wie eine Glasscheibe. Am Steinbruch haben wir Schulden und wissen nicht, wie lange wir uns noch versorgen können. Und was die Handwerker angeht …«

»Baumeister, keine Einzelheiten, ich bitte Euch«, unterbrach ihn Monsieur Jacques. »Wir haben die Botschaft verstanden. Persönlich darf ich sagen, ich kenne derartige Situationen. Durststrecken gehören zum Alltag des Kaufmanns. Gerade dann geht es darum, nicht zu verzagen.«

»Ich verzage nicht.«

»Dann ist es gut.«

»Aber einige Handwerker wandern ab«, setzte Meister Jean hinzu.

Seit einiger Zeit sahen wir, dass die Gewerke schwächer besetzt waren. Nicht nur das, über die Seine kam nur wenig Nachschub, weshalb mittlerweile selbst die Hilfsarbeiter, die die Schiffe entluden, abgezogen waren. Bei uns standen Steinmetze und Maurer oft herum, redeten und tranken, und auch die Glasbläser kamen, da sie keine Pottasche hatten, nicht weiter. Weil es kein Eisen gab, waren die Versuche mit der Armierung eingestellt.

»Und ehrlich gesagt kann ich es ihnen nicht verdenken«, ergänzte Meister Jean. »Ihre Familien hängen an dem Verdienst, deshalb sind viele dorthin gegangen, wo sie Lohn bekommen.«

»Wo soll das sein?«, fragte der Bischof, dessen Eigenart ich in vielen dieser Sitzungen kennengelernt hatte. Er hörte längere Zeit zu und sagte kein Wort, um sich dann abrupt einzumischen.

»In den südlichen Städten. Oder bei der Stadtmauer hier in Paris. Der König selbst übernimmt einen Teil der Kosten.«

»Das wissen wir«, meinte der Bischof.

»Er hat es leichter«, sagte Monsieur Jacques. »Während wir auf Spenden angewiesen sind, verfügt er über Steuereinnahmen und über die Pachterträge von seinen Ländereien. Seine Einnahmen versiegen nie.«

»Solange es Gott gefällt«, ergänzte der Bischof.

»Selbstverständlich«, erklärte Monsieur Jacques eilig.

»Unsere Pfarrer«, sagte der weißhaarige Vater Didier, »haben am vergangenen Sonntag die Gläubigen in der Stadt dazu aufgerufen, Geld für die Kathedrale zu geben. Die Summe kenne ich noch nicht, aber ich bin zuversichtlich, dass dabei einiges zusammengekommen ist. Doch ich habe eine andere Frage, Baumeister: Vertraut Ihr auf Gott? Vertraut Ihr ausreichend?«

Der Meister gab nicht gleich eine Antwort, und auch ich sah nicht, was diese Frage sollte. Der alte Mann beteiligte sich so selten an den Gesprächen, dass ich schon manchmal gedacht hatte, man hätte ihn auch durch eine Puppe ersetzen können.

Doch jetzt mischte er sich ein, und ich bekam das Gefühl, dass er uns eine Falle gestellt hatte.

Offenbar hatte Meister Jean die gleiche Sorge. »Wie meint Ihr das?«

»Es ist eine einfache Frage«, sagte er langsam, Wort für Wort herausstoßend, »auf die es eine klare Antwort gibt. Wenn Ihr das nicht seht, erkläre ich es Euch gerne: Solange Euer Vertrauen in unseren Herrn groß genug ist, sollte es

Euch nicht schwerfallen, das den Handwerkern zu vermitteln.«

Ich verstand immer noch nicht, worauf er hinauswollte.

»Vater Didier sagt die Wahrheit«, erklärte der Bischof, und der Weißhaarige neben ihm nickte. »Sie ist schlicht, und gerade darin liegt ihre Vollkommenheit. Gott will diese Kirche, also wird er auch dafür sorgen, dass sie gebaut werden kann. Trotzdem erleben wir eine Durststrecke. Warum ist das so? Das kann Euch keiner erklären. Des Herrn Wege sind unergründlich; so steht es geschrieben. Womöglich prüft Er uns und besonders Euch, Meister Jean, denn letztlich tragt Ihr die Verantwortung. Ihr – und Eure Handwerker. Vielleicht will Er wissen, ob die Erbauer Seines Hauses so tief glauben, dass sie sich durch keinen Mangel in ihrem Vertrauen irritieren lassen. Ihr wisst, die Bibel berichtet von vielen derartigen Prüfungen.«

Vater Didier hatte sein Nicken während dieser Ausführung beibehalten. Monsieur Jacques – dem Kaufmann – konnte ich nicht ansehen, was er dachte. Er war kein Kirchenmann, sodass es fraglich war, ob er den gleichen tiefen Glauben besaß. Selbstverständlich widersprach er nicht. Die beiden außen sitzenden Mönche, die das Protokoll führten, schrieben eifrig mit. Ihre Federn kratzten über den Papyrus.

»Ich … ich …« Meister Jean geriet ins Stottern.

»Was ist mit Euch?«, hakte der Bischof nach.

»Mein Vertrauen ist groß«, brachte der Meister hervor.

»Das hören wir gerne.«

»Doch was sage ich einem Maurer, der am Abend kein

Geld bekommt und dessen Kinder auf ihr Essen warten? Einem Glasbläser, der keinen Sand und keine Pottasche hat?«

»Sie sollen beten«, erwiderte der Bischof mit einer Schärfe, die neu war. »Was sonst?«

»Ja, Herr.« Meister Jean verbeugte sich.

Ich ahnte, welche Laune er haben würde, sobald wir wieder auf der Straße waren. Doch er überraschte mich wieder. »In Straßburg am Rhein planen sie Teile ihrer Kathedrale ganz neu. Größer und moderner als alle anderen.«

»Und?«, fragte Monsieur Jacques.

»Wenn wir von den Elsässern nicht eines Tages überholt werden wollen, müssen wir etwas tun ...«

»Und was?«, hakte Monsieur Jacques nach.

Meister Jean stand steif da und regte sich nicht.

»Was können wir tun?«, wiederholte Monsieur Jacques.

Ich schickte ein Stoßgebet gen Himmel, dass Meister Jean den Mund aufbekam, und zwar schnell.

Es wurde erhört.

»Ihr habt eine Reliquie«, sagte er.

»Unsere Dornenkrone, ja«, sagte der Bischof. »Unser Herr Jesus Christus hat sie auf seinem Weg nach Golgatha getragen. Sein ganzes Leiden lässt sich in ihr erfühlen.«

Der Meister sprach nicht weiter, und wieder legte sich diese unangenehme Stille über den Saal, die mich wünschen ließ, unsichtbar zu werden. Sie war einfach unerträglich.

»Zeigt sie vor«, schlug Meister Jean schließlich vor. »Hier in Paris. Vielleicht beauftragt Ihr sogar Eure Mönche, sie in einer Kutsche durchs Land zu fahren. Und wer sie sehen will, der zahlt Eintritt.«

»Das kommt nicht infrage!«, rief der Bischof. »Den Schmerz des Herrn gegen schnödes Geld zu verhökern – schämt Euch, Meister Jean.« Der Bischof hatte einen roten Kopf bekommen. Er streckte die flache Hand mit dem Ring aus, ein Zeichen dafür, dass er dem Meister mit seiner ganzen Autorität Einhalt gebot. Ich hatte ihn noch nie so erregt erlebt. »Im Übrigen seid Ihr einem Irrtum erlegen. Wir haben die Dornenkrone nicht, der König verwahrt sie bei sich im Palast. Aber wie auch immer, ich lasse nicht zu, dass jemand mit ihr Geld verdient.«

»Ich will damit kein Geld verdienen, sondern nur die Kathedrale …«

»Schluss! Aus!« Die Stimme des Bischofs klang wie Donner. »So etwas will ich nie wieder hören. Wir sind keine Krämer, Monsieur. Wir dienen dem Allmächtigen.«

Ich blickte zu Monsieur Jacques, dem Kaufmann, dem Krämer. Er verzog keine Miene. Starrte in die Luft. Ich war mir nicht sicher, ob er den Vorschlag des Meisters nicht insgeheim sogar guthieß.

Aber diese Idee hatte keine Chance. Niemand widersprach einem Bischof.

»Versenkt Euch ins Gebet«, verlangte Vater Didier. Zum Glück sprach er in einem versöhnlichen Tonfall. »Das ist der beste Rat, den wir Euch geben können. Der Herr vergisst die Seinen nicht, dessen seid gewiss.«

»Jawohl«, erwiderte Meister Jean und verneigte sich erneut.

Wir verließen den Saal und den Palast. Es war Sommer und

heiß, die Sonne schien von einem strahlend blauen Himmel. Die Marktstände versteckten sich unter aufgespannten Tüchern. Selbst die streunenden Hunde hatten sich in den Schatten ausgestreckt, und Insekten umschwirrten sie.

»Beten also«, entfuhr es Meister Jean. Er blieb stehen. »Ich denke, das ist eine wunderbare Aufgabe für dich, Pierre.«

Dieser Satz ist mir all die Jahre im Gedächtnis geblieben. Genauso wie das, was ich empfand, als er ihn aussprach.

Da war zum einen, dass der Meister mich zum ersten Mal, seit ich bei ihm war, beim Namen genannt hatte. Nach sieben Jahren wusste er also endlich, wie ich hieß. Doch gleichzeitig lag in seinen Worten etwas Verächtliches, etwas geradezu Böses, und ich bekam eine derartige Wut, dass ich kurz davor war, mich auf ihn zu stürzen.

Der Meister hatte weder meine Ratschläge befolgt, noch hatte er einen Blick für das Unheil, das er durch seine Untätigkeit heraufbeschworen hatte. Und wenn es Ärger gab, dann ließ er ihn an mir ab. Ich hatte die Nase voll von ihm. Er hatte nicht nur die Kirchenmänner verspottet, sondern etwas viel Schlimmeres getan: Er hatte Gott gelästert.

Die Sonne brannte auf mich nieder, mir flirrte es schwarz und weiß vor den Augen, ich hatte Durst. Ich wollte mich hinsetzen und etwas trinken.

Wenn der Bau eine Prüfung war, wie der Bischof gesagt hatte, dann bestand Meister Jean sie nicht, im Gegenteil, dann hatte er versagt. Woher sollten da neue Mittel kommen?

Als ich die Baustelle erreichte, präsentierte sie sich in ihrem ganzen Elend. Ein paar einzelne Handwerker verloren sich im Schatten der Mauern. Die Gerüste standen leer, die Seile waren aus ihren Winden gerutscht und lagen schlaff auf dem Boden, Wendeltreppen und Leitern wurden nicht benutzt, an den Bauhütten gab es kein Leben. Vor allem war es leise. Das war das Allerschlimmste. Das Hämmern fehlte, genauso die Sägegeräusche oder laute Rufe. Die Baustelle lag brach.

Der Meister schien das nicht wahrzunehmen.

Immer noch wütend folgte ich ihm in den Chor. »Ich werde den hohen Herren irgendwann die Wahrheit sagen müssen«, erklärte er, ohne mich anzuschauen.

»Was meint Ihr?«, fragte ich lustlos. »Die zweite Rose?«

»Die auch, ja. Vor allem aber, dass wir einiges wieder abreißen müssen.«

Er zeigte auf das seitliche Stück am Chor, wo die Außenwand bereits gebaut und auch bedacht war. Auf den Ziegeln hatte sich Moos ausgebreitet. Der ganze Abschnitt vermittelte einen traurigen Eindruck. Meister Jean hatte ihn von einem seiner Vorgänger geerbt.

»Das da kann unmöglich bleiben.«

»Meister …?«

»Schau dir diese Fassade an. Hauptsache, dicke Steine. Da fragt man sich doch, wem so ein Mist eingefallen ist. Der arme Mann muss todunglücklich gewesen sein und wollte das aller Welt zeigen.«

Ich war baff. Es war kaum eine Stunde her, da hatte er mit dem Domkapitel über fehlende Geldmittel gestritten. Und jetzt wollte er einen Teil der Kathedrale abreißen?

Die Hitze war ihm offenbar zu Kopf gestiegen.

»Meister«, brachte ich erneut hervor. Ich stellte mich direkt vor ihn, sodass er nicht anders konnte, als anzuhalten.

»Was ist?« Nun schaute er mich endlich an.

Ich hielt seinem Blick stand. »Das geht nicht. Es gibt einen anderen Weg.«

»So?«

»Ja.«

Mir war inzwischen egal, dass er Ratschläge nicht leiden konnte. »Ohne Abriss. Und mit einer kleineren Rose im Querschiff. Wir arbeiten mit den Mitteln, die wir haben, und sorgen dafür, dass die Kathedrale wächst.«

Er legte die Stirn in Falten, während seine Mundwinkel zuckten, als wüsste er nicht, ob er lächeln oder ärgerlich werden sollte. Irgendetwas an seinem Blick war anders. Er musterte mich wie einen Fremden. Dann ging er einfach weiter.

Widerwillig folgte ich ihm.

»Du irrst dich, es gibt keinen anderen Weg«, sagte er, ohne sich umzudrehen. »Wir bauen diese Kathedrale so, dass Paris und das gesamte Land stolz darauf sein werden. Alles andere ist sinnlos. Dann können wir es gleich lassen.«

Ich war davon überzeugt, dass er es war, der sich irrte. Unser Augenmerk musste darauf liegen weiterzukommen mit den Mitteln, die das Kapitel uns zugestand. Was ich gesagt hatte, war richtig. Der Bau war das Wichtigste.

Meister Jean verschwand in der Bauhütte. Es war stickig und heiß, deshalb ließ er die Tür offen. Ich setzte mich an meinen Tisch, nahm mir zum Schein eine Wachstafel vor, zeichnete aber nicht, sondern achtete darauf, wie er arbeitete. Die Bleispitze seines Holzstiftes kratzte über seine Tafel.

Ich hatte keine Ahnung, was ihn überhaupt noch antrieb. Es war ausgeschlossen, diese Rose Wirklichkeit werden zu lassen, und trotzdem zeichnete er sie wie besessen wieder und wieder, verwarf und verbesserte, verfeinerte, arbeitete an Details. Mir kam es vor, als gehorchte er einem inneren Befehl, und ich hoffte für ihn, dass es Gott war und nicht sein Widersacher, der Leibhaftige, der in ihn gefahren war.

Nach einer Weile ließ er den Stift sinken. »Ich gehe jetzt ins Gasthaus und betrinke mich. Vielleicht lässt der Herr inzwischen Geld über das Domkapitel regnen.«

Ich hielt die Luft an. Einen solch finsteren Satz hatte ich in meinem ganzen Leben noch nicht gehört. Dafür konnte man eingesperrt werden, denn Gotteslästerung war ein Verbrechen; zumindest verlor der Meister, wenn so etwas dem Bischof zu Ohren kam, seine Stelle als Baumeister. Und schließlich: Gott würde ihm nach einer solchen Aussage ganz sicher nicht helfen.

Natürlich würde ich ihn nicht verraten, aber wie konnte man so töricht sein? Ich besaß etwas, das ihm fehlte, nämlich Besonnenheit, die sich auch darin zeigte, dass man mit dem auskam, was man hatte. Er aber schien sich für unantastbar zu halten.

Er zog die Tür hinter sich zu, ich saß im Dunkeln und war davon überzeugt, dass das Domkapitel auf den falschen Mann gesetzt hatte.

XVII

Als der Meister fort war und mich die Hitze in der Hütte und auf dem Platz beinahe erschlug, beendete auch ich den Arbeitstag. Am Bauzaun traf ich Agnès und Clément. Er schlug vor, an den Fluss zu gehen, also schlenderten wir an den Seinestrand. Langsam, alle Anstrengung vermeidend, setzten wir Schritt für Schritt und schwitzten trotzdem. Clément hielt eine Karaffe in der Hand, was seltsam aussah, weil kein Mensch Getränke mit sich herumtrug, abgesehen vielleicht von Reisenden, die Wasserschläuche an den Gürtel geschnallt hatten.

Ich war mir sicher, dass er die Karaffe aus der Bauhütte der Maurer mitgenommen hatte, und zwar, ohne sich die Mühe zu machen, ihren Besitzer zu fragen.

Wir fanden einen einsamen Abschnitt, eine kleine Sandbucht, die von ausgedörrtem Gestrüpp geschützt war. Eine halbhohe Weide spendete ein wenig Schatten. Zu baden schloss ich aus, vor Agnès würde ich mich sicher nicht ausziehen und nackt ins Wasser laufen. Clément zog den Korken ab und reichte Agnès die Karaffe. Sie setzte sie an und nahm einen Schluck, bevor sie sie mir reichte.

Auch ich trank, und zwar schnell und viel. Es war wie immer bei unverdünntem Wein, ich merkte ihn sofort. Meine Glieder entspannten sich, ich streckte die Beine aus und genoss den Schwindel.

»Nun«, begann Clément, nachdem auch er seinen Durst gestillt hatte, und blickte Agnès an. »Ist das für dich nicht das Paradies?«

»Der Strand und das Wasser?«

»Nein.«

»Was meinst du?«

»Mit zwei jungen Männern zusammen zu sein. Beide im besten Alter und gut aussehend, einer vielversprechender als der andere.«

»Ha«, machte sie. »Einer eingebildeter als der andere, würde ich sagen.«

»Das glaubst du nicht wirklich.«

»Woher willst du das wissen?«

»Ganz einfach: Sonst wärst du nicht hier. Wer setzt sich schon mit eingebildeten Kerlen ans Flussufer und trinkt Wein?«

Wie zum Beweis reichte er ihr wieder die Karaffe.

Ich beneidete ihn. Wie leicht ihm derartige Worte aus dem Mund kamen. So hatte er gleich am ersten Tag mit Agnès gesprochen, und so redete er auch mit Sylvie und anderen Frauen.

»Ich bin nur gekommen, weil ich deine Einbildung studieren möchte«, sagte Agnès.

»Du wirst sie sicher in einer nächsten Skulptur sehen«, sagte ich zu Clément.

»Genau«, meinte Agnès.

Wir ließen die Karaffe kreisen. In einiger Entfernung standen Leute bis zu den Waden im Fluss. Mir war warm, ich hatte Lust, es ihnen gleichzutun. Doch wollte ich Agnès und Clément nicht allein lassen.

»Und trotzdem«, meinte Clément und grinste Agnès an, »glaube ich, auf der ganzen Welt gibt es keinen Ort, an dem du in diesem Moment lieber wärst.«

»Schneid meinen Kopf auf, und schau nach«, gab sie zurück. »Da wirst du sehen, dass ich die Wahrheit sage. Das geht natürlich nur, wenn du Gedanken lesen kannst.«

»Könnte ich. Aber ich will dir nicht wehtun.«

»Sehr gütig.«

Die Unterhaltung gefiel mir nicht.

»Ich sage euch zur Abwechslung etwas Ernstes«, mischte ich mich ein. »Das Domkapitel hat kaum noch Geld für die Kathedrale.«

»Ach«, machte Clément, »mit dem Geld ist es wie mit dem Regen. Mal kommt wenig, mal viel.«

»Wenn es länger nicht regnet, gibt es eine Dürre«, entgegnete ich. »Die haben wir jetzt.«

»Das stimmt«, sprang Agnès mir bei. »Man merkt es überall auf der Baustelle. Von unseren Bildhauern musste schon einer gehen. Und ich habe seit einer Woche keinen Lohn mehr bekommen.«

Clément streckte sich aus. »Und wenn schon. Sie werden ihn dir noch geben. Und die Handwerker sind bald wieder da.« Er drückte die Karaffe in den Sand. »Wer von euch ins Wasser geht, bekommt ein Geschenk von mir.«

»Was für ein Geschenk?«, fragte ich.

»Wenn es Agnès ist, bekommt sie einen Kuss«, sagte er. »Bei dir muss ich noch überlegen.«

Er lachte, trank und drehte die Karaffe dann um. Sie war leer. »Wir machen es so: Wer zuerst im Wasser ist, kann bestimmen, wer neuen Wein besorgt.«

Im gleichen Moment sprang er auf und rannte los. Ich folgte ihm, aber er hatte Vorsprung, und der Weg war nur kurz. Das Wasser spritzte auf, und er warf sich der Länge nach in die Fluten. Dass ihm Hose und Kittel nass wurden, schien ihm nichts auszumachen.

Ich blieb stehen, als es tief wurde.

»Ich habe gewonnen, eindeutig«, rief er.

Anstelle einer Antwort schoss ich mit der flachen Hand Wasser in seine Richtung. Ich traf gut, es erwischte ihn im Gesicht, und er drehte sich ab.

Wir kehrten zu Agnès zurück. Von Cléments Kleidern tropfte das Wasser, und sein Körper zeichnete sich durch den Stoff ab. Er setzte sich dicht neben Agnès und schüttelte sich die nassen Haare.

»Einer von euch muss Wein holen. Meinst du nicht, Agnès, dass es Pierre treffen sollte?«

Aus dem Augenwinkel sah ich, wie sie lächelte. Der Wein hatte mich schwer gemacht, ich streckte mich aus. Der Himmel war strahlend blau, so weit man sehen konnte. Die Sonne, wie sie auf uns schien, hatte etwas Gnadenloses. Ich schloss die Augen.

»Ich habe einen anderen Vorschlag«, sagte Agnès, was mich überraschte.

»Lass hören«, erwiderte Clément.

»Ihr zieht jeder einen Grashalm aus meiner Hand. Wer den kürzeren hat, der geht.«

»Ausgeschlossen«, meinte Clément und schlug sich mit beiden Händen auf die Brust und den nassen Stoff. »So kann ich nicht auf die Straße.«

»In der Sonne trocknest du schnell«, entgegnete sie. »Und so lange warten wir eben.«

»Warum musst du keinen Halm ziehen?«, fragte ich sie.

Sie legte den Kopf schräg. »Das ist eine Sache unter euch.«

»Nun gut, ich bin einverstanden«, erklärte Clément.

Agnès drehte uns den Rücken zu, während sie die beiden vertrockneten Halme zwischen ihre Finger steckte.

Als sie sich mir zuwandte, stand ihre linke Hand ein klein wenig vor der rechten. Ich dachte an eine Falle und wollte die andere nehmen, aber dann überlegte ich es mir anders, um zu wissen, was in ihr vorging. Von wem wollte sie, dass er ging, und von wem, dass er blieb?

Ich tippte auf ihre linke Hand.

Es war der längere Halm.

Clément hatte verloren. »Ach nein!«, rief er. »Dann trinken wir eben nicht.«

»Ein schlechter Verlierer«, sagte ich.

Es dauerte, bis er aufbrach. Wiederholt erklärte er, sein Kittel wäre noch feucht, so könne er nicht auf die Straße, aber schließlich stapfte er davon.

Ich legte mich auf den Bauch und hielt die gefalteten Hände wie ein Kissen unter mein Kinn. Die Sonne schien mir auf den Rücken.

»Du hast geschummelt«, sagte ich zu ihr.

»Vielleicht ein bisschen.«

»Warum?«

Sie zuckte mit den Schultern, und mir gelang es nicht nachzuhaken. Ich hatte warme Hände und eine trockene Kehle. In meinem Kopf waren eine Menge Gedanken, die ich ihr gerne gesagt hätte, aber anstatt den Mund aufzumachen, schaute ich sie nur an, und das nicht einmal direkt. Ihr schwarzes Haar hing zu beiden Seiten herunter und rahmte ihr Gesicht ein, und wieder sah ich die Lebendigkeit in ihren geschwungenen Lippen und den starken Willen genauso wie die Verletzlichkeit. Sie war ein Mensch der Gegensätze.

»Ich glaube«, sagte ich, »ich kann nicht mehr lange bei euch bleiben.«

Mein Wunsch war, sie würde sagen, dass sie mit mir ginge, egal, wohin. Doch sie fragte: »Warum nicht?«

»Es hat mit deinem Vater zu tun. Bei ihm werde ich nie ein Baumeister.«

Sie nickte.

»Ich bin inzwischen mehr als sieben Jahre bei euch. Am Anfang habe ich viel gelernt, die verschiedenen Gewerke. Aber jetzt?«

»Du musst ihm sagen, was du willst.«

»Das habe ich versucht. Es war vergeblich.«

»Wird es anderswo besser sein?«

»Das hoffe ich!«

»Bleibst du in Paris?«, fragte sie, und ich hoffte, dass sie sich das wünschte.

»Ich weiß noch nicht. Was meinst du?«

»Es ist die Hauptstadt. Und es gibt viele Baustellen.«

Ich drehte mich auf die Seite. »Das stimmt«, sagte ich und seufzte.

Clément kam bald zurück. Er hatte gleich zwei Karaffen mitgebracht. Wir tranken Wein, gingen alle drei noch einmal ins Wasser, wenn auch nur bis zu den Knien, saßen im Sand und redeten Blödsinn. Es wurde ewig nicht dunkel an diesem Sommerabend.

Als wir schließlich aufbrachen, waren wir betrunken. Schwankten beim Gehen, redeten Stuss, fingen grundlos an zu kichern. Mir fiel es schwer, einen Satz, den ich begonnen hatte, zu Ende zu bringen; es war, als hätte ich den Anfang vergessen, bevor ich das Ende erreichte.

Clément stolperte, woraufhin sich Agnès, die in der Mitte ging, bei uns beiden einhakte.

»Wir begleiten dich nach Hause«, bestimmte sie. »Alleine ist die Gefahr zu groß, dass du nicht ankommst.«

»Ich finde meinen Weg immer«, behauptete Clément. Aber es sah nicht danach aus. Er torkelte.

»Hauptsache, du findest den nach Hause.«

»Selbstverständlich.«

Er legte seinen Arm um Agnès' Schulter.

Agnès aber zog seinen Arm herunter und hakte sich wieder bei ihm ein. »Immer schön brav bleiben«, verlangte sie.

»Wer … wer will … wer will schon brav sein?«, brachte er im dritten Versuch heraus.

Ich kannte das Haus, in dem er wohnte. Es stand in einem Viertel am Nordufer, war klein und eng. Anders als unseres war es nur einstöckig, es gab keinen Hof, überhaupt kein Grundstück. Das Dach war aus Stroh.

»Da wären wir«, sagte er und umarmte erst Agnès und dann mich. »Jetzt müsst ihr euren Heimweg ohne meine Spürnase finden.«

»Das kriegen wir hin.«

»Geht mir nicht verloren, ihr beiden.« Er wedelte mit dem Zeigefinger in der Luft. »Und macht keine Dummheiten.«

Zu meiner Überraschung hakte sich Agnès wieder bei mir ein. Ich versuchte, nüchterner zu werden, doch es war mir nicht möglich, einen Gedanken zu halten. Was ich aber spürte, war ihr Arm an meinem, ihre Haut an meiner. Ich blinzelte zu ihr hinüber. Sie gefiel mir nach wie vor.

»Weißt du, was ich heute Abend entschieden habe?«, sagte sie und klang ebenfalls nicht besonders klar.

»Nein. Was?«

»Ich werde nicht heiraten.«

»Warum nicht?«, fragte ich.

»Und wenn doch, dann keinen von euch. Weder Clément noch dich. Clément ist zwar witzig, aber faul. Hast du mal zugeschaut, wie der arbeitet?«

»Langsam.«

»Genau. Außerdem schaut er jedem Mädchen hinterher.«

»Das ist nichts Neues. Hast du selbst gesagt.«

»Richtig. Aber wenn ich seine Frau wäre, würde es mich stören. Mehr als das. Ich würde ihm einen Hammer über den Kopf ziehen.«

Ich legte keinen Wert darauf zu hören, was sie über mich dachte.

»Und du …«, begann sie.

»Ich bin ein guter Mensch, ich weiß.«

Sie lachte. »Das stimmt. Warum bist du so gut, Pierre?«

»Das bin ich nicht. Ich verstehe nicht einmal, was das bedeutet.« Ich lallte und musste einen neuen Anlauf nehmen. »Was das genau bedeutet.«

»Ich versuche, es dir zu erklären: Wenn ich dich heiraten würde, hätte ich immer das Gefühl, nicht gut genug zu sein. Dann würde ich denken, du kommst zwar eines Tages in den Himmel, aber für mich reicht es bestenfalls fürs Fegefeuer. Das ist keine schöne Vorstellung.«

»Jaja«, machte ich.

Ich hörte, dass sie mich für sterbenslangweilig hielt, und hätte am liebsten meinen Arm weggezogen. Nur gefiel mir ihre Nähe immer noch, ihre Haut auf meiner, ihr Geruch.

Agnès ließ mich erst los, als wir das Haus ihrer Eltern erreicht hatten. In der Küche brannte eine einzige Lampe, die auf dem Tisch stand. Der Rest des Raumes war düster.

»Ihr seid spät«, sagte Madame Nathalie aus dem Halbdunkel.

Ich erwartete, dass sie mit uns schimpfte. Aber sie sagte: »Ich bin auch erst vor Kurzem gekommen. Weiß jemand, wo Jean ist?«

»Er wollte ein Glas Wein trinken«, log ich.

»Dann ist er bestimmt versackt. Na, macht nichts.«

»Ich gehe schlafen«, sagte Agnès und verzog sich Richtung Treppe. Ich folgte ihr. Mein Strohsack schien mir ein verlockender Ort, doch als wir oben im Flur standen, folgte ich ihr nach rechts und blieb vor ihrer Zimmertür stehen. Hielt meinen Kopf dicht neben ihren. Wollte sie küssen.

»Du wohnst auf der anderen Seite«, sagte sie.

Ich versuchte den Schritt über ihre Schwelle, die aber eng war, deshalb stieß ich aus Versehen gegen sie.

»Geh in dein Zimmer«, verlangte sie.

Ich gab ihr einen Kuss. Ich hatte ihren Mund treffen wollen, doch sie hatte sich schnell weggedreht, so erwischte ich nur die Wange.

»Pierre, hau ab.«

Ich verharrte, wo ich war. Agnès trat einen Schritt zurück und war bereit, die Tür zu schließen.

»Gute Nacht«, brachte ich hervor und wich zurück.

In meiner Kammer zündete ich umständlich eine Kerze an und pinkelte in den Nachttopf. Es war stickig, viel zu heiß, um zu schlafen. Durch die dünne Wand hörte ich kurz darauf Madame Nathalie. Auch sie erleichterte sich, und dann raschelte ihr Stroh.

Es war eine Erlösung, als ich endlich auf meinen Strohsack sank und einschlief. Ich stellte mir vor, bei Agnès zu liegen.

XVIII

Meister Jean verlor keine Zeit.

»Das hier müssen wir abreißen«, sagte er an einem der nächsten Tage zu Yves, dem Chef der Maurer, und wies auf die alte Fassade am Chor. Wir standen innerhalb der skelettartigen Wände des Rohbaus, von denen seine Stimme widerhallte. Der Himmel wurde von ein paar Schleierwolken bedeckt. Er wirkte seltsam fern.

Der Meister drehte sich um. »Und das Gegenstück dort drüben natürlich auch.«

Obwohl ich diesen Plan bereits kannte, traute ich meinen Ohren nicht. Der Meister war stur wie ein Esel.

»Abreißen?«, fragte Meister Yves. »Das ist nicht Euer Ernst.«

»Doch, sicher. Schaut Euch diese Wände einmal an. Jeder Hanswurst hätte sie besser bauen können, davon abgesehen, dass das kleine Dach da drüben bereits ein Paradies für Moos und Gräser ist. Was glaubt Ihr, wie lange es dauert, bis die Wurzeln sich durchgefressen haben und es hineinregnet?«

»Das kann man ausbessern.«

»Die Kathedrale ist noch nicht fertig, und wir fangen

schon an zu flicken? Reißen das Moos raus und füllen flüssigen Mörtel in die Wurzelkanäle? Nein, Monsieur, abreißen ist die einzige Möglichkeit.«

Meister Jean hielt inne, während sein Blick auf die Fassade gerichtet blieb.

Dann wandte er sich wieder dem Maurer zu. »Es darf allerdings nicht viel kosten«, erklärte er in einem Tonfall, der zumindest nachdenklicher klang. »Lasst Vorsicht walten, Meister Yves, sodass wir die Steine wiederverwenden können.«

Der Maurer wirkte unwirsch. Seinem reglosen Gesicht konnte man auch jetzt nicht ansehen, was in ihm vorging, doch ich hörte die Ablehnung in seiner Stimme, die kalt wie eine Winternacht klang. »Es klebt der alte Mörtel daran. So, wie wir sie herunternehmen, kann man sie nicht ein zweites Mal verbauen.«

»Das ist klar.« Meister Jean war jetzt ungeduldig. »Mit Vorsicht meine ich, dass Ihr die Steine nicht entzweischlagen sollt. Sie müssen abgetragen werden. Versteht Ihr? Und dann kommt der Mörtel runter.«

»Weiß das Domkapitel von diesem Plan?«

Meister Jean öffnete den Mund und schloss ihn wieder. Er sah aus wie ein Fisch, den der Angler gerade aus dem Wasser gezogen hatte. Seine Wangen wurden rot. Ich rechnete damit, dass er lospolterte.

Doch er sagte nur kühl: »Ich bin hier der Baumeister. Und das bedeutet, dass ich die Entscheidungen treffe. Ich hoffe, darin sind wir uns einig.«

In der Sache hatte Meister Jean zweifelsohne recht. Die

beiden alten Fassaden des Chores passten nicht zu den neuen Wänden, sie waren gedrungen, wo diese in die Höhe schossen, ohne Aussparungen für Fenster, wo diese sonst im Mittelpunkt standen.

Auch was das Dach anging, stimmte das Urteil des Meisters. Die Wurzeln der Moose waren zwar unter dem weichen Grün nicht zu sehen, aber jedermann wusste, dass sie sich in die Pfannen gruben und sie mit der Zeit durchlöcherten wie ein Sieb. Irgendwann würde es sicher durchs Dach regnen.

Allerdings kam diese Einsicht zu einem denkbar ungünstigen Zeitpunkt. Monsieur Jacques, der Kaufmann, war wenige Tage nach unserem letzten Vorsprechen beim Kapitel zu Meister Jean gekommen, um ihm die Nachricht zu überbringen, dass auch die Spendensammlung der Pfarrer nicht viel eingebracht hatte. Es gab nicht mehr Geld. Wir hatten sparsam zu sein.

Doch den Meister scherte das nicht. Geld war für ihn zweitrangig, nur Mittel zum Zweck. Was zählte, war allein, eine erhabene Kathedrale zu bauen.

Ich hatte bereits einmal eine bescheidenere Variante vorgeschlagen und wusste, dass eine Wiederholung nichts brachte, deshalb hielt ich meinen Mund. Wahrscheinlich hätte er sich lieber den Arm abhacken lassen, als diesen alten Teil des Chores stehen zu lassen. Mit jeder Faser seines Leibes verfolgte er sein Ziel, seine Gedanken drehten sich um nichts anderes. Sicherlich träumte er nachts auch immerzu von der Kathedrale.

In seiner Art lag eine große Kraft, und ich hielt es für möglich, dass sie Berge versetzen konnte, so wie Jesus Christus es verheißen hatte. Gottes Hilfe allerdings würde er trotzdem brauchen, genauso wie jeder andere Mensch auf Erden.

»Selbstverständlich«, sagte Meister Yves schließlich. »Ihr seid der Baumeister. Das weiß ich wohl.«

Doch da war etwas Trotziges in seinem Tonfall, fand ich, etwas von einem widerspenstigen Kind. Meine Einschätzung sollte sich bestätigen.

Meister Jean hatte also neben der Rose einen zweiten Kampfplatz eröffnet. Ich hätte ihm gerne gesagt, dass es klüger wäre, den Maurermeister nach seinen Vorschlägen zu fragen und ihm das Gefühl zu geben, dass er ein wichtiger Ratgeber und Mitentscheider war. Doch derartige Strategien waren Meister Jean fremd, und ich hielt meine Klappe.

Meister Yves ging fort.

»Dann sind wir also einig«, rief Meister Jean ihm nach. »Ihr reißt das ab.«

Der Maurer blieb stehen. Drehte sich wieder um. Inzwischen lagen mehrere Schritte zwischen beiden Männern, und keiner war bereit, sich noch einmal auf den anderen zuzubewegen.

»Wenn ich meine Leute dafür freistellen kann«, rief der Maurer. »Die Frage ist allerdings, wer für den Abriss aufkommt. Ich brauche Euch nicht daran zu erinnern, dass wir seit zehn Tagen kein Geld mehr erhalten. Das Domkapitel steht nicht zu seinen Zusagen.«

»Macht Euch keine Sorgen. Das wird schon«, rief Meister Jean zurück.

»Wird es das? Es wäre hilfreich, Ihr würdet Euch persönlich darum kümmern, gerade dann, wenn Ihr so große Pläne habt. Sonst wandern uns noch mehr Handwerker ab, und niemand kann es ihnen verdenken.«

Mit diesen Worten marschierte er endgültig davon, und ich schaute mir die fragliche Chorfassade noch einmal an. Dabei kam mir eine Idee. Ich stand da, reckte den Hals und schaute. Mir wurde warm.

Am Abend nahm ich mir zwei Wachstafeln und einen Stift mit nach Hause. Mein Gedanke war: Wo etwas Altes abgerissen wurde, musste etwas anderes hin, denn einen Chor, dem eine Wand fehlte, konnte es natürlich nicht geben. Dieses neue Stück wollte ich gestalten. Und ich hatte ein Bild dazu.

Es wurde inzwischen wieder früher dunkel und war auch nicht mehr stickig im Zimmer. Mit zwei Kerzen neben mir kniete ich auf dem Boden und bemühte mich, meine Vorstellung vom Nachmittag wieder wachzurufen. Mir kam nur ein Schatten von dem, was ich ein paar Stunden zuvor vor meinem inneren Auge gesehen hatte. Dennoch begann ich, Skizzen zu machen.

Nebenan hörte ich Madame und den Meister durch die dünne Wand, sie wechselten ein paar Worte, wuschen sich, und ihr Stroh knisterte, als sie sich hineinlegten.

Als aus dem Schlafzimmer nebenan keine Geräusche mehr kamen, konnte ich mich besser konzentrieren. In diesen Nachtstunden wuchs meine Begeisterung für das, was ich tat. Immer wieder entwarf ich die Chorwand, strich aus, zeichnete neu.

Von da an zeichnete ich jeden Abend. Mehr und mehr

entstand auf der Tafel meine Vorstellung, wie diese Wand aussehen könnte. Ich erweiterte die Fassade an beiden Seiten und sah für den entstehenden Platz kleine Kapellen vor, wie Hütten innerhalb eines großen Hauses. Sie sollten für Intimität sorgen. Ich dachte an Ruhe bei der Beichte, auch an Andachtsmöglichkeiten für Pilger, die ich erwartete, wenn unsere Kathedrale erst fertig sein würde. Und ich stellte mir vor, dass man in den Kapellen Zwiegespräche mit klugen Menschen halten konnte.

Ich hätte gerne gewusst, was Agnès von meiner Idee hielt, und stand kurz davor, sie anzusprechen. Ich wollte sie fragen, ob sie sich kleine Steinfiguren für die Kapellen überlegen konnte. Ob man vielleicht eine ganze biblische Geschichte rund um ihre Portale bauen könnte.

Doch nach dem elenden Ende des Weinabends sprach sie nur das Nötigste mit mir. Sie ignorierte mich nicht in der Weise, wie sie es früher getan hatte, sondern grüßte mich und wechselte auch ein paar Worte mit mir, zumindest dann, wenn es sich nicht vermeiden ließ. Dabei machte sie kein Wort zu viel, im Gegenteil, sie ließ einen Satz abrupt enden, als sei ihr gerade wieder eingefallen, warum sie mich schnitt. Dass sie sich bei mir eingehakt hatte und ich ihre Haut an meiner gespürt hatte, war nur noch eine ferne Erinnerung. Jetzt vermied sie es, am Abend mit mir nach Hause zu gehen, übersah mich auf dem Bauplatz und wandte sich ab, wenn ich am Esstisch etwas sagte.

Ich zeichnete also abends in meiner Kammer, verwischte und fing neu an, bis mir die Augen zufielen. Dann kroch ich auf meinen Strohsack und schlief ein.

Je öfter ich sie aufmalte, desto deutlicher wurden die neuen Wände, luftig und elegant, und die kleinen Kapellen nahmen ebenfalls Formen an. Sie bildeten ein besonderes Detail der Kathedrale, mehr noch, die Häuschen im Innenraum waren etwas Neues. Als ich das verstand, versetzte es mich in eine Hochstimmung. Ich beschloss, sie auf Papyrus zu zeichnen. Dazu musste ich in die Bauhütte.

Ich war mir nicht sicher, ob der Meister mein Vorhaben gutheißen würde, deshalb schlich ich an einem Sonntag nach dem Kirchgang dorthin. Paris war ruhiger als an den Arbeitstagen. Wenig Gepöbel und Geschrei, in den Gassen fehlten die Marktstände und auf der Seine die Transportboote. Ich kam schnell voran.

Das Baustellentor war verschlossen. Es bestand aus Brettern, die man aus ihren Scharnieren heben konnte. Ich kroch unter ihnen hindurch, schaute mich noch einmal um und ging, als ich niemanden entdeckte, zur Meisterhütte.

Es war dunkel und stickig. Ich zündete zwei Öllampen an. Anders als das Stehpult des Meisters war mein Tisch aufgeräumt, es lagen keine Tafeln und Stifte herum, und wenn Wachs herabtropfte, nahm ich es auf, solange es noch flüssig war. An Meister Jeans Platz hingegen gab es viele hart gewordene Kleckse. Er sah aus wie eine kleine Hügellandschaft. Der Meister kratzte einen Wachsflecken nur dann ab, wenn er ihn störte, weil er sich durchdrückte.

Ich suchte mir ein Stück Papyrus, das groß genug für mein Vorhaben war und sich zusammenrollen ließ, denn ich wollte ein richtiges Dokument, einen Entwurf wie die, die im Regal lagen. Damit überschritt ich eine Grenze und wusste es. Auf Wachstafeln zu zeichnen konnte als Unbedarftheit durchgehen, doch Papyrus ließ sich nicht sauber kratzen, er wurde nur einmal benutzt und war wertvoll. Ich verschwendete vorsätzlich das knappe Geld des Domkapitels. Aber dieses Mal würde ich mich nicht beirren lassen. Ich hatte eine gute Idee und würde für sie einstehen.

Bevor ich anfing, ging ich vor die Tür und schaute mich ein weiteres Mal um. Die hohen Kirchenmauern und ihre Schatten hatten etwas Gespenstisches, sie sahen inzwischen mehr wie eine Ruine als wie ein Neubau aus, als hätten Unbekannte sie vor Hunderten von Jahren errichtet und dann verlassen müssen, weil Gott ihnen zürnte und Hochwasser oder ein Erdbeben geschickt hatte.

Zurück in der Hütte, tat ich etwas, das mir heute so unangenehm ist, dass ich es am liebsten verschweigen würde. Ich versetzte die Lampen von meinem Tisch auf des Meisters Stehpult, säuberte seinen Arbeitsplatz mit dem Messer, entrollte dort meinen Papyrus, beschwerte ihn an den Ecken, nahm mir eine seiner Federn, legte die Wachstafel, die ich mitgebracht hatte, daneben und wollte anfangen zu zeichnen. So wie der Meister es tat.

Es ging nicht. Nicht einmal einen ersten Strich zu setzen gelang mir. Ich war am falschen Ort. Musste erneut umziehen, an meinen Tisch zurückkehren und mein Material dort aufbauen, die Lampen, den Papyrus, die Feder, die Wachstafel.

Dann, endlich, begann ich mit der Arbeit. Zuerst mit Strichen, die kaum kräftiger waren als ein Atemhauch. Ich deutete die neue Fassade der Nordseite an, ließ drei lange und schmale Öffnungen für die Fenster frei, skizzierte, wie sie spitz zusammenliefen, und machte mich an die Kapellen.

Als ich sah, dass die Proportionen stimmten, wurde ich sicherer und erlaubte mir kräftigere Striche. Die Kapellen stellte ich in einer zweiten Zeichnung detaillierter dar, zeigte die Umrisse, die ich mir vorstellte, die Eingänge, umriss die Skulpturen.

Es gab noch Platz auf dem Papyrus, und dort führte ich die Kapellen noch einmal auf, diesmal vergrößert, wobei ich zeigte, wie sie in den vorgesehenen Aussparungen stehen würden.

Über der Arbeit vergaß ich die Zeit. Schreckte zwar hier und da auf, wenn ich ein Geräusch hörte, aber kehrte mit meinen Gedanken zurück, sobald ich mir sicher war, dass es nur ein streunender Hund war oder der Wind. Ich stand nicht von meinem Platz auf, bis ich fertig war. Dann schaute ich ein letztes Mal auf meinen Entwurf, war zufrieden und rollte den Papyrus zusammen.

Ich legte meine Rolle ganz an die Seite, um sie schnell hervorziehen zu können, und damit ich sie wiedererkannte, wickelte ich ein rotes Band darum, das ich von einer anderen abzog, die weit unten steckte. Meine Wachstafel versteckte ich daneben.

Es dämmerte, als ich mich auf den Heimweg machte. In mir war ein Gefühl von Erhabenheit, ich fand, ich hatte mir bewiesen, dass in mir ein Baumeister steckte. Zugegeben, es war nur ein Detail, das ich entworfen hatte, doch ich war sehr zufrieden damit, und warum sollte jemand, der eine Idee für den neuen Chor hatte, nicht irgendwann eine ganze Kirche entwerfen können? So dachte ich an diesem Abend, und als wir am Tisch saßen und beteten, bedankte ich mich still für die Inspiration. Das Essen ließ ich mir schmecken, als hätte ich eine Woche gefastet.

XIX

Meister Jean drehte zweimal am Tag, jeweils vormittags und nachmittags, eine Runde über die Baustelle. Dann blieb er bei den wenigen Steinmetzen stehen, die auf der Baustelle verblieben waren, und schaute, ob sie zumindest einige Quader hatten, um weitermachen zu können. Danach sprach er mit den Zimmerern über Holznachschub, hielt bei den Schlossern, nahm Werkzeug, das jemand ihnen zur Reparatur gegeben hatte, in die Hand, drehte und betastete es und ermutigte sie, es zu erneuern, auch wenn es alt und dünn geworden war.

Bei jedem dieser Gänge schaute er zur alten Chorwand. Dieser Blick hatte etwas Beiläufiges, war kaum mehr als eine zufällige Kopfbewegung im Vorübergehen. Doch ich wusste, was er überprüfte. Der Abriss begann nicht. Meister Yves schickte keine Maurer. Es war noch kein Gerüst gesetzt, geschweige denn, dass jemand begonnen hatte, die Steine abzutragen. Die Wand stand da wie immer, gekrönt von einem vermoosten Dach.

Ich wartete darauf, dass Meister Jean den Maurer zu sich zitierte und ermahnte. Seine Anweisung war eindeutig gewesen, und es ging nicht an, dass sich ihm jemand widersetzte. Was Meister Yves hier trieb, war eine Art stiller Aufruhr. Man hätte es durchaus als Gotteslästerung bezeichnen können, denn natürlich hatte der Herr selbst die Hierarchie auf der Baustelle eingerichtet, so wie Er alles geschaffen hatte, was es auf Erden gab.

Meister Jean aber unternahm nichts.

Er verbrachte viel Zeit mit Albert, dem kahlköpfigen Glasbläser mit dem schwarzen Bart. Ich hörte ihren Gesprächen zu und fand, die beiden waren wie Brüder. Sie hatten das gleiche Ziel – die Fensterrose – und waren nicht bereit, sich von Schwierigkeiten davon abbringen zu lassen, im Gegenteil, sie waren zwei Männer, die alles, was sich ihnen in den Weg stellte, wegräumen würden. Die Versuche mit der Armierung des Maßwerks waren vor vielen Monaten eingestellt worden.

Außer Meister Albert waren nur noch drei Glasbläser da, die den neu gebauten Ofen immer weiter einbrannten, obwohl auf seinen Steinen längst eine Rußschicht lag. Jeden Tag füllten sie neues Holz hinein und ließen ihn heiß werden, bis es glühte. Das war ihre Beschäftigung. Etwas anderes gab es nicht zu tun.

Meister Jean störte es nicht, dass die Glasbläser teure Buchen- und Eichenscheite in den Ofen warfen. Wie sie wollte er sehen, welche Hitze sich entwickelte.

»Können wir Eure Lieferanten nicht mit späteren Zahlungen vertrösten?«, fragte er den Glasbläsermeister.

»Das haben wir schon.«

»Und?«

»Die Holzhändler kommen überhaupt nicht mehr zu uns und werden das auch nicht tun, bevor wir nicht unsere Schulden beglichen haben. Sobald es wieder Geld gibt, werden wir im Bußgewand zu ihnen gehen müssen.«

»Auch das noch. Gibt es andere Möglichkeiten?«

»Das habe ich mich schon oft gefragt.«

»Und?«, hakte Meister Jean nach.

»Wenn wir nicht stehlen wollen, dann nicht. Wir brauchen Geld.«

»Jaja, ich weiß.«

Nachdenklich gingen sie auseinander. Meister Jean arbeitete mittlerweile nicht einmal mehr am Entwurf seiner Rose. Ich hatte den Eindruck, er sah keinen Sinn darin, sie noch weiter zu verbessern.

Für mich war der Geldmangel ebenfalls eine schlechte Nachricht. Die Wand, die ich entworfen hatte, rückte in weite Ferne. Wenn Meister Jean nicht darauf bestand, dass die alte abgerissen wurde, würde auch keine andere gebaut werden, und dann gab es für meine Idee und meine Kapellen keinen Bedarf.

Doch ich hatte den Meister falsch eingeschätzt. Nachdem er dem Nichtstun lange zugesehen hatte, ließ er sich eines Morgens von den Steinmetzen einen schweren Hammer und einen großen Meißel geben, stellte die längste Leiter, die er finden konnte, auf der Innenseite an die fragliche Fassade, kletterte bis ganz nach oben und begann, den Fugenmörtel herauszuschlagen.

Er fasste den Hammergriff weit hinten an, besaß also genügend Kraft für das schwere Werkzeug. Und er schlug sich nicht ein einziges Mal auf die Hand. Offensichtlich hatte er genau wie ich als Junge in den verschiedenen Gewerken gelernt.

Die Steine, die er gelöst hatte, stapelte er oben auf einem Mauerstück, während er die vermoosten Dachpfannen einfach fallen ließ. Sie zerbrachen, sobald sie unten aufschlugen. Er schaute ihnen nicht nach und achtete nicht auf das dumpfe Klirren. Als hätte er nie etwas anderes getan, war sein Platz oben auf der Leiter, er hielt seinen Oberkörper in Vorlage, damit er nicht herunterfiel, und arbeitete. Nicht schnell, aber ausdauernd und ähnlich versunken wie bei seinen Entwürfen. Immer mehr Dachpfannen stürzten herunter, während der Stapel Mauersteine größer wurde.

Von dem Gehämmer angezogen, kam Meister Yves. Er blieb im Schatten einer Säule. Als er erkannte, wer da oben auf der Leiter stand, verschwand er umgehend wieder. Er erinnerte mich an einen Raben, und ich war davon überzeugt, der Mann würde Pech und Tod bringen.

Nach mehreren Stunden stieg Meister Jean das erste Mal von seiner Leiter. Er klopfte sich ein wenig Staub von den Kleidern und machte sich auf den Weg zur Bauhütte. Ich folgte ihm und stieß dazu, als er sein Mittagessen bereits vor sich ausgebreitet hatte. Er hatte Schinken oder gepökeltes Fleisch. Es kam mir vor, als wollte er am Mittag ausgleichen, was es abends zu Hause nicht gab. Dazu lag ein halber Laib Brot an seinem Platz.

»Meister«, sagte ich, »soll ich die Steine herunterbringen?«

»Mmmh«, machte er mit vollem Mund.

»Dann brauche ich eine zweite Leiter. Und einen Korb, in den ich sie stecken kann.«

»Ein Gerüst«, sagte er und schmatzte.

»Ich soll ein Gerüst aufbauen?«

»Sonst werden wir nie fertig. Oder glaubst du, man kann eine ganze Wand von der Leiter aus abtragen?«

Auch ich nahm mir mein Mittagessen. Es war karger als seins, nur zwei hart gekochte Eier und ein Stück Brot. Ich schlug die Eier an der Tischplatte auf und fragte mich, wie ich es anstellen sollte, ganz allein ein Gerüst aufzubauen.

Nach dem Essen bat ich Clément um Hilfe.

»Wie soll ich das machen? Wenn ich einen Finger für deinen Meister rühre, wird mich meiner rauswerfen.«

»Ich habe eine Idee. Wir treffen uns morgen ganz früh, bevor alle anderen kommen.«

»Was?«, gab er zurück. »Da schlafe ich.«

»Dann stehst du eben mal früher auf.«

»Du bist gut. Am Ende sagt dein Meister nicht mal Dankeschön.«

»Vielleicht denkt er es sich.«

»Haha«, machte er. »Pierre, du bist der einzige Mensch auf der ganzen Welt, dem das genug ist.«

Aus der Ferne schauten wir Meister Jean zu und hörten auf das stete Tock-tock-tock seines Hammers, der auf die Meißelspitze traf.

»Hoffentlich geht das gut«, meinte Clément nach einer Weile.

Es gab keine zweite Leiter, die auch nur annähernd so hoch

war wie die, auf der der Meister stand. Ich stellte eine an die Fassade, die um mehr als eine Mannshöhe niedriger war, band mir einen Bastkorb um die Schultern und kletterte hinauf.

»Ihr müsst mir Eure Steine angeben, wenn ich sie heruntertragen soll«, rief ich ihm zu, als ich oben angelangt war.

Zu meinem Erstaunen tat er sofort, was ich verlangte. Nahm drei Steine in die Hand und beugte sich so tief, dass er sie mir reichen konnte. Ich verstaute sie in meinem Korb, wartete auf die nächste Ladung und brachte ihn, als er voll war, herunter.

Es war eine halsbrecherische Arbeit. Der Meister reichte mir in schwindelerregender Höhe die Steine, und ich kletterte mit dem schweren Korb abwärts. Bald zitterten mir die Beine. Wir mussten auf jede unserer Bewegungen achten, ein einziger Fehler konnte den Absturz bedeuten. Keiner der Maurer oder Zimmerer hätte so gearbeitet, und ich war mir sicher, dass Meister Yves sich insgeheim wünschte, dass wir fielen und uns das Genick brachen.

Am Ende des Arbeitstages hatte Meister Jean graue Haare und Augenbrauen bekommen. Sein Gesicht war voller Staub, der Kittel sah aus, als sei er durch einen Kalkberg gerobbt, und unter den Fingernägeln steckten Mörtelreste.

Ich schrubbte mir Hände und Gesicht an einer der Regentonnen, während sich der Meister höchstens ein wenig abklopfte und sich mit den Händen über die Haare strich, womit er den Staub nur weiter verteilte.

Clément nickte ich zum Abschied zu. Er grinste, und ich war mir nicht sicher, ob wir nun verschworen waren oder ob er mir mitteilen wollte, dass er am nächsten Morgen nicht aufstehen würde.

Zu Hause erlebte ich dann eine handfeste Auseinandersetzung. Sie begann, als sich der Meister an den Tisch setzte. Wie üblich griff er nach der Karaffe und schenkte sich Wein ein. Madame Nathalie stand am Herd.

»Wasch dich erst mal«, sagte sie in einem halbwegs freundlichen Tonfall.

Anstelle einer Antwort legte er die Stirn in Falten.

Sie wartete, ob er ihrer Aufforderung nachkommen würde. Als er das nicht tat, erklärte sie: »So gibt's kein Essen.«

»Was soll das denn?«

»Schau dich an. Du siehst aus …«

»… wie ein ehrlicher Handwerker«, beendete er ihren Satz, »der den ganzen Tag gearbeitet hat.«

»Und der nicht weiß, dass man sich am Ende des Tages wäscht. Sieh, die Kinder …« Sie zeigte auf Agnès und mich. »… die haben mehr begriffen als du.«

»Hör auf, Nathalie.«

»Nein. So stelle ich den Topf nicht auf den Tisch.«

Er stand auf. »Dann hole ich ihn eben.«

Sie zog den Kochlöffel aus dem Topf und baute sich vor dem Herd auf wie eine Löwenmutter, die ihre Jungen schützt.

Ich rechnete mit einem Kampf. Agnès hatte offenbar den gleichen Gedanken. Sie stützte sich auf den Tisch, bereit, sich einzumischen. Ich sah eine günstige Gelegenheit, mich bei ihr in ein besseres Licht zu rücken, und drückte meine Hand auf ihre. »Lass, ich kümmere mich.« Ich stellte mich neben das streitende Ehepaar.

»Geh weg, und wasch dich«, rief Madame Nathalie mit rotem Kopf und schwenkte den Löffel in der Luft.

Der Moment dauerte lange. Der Meister stand da, ein Bein nach vorne, das andere nach hinten gerichtet, und wusste nicht, ob er angreifen oder sich zurückziehen sollte.

»Ach!«, winkte er schließlich ab und kehrte zu seinem Platz zurück.

»Du und deine ewige Getreidegrütze«, presste er hervor. »Tagein, tagaus das Gleiche. Wer will so etwas überhaupt essen? Wie lange ist es her, dass es in diesem Haus ein Stück Fleisch gab?«

»Wir essen, was Gott auf dem Feld wachsen lässt.«

»Und warum nicht die Tiere, die Er in Seinen Wäldern leben lässt? Oder wenigstens ein Stück von einem Hausschwein?«

»Aus Bescheidenheit.«

»Pfff«, machte der Meister. »Ich bin nicht bescheiden und will's auch nicht werden.«

»Jean!«, rief sie. »Achte auf deine Worte.«

Er griff nach der Karaffe, schenkte sich nach und stürzte den Becher herunter. »Das ist doch Weiberkram. Glaubst du, mit Bescheidenheit baut man eine Kathedrale?«

Es dauerte lange, bis sie eine Antwort gab. Den Kochlöffel in ihrer Hand hatte sie sinken lassen. Der Topf stand neben dem Feuer. Das Essen wurde kalt.

Sie sprach leise, beinahe erschöpft. »Mit Bescheidenheit, mein lieber Jean, zeigt man dem Herrn, dass man verstanden hat, wo der eigene Platz ist und worauf es ankommt. Und es ist ganz sicher keine größenwahnsinnige Kathedrale, die du für dich anführen kannst, wenn du eines Tages vor deinem Schöpfer stehst.«

»Ganz sicher …«, äffte er sie nach.

Sie schüttelte den Kopf und drehte uns den Rücken zu.

Agnès ging hinaus, als hätte sie die Nase voll vom Streit ihrer Eltern. Zu meiner Überraschung kam sie schnell zurück. Mit dem Fuß stieß sie die Tür auf, in beiden Händen trug sie eine Schüssel, aus der Wasser schwappte. Damit stapfte sie in Richtung Tisch. Sie ließ sie vor dem Meister auf den Tisch plumpsen und fischte einen Lappen heraus, den sie auf seinen Platz klatschte. Es spritzte in alle Richtungen.

»Du armer Vater«, sagte sie, und ihre Verachtung war nicht zu überhören, »damit du nicht so weit laufen musst, um dich zu waschen. Du bist bestimmt erschöpft nach dem langen Tag. Hast wahrscheinlich zum ersten Mal in deinem Leben richtig gearbeitet.«

Ich konnte ihm ansehen, dass ihre Worte ihn ins Herz trafen. Sein Mund stand offen, er starrte sie an. Ich konnte nicht anders, als größten Respekt für Agnès' Mut zu empfinden.

Schließlich nahm der Meister die Schüssel und trug sie wieder hinaus. Die Tür blieb offen, so hörten wir, dass er sich wusch. Sein Gesicht war einigermaßen sauber, als er zurückkehrte. Von seinem Haar tropfte Wasser.

Er setzte sich wieder hin. »Können wir jetzt endlich essen?«

Es war noch dunkel, als ich aufstand. Ich eilte durch die schlafende Stadt zur Baustelle und wartete am Tor auf Clément.

Er kam tatsächlich kurz nach mir. Anstelle einer Begrüßung gähnte er. Wir begannen mit unserem Vorhaben, trugen Bretter und Stützen zusammen, arbeiteten Hand in Hand und ohne viele Worte und stellten in kurzer Zeit an der Chorfassade ein Gerüst auf. Es war zweistöckig, nicht hoch genug, aber nun würde man nur für die obersten Reihen noch Leitern benötigen. Und je mehr Steinreihen wir abtrugen, desto hilfreicher würde es werden.

Sobald es aufgebaut war und wir es auf seine Standfestigkeit überprüft hatten, hockten wir uns hinter die nördliche Kathedralmauer. Dort war es kühl und schattig. Ich hatte noch nichts gegessen und packte ein Stück Käse aus, das ich mit Clément teilte.

»Ich bekomme wirklich keine Anerkennung«, meinte er kauend, »denn du kannst deinem Meister nicht einmal erzählen, dass ich geholfen habe. Sonst tratscht er es weiter.«

»Dann hast du eben bei mir etwas gut.«

»Soll mir recht sein. Hauptsache, Meister Yves erfährt nichts von meinem Einsatz.«

»Ich glaube nicht, dass er dir etwas tun würde.«

»Du kennst ihn nicht, Pierre.«

»Doch, schließlich sehe ich ihn jeden Tag. Hat er nicht damals dem Maurer, der vom Gerüst gefallen ist, Hilfe zugesagt?«

»Das ist wahr. Wer zu ihm gehört und seine Stellung anerkennt, den stützt er. Aber ich habe heute Morgen gegen ihn gehandelt. Das darf er nie erfahren.«

XX

Maurermeister Yves blieb für mich der Rabe, der Unheil brachte. Ich beobachtete ihn manchmal. So, wie sein Gesicht ohne Ausdruck war, war auch sein Körper steif. Seine Bewegungen ließen einen glauben, er hätte Beine aus Holz, und die Augen waren starr geradeaus gerichtet, als würden sie immerzu ein Ziel fixieren.

Doch an diesem Tag war etwas anders an seinem Gang. Er schlich. Seine Knie federten. Er drückte sich an die Kathedralmauer und schaute sich immerzu um. Er wirkte gehetzt, fast, als wäre ihm der Teufel auf den Fersen. Immer wieder blieb er stehen und drehte sich um.

Seit einiger Zeit hatte er auf der Baustelle herumgeschnüffelt, um herauszufinden, wer das Gerüst aufgebaut hatte. Es ging ihm gegen den Strich, dass das hinter seinem Rücken passiert war. Ich hatte beobachtet, wie er erst seine Maurer ausfragte, dann auch die Zimmerer und Steinmetze. Er traf wie zufällig auf jemanden, blieb auf ein Schwätzchen stehen. Selbst wenn ich nicht nahe genug war, um etwas zu hören, erkannte ich, dass er immer auf die Wand am Chor zeigte. Auf das Gerüst.

An diesem Nachmittag verließ er die Baustelle, und ich beschloss, ihm nachzugehen. Im Gewühl nicht aufzufallen war nicht schwer, die Herausforderung bestand eher darin, ihn zwischen den vielen Leuten, die sich durch die Gassen schoben, nicht aus den Augen zu verlieren, zumal er nicht besonders groß war. Allerdings war er gut an seinem wollenen Wams zu erkennen.

Ich hielt mich an der Seite, schräg hinter ihm. Zielstrebig steuerte er die nördliche Brücke an.

Die Gegend kannte ich nicht gut, mir waren von meinen Wegen nach Saint-Denis nur die Hauptstraßen vertraut, die zum Stadttor führten. Es waren hier deutlich weniger Menschen und Fuhrwerke unterwegs als auf der Seine-Insel, deshalb musste ich den Abstand zwischen uns größer werden lassen. Ich wollte auf keinen Fall von ihm entdeckt werden. Er bog zweimal ab und blieb dann vor einem Haus stehen, das er sich genauer besah.

Es war ein stattliches Haus, zweistöckig, aus jenem hellen Stein, der in Paris üblich war. Im Kontrast dazu war die Tür aus dunklem Holz. An beiden Seiten gab es angedeutete halbrunde Türme mit eigenen Dächern aus Kupfer. Im Erdgeschoss standen die Fensterläden offen.

Meister Yves betrat das Grundstück und folgte einem Sandweg, der in einer lang gezogenen Kurve zur Haustür führte. Ich stand ein wenig verborgen auf der gegenüberliegenden Straßenseite und war gespannt, wen er besuchen würde.

Als der Mann die Tür öffnete, blieb mir der Mund offen stehen.

Es war Baumeister Gabriel, der dort auf der Schwelle stand. Diesmal trug er nicht seinen beigefarbenen Umhang, sondern einen weinroten Hausmantel, der an Kragen und Bündchen golden gesäumt war. Er sah aus wie ein kleiner König. Sein Haar war in der Mitte gescheitelt, Kinn und Wangen hatte er glatt rasiert. Meister Yves verbeugte sich tief und wurde eingelassen.

Ein Wagen fuhr vorüber. Die Fußgänger machten ihm erst Platz, als der Kutscher es lauthals verlangte und mit seiner Peitsche drohte. Für einige Zeit konnte ich das Haus nicht sehen.

Ich musste wissen, was hier vor sich ging, also schlich ich zum Haus und drückte mich neben der Tür an die Wand.

Ich spürte die Kühle der Steine durch meinen Kittel und atmete gleichmäßig. Die Aufregung verzog sich. Ich hatte keine Zeit zu verlieren.

Weil die Fenster so niedrig lagen, bewegte ich mich auf allen vieren an der Fassade entlang, bis ich aus einem der Zimmer die Stimme von Meister Gabriel hörte.

»Ich habe einen guten Rotwein im Haus. Mögt Ihr?«

»Gerne.«

Ich kauerte neben dem Fenster. Hörte das Gluckern, als Wein in einen Becher gekippt wurde. Die beiden waren direkt hinter der Scheibe.

»Danke«, sagte Meister Gabriel. »Jetzt lass uns allein.«

Sein Satz war offensichtlich an einen Bediensteten gerichtet. Als Antwort kam ein leises »Sehr wohl«, dann wurde eine Tür geschlossen.

»Nun, Meister Yves. Mein Sekretär hat mich informiert, dass Ihr mich sprechen wollt.«

»Ja«, entgegnete der Maurer. »Es geht um Notre-Dame.«

»Das dachte ich mir.«

Eine Krähe kam angeflogen und machte Lärm. Ich versuchte, sie mit Handbewegungen zu vertreiben, aber sie ließ sich nicht beeindrucken. Im Gegenteil, ihr »Kräh-kräh« wurde lauter.

»Die Sache ist die …«, begann Meister Yves im Zimmer.

»Was ist die Sache?«

»Der Baumeister, also Meister Jean …«

»Ja?« Meister Gabriel klang ungeduldig.

»Er …«

Der Vogel kam noch näher und flatterte laut krähend auf. Irgendetwas gefiel ihm an mir nicht. Mit ihrem spitzen Schnabel hackte die Krähe gegen meinen Fuß. Ich wedelte mit der Hand, aber das kümmerte sie nicht, und mich lauter zu wehren hätte mich verraten.

»Er trägt ein Stück der Fassade ab«, sagte Meister Yves.

»Das macht er selbst?« Meister Gabriel lachte. »Wäre das nicht Eure Aufgabe? Die Eurer Gesellen?«

»Er hat es von mir verlangt.«

»Und?«

Die verdammte Krähe ließ nicht von mir ab. Wieder und wieder versuchte sie, nach meinem Fuß zu picken, und krähte immerzu. Mir brach der Schweiß aus.

»Es ist mir nicht möglich«, sagte Meister Yves. »Ich bin Maurer. Wir bauen auf und reißen nicht ab.«

»Ist das nicht ein wenig spitzfindig?«

»Vielleicht. Die Sache ist die«, wiederholte er. »Das Domkapitel …«

Draußen griff ich nach etwas Erde und schleuderte sie auf die Krähe, die laut krächzte, sich kurz zurückzog, aber sofort wieder zum Angriff ansetzte.

»Wartet, was ist das für ein Radau da draußen?«, rief Meister Gabriel.

Auf allen vieren eilte ich um die Ecke und hielt die Luft an.

»Eine Krähe.« Er kippte etwas auf sie, offenbar den Wein aus seinem Becher. »Mistvieh. Hau ab.«

Er hatte sie erwischt, sie war nass. Stob auf, flog unter lautem Protest davon.

Ich ging wieder in die Hocke und kehrte zu meinem Platz zurück.

»Also, das Domkapitel?«, fragte er.

»Es hat kaum Geld.«

»Das ist bekannt. Die ganze Stadt spricht davon.«

»Viele Handwerker verdingen sich bereits an anderen Baustellen«, erklärte Meister Yves.

»Auch das ist bekannt.«

»Versteht Ihr nicht? In einer solchen Situation lässt der Baumeister auch noch Wände abtragen. Und warum? Weil sie ihm nicht gefallen. Ich habe ihn gefragt, ob der Auftraggeber davon wüsste.«

»Und?«

»Er hat mir keine Antwort gegeben.«

»Interessant …«, erklärte Gabriel. »Aber sagt mir, Meister

Yves, warum kommt Ihr mit alldem zu mir? Wäre es nicht besser, Ihr würdet Eure Sorge dem Domkapitel vortragen?«

»Monsieur, ich bin nur ein einfacher Handwerker. Eine Audienz bei solch hohen Herren hat Gott für mich nicht vorgesehen. Ich kenne meinen Platz.«

»Und nun wollt Ihr, dass ich …?«

»Seht, Meister Gabriel, wenn ich richtig informiert bin, wolltet Ihr seinerzeit Dombaumeister werden, doch das Kapitel hat sich gegen Euch entschieden. Wahrscheinlich hat Euch das nicht glücklich gemacht.«

Meister Gabriel antwortete nicht. Ich hätte gerne seinen Gesichtsausdruck gesehen.

»Das ist lange her«, sagte er schließlich. »Ich habe eine andere Frage: Was versprecht Ihr Euch von Eurem Handeln? Wollt Ihr für Eure Warnung Geld von mir oder vom Kapitel? Oder eine stärkere Position auf der Baustelle?«

»Nichts von alledem«, erwiderte Meister Yves mit fester Stimme.

»Was ist es dann? Ihr sucht mich doch nicht ohne ein persönliches Interesse auf.«

»Das ist richtig.«

Die Krähe hockte in zehn oder zwölf Schritt Entfernung von mir und ließ mich nicht aus den Augen.

»Nun?«, fragte Meister Gabriel.

»Seht, mein Vater war Maurermeister an der Kathedrale, und ich glaube, dass mein Großvater die Fassadenwand gebaut hat, die der Baumeister nun abreißt. Es ist nicht recht.«

Die Krähe kam wieder näher. Hüpfte, machte kleine Sprünge. Blickte zu mir. Was auch immer es war, irgendetwas passte ihr nicht an mir. Sie begann, wieder laut zu krähen.

»Was für ein Radau!«, rief Meister Gabriel, und der Fensterladen ging mit einem Knall zu.

Ich versuchte, den Fortgang des Gesprächs zu hören, doch jetzt drangen nur noch dumpfe Töne zu mir nach draußen. Ich beschloss zu verschwinden und kroch auf der anderen schmalen Seite ums Haus herum. Aus Sorge, ich könnte entdeckt werden, blieb ich in dieser Haltung, bis ich den Weg zur Straße erreicht hatte. Erst dann kam ich hoch und verschwand. Ich konnte nur hoffen, dass mich keiner der beiden Männer gesehen hatte.

Erst als ich wieder an die Seine kam, fiel die Anspannung von mir ab. Ich hatte Durst.

Es war nicht schwer, eine Schenke zu finden; davon gab es hier genug. Ich bestellte Wein und legte eine kleine Münze auf den Tisch. Es war ein herber Wein, nicht besonders schwer, man schmeckte die sauren Trauben. Ich dachte darüber nach, an wen ich mich mit der Neuigkeit wenden sollte. Mir fiel nur einer ein.

Als ich kurz darauf an Cléments Tür klopfte, spürte ich den Wein, den ich ziemlich schnell getrunken hatte.

Er öffnete kauend, weil er mit seiner Mutter am Esstisch gesessen hatte. »Was machst du denn hier? Komm rein.«

Als ich eintrat, sprang seine Mutter auf. Sie war eine kleine, lebhafte Frau mit pechschwarzem Haar. »Pierre! Iss mit uns.«

»Danke, Madame, aber ich muss gleich wieder los, ich werde zu Hause erwartet.«

Ich setzte mich und berichtete ohne Vorrede von meinem Erlebnis. Beide, Clément und seine Mutter, hörten zu, ohne mich zu unterbrechen.

»Habe ich's dir nicht gesagt?«, fragte er, als ich am Ende angelangt war. »Meister Yves! Hinter diesem steinernen Gesicht verbirgt sich die Bosheit in Menschengestalt.«

»Er wird seine Gründe haben«, sagte Madame.

»Jeder hat seine Gründe, Maman«, sagte Clément. »Die Frage ist immer, wie weit man geht. Aber sag mir, Pierre: Warum erzählst du mir das? Solltest du dich nicht an deinen Meister wenden?«

Meister Jean hatte meine Warnungen schon oft in den Wind geschlagen. »Ich bezweifle, dass er mir überhaupt zuhören würde«, erwiderte ich.

»Trotzdem musst du es versuchen. Mit einem mächtigen Verbündeten kann Meister Yves viel Schaden anrichten.«

Beim Abendessen erzählte ich nichts. Erst brauchte ich einen Plan.

Später klopfte ich vorsichtig an Agnès' Zimmertür.

»Ja«, sagte sie.

Ich trat ein.

Sie war dabei, die Fensterläden zu schließen, und drehte sich zu mir. Die Kerze auf ihrem Tisch flackerte. Ihr Lichtschein spiegelte sich auf ihrem hübschen Gesicht und ließ es weich und warm aussehen.

»Was ist?«, fragte sie.

Ich schloss die Tür. Auf keinen Fall sollte der Meister mich hören. Ihre Kammer war genauso klein wie meine. Ich blieb, wo ich war, in größtmöglichem Abstand zu ihr.

»Es geht um deinen Vater.«

Ich gab ihr eine Zusammenfassung dessen, was ich gesehen und belauscht hatte.

»Warum erzählst du ihm das nicht, Pierre?«

Ich zuckte mit den Schultern. »Er beachtet nicht, was ich sage.«

»Dann ist das sein Pech«, gab sie zurück.

»Das finde ich nicht. Ich möchte nicht, dass er Ärger bekommt. Und …«

»Was?«

Wir hatten beide unsere Positionen nicht verändert, sie stand am Fenster, ich an der Tür, zwischen uns die nun ruhig brennende Kerze.

»Verstehst du nicht?«

Sie lachte. »Pierre! Wenn du nichts sagst, kann ich auch nichts verstehen.«

»Was dem Meister widerfährt, widerfährt auch dir und mir. Letztlich allen auf der Baustelle.«

Sie öffnete die Arme und führte die Hände dann wieder zusammen. Die Bedeutung dieser Geste war klar: So war es eben, was konnte sie da tun?

Ich verstand sie. Der Bau würde weitergehen, egal, wer ihn leitete. Nur ich hing am Meister wie eine Puppe an ihren Fäden. Agnès dagegen war unabhängig, eine Bildhauerin, ein geschätztes Mitglied ihrer Bauhütte.

»Könntest du nicht …?«, versuchte ich es trotzdem. »Auf dich hört er.«

»Wenn ich etwas sage, regt er sich meistens auf.«

In all den Jahren hatte ich beobachtet, dass es nur zwei Menschen gab, die der Meister achtete: seine Frau und seine Tochter. Madame Nathalie kannte ihn besser als er sich selbst, und Agnès war diejenige, die ihm gewachsen war.

»Und ich will es auch nicht«, sagte sie.

»Warum nicht?«

Sie winkte ab. »Streit mit ihm bleibt mir im Kopf und lässt mich nicht schlafen. Das ist wie ein Gespenst. Aber ich muss mich auf meine Arbeit konzentrieren. Wir schaffen eine Galerie der Könige der Reiche Israel und Juda. Sie sind die Ahnen der heiligen Maria. Der Bischof selbst hat diese Skulpturen bestellt. Er bezahlt sie auch.«

»Es heißt, er hätte kein Geld.«

»Doch, das hat er. Dieser Auftrag kommt nicht vom Domkapitel, sondern von der Kirche. Das ist der Unterschied.«

»Ich verstehe. Also …«

»Du hast meine Antwort gehört, Pierre.«

»Ja, das habe ich.«

»Wenn du meinen Rat möchtest: Sag ihm, was du aufgeschnappt hast. Und dann lass es seine Sache sein, was er daraus macht.«

Ich nickte und suchte mit der Hand den Türgriff. »Eins noch: Neulich an deiner Tür … Ich war betrunken … Es tut mir leid …«

»Ist längst vergessen«, sagte sie und winkte ab. »Der blöde Wein. Mir war am nächsten Morgen noch schlecht.«

»Gute Nacht, Agnès.«

XXI

Meister Jean schlug immer dann Steine von der Abrissmauer, wenn er nichts anderes zu tun hatte. Wichtiger waren ihm seine Runden über die Baustelle. Es war verblüffend, wie er trotz seiner in sich gekehrten Art zu jeder Zeit wusste, wo welches Material fehlte, und nach Lösungen suchte. Dass der Bau in dieser Zeit nicht vollkommen stillstand, war nicht zuletzt ihm zu verdanken, vor allem seinen Ideen für kleine Lösungen. Den Zimmerern steckte er, wie sie für wenig Geld Holz bekommen, den Glasbläsern, wo sie sich Sand besorgen konnten. Nur für die fehlende Pottasche hatte auch er keinen Ausweg.

Was den Abriss anging, fand er sich damit ab, keine Hilfe von den Maurern zu erhalten. Meistens stieg er nachmittags auf das Gerüst, das Clément und ich aufgebaut hatten, und machte sich selbst ans Werk. Er arbeitete vorsichtig, sein Meißel traf nur die Mörtelfugen, kaum je den Stein. Nur ganz wenige von ihnen gingen kaputt.

In den nächsten Tagen wartete ich auf eine günstige Gelegenheit, um mit ihm zu reden. Sie kam mittags, als er aß. Dabei stand er, wie fast immer, an seinem Pult. Sein Haar war lang, der Bart buschig, wie ich es nicht anders kannte. Die Jahre an der Kathedrale hatten erstaunlich wenig Spuren in seinem Gesicht hinterlassen, die kleinen Augen funkelten wie eh und je, auf der niedrigen Stirn gab es keine Falten, seine Schultern und Arme waren kräftig wie immer.

Ich stellte mich auf die andere Seite des Pultes, sodass ich die Tür in meinem Rücken hatte, und sah ihn an. Er kaute und bemerkte mich nicht oder tat so, als wäre ich nicht da.

Doch ich blieb einfach, wo ich war, und schaute ihn an.

»Was ist?«, fragte er mit vollem Mund.

»Meister«, begann ich. »Ich habe zufällig ein Gespräch mitangehört.«

»Ach. Und zwischen wem?«

Ich berichtete, was ich aufgeschnappt hatte.

Er fing an zu lachen. »Da haben sich zwei gefunden! Der Trupp der Miesepeter und Verlierer!«

»Aber Meister …«

Er lachte so sehr, dass sein Kopf auf dem Hals zu hüpfen schien. Der Adamsapfel tanzte auf und nieder, und selbst die Haare schwangen hin und her, und ihm traten Tränen in die Augen.

Ich schüttelte den Kopf. »Meister, nehmt das nicht so leicht.«

»Wie soll ich's dann nehmen? Etwa ernst?«

»Ja, denn das ist es.«

»Das glaubst du doch selbst nicht. Maurermeister Steingesicht und Baumeister Eitelkeit. Der eine faul, der andere ein Nichtskönner. Eine Frage, Pierre …«

»Ja?«

»Hast du dir das Wohnhaus des Bischofs angesehen, das unser Freund Gabriel gebaut hat?«

»Ja.«

»Und? Wie gefällt es dir?«

»Es ist ein wenig klobig«, gab ich zurück.

»Ein wenig? Entweder bist du der höflichste Mensch der Welt, oder du bist blind. Aus jeder Wand und jeder Fuge quillt die Angst. Gabriel lässt Stein auf Stein bauen. Aber eine Idee, ein wirkliches Bild des Neubaus hat er nicht. Weißt du, was für ihn das Wichtigste ist? Dass sein Haus nicht einstürzt. Dafür tut er alles. Lässt Mauern setzen, die dicker sind als die im Louvre. Plant nur winzige Fensteröffnungen, damit die Wand auf keinen Fall ihr Gleichgewicht verliert. Dann bleibt es eben dunkel in der Hütte. Nicht seine Sache. Überhaupt, was ihn am wenigsten schert, ist, wie der Bau hinterher aussieht.«

Ich stand stumm da. Hatte nichts, um seine Tirade zu unterbrechen.

»Und damit ja niemand merkt, wie einfallslos er ist, zieht er sich diesen dämlichen Umhang an, der an einen Feldherrn erinnern soll. Ein schöner Feldherr ist das! Führt das Heer von Hässlichkeit und Niederlage.«

Mich erstaunte dieser Wortschwall. Noch nie hatte ich eine so lange Rede aus seinem Mund gehört.

»Ich schlage vor, wir stoppen den Abbruch der Chorwand«, sagte ich. »Vorübergehend. Ihr tragt Euer Anliegen bei der nächsten Sitzung des Kapitels vor. Wenn die Herren es gutheißen, habt Ihr Sicherheit.«

»Ach Quatsch.«

»Nur, um sicherzugehen.«

»Pierre, Junge«, sagte er, und für seine Verhältnisse war das beinahe eine zärtliche Anrede. »Ich bin der Baumeister. Das Kapitel hat mich ausgewählt. Warum haben sie das getan? Na, was glaubst du?«

Er wartete nicht auf meine Antwort. »Weil sie Vertrauen in mich haben.«

»Ja, sicher. Und dennoch …«

»Komm, trink einen Becher Wein. Du mit deinen vielen Bedenken.« Er schlug sich auf die Stirn. »Es ist nicht gut, sich so viele Gedanken zu machen. Weißt du, warum? Dann ist hier oben kein Platz mehr für Ideen.«

Er wiederholte seinen Schlag auf die Stirn. Es klatschte.

Ich hielt die Luft an. Ideen – das war das beste Stichwort, das er hatte geben können. Und er hatte eine selten gute Laune. Auf was wollte ich warten?

Er schenkte mir sogar Wein ein.

»Meister«, begann ich, nachdem ich einen Schluck genommen hatte, und ging an ihm und seinem Pult vorbei zum Regal. »Ich habe etwas gezeichnet und möchte es Euch gerne zeigen.«

Um keine Angriffsfläche zu bieten, zog ich nicht die Papyrusrolle mit der roten Schleife heraus, sondern nur die Wachstafel.

»Hier.« Ich legte ihm die Tafel neben sein Essen. »So könnte die neue Wand aussehen, wenn die alte abgetragen ist.«

Er nahm die Tafel in die eine und hielt seine Wurst in der

anderen Hand. Biss ab, schaute. Kaute, während er meinen Entwurf betrachtete.

Mein Herz klopfte so laut, dass ich fürchtete, er würde es hören.

»Hmm«, machte er. Sonst nichts.

Meine Anspannung wuchs weiter. Ich musste mich zwingen, nicht wegzulaufen.

»Nicht schlecht«, sagte er nach einer halben Ewigkeit. »Zumindest viel besser als das, was dieser Gabriel macht. Du hast weniger Angst als er. Und hier«, fragte er und tippte mit einem seiner Fettfinger auf die Tafel, »das sind kleine Kapellen?«

»Ja.«

»Gute Idee.«

»Kleine Häuser im Großen.«

»Das erkennt man.«

Ich erklärte ihm, wofür ich sie vorgesehen hatte.

»Ja, es werden viele Pilger kommen, wenn die Kathedrale fertig ist. Davon gehe ich auch aus. Unsere Kirche wird sie anziehen, denn es spricht sich herum, wie schön sie geworden ist. Und die Portale hier«, er zeigte wieder auf die Tafel, »werden mit Skulpturen bevölkert? Es gibt also eigene Geschichten?«

»So dachte ich.«

»Doch«, sagte er schmatzend, »das gefällt mir.«

Mein Herz wollte platzen vor Stolz und Freude. Was ich gemacht hatte, bekam sein Lob.

»Es ist gut, dass du die Wände versetzt hast. Übrigens

müssen sie dafür abgerissen werden.« Er grinste mich an, denn er hatte einen Punkt gemacht. »Das ist wohl klar, oder?«

»Ja, ich wollte ja nur die Genehmigung …«

Er ließ mich nicht ausreden. »Gut ist auch, wie du die Kapellen einpasst. Aber du könntest etwas feiner werden.«

Ich trat neben ihn. Er zeigte auf der Wachstafel, was er meinte.

»Siehst du, wie du sie angeordnet hast? Wie die Wachmänner beim Morgenappell. Alle gleich, alle Portale schauen in dieselbe Richtung. Aber die Wand verlangt etwas anderes.«

Er nahm einen Kohlestift in seine schwarzen Finger und machte kleine Markierungen auf der Tafel. Sein Anliegen war, die Kapellen mit der Wand, für die sie vorgesehen waren, zu drehen. Zwei Eingänge blickten so nach Süden, zwei nach Osten, die anderen irgendwo dazwischen.

»Werd lockerer, Pierre. Gutes Entwerfen ist ein Spiel, kein Soldatendrill.«

»Ja, Meister«, erwiderte ich.

»Und die neuen Wände der Kathedrale: Mach sie so dünn, dass jemand wie Gabriel glaubt, das kann nicht halten. Von mir aus zieh Armierungen ein, wie wir es bei dem Maßwerk vorsehen. Auch hier darf die Sache spielerischer werden.«

»Was meint Ihr?«

Er zeigte mit dem Finger auf die Außenwand. »Stützen, die man für Zierde hält, so dünn sind sie. Eine Wand, die …«

Er sprach nicht weiter.

Ich wartete auf das Wort. Hoffte, dass er es nicht vergaß.

»… die eigentlich gar nicht da ist. So fein, dass man

glaubt, sie hätte sich aufgelöst. Das ist der Eindruck, wenn man auf die Kapellen zugeht. Verstehst du? Nicht ein Stein, sondern der Schöpfer hält sein Haus.«

»Ja, Meister.«

Was er vorschlug, war umwerfend. Ich wollte es umsetzen, am liebsten gleich.

»Aber insgesamt: Nicht schlecht, Junge. Ich glaube, du bist begabt.«

Als er diesen Satz aussprach, durchschoss mich eine Hitzewelle. Sie lief von den Füßen bis zum Kopf und wieder zurück. Es war die schiere Freude, hell und stark, und sie drang in alle meine Glieder vor.

Ich musste mich zwingen, still stehen zu bleiben.

»Ja, Meister«, sagte ich ein weiteres Mal und strahlte. »Danke.«

Er zog Münzen aus seiner Tasche, insgesamt vier Sous. »Du machst in letzter Zeit viel, Pierre. Das Gerüst am Chor hast du über Nacht aufgebaut wie ein Zauberer. Und zwischendurch entwirfst du auch noch. Mach weiter so, Junge. Hier.«

Er drückte mir das Geld in die Hand.

Der Rest des Tages hatte etwas Unwirkliches. Ich kam mir vor, als schwebte ich auf einer Wolke, und meine Füße würden den Erdboden nicht berühren. Mehrmals blieb ich stehen und fragte mich, ob der Meister diese Worte wirklich gesagt hatte oder ob ich mir etwas einbildete.

In meinem Überschwang stellte ich mir vor, am Abend auf der Baustelle zu bleiben, auf der Wachstafel die Veränderungen, die er angeregt hatte, vorzunehmen, sie auf meine Papyrusrolle zu übertragen und ihm das Ergebnis gleich am nächsten Morgen zu zeigen. Erst mit dem voranschreitenden Nachmittag wurde mir bewusst, dass ich zusammen mit meinem Erfolg eine Abfuhr bekommen hatte. Wie ich es befürchtet hatte, hatte Meister Jean nicht auf meine Enthüllung reagiert. Er ignorierte die Notwendigkeit, sich eine Verteidigung aufzubauen.

Ich wartete, bis der Arbeitstag vorüber war. Die wenigen Handwerker, die es auf der Baustelle noch gab, bekamen den Tageslohn ausgezahlt und trotteten Richtung Tor davon.

Agnès war beschäftigt. Mit einem Sandstein schleifte sie vorsichtig über eine Skulptur und glättete sie. Als ich dazukam, fuhr sie fort, wenn auch langsamer.

»Schau nicht so. Ist noch nicht fertig.«

Der Kopf war bereits erkennbar, er war schmal, der Mund stand ein wenig offen, das Haar war lang und lockig. Das Gesicht zeugte von Entschlossenheit.

»Mir gefällt es jetzt schon. Wen stellt es dar?«

»Saul, einen der Könige Israels.«

Agnès' Bewegungen hatten dieses Doppelte, das ich schon früher an ihnen beobachtet hatte, einerseits führte sie den kleinen Schleifstein kraftvoll und mit Entschlossenheit, aber andererseits war sie vorsichtig. Ich schaute fasziniert zu, wie sie das Gesicht um Nase und Augenbrauen kurvte.

»Was ist los?«, wollte sie wissen.

Ich antwortete nicht, sie arbeitete weiter. Wässerte die Skulptur mit einem Lappen. Ihre Frage stand zwischen uns, obwohl die Worte längst in die weite Luft entschwebt waren.

Schließlich hörte sie auf zu schleifen. »Pierre? Redest du nicht?«

»Ich habe mit deinem Vater gesprochen.«

»Und?«

»Wie befürchtet, er nimmt das nicht ernst. Er findet, dass der eine Mann faul ist und der andere ängstlich.«

Sie schmunzelte, und ich glaubte in diesem Moment, dass sie stolz auf ihn war, und erkannte, wie verbunden Tochter und Vater waren. Es gab nicht viele Gelegenheiten, das zu sehen.

»Dann ist das seine Sache.«

»Sprich du mit ihm.«

»Hatten wir das nicht gerade gestern?«

»Ja, schon. Bitte, tu das.«

»Es würde nichts bringen.« Sie schüttelte den Kopf, während sie ihre Arbeit wieder aufnahm. »Weißt du, was mich wundert? Du wirkst gar nicht zerknirscht. Ganz anders als gestern Abend.«

»Das kann sein.«

»Was ist passiert?«

»Nichts.«

»Das ist doch nicht wahr.«

Ich wich ihrem Blick aus und schaute zu Boden. »Ich habe dem Meister etwas gezeigt. Einen Entwurf, den ich gezeichnet habe.«

»Oh«, machte sie. »Und?«

»Er hat ihn gelobt.«

»Na klasse. Ich wusste gar nicht, dass du Entwürfe machst. Bist du ein Heimlichtuer?«

»Nein.«

»Aber sicher.« Sie hielt mitten in der Bewegung an, kam zu mir und legte mir die Hand auf die Schulter. »Sag mir, Pierre, hast du wirklich vor, ein Baumeister zu werden?«

»Ja.«

Sie lachte. Dabei zog sie ihre Hand zurück.

»Du lachst mich aus?«

»Nur ein bisschen.«

»Warum?«

»Weil man aus dir nicht schlau wird.«

Ich dachte, dass man aus ihr erst recht nicht schlau wurde. Verachtete sie ihren Vater? Oder bewunderte sie ihn? »Wie meinst du das?«, fragte ich.

»Du bist nett …«

»Nicht das schon wieder!«

»Warum nicht? Mein Bruder Henri war auch nett. Das ist doch eine gute Eigenschaft. Bloß …«

»Was?«

»Man kapiert einfach nicht«, sagte sie leise, »was in deinem Kopf verborgen ist. *Ich* kapiere es nicht.«

»Ist es dir wichtig?«

Sie neigte den Kopf. »Vielleicht. Ein junger Baumeister. Macht Entwürfe …«

Mir ging durch den Kopf, ihr meine Zeichnungen zu zeigen, sie zu fragen, ob sie sich Figuren für die Kapellen ausdenken würde. Aber ich verwarf den Gedanken. Meister Jean war in seiner Hütte; ich hatte die Sorge, mich seinem Spott auszusetzen. So holte ich die Münzen, die er mir gegeben hatte, aus der Kitteltasche und zeigte sie ihr.

»Komm, lass uns Wein trinken. Ich lade dich ein.«

Sie fuhr mit der Hand über ihre Skulptur. »Na schön. Aber nur einen Becher. Nicht, dass wir wieder Streit bekommen.«

»Nein«, sagte ich. »Bestimmt nicht.«

XXII

Stein für Stein nahmen wir von der alten Chorwand. Meister Jean reichte sie mir an, ich stapelte sie auf dem Gerüst, und wenn mein kleiner Turm wackelig wurde, trug ich sie herunter. Der Meister hatte mich angewiesen, den alten Mörtel abzuschlagen, und so verbrachte ich, wenn er sich um andere Angelegenheiten kümmerte, viele Stunden auf den Knien, einen Stein zwischen ihnen eingeklemmt, und arbeitete mit Hammer und Meißel. Dabei musste ich an meine Zeit bei den Steinmetzen damals in Saint-Denis denken, wo Clément mir gezeigt hatte, dass man mit einem stumpfen Werkzeug nicht arbeiten konnte. Diese Lektion hatte ich gelernt. Sobald die Meißelspitze ein wenig rund war, hielt ich sie an den Schleifstein.

Der Meißel war ein langes, dünnes Instrument, und der Hammer hatte einen leichten Kopf. Meine Werkzeuge waren denen der Bildhauer ähnlich, doch ich verrichtete eine ganz andere Arbeit als sie, ich schuf keine schöne Figur, keinen König aus dem alten Israel, keinen Vorfahren Marias, ich sorgte nur dafür, dass man einen bereits vermauerten Stein noch einmal benutzen konnte.

Während ich auf dem sandigen Boden hockte, die hohen kahlen Mauern der Kirche um mich herum, hielt ich oft inne und spitzte die Ohren, um nicht zu verpassen, was um mich herum vor sich ging. Ich hatte mir geschworen, Meister Yves im Auge zu behalten. Aber nichts passierte. Was auch immer er und Gabriel ausgeheckt hatten, es geschah nicht.

Zwischen Meister Yves und Meister Jean fiel kein Wort mehr, sie begegneten einander nicht einmal, doch das hatte nach meinem Dafürhalten einen anderen Grund. Der Maurer hatte die Anweisungen des Baumeisters missachtet. Meister Jean hatte ihn nicht gezwungen, die Chorwand abzureißen, sondern war dem Konflikt ausgewichen und selbst zur Tat geschritten.

Das führte zu ziemlich seltsamen Situationen. Einmal kam Meister Yves uns zufällig auf dem Bauplatz entgegen. Meister Jean drehte den Kopf weg und begann unvermittelt ein Gespräch mit mir, wobei er so tat, als würde er meinen Antworten mit allergrößtem Interesse zuhören. Meister Yves seinerseits blieb meist an den äußersten Rändern des Baus. Ließ sich ein Weg nicht vermeiden, hielt er erst nach dem Baumeister Ausschau und versicherte sich, dass der irgendwo zu tun hatte, bevor er sich in Bewegung setzte.

Ich verfolgte dieses Versteckspiel, und obwohl nichts darauf hinwies, wartete ich insgeheim darauf, dass etwas passierte.

Nur wenn Meister Jean an der Abrisswand arbeitete, blieb ich immer an meinem Platz. In diesen Stunden hielt sich meine Unruhe zurück, und wenn sie doch einmal größer wurde, zwang ich mich umso mehr zur Arbeit, stapelte

Steine auf dem Gerüst, trug sie hinab, kam wieder hinaufgeklettert. Ich hoffte, dass der Meister bald verschwand. Er tat das in der Regel ohne Ankündigung, und sobald er außer Sichtweite war, ließ ich Hammer und Meißel fallen und stromerte über den Platz.

Als der Bote, mit dem ich kaum noch gerechnet hatte, schließlich kam, arbeiteten wir beide an der Chorwand. Ich war auf der Leiter, dabei, Steine, die in meinem Bastkorb lagen, aufs Gerüst zu bringen, während Meister Jean über mir gegen die Wand schlug. Der Bote war in ein schwarzes Tuch gehüllt, und ich musste an den Tod denken und wäre vor Schreck beinahe am Leiterholm abgerutscht.

»Meister Jean«, rief der Bote.

Es war ein junger Kerl, lang und dünn, mit hagerem Gesicht.

Der Meister hörte nicht.

»Meister Jean«, wiederholte der Bote lauter.

Ich erreichte das Gerüst und zeigte mit dem Daumen nach oben, wo der Meister auf seiner Leiter stand.

»Meister Jean!«, rief der Bote zum dritten Mal.

Der Meister drehte den Kopf. »Was ist?«

»Würdet Ihr einen Moment herunterkommen?«

»Jetzt nicht.«

»Es ist wichtig.«

»Sag meinem Gehilfen, was du willst.«

Ungerührt setzte der Meister sein Gehämmer fort.

Ich ahnte, dass er schlechte Nachrichten brachte, und sprang vom Gerüst herunter.

»Der Baumeister wird vom Domkapitel erwartet«, sagte der Junge in dem schwarzen Tuch.

»Wann?«

»Sofort.«

»Was, jetzt?«

»Ja, beeilt euch.«

Ohne Gruß ging er davon, und ich rief den Meister. Er klopfte weiter und tat so, als würde er nicht hören, deshalb kletterte ich die zweite Leiter, von der ich gerade fast abgerutscht war, wieder hinauf.

»Meister, das Domkapitel verlangt Euch sofort zu sehen.«

Doch er setzte den Meißel wieder an und hämmerte.

Ich wartete.

Irgendwann hielt er inne und schaute zu mir. »Das hat Zeit«, sagte er.

»Ich glaube nicht.«

Sein Kopf wurde rot, seine Hände umklammerten die Werkzeuge. Es fehlte nur jemand, den er anstelle der Steine schlagen konnte. »Ach?«, fragte er. Es klang höhnisch.

»Ihr wisst es.«

Mit schweren Tritten machte er sich an den Abstieg. Ich kletterte an der anderen Leiter hinunter. Wir kamen gleichzeitig an. Er wirkte ärgerlich.

»Na, dann los«, sagte er nur. »Komm schon.«

»Meister«, begann ich, als er sich in Bewegung setzte.

»Was?«

»Sollen wir uns nicht den Staub abwaschen? Ich meine, wir gehen immerhin zum Domkapitel.«

»Was ihr immer habt. Nathalie, du und wer noch alles. Weißt du, was ich über den Baudreck denke?«

»Nein.«

»Er ist ein Zeichen ehrlicher Arbeit. Für schmutzige Hände muss man sich nicht schämen. Es sind die besten Menschen, die sich die Finger dreckig machen.«

Trotzdem ging er zur Regentonne. So war es oft mit ihm: Erst zeterte er ausgiebig, dann fügte er sich doch. Er tauchte seine Hände hinein und rieb sie sauber, klatschte sich Wasser ins Gesicht, strich sich über die Haare. Sogar vom Arbeitskittel klopfte er den Staub.

Ich tat es ihm gleich, und wir machten uns auf den altbekannten Weg zum Bischofspalast. Es war ein windiger Herbsttag, aber deshalb nicht weniger voll. Wir wichen Ochsenkarren aus, schoben uns durch die vielen Menschen, umkurvten die Stände.

Die Wachen wiesen uns an, in der Eingangshalle zu warten. Der holzvertäfelte Raum war mir vertraut. Anders als sonst waren alle Türen, die von hier abgingen, geschlossen. Ich ging davon aus, dass sich das Domkapitel bereits beriet.

Meister Jean durchschritt den Saal und gab dabei ein unwilliges Geräusch von sich. Als wollte er zeigen, all das ginge ihn nicht viel an und halte ihn nur von der Arbeit auf der Baustelle ab. Dass er angespannt war, merkte ich nur daran, dass er sich keinen Wein nahm. Die Karaffe auf dem Tisch blieb unangetastet.

Die Zeit wurde mir lang. Ihm genauso.

»Bist du dir sicher, dass wir sofort kommen sollten?«,

wollte er von mir wissen. Er stand breitbeinig an der Wand, die Hände in die Hüften gestemmt.

»Das hat der Bote zumindest gesagt«, antwortete ich.

»Und dann lassen sie uns hier so lange warten?«

»Das verstehe ich auch nicht.« Aber insgeheim glaubte ich zu wissen, warum wir uns hier die Beine in den Bauch standen. Sie wollten Meister Jean zeigen, dass er nicht allzu bedeutend war. Man musste ihn nicht mit Respekt behandeln.

Es dauerte eine halbe Ewigkeit, bis wir hereingerufen wurden. Der Meister drehte den Kopf zu mir und streckte seine Zunge heraus. Es war eine winzige kindische Geste, und sobald er vortrat, wirkte er wieder völlig seriös.

Ich hielt mich wie üblich an der Tür und war froh, dass ich nicht derjenige war, der Rede und Antwort stehen musste.

Trotz der Kühle des Herbstes standen zwei Fensterläden offen, sodass ein wenig Tageslicht hereinfiel. Der Tisch war mit den bekannten fünf Männern besetzt; die beiden äußeren, die jungen Mönche, notierten jedes Wort für das Protokoll.

Nichts deutete darauf hin, dass uns Ärger erwartete.

»Nun«, begann Monsieur Jacques, ohne unsere lange Wartezeit zu erwähnen, »was habt Ihr uns zu berichten?«

Meister Jean räusperte sich. »Es hat sich seit dem letzten Mal nicht viel verändert. Der Bau wächst, langsam zwar, da uns nach wie vor Geld fehlt und damit Material. Doch er wächst.«

»Es hat sich nicht viel verändert?«, fragte Monsieur Jacques.

»Nein.«

Monsieur Jacques nickte gedankenverloren. Ein unangenehmes Schweigen legte sich über den Saal. Mir kam es vor wie ein Schleier in der Luft an einem schwülen Tag. Er machte das Atmen schwer.

Es war der Bischof, der es schließlich brach. Dass er früher als sonst das Wort ergriff, war ein schlechtes Zeichen. »Uns ist zu Ohren gekommen, dass Ihr eine Wand abreißen lasst.«

In diesem Moment sah ich die Zusammenhänge vor meinem inneren Auge, den Verrat von Meister Yves, sein heimliches Gespräch mit Gabriel, dessen Intrige beim Domkapitel. Es hatte ziemlich lange gedauert, bis sich die Schlinge zugezogen hatte, doch nun war es so weit. Und Meister Jean hatte alle meine Warnungen in den Wind geschlagen.

Er räusperte sich zum zweiten Mal. »Das ist nicht ganz richtig.«

»So?«

»Ich trage sie selbst ab. Der Maurermeister, den ich damit beauftragt habe, weigert sich. Mit Eurem Einverständnis werde ich einen neuen suchen.«

»Nicht so schnell. Um welche Wand handelt es sich?«

»Es ist eine am Chor. An der Nordseite.«

»Was ist mit ihr?«, fragte der Bischof.

»Sie passt einfach nicht. Dafür gibt es viele Gründe. Wenn Ihr möchtet, zähle ich sie Euch auf.«

»Bitte.«

»Zum einen«, sagte Meister Jean, »ist ihr Dach bereits marode. Vor allem aber steht die Art, wie diese Fassade gebaut wurde, in Widerspruch zu allem, was wir an der Kathedrale versuchen. Sie ist schwer, geradezu erdrückend. Wir hingegen streben nach Schlankheit und Leichtigkeit. Wir wollen hoch hinaus, was mit einer solchen Wand nicht möglich ist. Drittens gewinnen wir Platz, den wir nutzen werden.«

»Wofür?«

»Ich dachte an kleine Kapellen für private Gebete. Für Andachten. Zum Beispiel, um Verstorbene zu ehren. Oder für Pilger.«

Das war meine Idee!

»Ein interessanter Gedanke«, mischte sich Monsieur Jacques ein.

Ich hätte vor Freude beinahe laut aufgeschrien.

»Mit einem Schönheitsfehler allerdings«, erklärte der Bischof.

Mein Hochgefühl verschwand so schnell, wie es gekommen war.

»Was meint Ihr?«, fragte Meister Jean.

»Es ist ganz einfach, Monsieur: Ihr überschreitet Eure Kompetenzen. Wir haben Euch ausgewählt, um eine Kathedrale zu bauen, nicht, um sie abzureißen.«

»Aber …«, begann Meister Jean, doch der Bischof hob gebieterisch die Hand.

»Ist es nicht so, dass Ihr jedes Mal, wenn Ihr zu uns kommt, über Geldknappheit klagt?«

»Ja, in letzter Zeit schon.«

»Meister, Ihr seid doch nicht dumm. Je knapper die Mittel, desto sparsamer muss man damit umgehen.«

»Das tun wir.«

»Nein, das tut Ihr nicht. Ein Abriss ist das Gegenteil von Sparsamkeit.«

»Es ist nur eine kleine Wand«, wandte Meister Jean ein.

»Darum geht es nicht«, sagte Monsieur Jacques.

»Ich verstehe nicht.«

»Oh doch, Ihr versteht sehr wohl«, sagte der Bischof.

»Es ist genau so«, meinte Monsieur Jacques, »wie Hochwürden gesagt hat: Ihr seid zu weit gegangen, Baumeister. Besonders verwerflich an Eurem Verhalten finde ich, dass Ihr zwar regelmäßig bei uns vorsprecht, aber Euren Abrissplan ausspart. Ihr habt unser Vertrauen missbraucht.«

»Ich habe nicht gelogen.«

»Wenn jemand eine Absicht, die er im Kopf hat, verheimlicht«, sagte der Bischof, »dann kommt das einer Lüge gleich. Jeder Student der Scholastik wird Euch das bestätigen.«

Das Schlimme war, dass er recht hatte, der Meister hatte dieses Vorhaben verschwiegen, wovor ich ihn gewarnt hatte. Welchen Einwand konnte er jetzt noch vorbringen?

»Ihr verschwendet unsere Mittel«, setzte der Bischof hinzu.

»Ich …«

Selbst an meinem Platz war zu spüren, wie Meister Jean um eine neue Verteidigungslinie rang. Er suchte nach einem Argument, um die Vorwürfe zu entkräften.

Ich musste ihm irgendwie helfen. Schlich nach vorne. Blieb in seinem Rücken stehen.

»Meister«, flüsterte ich, »die Heimlichkeit ging von den anderen aus.«

Er bewegte seinen Kopf ein wenig. Das war ein Nicken. Vorsichtig kehrte ich an meinen Platz zurück.

»Die Meister Gabriel und Yves«, sagte er mit einer Stimme, die rau klang wie getrockneter Mörtel, »sind die wahren Heimlichtuer. Der eine schleicht auf der Baustelle herum, um etwas gegen mich zu finden. Der andere ist sein Zuträger, während er mir den Gehorsam verweigert.«

»Und selbst wenn«, sagte Monsieur Jacques scharf. »Wir reden heute über Euch, nicht über andere.«

Auch mich traf er mit diesen Worten. Das letzte bisschen Hoffnung, das ich gehabt hatte, verflog. Ich wollte mich hinsetzen, und weil das nicht möglich war, tastete ich hinter mir nach etwas, an dem ich mich festhalten konnte. Ich fand ein Türscharnier, gerade groß genug für zwei Finger.

»Ich habe Eure Vorgaben berücksichtigt«, brachte der Meister hervor.

»Was meint Ihr?«, entgegnete der Bischof.

»Vater Didier.« Der Meister wandte sich zu dem Geistlichen und sprach ihn direkt an. »Habt Ihr uns nicht geraten zu vertrauen?«

»Halt!«, rief der Bischof mit einer Stimme, die so laut war, dass sie meinen Bauch vibrieren ließ. »Ihr geht wieder zu weit. Lasst das sein, Baumeister. Wenn Ihr dem Herrn spottet, wird Er sich von Euch abwenden.«

»Ich spotte nicht.«

»Vertrauen und Heimlichkeiten? Ist das Euer Ernst? Das sind Gegensätze. Wie könnt Ihr es wagen, sie im Namen des Herrn zusammenzubringen?« Der Bischof wandte sich an

Vater Didier neben ihm. »Ich fürchte, dieser Mann hat nichts verstanden. Gar nichts.«

Vater Didier nickte schwerfällig.

»Monsieur Jacques«, sagte der Bischof. Es war ungewohnt, dass er das Gespräch an sich riss, erst recht mit einer solchen Entschiedenheit. »Ihr seht, uns bleibt keine Wahl. Verfahrt, wie wir besprochen haben.«

Der Kaufmann richtete den Oberkörper auf und legte beide Hände auf die Tischplatte. »Jean de Chelles, aufgrund der hier besprochenen Umstände sieht sich das Domkapitel gezwungen, Euch von Eurer Aufgabe als Baumeister der Pariser Kathedrale Notre-Dame zu entbinden.«

Der Meister stöhnte auf.

»Nein«, sagte er leise.

»Wir hatten uns mehr von Euch erwartet, Monsieur. Viel mehr. Auf der ganzen Welt gibt es keinen Kirchenbau dieser Größe, der nicht durch Phasen geringer Mittel zu gehen hat. Gerade in einer solchen Lage erweist sich die Findigkeit des Baumeisters. Mit viel Geld zu bauen ist kein Kunststück. Ihr habt uns enttäuscht, Meister, das muss ich hier leider feststellen, und die Schreiber notieren es für das Protokoll.«

Monsieur Jacques irrte. Meister Jean besaß jene Findigkeit, die das Kapitel erwartete. Doch jetzt stand er nur auf seiner Seite des Tisches und starrte ins Leere. Seine Schultern hingen herab.

Er war geschlagen.

»Hinzu kommt«, mischte sich der Bischof ein, »dass sich ein Haus Gottes nicht auf Lug und Trug aufbauen lässt. Auch nicht auf Heimlichkeiten. Das ist von vornherein zum Einsturz verurteilt, weil es nicht Seine Unterstützung bekommt. Dafür bräuchte es Zuversicht und Freude. Ein offenes Herz, Meister Jean.«

Der Meister regte sich nicht. Ich hielt alle möglichen Reaktionen für denkbar: einen Wutausbruch, einen Ohnmachtsanfall, ein diabolisches Lachen, einen Weinkrampf.

»Ihr könnt jetzt gehen«, erklärte Monsieur Jacques. »Wir gestatten Euch, auf die Baustelle zurückzukehren, um Eure persönliche Habe zu holen. Ihr habt auch die Möglichkeit, Euch zu verabschieden, wenn Ihr das wünscht. Wir erwarten aber, dass Ihr auf böse Nachrede uns gegenüber verzichtet.«

Ich bezweifelte, dass Meister Jean aufnahm, was der Kaufmann ihm aufgab. Er wirkte, als wäre er in eine Zwischenwelt abgetaucht, als träumte er.

»Um das sicherzustellen, geben wir Euch einen Begleiter mit.«

Meister Jean rührte sich weiterhin nicht.

»Unser Gespräch ist beendet«, erklärte Monsieur Jacques. »Ihr könnt gehen.«

Ich hatte den Eindruck, dass Meister Jean ihn nicht gehört hatte. Steif stand er an seinem Platz und machte keine Anstalten, sich zu verbeugen oder den Saal zu verlassen.

Ich trat wieder vor, fasste ihn unter dem Arm und zog ihn zur Tür. Dabei sprach ich ein paar beruhigende Worte wie zu einem kleinen Kind. Er ließ sich wegführen, als hätte er keinen eigenen Willen, und ich erkannte in diesem Moment seinen Verlust. Er hatte nicht allein seine Arbeit verloren, sondern seinen ganzen Daseinszweck.

XXIII

Sie gaben uns gleich zwei Begleiter mit, die bereits in der Halle warteten. Der eine war ein Mönch aus dem benachbarten Kloster, der andere ein Soldat, der ein Kurzschwert am Gürtel trug und ein grimmiges Gesicht zog, als würde er sich darüber ärgern, dass ausgerechnet er diesen Auftrag bekommen hatte. Seine Hand bewegte sich nicht vom Schwertgriff. Ich zweifelte nicht, dass er seine Waffe im Notfall benutzen würde.

Das Unglück wollte es, dass wir vor dem Bischofspalast dem neuen Baumeister über den Weg liefen. Meister Gabriel sah aufgeplustert aus wie immer, er hielt den Kopf aufrecht wie ein Edelmann, trug diesen eitlen Umhang, seine Sekretäre gingen schräg hinter ihm, als wären sie seine Leibgarde. Wäre die Stunde nicht so ernst gewesen, hätte ich über diesen Auftritt gelacht.

Meister Jean wachte schlagartig auf, als er Gabriel entdeckte. Schneller, als ich reagieren konnte, sprang er vor und packte mit einer Hand Gabriels Umhang. Die andere drückte er ihm mit allen fünf Fingern ins Gesicht.

»Du Schwein! Du intrigantes Stück Unrat!«

Meister Gabriel stammelte mit hochrotem Kopf, schaffte es nicht, sich zu befreien, während seine beiden Begleiter vorpreschten und an Meister Jean zerrten. Auch ich wollte ihn wegziehen. Der Meister aber schien keinen von uns zu bemerken. Seine Kraft, von seiner Wut gespeist, schien grenzenlos zu sein.

»Du kannst doch überhaupt nicht bauen!«, rief er und verstärkte seinen Griff. »Lass die Finger davon.«

Der Wachsoldat, der uns begleitete, schloss auf. Er hatte die Ruhe weg. Schob die beiden Sekretäre fort, die sich bemüht hatten, Meister Jeans Arm vom Hals seines Herrn zu lösen. Ging ein wenig zur Seite, kam mit Schwung zurück und erwischte mit seiner Schulter die meines Meisters. Es war ein kurzer, aber heftiger Stoß. Meister Jean verlor das Gleichgewicht und musste zwei Schritte nach rechts machen, um nicht zu stürzen. Das war genau das, was der Wachmann hatte erreichen wollen.

Er zog sein Schwert aus der Scheide und hielt die Klinge zwischen die beiden Kontrahenten. Ein Scharfrichter, bereit, den nächsten Kopf abzuschlagen.

»Auseinander«, sagte er, ohne die Stimme zu erheben.

»Du gehst nach da.« Dabei zeigte er auf Meister Gabriel und dann auf den Bischofspalast. »Und du nach dort«, befahl er Meister Jean und wies auf die entgegengesetzte Richtung.

»Wir sprechen uns noch«, presste Meister Gabriel keuchend hervor. Er drohte mit der Faust.

»Darauf kannst du Gift nehmen«, schoss Meister Jean zurück.

Der Wachsoldat schob ihn weiter, und wir kehrten zur

Baustelle zurück. Vor etwa zwei Stunden waren wir hier aufgebrochen. In dieser kurzen Zeit hatte sich alles verändert. Als ich durch das Tor schritt, überfiel auch mich die Schwermut. Es war wie ein Gewicht, das sich mir auf Schultern und Brust legte. Notre-Dame war mein Leben gewesen, mein Alltag, alle meine Hoffnungen waren mit der Kathedrale verbunden. Nun würde ich sie bestenfalls noch von außen sehen.

Meister Jean stapfte mit schweren Schritten zu seiner Bauhütte. Seine Begleiter, der Mönch und der Wachmann, folgten ihm auf dem Fuße. Ich hingegen suchte Clément auf und erzählte ihm, was passiert war.

»Dann bekommen wir also einen neuen Baumeister«, sagte er und schien wenig beeindruckt.

»So sieht es aus.«

»Wer weiß, wie lange.«

»Was meinst du?«

»Ohne Geld kein Bau. Was hier passiert, erinnert mich sehr an Saint-Denis. Damals ist auch alles eingeschlafen. Vielleicht sehe ich mich ebenfalls nach einer anderen Arbeit um«, sagte er. »Und du, was wirst du tun?«

»Hm«, machte ich. »Keine Ahnung.«

Er hob den Zeigefinger und bewegte ihn hin und her. »Nicht, dass du einfach verschwindest, Pierre.«

Ich lachte über die Geste. »Keine Sorge.«

Aber als ich zur Bildhauerhütte ging, spukte das Wort in meinem Kopf umher: Verschwinden, das hieß, mir einen neuen Baumeister zu suchen. So viele Jahre hatte ich an der Kathedrale mitgearbeitet, und jetzt musste ich gehen.

Agnès arbeitete zusammen mit ihrer Kollegin Olivia draußen auf dem Platz. Beider Skulpturen standen dicht nebeneinander.

Ich trat zu ihnen und überbrachte Agnès die Neuigkeit.

»Wie du vorausgesehen hast«, antwortete sie.

»Nicht ganz.«

»Doch, sicher. Du wolltest, dass er Gabriels Attacke ernst nimmt und dass er sich den Verhältnissen anpasst, was er nicht getan hat. Das ist nun das Ergebnis.«

Sie hatte recht, dennoch wünschte ich mir etwas weniger Vernunft und etwas mehr Mitgefühl von ihr, nicht nur ihrem Vater, sondern vor allem mir gegenüber.

»Ja«, sagte ich. »Wir sehen uns am Abend.«

Meister Jean verabschiedete sich von den Glasbläsern. Er und Albert klopften einander auf die Schultern. Es war ein kleines Schauspiel: die beiden bärtigen Männer, gleichermaßen eigenwillig, verbunden durch den gemeinsamen Willen, etwas Besonderes zu schaffen, ein Fenster, gehalten von einem unsichtbaren Rahmen, das helles Licht in den Riesenbau bringen sollte. Hier, an diesem Ort, hatten sie sich gefunden, hier trennten sie sich wieder.

Die Wut des Meisters war einer gewissen Ergebenheit gewichen, und Meister Albert machte einen ähnlichen Eindruck. Das Schicksal hatte nicht gewollt, dass sie zum Zuge kamen. Dann eben nicht. Oder vielleicht irgendwann einmal an einem anderen Ort.

Meister Yves dagegen ließ sich auch jetzt nicht blicken. Ich ging davon aus, dass er sich irgendwo versteckte, bis der neue Baumeister eingetroffen war.

Ich eilte zu unserer Hütte, denn ich wollte meine Pläne mitnehmen. Meine Idee sollte Gabriel nicht in die Hände fallen. Ich öffnete die Tür. Es war dunkel, und ich stieß einen der Fensterläden auf. Versicherte mich, dass mich niemand sah, und suchte die Papyrusrolle mit dem roten Band und die Wachstafeln.

Ich dachte auch an die Entwürfe des Meisters, die vielen, vielen Rosen, die er skizziert hatte. In meinem Beisein hatte er immer Wachstafeln benutzt; ich wusste nicht, ob es davon Reinzeichnungen auf Papyrus gab. Anders war es kaum vorstellbar, aber wie sollte ich sie finden? Da ich ihn nicht fragen konnte, blieb nur, sie zu suchen.

Meine beiden Wachstafeln schob ich unter meinen Kittel, band den Gürtel darüber und machte mich daran, die Rollen im Regal durchzugehen. Ich begann zu schwitzen. Nahm die erste heraus und zog sie auseinander. Ein Stück Fassade. Ich steckte das Blatt zurück und griff nach einer nächsten.

»Was wird das denn?«

Ich drehte mich um. Der Wachmann.

»Was treibst du da, Bursche? Finger weg.«

»Ich suche einen Entwurf von mir«, brachte ich hervor. »Der gehört mir.«

»Davon weiß ich nichts. Du nimmst hier nichts weg.«

Auf der Türschwelle stand der Mönch, der uns ebenfalls begleitet hatte. »Selbst wenn du etwas entworfen hast«, sagte er, »gehört es der Kirche, nicht dir.«

Ich spürte die beiden Wachstafeln unter meinem Kittel und hoffte, dass sich der Gürtel nicht löste. Die Rolle mit dem roten Band konnte ich nicht nehmen. Ich warf ihr einen letzten Blick zu, dann nickte ich und verließ die Bauhütte.

Am Baustellentor sagte uns der Mönch, dass wir von nun an keinen Zutritt mehr hätten, dann zogen die beiden davon, während wir uns auf den Heimweg machten. Der Meister war still, wie ich es von ihm nicht anders kannte.

»Es war mein Entwurf, den Ihr vorgestellt habt«, brachte ich nach einer Weile hervor.

»Was dagegen?«, raunzte er.

»Nein«, gab ich zurück. »Gar nicht. Sagt, was soll jetzt werden?«

»Woher soll ich das wissen? Ich habe nichts. Was ist mit dir?«, fragte er, ohne stehen zu bleiben.

»Was meint Ihr?«

»Du hast mich vor Gabriel und seinen Intrigen gewarnt, stimmt es nicht?«

»Doch.«

»Aber ich habe nicht reagiert.«

»Nein, leider.«

»Also: Hast du dir überlegt, was du machen wirst, wenn das eintritt, was jetzt passiert ist?«

»Nein«, sagte ich. »Dass es so schlimm kommt, damit habe ich nicht gerechnet.«

Er blieb nun doch stehen und schaute mich an. »Wirklich nicht?«

»Vielleicht doch.« Ich zog meine Schultern hoch. »Wenn, dann wollte ich es nicht wahrhaben.«

»Wahrscheinlich. Sonst hättest du dir nicht die Mühe mit deinem Entwurf gemacht.«

Ich wies ihn nicht darauf hin, dass die Reihenfolge umgekehrt war und ich erst gezeichnet hatte und dann dem Maurer gefolgt war. Genauso wenig ließ ich ihn wissen, dass ich meine Entwürfe mitgenommen hatte.

»Pierre?«

»Ja.«

»Du bist frei.«

»Was meint Ihr?«

»Das, was ich sage: Wenn du wegwillst, halte ich dich nicht zurück. Du schuldest mir nichts.«

»Danke«, sagte ich tonlos und folgte ihm ins Haus.

Madame Nathalie kam kurz darauf. Sie blieb an der Tür stehen, als sie uns am Tisch sitzen sah, jeder einen Becher Wein vor sich, und ihr Gesichtsausdruck veränderte sich mehrmals, sie lächelte, legte die Stirn in Falten, lächelte wieder und schüttelte schließlich den Kopf.

»Es ist passiert«, sagte sie.

»Was ist passiert?«, fragte ihr Mann.

Sie kam an den Tisch. »Sie haben dich rausgeworfen.«

»Was weißt du schon?«

»Vielleicht nicht viel. Aber eins ist sicher, nämlich dass du, seit du Baumeister bist, noch nie so früh zu Hause warst. Und dass es ein unseliger Bau ist, an dem du unbedingt tätig sein wolltest. Ich glaube, Gott hat meine Gebete erhört.«

»Ach, Nathalie.«

»Ist es glimpflich ausgegangen?«, fragte sie an mich gewandt.

Ich wollte mich nicht einmischen. »Was meint Ihr?«

»Hat Jean etwas zu befürchten? Wird er eingesperrt oder ausgepeitscht?«

»Nein.«

»Ich will nicht besserwisserisch sein ...«

»Das bist du aber!«, rief er.

»... und es ist egal, dass ich von Anfang an Befürchtungen hatte. Jetzt bin ich einfach froh, dass es vorbei ist.«

Sie streckte Meister Jean ihre Hand hin. Er tat so, als sähe er sie nicht.

Ich ging hinaus und nahm auf der Bank vor dem Schuppen Platz. Lieber saß ich hier, als einer Auseinandersetzung im Haus beizuwohnen.

Doch dann hörte ich Becher, die aneinandergestoßen wurden, und bald Gekicher und sogar Gelächter. Es war etwas passiert, das ich nicht begriff. Die Eheleute schienen Frieden geschlossen zu haben. Dann hat die Tragödie ja doch etwas Gutes, dachte ich bitter.

Ich blieb auf der Bank. Saß da und gab mich meiner Trübsal hin. Es stimmte, was Clément und der Meister gesagt hatten, es gab eine Zukunft für mich. Ich musste mir nur einen anderen Baumeister suchen. Meine Zeit an Notre-Dame allerdings war vorbei.

Als es dunkel wurde, kam Agnès und setzte sich zu mir.

»Wie ist die Laune drinnen?«

»Gut, wie man hört.«

»Nur bei dir ist sie schlecht?«

Ich zuckte mit den Schultern.

Sie legte mir die Hand auf den Arm. »Pierre, warum vergisst du ihn nicht? Er ist offensichtlich dumm, sonst hätte er deine Warnungen nicht in den Wind geschlagen. Am Ende ist er an allem schuld. Diese Selbstüberschätzung, an der er leidet. Insgeheim glaubt er, er wäre der einzige Baumeister auf der ganzen Welt, der eine solche Kathedrale bauen kann.«

»Vielleicht ist es auch so. Vielleicht ist er der Einzige«, gab ich zurück.

»Quatsch. Das meinst du nicht im Ernst.«

Sie kniff mir in den Arm, und ich musste lächeln. Ich dachte an meine Kapellen, die er gelobt und die auch Monsieur Jacques gefallen hatten. Ich hatte etwas entworfen, das es noch nicht gab, das ich mir also nicht irgendwo abgeschaut hatte, sondern das mir eingefallen war. Meister Jean war nicht der Einzige, der Ideen hatte. Und dennoch gab es einen Unterschied zwischen mir und ihm.

»Er hat Bilder, die holt er irgendwo tief aus sich heraus. Und sie sind meistens überraschend. Und ziemlich gut.«

»Ja«, sagte sie.

Sie zog ihren Arm weg. Ich wandte mich ihr zu. In diesem Moment hätte ich alles dafür gegeben, ihre Gedanken lesen zu können. Irgendetwas verbarg sie. Vielleicht nicht mit Absicht, und dennoch war da etwas, das ich nicht greifen konnte.

»Du kannst das auch«, sagte ich zu ihr.

»Was?«

»Ideen hervorholen, die irgendwo in dir verborgen sind.«

»Tut das nicht jeder?«

Ich lachte auf. »Das glaube ich nicht.«

Während sie Richtung Straße blickte, schaute ich sie an und sah in diesem Moment wieder das Zarte, das in ihr war, verborgen hinter ihrer burschikosen, manchmal rauen Art. Am liebsten hätte ich ihre Hand genommen. Seit jenem weinseligen Abend hatte ich keine Annäherung mehr gewagt.

»Ich weiß, dass Vater besonders ist«, räumte sie ein. »Ein Baumeister, wie es nicht viele gibt. Das heißt aber nicht, dass es nicht eine Menge Probleme mit ihm gibt. Er schottet sich ab und nimmt nicht wahr, was um ihn herum passiert. Er hat keinen Kontakt, zu dir nicht, zu mir nicht, auch zu sonst keinem Menschen. Wahrscheinlich weiß er nicht einmal, was das bedeutet, mit jemandem zu reden, auf ihn zu hören. Ich glaube, er hält das, was er ist, für normal. Aber das ist es nicht.«

»Auf der Baustelle hatte er einen Draht zu Meister Albert. Und zu deiner Mutter hat er eine Verbindung.«

»Das ist wahr. Soll ich dir sagen, woran das liegt?«

Ich nickte.

»Maman ist bedingungslos. Sie nimmt ihn, wie er ist, und überschüttet ihn mit ihrer Liebe, ganz egal, wie übel er sich ihr gegenüber verhält. Deshalb meine ich, dass sie die Ausnahme ist, die die Regel bestätigt.«

»Woher kommt das?«, fragte ich.

»Bei Maman, meinst du? Vielleicht will sie ihn retten.«

»Was meinst du damit?«

»In meiner Erinnerung ist ihre Liebe zu ihm so geworden, als mein Bruder starb, ihr Sohn. Ihm konnte sie nicht helfen.«

»Deshalb will sie das nun bei ihrem Mann?«, fragte ich.

»So stelle ich es mir vor. Sie fürchtet, dass er im Fegefeuer brennen muss oder vielleicht in die Hölle kommt.«

Ich ließ ihre Worte sacken.

»Ich glaube, er kann nicht anders«, sagte ich schließlich. »Das Abschotten ist ein Teil von ihm.«

»Das klingt ziemlich wohlfeil.« Sie ahmte den Tonfall ihres Vaters nach: »Ich bin so, so hat Gott mich geschaffen, was soll ich tun?« In normaler Tonlage fuhr sie fort. »Wer nicht bereit ist, sich ein wenig anzupassen, den sondern die anderen ab, und am Ende wird er hinausgeworfen. Wie beim Wolfsrudel. Ist das nicht, was Vater geschehen ist?«

»Das kann sein. Aber …« Ich brachte meinen Satz nicht zu Ende. Es war sinnlos, den Meister zu verteidigen. Agnès hatte recht mit ihrer Einschätzung.

Sie sah mir in die Augen. »Lassen wir ihn. Wie steht es bei dir?«

»Bei mir? Was meinst du?«

Sie stieß mit dem Arm gegen meinen. »Natürlich kannst du auch Vaters Art übernehmen und einfach den Mund halten, wenn es ernst wird.«

Ich wusste natürlich, auf was sie hinauswollte. »Wieso wird es ernst?«, fragte ich dennoch.

»Hast du heute nicht deine Stelle verloren?«

»Sicher«, sagte ich. »Meister Gabriel bringt seine eigenen Sekretäre mit. Ich hätte auch keine Lust, mit ihm zu arbeiten. Der Kerl ist ein Intrigant. Eitel. Und ein Ekel. Außerdem ein schlechter Baumeister.«

Sie lachte. »Das sagt Vater über jeden, außer über sich selbst. Aber wir wollen über dich nachdenken.«

Ich war ganz und gar nicht in der Stimmung dazu. »Da gibt es nicht viel.«

»Doch, natürlich.«

»Nein«, sagte ich bestimmt.

Ihr Lachen verschwand. Sie sah ernst aus und wendete sich von mir ab. »Wahrscheinlich hast du recht, da gibt es nicht viel.« Sie stand auf. »Hoffentlich bekomme ich etwas zu essen. Ich habe Hunger.«

»Entschuldige«, sagte ich leise. »Das wollte ich nicht.«

Sie blieb unschlüssig vor der Bank stehen. Schließlich stellte sie einen Fuß auf die Sitzfläche.

Aber sie sprach kein Wort.

»Sag mir, was du denkst«, forderte ich sie schließlich auf.

Sie schüttelte den Kopf. »Das geht nicht mehr. Es ist weg.« Sie streckte einen Arm aus. »In die Luft geflogen wie ein Vogel, den man freigelassen hat. Tut mir leid.«

Mit einer langsamen Bewegung zog sie ihren Fuß von der Bank und machte sich auf den Weg zur Tür. Aus dem Haus kam hin und wieder Gelächter, und ich ging davon aus, dass der Meister und Madame Nathalie inzwischen reichlich Wein getrunken hatten.

Ich legte meinen Kopf in die Hände. Als ich wieder aufsah, stand Agnès vor der Bank und schaute mich an.

»Kannst du dir nicht vorstellen, Pierre de Montreuil, dass sich jemand für dich interessiert, einfach, weil du der bist, der du bist? Was stimmt mit dir nicht?«

Ich war zu überrascht, um etwas zu entgegnen.

»Ich sage dir, was ich denke: Man muss Gott und der Welt mitteilen, was man will.«

»Ich habe es dir doch mitgeteilt«, verteidigte ich mich. »Mehrfach.«

»Und dann kommt der nächste Schritt: Man muss dafür sorgen, dass man das auch wird.«

»Ja, ich weiß.«

Sie schüttelte den Kopf. »Vielleicht weißt du das. Aber du tust nichts dafür.«

»Doch!«

»Nein, Pierre. Das stimmt nicht.«

Sie drehte sich um und ging wieder zum Haus.

Diesmal kam sie nicht wieder.

XXIV

In den Tagen nach seiner Entlassung hatte Meister Jean einigen Elan, was auch damit zusammenhängen mochte, dass er ein wenig Geld gespart hatte und es nun ausgab. Ohne seine sparsame Frau ging er auf den Markt, kaufte, was ihm schmeckte, ein lebendes Huhn, das er selbst schlachtete, Rindfleisch, Fisch, den er bei einer der Räuchereien am Seine-Ufer besorgte. Auch auf guten Wein achtete er. Madame Nathalie rümpfte die Nase über seine Besorgungen, er hingegen pfiff eine Melodie. Man sah ihm nicht an, dass ihm ein Unheil widerfahren war.

Vormittags, wenn Madame in der Kirche war und Agnès auf die Baustelle ging, breitete er seine Wachstafeln auf dem Küchentisch aus und befasste sich mit seiner Rose, den Portalen, dem letzten Stockwerk, das zum Dach zusammenlaufen musste. Er hatte zwar die Wirkungsstätte gewechselt, doch davon abgesehen tat er nichts anderes als in seiner Bauhütte – er arbeitete, zeichnete, kalkulierte. Seine Fingerkuppen waren vom Kohlestift schwarz wie eh und je. Es war, als hätte er seine Entlassung vergessen oder nicht verstanden. Keiner von uns wollte daran rühren, niemand stellte ihm die entscheidenden Fragen: Wann und wo er jemals umsetzen wollte, was er da entwarf?

Er kam selbst darauf.

Es war ein langer und langsamer Vorgang, der damit begann, dass er darüber klagte, seine Ersparnisse seien bald aufgebraucht. Wenn Madame ihn jetzt aufforderte, sie auf den Markt zu begleiten, wurde er unwirsch und lehnte ab. Lieber blieb er im Haus und trank Wein. An die Pläne setzte er sich nur noch selten und bald überhaupt nicht mehr. Er zog stets dieselbe Tunika an, die eigentlich fein, aber bald so verdreckt war, dass man nicht hinschauen mochte. Die Kälte, die der frühe Winter brachte, schien er nicht zu spüren, er trug weder einen Umhang, noch brauchte er eine Wolldecke, und ob der Ofen kräftig brannte oder nur schwach, bemerkte er nicht.

Er konnte einen ohne Vorwarnung so sehr anfahren, dass man erschrak, weshalb Agnès und ich ihm aus dem Weg gingen. Schon bei Kleinigkeiten wurde er böse, etwa, wenn der Tisch nicht sauber war oder der Wein zur Neige ging, oder Holz fehlte.

»Gibt es denn niemanden in diesem verdammten Haus, der in der Lage ist, sich darum zu kümmern?«, brüllte er.

»Jean, bitte fluche nicht«, sagte Madame dann mit sanfter Stimme.

Und stets setzte das altbekannte Schweigen am Tisch ein. Agnès und ich löffelten, was sie uns vorgesetzt hatte, und dann verdrückten wir uns.

Meine eigenen Tage waren von einer bedrückenden Gleichförmigkeit. Ich hackte Holz und stapelte es auf eine

Weise, bei der Gott selbst mir hätte zuschauen können, ich passte die Scheite so lange in den Stapel ein, bis sie mit den anderen vollkommen bündig abschlossen.

Nachdem ich den Holzstapel aufgeschichtet hatte, benutzte ich ihn als Gerüst und kletterte auf das Dach, wo ich höher robbte und begann, alle Strohbündel auszutauschen, die dünn geworden waren und den Regen bald nicht mehr abhalten würden. Ich band neues Stroh zu Bündeln, fügte es in die Lücken ein und knotete es fest.

Als niemand im Haus war, ließ ich das Feuer im Herd ausgehen und die Ofenzüge abkühlen, um sie zu reinigen. Insgesamt drei Tage brauchte ich dafür. Beim Säubern staubte es, Asche fiel heraus. Ich öffnete die Fenster und fegte den Dreck auf. Um eine neue Flamme anzuzünden, ging ich nicht etwa mit einem Span zu den Nachbarn, sondern mühte mich mit dem Feuerstein.

An der Hauswand wechselte ich Mauerstücke aus, die mir brüchig erschienen. Dabei stellte ich mir vor, auf der Baustelle zu sein, schlug mit Hammer und Meißel Felsstücke zurecht, bis sie genau in die Lücke passten, rührte mir Mörtel an, fügte meine Steine ein und strich die Wand schließlich mit Kalkfarbe. Ich verhielt mich nicht viel anders als der Meister, auch ich konnte nicht von Notre-Dame lassen.

Wenn ich hörte, wie Agnès, die nach wie vor dort arbeitete, morgens hinunterging, um vor Arbeitsbeginn etwas zu essen, dann war das ein Moment von Wahrheit und Bitterkeit, in dem ich mir nicht vorgaukeln konnte, etwas zu tun zu haben. Es war kühl in meiner Kammer, die frische Herbstluft drang durch die Ritzen in den Fensterläden, und ich hatte keine Lust, meine warme Schlafstelle zu verlassen. Erst wenn ich die Haustür hörte und die Schritte von Agnès im Hof, stand ich langsam auf. Ihr am Morgen zu begegnen wäre kaum zu ertragen gewesen.

Ich besuchte auch nie die Kathedrale. Clément traf ich in dieser Zeit nicht ein einziges Mal.

Meine Wachstafeln lagen unter meinem Stroh. Obwohl ich mir Mühe gab, möglichst wenig an meine Entwürfe zu denken, kamen sie mir in den Sinn, und auch dann hatte ich Momente von Einsicht. Es war eine verdammte Tatsache, dass ich nicht länger zur Baustelle gehörte. Mein Entwurf hatte keine Aussicht auf Umsetzung.

Hinter meinen Versuchen, die Zeit zu füllen, und diesen Augenblicken von Klarheit stand, dass ich einen Entschluss zu fassen hatte. Ich brauchte einen Plan. Mein Wunsch, Baumeister zu werden, bestand fort.

Als ich damals nach Paris gekommen war, war ich ein Junge von dreizehn Jahren gewesen. Inzwischen war ich einundzwanzig und meinem Ziel nicht wirklich näher gekommen. Ich war in eine Sackgasse geraten, und mir blieb nichts anderes übrig, als das zu tun, was ich schon einige Zeit vorhatte, nämlich fortzugehen.

Zudem fiel es mir immer schwerer, mich mit hungrigem Bauch an den Tisch meiner Gasteltern zu setzen. Es war nicht so, dass ich mich nicht mehr willkommen fühlte, im Gegenteil, weder Madame noch der Meister schienen sich überhaupt Gedanken über mich zu machen. Nie fiel ein böses Wort in meine Richtung, erst recht deutete keiner von ihnen die Frage an, wie lange ich noch bleiben würde. Sie waren mit sich selbst beschäftigt. Meister Jean hing in seiner Trübsal fest, die Madame Nathalie nicht auffangen konnte, auch wenn sie sich Mühe gab. Sie strich ihm auffallend oft über den Kopf, drückte seine Schulter oder versuchte, ihn in den Arm zu nehmen. Er ignorierte sie.

Es war warm in der Küche. Der Ofen, den ich von seiner alten Asche befreit hatte, arbeitete gut. Er brauchte jetzt weniger Holz. Madame nahm den Topf von seiner Platte und stellte ihn auf den Tisch. Eine dünne graue Rauchfahne stieg aus ihm auf. Es roch nach Gemüse und Getreide.

Der Meister verzog das Gesicht und trank Wein.

Agnès war nach einem langen Arbeitstag hungrig. Sie riss sich ein Stück Brot ab, tauchte es in den Topf und schob es sich in den Mund. Noch während sie kaute, füllte sie bereits ihren Löffel. Ich dagegen hielt mich zurück, denn ich war nicht derjenige, der mit seiner Arbeit das Essen auf dem Tisch bezahlte.

Als Agnès sich bedient hatte, zog der Meister den Topf zu sich heran, steckte seine Nase hinein und schob ihn mit einem angewiderten Gesichtsausdruck zurück Richtung Tischmitte.

»Immer dieser Fraß«, zischte er.

Madame Nathalie hätte es einfach überhören können, wie so oft, aber heute tat sie es nicht.

»Jean, warum sagst du so etwas?«

»Weil ich etwas Anständiges essen will.«

Ich tauchte meinen Löffel ein und fischte klein geschnittene Kohlblätter und gekochte Hirse heraus. Es schmeckte gut, nicht anders als an anderen Tagen.

»Wenn du glaubst«, begann Madame wieder, »ich würde diese Gerichte kochen, weil Bescheidenheit unserem Glauben entspricht, dann irrst du dich. So ist es schon lange nicht mehr. Du weißt, um was es geht.«

Er hielt seinen Löffel wie ein Werkzeug aufrecht in der Hand.

»Etwas anderes«, fuhr sie fort, »als Getreide können wir uns nicht leisten. Du bringst kein Geld nach Hause. Wenn unsere Tochter nicht wäre, dann hätten wir überhaupt nichts. Dann müssten wir betteln gehen. Das ist die Wahrheit, und glaube mir, ich spreche sie nicht gerne aus.«

Er schnappte nach Luft.

»Vielleicht wäre es an der Zeit, dass wir uns bei Agnès bedanken. Kein Gesetz der Welt verlangt, dass sie uns durchfüttert. Auch nicht das vierte Gebot.«

Der Schein einer Kerze fiel auf Madame Nathalies Gesicht. Ich fand es mit seinem weichen Ausdruck schön, trotz mancher Stirnfalte und einiger Schatten um die Augen.

»Wenn du etwas anderes essen möchtest«, fuhr sie ruhig fort, »solltest du dir eine Arbeit suchen, sobald der Frost nachlässt. Und wenn eine Stelle als Baumeister gerade nicht zu haben ist, warum nicht als Maurer oder Steinmetz? Du hast diese Berufe doch gelernt.«

Wie er schluckte ich und legte meinen Löffel nieder. Ihr Vorwurf hatte auch mich getroffen.

Der Meister erhob sich schwerfällig. Es lag keinerlei Stolz in dieser Bewegung, auch keine Bedrohung, er wollte seine Frau nicht einschüchtern, im Gegenteil, er war gedemütigt. Mit gesenktem Kopf schlich er zur Tür.

»Wo willst du hin?«, rief sie ihm nach.

Das war eine überflüssige Frage, wir alle kannten die Antwort.

Agnès brach ein weiteres Stück Brot vom Laib und tauchte es in den Topf. Madame Nathalie ging ihm nach. Sie öffnete die Haustür, die er zugeschlagen hatte.

»Jean, komm zurück. Geh doch nicht davon.«

»Maman, lass es sein«, rief Agnès. »Lauf ihm nicht nach.«

Er kam nicht wieder, und Madame schniefte in ihre Schürze, als sie an den Tisch zurückkehrte. Wir alle wussten, dass er nur selten von allein nach Hause kam, meistens stand die Sperrstunde bevor, und Madame Nathalie bat mich dann, ihn zu holen. Es ist eine undankbare Aufgabe, einen Betrunkenen nach Hause zu zerren, erst recht, wenn er sich wehrt und bleiben und weitertrinken will.

Trotzdem machte ich mich bald auf, den Meister zu suchen. Ich fand ihn in einem Gasthaus in der Nähe des Seine-Ufers mit dem wenig originellen Namen »Bacchus«. »Gasthaus« ist beinahe ein zu vornehmes Wort, »Spelunke« trifft es eher. Die Wände waren schief, die Tische speckig, Licht gab es kaum, und die Luft war so voller stickiger Schwaden, dass ich schon an der Tür am liebsten umgekehrt wäre.

Beim Näherkommen stank es nach Schweiß und Urin und fuseligem Wein. An den Tischen saßen Hilfsarbeiter und alte Soldaten mit zerlumpten Uniformen und fehlenden Gliedmaßen. Es waren zahnlose Gesellen, Männer mit strähnigen Haaren, Frauen mit tiefen Stimmen.

Der Meister fühlte sich wohl unter ihnen. Hier war er einfach Jean, ein Trinker wie alle anderen, man ließ ihn in Ruhe, niemand fragte nach seinem Beruf oder seiner Geschichte, er saß mit ihnen zusammen und stieß hin und wieder mit ihnen an.

Ich trat an seinen Tisch. Er schaute nicht auf, deshalb schüttelte ich seine Schulter.

»Kommt, wir gehen.«

Er legte die Stirn in Falten und blinzelte. Es dauerte einige Zeit, bis er mich im schummrigen Licht erkannte. »Hau ab.«

Ich beugte mich herunter. »Die Sperrstunde beginnt gleich. Wir wollen keinem Nachtwächter begegnen.«

»Blödsinn.« Er lallte bereits. »Lass mich in Ruhe, Junge. Ich gehe allein nach Hause.«

Ich schüttelte ihn stärker. »Es ist bereits dunkel.«

»Nee. Nur hier drinnen.«

»Lasst uns gehen. Ich bin gekommen, um Euch zu holen.«

»Darum habe ich dich nicht gebeten. Verschwinde.«

Ich fasste ihn unter den Armen und versuchte, ihn hochzuziehen. Er war schwer.

Seine Trinkkumpane beobachteten uns. Selbst wenn sie es gewollt hätten, waren sie nicht mehr in der Lage, sich einzumischen. Genauso wie der Meister hingen sie mit schweren Köpfen und glasigem Blick über der Tischplatte.

Es war der Wirt, der mir zu Hilfe kam.

»Freunde, wir schließen. Wer hier ein Bett hat, geht nach oben. Alle anderen: Auf morgen.«

Meister Jean tat, als hätte er die Aufforderung nicht gehört. Doch als der Wirt sie wiederholte, stand an seinem Tisch einer nach dem anderen auf und verdrückte sich. Endlich stemmte er sich von seinem Platz hoch. Er schwankte und musste sich am Tisch festhalten, um nicht das Gleichgewicht zu verlieren. Als er etwas sicherer war, ging er zur Tür.

»He, Jean, was ist mit Bezahlen?«, rief der Wirt.

»Habe ich noch nicht?«

»Nein, hast du nicht.«

Meister Jean trat an den Tresen. Ich blieb neben ihm, um ihn notfalls zu stützen. Es war ein unwürdiges Bild, wie er begann, mit zitternder Hand in seine Taschen zu fahren. Er fand kein Geld. Ich wollte schon seine Zeche begleichen, als er doch noch eine Münze hervorkramte. Einen Denier, den er umständlich auf den Tresen legte. Sicher nicht genug.

Der Wirt bewegte denn auch den Zeigefinger, was hieß: Ich will mehr. Der Meister gab eine zweite Münze.

»Reicht das?«

»Ja, das reicht. Geh nach Hause, Jean. Sei froh, dass du einen Sohn hast, der dich holt.«

»Der?« Meister Jean wirkte entrüstet. »Das ist nicht mein Sohn!«

»Nicht?«

»Wenn ich es dir sage!«

»Das kann ich doch nicht wissen.«

Unter heftigem Kopfschütteln schwankte Meister Jean aus der Gaststätte. Es war dunkel, auf der Straße war kaum noch ein Mensch anzutreffen, und um den Nachtwächtern auszuweichen, hatte ich vor, Meister Jean auf Nebenwegen nach Hause zu führen.

Er sah elend aus, mit Weinflecken auf dem Kittel, rotem Gesicht und Augen, die seltsam groß waren und aus ihren Höhlen traten. Außerdem stank er nach Schweiß und Fusel.

Ich ekelte mich vor ihm und hatte nicht übel Lust, ihn stehen zu lassen.

Doch ich blieb bei ihm. »Meister, kommt.«

»Und wenn sie mich in ihr hässliches Stadthaus mitnehmen«, lallte er. »Mir ist es egal, wo ich penne.«

»Meister, bitte. Ich bringe Euch nach Hause.«

Er drohte zur Seite zu kippen. Ich musste ihn festhalten. Zu meiner Überraschung ließ er es geschehen, deshalb hakte ich mich bei ihm unter und setzte mich in Bewegung. Er leistete keinen Widerstand. Dennoch kamen wir nur langsam voran, der Meister, der sonst immer weite Schritte machte, trippelte. Er war steif.

»Weißt du, ich stamme aus Chelles«, sagte er unvermittelt. »Das liegt an der Marne. Nicht weit von Paris.« Es dauerte lange, bis sein nächster Satz kam. »Mein Vater starb, als ich klein war. Kurz danach mussten wir umziehen, in eine fensterlose Hütte. Nur ein Zimmer. Eine Feuerstelle. In dem Raum haben wir gegessen und geschlafen.«

»Wie viele Geschwister habt Ihr, Meister?«, fragte ich. Ich setzte darauf, dass er sich leichter führen ließ, solange er in seinen Erinnerungen schwelgte.

Er blieb stehen. »Drei. Ich bin der Älteste. Weißt du, was das bedeutet?«

»Nein«, sagte ich, während ich versuchte, ihn weiterzuziehen.

»Ich war der Mann im Haus. Mit fünf Jahren.«

Urplötzlich breitete er die Arme aus und drehte sich um die eigene Achse. Es war verblüffend, welche Standsicherheit er auf einmal hatte.

»Meine Mutter hat mich geschickt, Geld zu verdienen«, rief er. Seine Stimme war viel zu laut.

»Pssst«, machte ich. »Denkt an die Wächter.«

Es scherte ihn nicht.

»Und wenn du glaubst, ich wäre auf den Baustellen willkommen gewesen …«

So schnell, wie er sich zu seiner Drehbewegung aufgebaut hatte, sackte er in sich zusammen. Ich sprang hinzu, um ihn zu stützen.

»Meister!«, rief ich.

»Meister, Meister«, machte er mich nach. »Ich heiße Jean. Verstehst du das? J-E-A-N. Also nenn mich gefälligst auch so.«

»Gut. Wie Ihr wollt.«

Ich zog ihn weiter.

»Sie warteten im Morgengrauen schon vor der Baustelle«, sagte er lallend. »Ältere Kinder, die alle als Hilfsarbeiter genommen werden wollten. Es ging rau zu, das kann ich dir sagen. Sobald sie sahen, dass ich mich in die Warteschlangen stellte, haben sie mich geschlagen und getreten, damit ich verschwand und ihnen keine Arbeit wegnahm. Glaubst du, ich bin abgehauen?«

Ich zuckte mit den Schultern, während ich ihn untergehakt hielt und versuchte, unseren Weg fortzusetzen.

»Glaubst du, ich bin heulend zu meiner Mami nach Hause gelaufen? Habe ihr gesagt, dass ich geschlagen wurde und kein Geld bringe? Pfff …«

Den Rest seiner Geschichte behielt er für sich. Ich hielt ihn fest, damit er auf dem Weg blieb und nicht hinfiel. Es war stockdunkel, nicht einmal der Mond schien, sodass auch ich mich zwischendurch nur vorwärtstastete. Dabei hielt ich die ganze Zeit Ausschau nach den Laternen der Nachtwächter.

»Nee«, fuhr er nach einiger Zeit unvermittelt fort. »Ich habe mich gewehrt. Habe zurückgeschlagen. Ihnen gegen die Schienbeine getreten. Mich aufgeführt wie ein wildes Tier. Wie ein Löwe. Jeden Morgen wieder. Ich musste eine Menge einstecken, das kannst du mir glauben, mein Körper war voller blauer Flecke, Blut lief mir aus der Nase, ein Auge war geschwollen.«

Ich lächelte, weil er so sehr übertrieb. Eine Heldengeschichte, die er sich zurechtgesponnen hatte, der fünfjährige Jean, der sich gegen eine ganze Gruppe älterer Kinder zur Wehr setzte. So sah er sich. Er allein gegen den Rest der Welt.

»Weißt du«, fragte er, »wie es weiterging?«

»Nein.« Ich schluckte die Anrede »Meister« herunter.

»Ich sage es dir.« Seine Worte kamen ohne Betonung hervor, sein Satz klang wie »Issagesdi«. Das merkte er offenbar nicht. »Sie haben mich in Ruhe gelassen. Mehr als das, nach einigen Tagen gehörte ich zu ihrer Truppe. Wenn ich morgens kam, sagten sie ›Jean‹ und nickten mir zu. So war das. Die waren froh, dass ich ihnen keinen Schmerz mehr zufügte.«

»Und Ihr, wart Ihr auch froh?«

»Aber sicher. Meinst du, es macht Spaß, Steine zu schleppen, wenn dir der ganze Körper wehtut? Klar war ich froh. Aber vor allem zählte, dass ich mich durchgesetzt hatte.«

Lichtschein fiel mir ins Auge. Eine Laterne, die auf uns zukam. Ich zog Jean an die Seite, in eine schmale Straße. Dicht an dicht standen die Häuser. Kein guter Ort, um sich zu verstecken.

Ich betete, dass der Wächter keinen Hund mit sich führte.

»Hast du eigentlich begriffen, warum ich dir die Geschichte erzähle?«

»Bitte nicht«, flüsterte ich. Ich drückte ihm die Hand auf den Mund. »Ihr müsst leise sein.«

Der Nachtwächter näherte sich und hielt die Laterne, die sich oben an einem Stab befand, zu beiden Seiten, sodass er möglichst viel ausleuchtete. Ich drückte Jean an die Hauswand. Mein Herz klopfte laut. Wenn es gut ging, begleiteten einen die Nachtwächter nach Hause, aber einen Betrunkenen würden sie ins Stadthaus sperren. Ich blieb dicht bei Meister Jean. Aus dem Mund stank er nach Vergorenem, am Körper nach Schweiß und Urin. Es war eklig, ihm so nahe zu sein.

Der Nachtwächter zog vorüber.

Wir warteten, bevor wir unseren Weg fortsetzten.

»Ich weiß nicht«, sagte ich, um ihn wieder abzulenken, »warum Ihr mir die Geschichte aus Chelles erzählt habt.«

»Mmmhh«, machte er. »Nicht einmal das, ja? Dann muss ich es dir erklären.« Er kippte zur Seite. Ich fing ihn auf und umklammerte ihn mit beiden Armen. »Eine Baustelle zu leiten, das ist ein Kampf, Junge. Jeden Tag aufs Neue. Das ist das Gleiche, wie sich gegen eine Übermacht größerer Jungen zu behaupten. Verstehst du?«

»Ich glaube schon.«

»Nein, du verstehst nicht. Woher auch? Meine Geschichte soll dir zeigen, dass du nicht das Zeug zum Baumeister hast. Es mag sein, dass du ein gewisses Talent besitzt. Du hast einen schönen Entwurf gemacht, ja. Was aber zählt, ist, dass du das Kämpfen nicht gelernt hast. Kinder, die so behütet groß geworden sind wie du, die können sich nicht durchsetzen. Das ist dein Pech.«

Er stolperte über einen Stein. Ich ärgerte mich über seine Worte und zählte mir auf, durch was ich gegangen war: Als kleiner Junge war ich aus Montreuil nach Chartres umgezogen. Meine Mutter starb, als ich dreizehn war. Ich hatte früh mein Elternhaus verlassen müssen, weil meine Tante uns nicht alle großziehen wollte. In Jeans Haus war ich nicht willkommen gewesen. Und dennoch hatte ich mich durchgebissen, nicht viel anders als er. Falls seine Geschichte überhaupt stimmte. Vielleicht hatte ich weniger blaue Flecke erhalten. Doch leicht, wie er meinte, war es für mich nicht gewesen.

»Ich bin nicht behütet groß geworden.«

»Doch.«

»Ihr irrt. Ihr wisst nichts über mich. Gar nichts.«

Er widersprach nicht, so legten wir das nächste Wegstück schweigend zurück.

»Wieso gehst du nicht zu Gabriel?«, fragte Jean unvermittelt.

»Warum sollte ich?«

»Du passt zu ihm.«

»Wieso denkt Ihr das?«

»Weil er ein Angsthase ist.«

Diesmal trafen mich seine Worte wie ein Faustschlag. Ich hatte endgültig die Nase voll von ihm und seinen Angriffen und ließ ihn los. Das kam überraschend für ihn, er sackte zusammen, strauchelte und fing sich gerade noch. Ich aber schüttelte nur den Kopf und ging allein weiter. Es kümmerte mich nicht, ob er in die Seine fiel oder aufgegriffen wurde.

»Gabriel ist jetzt der große Mann«, rief er mir nach. »Wenn du etwas werden willst …«

»Nein«, sagte ich, ohne mich umzudrehen.

»War ein Angebot.«

»Nein«, wiederholte ich und schaute nicht mehr auf ihn.

Am nächsten Morgen schien sich Meister Jean nicht an den Vorabend zu erinnern. Er sah verquollen aus, als er sich die Treppe heruntertastete, und seine Haare standen zu Berge. Gegen seinen Durst trank er zwei Becher verdünnten Wein.

XXV

Vor Weihnachten fiel der erste Schnee. Erst waren es nur dünne Flocken, denen die Kinder hinterherjagten, doch bald schon lag eine weiße Schicht über der ganzen Stadt. Im Januar setzte eine böse Kälte ein, die die Welt um uns herum gefrieren ließ. Über die Gosse legte sich eine Eisschicht und machte sie unbegehbar, von den Dächern hingen dicke Eiszapfen, der Schnee wurde zu Hügeln zusammengeschoben, um die Wege passierbar zu machen, und es war so kalt, dass man sich immer wieder schütteln musste.

Das geschäftige Treiben erstarb. Die Bauern brachten kaum noch frische Lebensmittel, Märkte gab es nur wenige. Wir brauchten unsere Vorräte auf. Wer vor die Tür musste, wickelte sich in Lagen von Wolle und schützte Hände und Gesicht. Manchmal lagen Tierkadaver auf der Straße, eine Schneeschicht über dem Fell und Eis am Maul.

Wir vier blieben meistens im Haus, wo der Ofen immerzu brannte und das Zimmer einigermaßen warm machte. Alle bemühten wir uns um gute Stimmung, und das gelang dadurch, dass schwierige Themen ausgespart wurden, ganz besonders die fehlende Beschäftigung des Meisters.

Meister Jean gab sich ebenfalls Mühe. Er trank maßvoll und meistens nur verdünnten Wein, beschwerte sich nicht mehr über das Essen, betete vor der Mahlzeit wie alle anderen und stopfte, wenn kalte Luft hereinzog, Wolle in die Fensterläden. Ansonsten verbrachte er seine Stunden mit seinen Wachstafeln, und wenn er keine Fenster oder Wände mehr zeichnen mochte, fertigte er Porträts von uns allen. Davon angeregt, nahm Agnès ihre Schnitzerei wieder auf.

An manchen Tagen war es richtig gemütlich, das Feuer wärmte, die Öllampen und Kerzen brannten, während es draußen nicht richtig hell wurde. Auch ich holte mir eine Wachstafel, setzte mich neben Agnès und machte Entwürfe. Es waren nicht mehr die Kapellen, aber ich versuchte mich weiter an Architektur und zeichnete einen Kirchturm, einen Altar und mehrere Wohnhäuser.

Der Frost fraß sich tief in den Boden. Morgens musste ich in den Brunnenschacht klettern und ein Loch in die Eisschicht schlagen, sonst hätten wir kein Wasser schöpfen können. Selbst im Februar war es dort unten noch gefroren. Es dauerte lange, bis sich etwas wärmeres Wetter durchsetzte und uns erlöste. Ein Regen, der fädenartig begann, aber bald kräftiger wurde und der mehrere Tage anhielt, vertrieb Mitte März den Winter.

Mit dem Tauwetter zog es mich mit aller Macht hinaus, doch draußen war es so nass, dass ich nicht weit kam, ohne selbst durchweicht zu werden. Abwechselnd standen wir an der offenen Haustür und schauten zum Himmel, über den dunkelgraue Wolken zogen. Es regnete und regnete. Die Straße war eine einzige Matschpiste, auf unserem Hof sammelte sich das Wasser wie in einem Moor. Madame Nathalie sprach wieder von einer Strafe Gottes. Diesmal war ich geneigt, ihr zu glauben.

Endlich ließ der Regen nach. Anstelle der dicken Tropfen kam wieder der feine Niesel. Der Himmel sah nicht mehr bedrohlich aus. Vielleicht hatte Gott doch keine Strafe geschickt, sondern nur eine Drohung.

Ich stand vor der Tür und überlegte, ein paar Bretter auszulegen, sodass man wenigstens unseren Hof halbwegs trockenen Fußes überqueren konnte. Agnès stellte sich neben mich.

»Ich glaube, wir haben es überstanden.«

»Sieht so aus.«

Sie wandte sich mir zu. Im Tageslicht sah ich, wie blass der lange Winter sie hatte werden lassen. Ihre Wangen waren eingefallen. Ich hatte Lust, sie in den Arm zu nehmen.

»Es wird Zeit«, verkündete sie.

Sie kehrte ins Haus zurück, zog ihren Mantel an und band sich ein Kopftuch um.

»Wo willst du hin?«, fragte ihr Vater.

»Auf die Baustelle, was denkst du?«

»Jetzt?«

»Na sicher. Wann sonst?«

Agnès stiefelte davon. Ich beneidete sie, und mir kamen die gleichen Gedanken wie im Vorjahr. Sie hatte ein Ziel, einen Ort, an den sie gehörte, wo sie willkommen war, sie ging einer Tätigkeit nach, für die sie geschaffen war und mit der sie Geld verdiente.

Ein Kribbeln erfasste meinen ganzen Körper. Ich konnte es nicht aushalten, länger im Haus zu bleiben. Besonders das Zeichnen erschien mir nun als eine schale Beschäftigung, ein dümmlicher Zeitvertreib, zumal ich das meiste, was ich gemalt hatte, wieder wegkratzte. Auch ich nahm meinen Umhang und hüpfte über die tiefen Hofpfützen auf die Straße.

Die Wege waren nass, die Gosse lief von dem vielen Regenwasser über. An manchen Stellen musste man über den Unrat springen. Es stank aber nicht sehr, denn zusammen mit dem Regen wehte ein kräftiger Westwind, der die Gerüche mit sich forttrug.

An unserem Ufer der Seine war nur wenig Leben, kaum jemand hielt sich auf der Straße auf. Ich überquerte die Holzbrücke und gelangte auf die Seine-Insel.

Die Kathedrale war bereits von Weitem zu sehen, ihre Wände und Pfeiler ragten in die Höhe wie eh und je. Selbst im grauen Märzlicht und im Regen sah sie majestätisch aus. Sie kam mir vertraut vor, wie eine alte Bekannte.

Niemand stand vor dem Tor des Bauplatzes, kein Kind, das wartete oder schaute, kein Bauer oder Händler, der den Arbeitern Lebensmittel verkaufen wollte. Es lohnte sich noch nicht, denn die Bautätigkeit ging erst langsam wieder los.

Ich war neugierig und wollte wissen, wie es um den Bau stand. Die Gelegenheit war günstig, ich nutzte sie und schlüpfte unter den Torbalken hindurch.

Der Platz war aufgeweicht und wie die Straßen voller Pfützen. Die Türen der meisten Bauhütten waren geschlossen, es drangen nur verhaltene Geräusche heraus. Der Platz vor der Glasbläserhütte war verwaist, der neue Ofen verschwunden.

Die Hütte der Bildhauer lag abseits. Ich schlug den Weg dorthin nicht ein, weil ich Agnès nicht bei der Arbeit zuschauen wollte, sondern ich hielt auf die Kathedrale zu, in deren Schatten ich mich die ganze Zeit befand. Aus der Nähe wirkte sie noch imposanter. Es machte mich bitter, dass ich nicht mehr daran beteiligt war. Ich ging ein Stück um sie herum und trat dann durch eine der Lücken für ein Seitenportal ein.

Es war, als käme ich an einen Ort, der früher einmal mein Zuhause war. Alles war mir vertraut, die Mauern und Steine, die hängenden Gerüste, die Aussparungen für die Fenster, selbst die Höhe der Wände. Meine Schritte waren tastend, mein Blick prüfend, ich schaute nicht mit der Selbstverständlichkeit von jemandem, der Hand anlegt, sondern mit der Sehnsucht eines Vertriebenen. Mein Gefühl von Bitterkeit wurde stärker. Ich glaubte schon, es schmecken zu können.

Es war leicht zu erkennen, was sich verändert hatte, denn Meister Gabriel ließ in der Tat anders bauen als Jean. Er war auf Sicherheit aus – was Jean Ängstlichkeit nannte – und wollte jede Einsturzgefahr vermeiden. Seine Säulen waren dicker, und neben ihnen gab es noch Streben und Pfeiler, die die Wände stützten.

Ich war selbstverständlich von Jeans Einstellung beeinflusst, und für ihn zählte Eleganz, seine Werte waren Feinheit, Weite und Helle. Er hätte, wenn er hier gewesen wäre, die Nase gerümpft, mehr als das, er hätte einen ganzen Kübel voll Spott über Meister Gabriel ausgeschüttet.

Die Chorwand, die wir abzutragen begonnen hatten, sah aus wie am Tag unseres Fortgangs. Selbst die Steine, von denen ich den Mörtel abgeklopft hatte, lagen ordentlich gestapelt auf dem Boden. Wahrscheinlich würde Meister Gabriel sie irgendwann wieder an ihren Platz mauern lassen. Immerhin hatte er durch uns die Gelegenheit erhalten, ein neues unvermoostes Dach aufzulegen.

Ich blieb mit dem Blick dort hängen, wo der Platz für meine Kapellen gedacht war. Es war eine schöne Idee gewesen, die die Kathedrale bereichert hätte, und ich schloss die Augen und stellte sie mir vor, dort an der Wand, und sann diesem Gedanken nach und genoss ihn. Dann hörte ich Schritte. Instinktiv blickte ich über die Schulter. Es war nicht nötig, dem Ankömmling ins Gesicht zu schauen, um zu wissen, wer es war, ein Blick auf den beigefarbenen Umhang reichte.

Ich senkte den Kopf, weil ich nicht erkannt werden wollte.

Meister Gabriel ging vorüber.

Ich atmete langsam aus und verließ die Kathedrale. Ich dachte daran, Clément zu suchen, den ich den ganzen langen Winter nicht gesehen hatte.

»He, du«, rief jemand hinter mir.

Ich drehte mich um. Meister Gabriel.

Er kam näher.

»Ich kenne dich doch. Bist du nicht der Gehilfe von Meister Jean?«

»Ja«, brachte ich hervor. »Genau genommen war ich es.«

»Was soll das bedeuten?«, fragte er mit einer Stimme, die milde, geradezu weich klang.

»Nun, Meister Jean wurde von seiner Aufgabe entbunden, wie Ihr wisst.«

»Und seitdem tut er nichts? Das ist doch nicht wahr?«

Ich zuckte mit den Schultern.

»Er hockt den ganzen Tag zu Hause?«

Ich war kein Verräter, es kam nicht infrage, von den vielen Abenden zu erzählen, die Jean in Gasthäusern verbracht hatte. Diesen Triumph gönnte ich Meister Gabriel nicht. Er sollte nicht wissen, wie gründlich er seinen Gegner vernichtet hatte.

»Der Winter war lang«, sagte ich vage.

»Und du?«, fragte er. »Was machst du?«

Auf einmal zeigte sich mir eine Möglichkeit. »Ich weiß noch nicht«, sagte ich. »Es gibt Möglichkeiten.«

»Sicher.«

Ich war überzeugt, dass ein Wort, dass ich Arbeit suchte, ausreichte, damit er mir ein Angebot machte. Es ging nicht darum, dass er große Stücke auf mich hielt, sondern vielmehr um eine weitere Demütigung für seinen Gegner. Gabriel, das sah ich in diesem Moment scharf wie nie, hatte nie verwunden, dass er in der ersten Runde beim Domkapitel ausgestochen worden war. Jeans Worte, er könne überhaupt nicht bauen, mussten ihn tief getroffen haben. Er wollte Rache.

Für mich zählte, dass ich Gabriel meinen Entwurf zeigen konnte. Vielleicht waren die Kapellen noch nicht verloren, ich musste nur einen Weg finden, sie an die alte, stehen gebliebene Wand anzupassen.

»Also, was treibst du hier?«, fragte er.

»Ich wollte schauen, wie sich der Bau entwickelt hat.«

»Und?«

»Er wächst«, sagte ich und hörte selbst, wie banal meine Antwort klang. »Die Kathedrale nimmt Form an«, setzte ich hinzu.

»Das will ich wohl meinen.«

Ich sah hinüber zu den Querschiffen. Die große Rosette war das wichtigste Vorhaben von Meister Jean gewesen. Damit hatte er damals das Domkapitel überzeugt – und ihm verheimlicht, dass er zwei dieser Rosen schaffen wollte, eine für jede Seite. Ich war mir sicher, dass Meister Gabriel so etwas nicht vorsah.

»Ihr arbeitet anders als Meister Jean.«

»Sicher. Deshalb bin ich hier und er nicht. Dein Meister ist ein Träumer. Es ist ihm egal, ob ein Bau Stabilität hat und was er kostet.« Er winkte ab. »Hast du dich gefragt, warum Jean seit seinem Rauswurf keinen neuen Auftrag bekommen hat? Die Antwort könnte jedes Kind geben, so einfach ist sie. Niemand schmeißt Geld heraus für einen Bau, den man nicht kalkulieren kann und bei dem auch noch die Gefahr besteht, dass die Wände einstürzen.«

Das war sein Blick auf die Verhältnisse. Er überging, dass noch keine Mauer, die Meister Jean entworfen hatte, eingebrochen war, zumindest nicht in den Jahren, in denen ich bei ihm war. So wie ich es einschätzte, hatte Meister Jean eine Menge Erfahrung und ein sicheres Gefühl für Stabilität.

Meister Gabriel trat nahe an mich heran. »Wenn ich dir einen Rat geben darf«, sagte er, und ich erwartete beinahe, dass er mir die Hände auf die Schultern legen würde, »sieh zu, dass du einen vernünftigen Lehrmeister findest. Jemand, der Arbeit hat, der zuverlässig ist. Der dir wirklich etwas beibringen kann.«

Er baute mir auch noch eine Brücke. Ich musste nur einen Schritt setzen. Einen winzigen Schritt. Die Frage war bereits ausformuliert in meinem Kopf. Vier kleine Wörter, nicht schwer auszusprechen: Würdet Ihr mich nehmen?

Doch ich stellte sie nicht.

In diesem Moment, als Meister Gabriel mit seinem glatt rasierten Gesicht und den dicken Wangen vor mir stand, bildete sich in mir ein innerer Widerstand, den ich nicht überwinden konnte und wollte. Da war zum einen sein Verrat, die Heimtücke, mit der er gegen Meister Jean vorgegangen war. Und dann seine Art zu bauen. Ohne jede Fantasie. Und mit zu wenig Licht.

»Ich danke Euch für den Ratschlag«, sagte ich, nickte und ging mit hämmerndem Herzen davon.

XXVI

Es drängte mich, mit jemandem zu reden, und der Einzige, der dafür infrage kam, war Clément. Nun spielte es keine Rolle mehr, ob mich Meister Yves oder sonst irgendjemand sah. Ich ging, da wegen des Regens nach wie vor kein einziger Maurer auf der Baustelle zu sehen war, zu ihrer Hütte. Clément war da, sein Meister ebenfalls, und außerdem noch zwei andere Handwerker.

»Pierre!«, rief Clément, als ich die Tür aufgezogen hatte. »Was machst du denn hier?«

Der Vormittag war beinahe vorüber. »Hast du Pause?«

»Noch nicht.« Er warf Meister Yves einen Blick zu. »Aber im Moment können wir eh nichts machen. Wir warten darauf, dass das Wetter besser wird.«

Er kam zu mir und umarmte mich. Wir verließen die Hütte und suchten uns einen regensicheren Unterschlupf.

»Wir haben uns eine halbe Ewigkeit nicht gesehen«, sagte er. »Fängst du wieder an?«

Ich begann atemlos, zu reden und Clément von meiner Begegnung mit Meister Gabriel zu erzählen, von der Versuchung, in der ich gewesen war, und wie ich mich gegen sie entschieden hatte.

Er lachte. »Eine mutige Entscheidung.«

»Ich weiß nicht.«

»Doch. Du bist ein starker Kerl.«

»Das ist doch Quatsch.«

»Oh nein, das ist die Wahrheit. Ich bin nicht der Einzige, der das sagt. Dein Problem ist nur, dass du zu wenig an deine Stärke glaubst.«

Mir gefiel dieses Thema nicht. »Agnès ist auch da«, sagte ich stattdessen. Ich hatte sie aus der Ferne an der Bildhauerhütte gesehen.

»Ich weiß.«

»Seit heute erst. Du hast sie schon getroffen?«

»Ja«, erwiderte Clément.

Mit einem Schlag war meine alte Eifersucht wieder da, und ich fragte mich, ob sie sich im Winter auch gesehen hatten. Aus Verlegenheit begann ich, über Meister Gabriel zu spotten, über seinen Umhang, seine Pausbäckchen, seine dicken Wände. Es war ziemlich dumm, was ich vortrug, es half mir aber, mir nicht vorzustellen, wie Agnès und Clément künftig ihre Pause zusammen verbringen würden.

Am Ende war ich froh, als Clément zurück in die Maurerhütte musste, und trottete nach Hause. Der Regen machte endlich eine Pause. Sogar ein paar blasse Sonnenstrahlen wagten sich zwischen den dichten Wolken hervor. Ich blinzelte, streckte mich und hielt auf die Bank vor dem Schuppen zu. Das Holz roch feucht und war klamm. Ich fand einen alten Rupfensack und legte ihn darauf, bevor ich mich setzte.

Nach wie vor zog es mich aus dem Haus des Meisters fort, ich hatte den Plan, auf eigenen Füßen zu stehen. Allerdings bedeutete das, von Agnès wegzugehen, und die Vorstellung versetzte mir einen Stich.

Doch ich brauchte eine Veränderung. Welcher Art sie sein würde, das ahnte ich allerdings nicht.

Als die Sonne hinter dem Haus auf der anderen Straßenseite verschwand, kam Agnès, als hätte sie meine Gedanken gelesen. Sie setzte sich zu mir. Ihre Fingernägel waren schmutzig, an der linken Hand hatte sie eine kleine Verletzung, auf ihrer Kleidung waren dunkle Flecken. Trotzdem strahlte sie. Sie hatte an diesem ersten Tag etwas geschafft. Wie sehr sehnte ich mich nach diesem Gefühl.

Ich erzählte ihr von meiner Begegnung mit dem Baumeister.

»Gabriel?« Sie lachte auf.

»Warum ist das lustig?«

»Weil er so ignorant ist. Er weiß nicht einmal, dass ich die Tochter seines Konkurrenten bin. Es sagt ihm auch niemand. Ich glaube, er hat mich überhaupt noch nicht wahrgenommen. In unserer Hütte jedenfalls war er bisher nicht. Für die einfachen Handwerker interessiert sich der Herr Baumeister nicht. Er spricht nur mit den Meistern.«

»Das kann ich mir vorstellen.« Ich schaute auf meine Füße. »Er hat mir den Rat gegeben, mir einen anständigen Lehrmeister zu suchen. Jemanden, der Aufträge hat.«

Sie reagierte nicht. Ihre Hände lagen gefaltet auf dem Bauch. Sie rieb die Daumen aneinander.

»Sagst du nichts dazu?«

»Nein.«

»Warum nicht?«

»Weil du nicht willst, dass ich mich in deine Angelegenheiten mische.«

»Habe ich das gesagt?«, fragte ich, obwohl ich mich daran erinnerte.

»Ja. Ist noch nicht lange her.«

»Das meinte ich nicht so. Ich würde gern deine Meinung hören.«

Sie ließ Zeit verstreichen, bevor sie antwortete. »Bei aller Ignoranz, die dieser Mann ausströmt: Wo er recht hat, hat er recht. Warum tust du es nicht?«

»Ich hätte ihn fragen können, ob er mich nimmt. Es kam mir vor, als wartete er darauf.«

»Und?«

»Ich wollte nicht.«

»Du kannst morgen zu ihm gehen. Wenn es wirklich ein Angebot war, dann gilt das länger als einen Tag.«

»Vielleicht.«

Ich schwankte. Alles um mich herum schien mir eng zu sein, zu eng für mich: Agnès und Clément, Meister Jean mit seiner Tatenlosigkeit, mein eigenes Nichtstun – selbst Madame und ihre Versuche, das auszugleichen, was in Schieflage war.

»Ich überleg's mir«, sagte ich.

Sie schaute zu mir. In ihrem Blick war Spott, aber ihre Stimme klang weich. »Und was spricht dagegen?«

Ich zählte ihr meine Gründe auf, seine intrigante Art, dann, dass ich den Eindruck hatte, er wollte mich vor allem deshalb, um Meister Jean einen Schlag zu verpassen, und schließlich seine Art zu bauen.

»Du bist Vater nichts schuldig«, erwiderte sie.

»Das hat er auch gesagt.«

»Umso besser.«

Noch stärker als zuvor empfand ich meinen Zwiespalt. Einerseits wollte ich fort, aber andererseits in der Nähe von Agnès bleiben. Ich musste ihn auflösen und folgte der Eingebung, die ich in diesem Moment hatte. »Morgen früh ziehe ich los und suche mir eine Arbeit, vielleicht an der Stadtmauer. Es gibt viele Baustellen in Paris. Oder ich gehe zurück nach Saint-Denis.«

Sie drehte sich weg, lehnte sich mit dem Rücken gegen die Wand und streckte die Beine aus. Die Sonne war verschwunden, dennoch wurde es nicht kalt. Auch wenn es feucht war, der Frühling kam. Mit ihm würde auch für mich etwas Neues beginnen.

»Ich finde nicht, dass du eine gute Entscheidung triffst.«

»Warum nicht?«

»Weil es der falsche Weg ist. Ein Baumeister wirst du, wenn dir jemand zeigt, wie es geht. Jemand, der es kann. Wie sonst? Ich zum Beispiel lerne jeden Tag etwas Neues, weil die Bildhauer es mir beibringen, der Meister, auch Olivia. Sie kommen, schauen, machen Bemerkungen. Am Anfang dachte ich, ich könnte schon alles, weil ich die Holzfiguren geschnitzt hatte.« Sie lachte auf. »Was für ein Irrtum. Heute weiß ich, wie weit der Weg ist.«

Ich ließ ihre Worte widerspruchslos nachklingen. Dass ich den Mund hielt, änderte aber nichts daran, dass ich wegwollte. Und gleichzeitig saß ich dort neben ihr auf der Bank und wünschte mir, dass wir uns an den Händen hielten. Wieso musste alles so schwierig sein?

»Dein Vater glaubt nicht, dass ich als Baumeister geeignet bin«, sagte ich schließlich. »Er findet, dass mir die Härte fehlt.«

»Das ist doch Gerede.«

»Er hat mir erzählt, wie er sich als Kind mit den Fäusten durchsetzen musste.«

»Geschichten«, winkte sie ab, »nichts als Geschichten. Kannst du dir Vater als Faustkämpfer vorstellen?«

»Vielleicht war er als Kind anders.«

»Ach was.« Sie wandte sich mir wieder zu. »Pierre?«

»Ja.«

»Überleg es dir noch einmal. Überleg es dir gut.«

Mein Wunsch wurde wahr, sie nahm meine Hand, drückte sie und blickte mir in die Augen. »Versprich mir das.«

Ich versprach es, aber ich glaubte nicht, dass ich meine Meinung ändern würde.

XXVII

Ich strich durch die Stadt und sah mir verschiedene Baustellen an. Am Louvre, der königlichen Burg, wurde gearbeitet, an der Stadtmauer gleich an zwei Abschnitten, im Nordosten und im Westen. Den Weg hinaus nach Saint-Denis sparte ich mir wegen der aufgeweichten Straße, zumal es in Paris selbst mehrere Kirchenbaustellen gab. Vor einer von ihnen, nicht weit vom Nordufer gelegen, blieb ich stehen und schaute den Handwerkern zu. Es waren auch hier erst wenige Leute, trotzdem hörte ich die altbekannten tiefen Stimmen, ihre Rufe schallten über den Bauplatz, Steine und Latten wurden hin- und hergetragen und Seilwinden aufgebaut.

Als ich sie hörte, bekam ich gute Laune. Ich wünschte, ich würde dazugehören, egal, in welchem Gewerk, ich wollte einfach etwas bauen. Diese Freude war mir in letzter Zeit schleichend abhandengekommen.

Am Ende, so sagte ich mir, waren die Unterschiede gering, das Handwerk war überall gleich, und der Lohn unterschied sich auch nicht, ein Handwerker bekam zwei Sous am Tag. Mir schien die Stadtmauer am passendsten, denn ich wollte nichts Kunstvolles, sondern einfach nur Stein auf Stein setzen. Ich vereinbarte mit dem dortigen Maurermeister, am nächsten Morgen anzufangen.

Es war der nordöstliche Bauabschnitt. Die Mauer war etwa zehn Fuß hoch, hatte keine Verzierungen, es war eine Arbeit, bei der man nicht nachdenken musste. Die Bauhütten waren klein, weil sie mitwanderten, und die Stimmung unter den Handwerkern schien gut. Sie frotzelten miteinander, und es wurde gelacht.

In der Nähe mietete ich mir einen Platz im Schlafraum eines Gasthauses, ein Zimmer unter dem Dach mit acht Strohlagern, und der Wirt versprach mir, dass er nicht mehr Leute einlassen würde. Er machte mir einen guten Preis für Übernachtung und Abendessen zusammen, und wir gaben uns die Hand.

Ich dachte viel an Agnès. Natürlich war es sinnvoll, was sie gesagt hatte. Wenn ich Baumeister werden wollte, brauchte ich jemanden, von dem ich lernte und der mir eigene Aufgaben übertrug. Doch Meister Gabriel konnte dieser Lehrer für mich nicht sein, und da ich nun das Ziel hatte, auf eigenen Füßen zu stehen, würde ich eine Zeit lang als Maurer arbeiten und dann weitersehen.

Als ich nach Hause zurückkehrte, dämmerte es. Der Meister war nicht da, Madame Nathalie saß im Schein einer Lampe vor dem Wandkreuz, das Agnès damals gemacht hatte, und betete. Um sie nicht zu stören, verhielt ich mich leise. Nahm mir einen Becher, füllte ihn mit Wasser aus dem Fass, kippte Wein dazu. Das Ofenfeuer brannte nur schwach. Ich legte Holz nach.

Madame stand auf. Sie war außerhalb des Lichtscheins,

so sah ich sie nur schemenhaft, eine schmale Person in einem langen Kleid, aufrecht trotz des Kummers, den sie hatte, wie ich glaubte. In diesem Moment kam sie mir wie eine Erscheinung vor, fast wie eine Heilige, und ich war mir sicher, dass sie und ihre Gebete es waren, die die Familie in dem langen Winter und den vergangenen Jahren zusammengehalten und meinen Platz gesichert hatten. Ich war ihr dankbar.

»Pierre«, sagte sie und streckte die Arme nach mir aus. »Ich habe eine schlechte Nachricht für dich.«

»Was ist es?«

Sie antwortete nicht. Sie ergriff meine Hände und machte keine Anstalten, sie wieder loszulassen. Hinter mir knackten die neuen Holzscheite.

»Ein Mann aus Chartres war da. Ein Händler.«

»Aus Chartres? Was wollte er?«

»Er hat die schlechte Nachricht überbracht.«

Mir wurde schwindelig. Ich drückte ihre Hände fest. »Was wollte er? Madame, bitte.«

»Es geht um deinen Vater, mein Junge. Es ist … er ist gestorben.«

Mit einem Ruck zog ich meine Hände zurück, schüttelte den Kopf. »Aber nein! Das ist nicht wahr.«

»Pierre, es tut mir leid«, sagte sie leise und legte mir die Hände auf die Schulter.

Mir schossen Tränen in die Augen. In all den Jahren hatte ich meine Familie in Chartres nicht ein einziges Mal besucht. Was für ein Versäumnis. Wenn ich überhaupt daran gedacht hatte, hatte ich mich damit herausgeredet, keine Zeit zu haben, weil ich immer arbeitete.

»Ich glaube es nicht«, versuchte ich erneut.

»Das verstehe ich«, sagte sie sanft.

»Der Bote ...?«

»Ja.«

»Er war wirklich hier?«

Ihr Blick war voller Mitleid, als sie nickte.

»Was ist mit meinen Geschwistern?«

»Das weiß ich nicht. Ich habe nur diese Nachricht, sonst nichts.«

»Er hat nicht gesagt, ob ich nach Hause kommen soll? Oder wann Vater beerdigt wird?«

»Nein, nichts. Es tut mir leid, Pierre.«

Sie zog mich an sich, und ich ließ mich in ihre Arme fallen und wehrte mich nun nicht mehr gegen die Tränen. Es war mütterlich warm an ihrer Schulter, das machte die Situation tröstlich und gleichzeitig bitter, weil ich plötzlich spürte, wie sehr mir so etwas in all den Jahren gefehlt hatte.

Schließlich ließ sie mich los und kehrte zum Tisch zurück, wo sie einen zweiten Stuhl neben ihren zog, eine Aufforderung an mich, mich zu ihr zu setzen. Wie von selbst kamen mir Erinnerungen an früher, an meinen Vater und die Mutter, an meine Geschwister.

»Ich fühle mich schuldig«, sagte ich, »weil ich ihn nie besucht habe.«

»Das glaube ich.«

Ich legte meine Hand auf die Brust. »Es quält mich.«

Sie nickte.

»In der ersten Zeit hier in Paris wollte ich unbedingt zurück. Dann habe ich es mehr und mehr vergessen.«

»Gott wird Verständnis haben.«

Da hörte ich Schritte im Hof, Gelächter. Die Tür ging auf. Agnès.

Gefolgt von Clément.

Er war noch nie in diesem Haus gewesen. Ich starrte abwechselnd ihn und sie an. Beide waren in ausgelassener Stimmung. Sie hatten Wein getrunken.

»Pierre«, rief er und grinste über das ganze Gesicht. »So sehen wir uns schon wieder.«

Auch Madame Nathalie schaute erstaunt auf die beiden Ankömmlinge.

»Maman, das ist Clément«, sagte Agnès. »Ich habe ihn eingeladen, mit uns zu essen.«

Meine Schuldgefühle waren wie weggeblasen, genauso meine Erinnerungen an früher. In mir schoss ein Hitzeschwall empor. Ich war so wütend, dass ich die Fäuste ballte und sich meine Oberarme anspannten. Erst die Todesnachricht, dann das hier. Es war zu viel. In diesem Moment war Clément nicht länger mein alter Freund. Ich sah einen Lügner in ihm, einen Verräter. Die alte Verbindung zwischen uns war gerissen. Ich verfluchte ihn.

Als ich auf ihn zukam, verschwand sein Grinsen langsam. Offenbar gab es etwas in meinem Ausdruck, das ihm unheimlich war.

Agnès hatte es auch gesehen. »Pierre, was ist los?«

Ich hob meine Fäuste und war bereit, mich auf ihn zu stürzen, mich mit ihm zu prügeln, wie ich es schon einmal getan hatte.

Dennoch wich ich ihm im letzten Moment aus, ging um

ihn herum. Mit zwei Schritten war ich an der Haustür, riss sie auf und stürmte hinaus. Durchquerte den Hof mit seinen Pfützen. War schon fast auf der Straße, als ich hinter mir die Stimme von Agnès hörte:

»Pierre, wo willst du hin? Bleib doch hier!«

Ich lief die Straße entlang. Dabei blickte ich über die Schulter. Agnès folgte mir. Ich begann zu rennen und drehte mich erst wieder um, als ich ein ganzes Stück hinter mich gebracht hatte. Agnès war nicht mehr zu sehen. Ich war erleichtert und gleichzeitig enttäuscht.

Langsam wurde ich ruhiger. Mein Atem ging gleichmäßiger, mein Herz, das laut geklopft hatte, kehrte in seinen normalen Takt zurück. Ich ließ meine Schritte kleiner werden. Es war inzwischen fast dunkel und wurde bereits kühl. Noch war es nicht verboten, auf der Straße zu sein, doch traf ich nur auf wenige Leute, die um kleine Straßenfeuer herumstanden.

Paris kam mir an diesem Abend abstoßend vor. Der Wind hatte nachgelassen, es stank nach Kot, Urin und Fäulnis. Ich fand es lächerlich, wie eng all die Häuser beieinanderstanden. Warum nicht irgendwo anders leben, wo man mehr Platz hatte? Dies hier war kein guter Ort. Es konnte nicht mehr lange dauern, bis es wärmer wurde und die Bewohner wieder hinausdrängten, wo sie ihre Zeit damit verbrachten, sich gegenseitig zu beschimpfen, weil der andere irgendwie im Weg war.

Auf der Seine-Brücke hielt ich mich am Geländer fest, schaute auf den Fluss und versuchte wieder, mich an meinen Vater zu erinnern. Ich hatte über die Jahre vergessen, wie seine Stimme klang. Nur der eine Satz, den er mir damals mitgegeben hatte, war mir immer in Erinnerung geblieben: Sei fleißig, Pierre, und bleib bescheiden. So, hatte er gemeint, würde ich ein Baumeister werden. Seine Prophezeiung hatte sich leider nicht erfüllt.

Das Wasser unter mir wurde in der hereinbrechenden Nacht schwärzer, und als ich von der Brücke aus dabei zusah, erkannte ich, wie sehr mich seine Worte geprägt hatten. Sein Rat mit der Bescheidenheit war der Grund, warum ich kaum je aufbegehrt hatte, nicht gegen des Meisters Befehle, nicht gegen sein Schweigen und auch sonst nicht. Wahrscheinlich war es auch der Grund, warum Agnès Clément mir vorzog.

Bald war es so dunkel, dass das Wasser unter mir überhaupt nicht mehr zu sehen war. Es gab keinen Wind, deshalb hörte ich auch keinen Wellenschlag. Ich dachte an meine Familie in Chartres. An die Zeit, die es gebraucht hatte, mir die Nachricht vom Tod meines Vaters zuzustellen. Sicherlich war er längst unter der Erde. Es war zu spät. Nicht einmal seinen Leichnam würde ich noch sehen.

Auch von Marie, meiner kleinen Schwester, hatte ich kein Bild mehr. Einzig an unser Haus erinnerte ich mich und an den Tod meiner Mutter. Wie lange das zurücklag. Ich war inzwischen ein anderer geworden.

Ich stellte mir vor, dass meine Geschwister in Not geraten würden. Diese Gefahr bestand. Selbst wenn mein Vater Geld gespart hatte, Rücklagen brauchten sich schnell auf, wenn man keine Einkünfte hatte, und dann folgten Knappheit und Hunger.

Ich musste nach Hause, nach Chartres, um mich davon

zu überzeugen, dass es ihnen gut ging. Dummerweise hatte ich gerade Arbeit und Unterkunft gefunden und sollte beides sofort wieder aufgeben? Eines meiner älteren Geschwister, versuchte ich, mir einzureden, war bereits in unserem Elternhaus. Oder Fabienne, meine Stiefmutter, hatte einen Plan.

Doch all das war vage. Ich würde aufbrechen. Unterkünfte und Arbeit gab es überall. Und in Paris hatte ich nichts mehr verloren.

Ich besaß ein wenig Geld, eine Handvoll Sous, die ich gespart hatte. Dummerweise steckte es in der Tasche meines Sommerkittels, und der hing am Haken in meinem Zimmer im Haus. Außerdem brauchte ich Reiseproviant.

Zurückzugehen war allerdings ausgeschlossen. Ich war weggelaufen und kam wieder angeschlichen? Während Agnès und Clément am Tisch saßen, zusammen mit Madame und dem Meister aßen, Wein tranken und sich fröhlich unterhielten? Am schlimmsten wäre das Mitleid, das mir sicher entgegenschlagen würde. Der arme Pierre, der eine Todesnachricht erhalten hatte.

Langsam bewegte ich mich auf der Holzbrücke wieder südwärts. An die Nachtwächter verschwendete ich kaum einen Gedanken, ihnen auszuweichen war nicht schwer, zumindest dann nicht, wenn man keinen Betrunkenen neben sich hatte. Ich schlenderte durch die Gassen am Südufer der Seine. In den Häusern flackerten Lichter, aus den Schornsteinen stieg Rauch auf, überall brannten die Öfen, während es draußen kälter wurde. Ich hatte den Wollkittel an, aber darunter nichts als meine Hose und ein Hemd. Mich fror.

Ich schob die Hände in die Taschen und dachte an den

Weg nach Chartres. Bei dieser Temperatur hatte ich zwei Tage zu Fuß durch den Wald zu machen. Ich besaß einen warmen Umhang, dennoch würde es ungemütlich werden.

Während ich mich treiben ließ und meinen Gedanken nachhing, gingen die Kerzen in den Wohnstuben nach und nach aus. Vorsichtig näherte ich mich dem Haus von Meister Jean. Was Clément anging, so war er sicher längst zu Hause. Madame Nathalie würde nicht zulassen, dass er blieb. Ein unverheiratetes Paar unter ihrem Dach – selbst wenn es das in Paris vielfach gab, war es eine Sünde. Madame würde das nicht dulden.

Ich huschte durch den Hof und öffnete die Tür, durch die ich ein paar Stunden zuvor geflohen war.

Die Küche war leer. Ich hielt meine Hände vor den Ofen und rieb sie aneinander. Als sie zu kribbeln begannen, füllte ich mir einen Becher mit Wasser und Wein und trank ihn schnell aus. Was ich brauchte, waren mein Geld, ein dicker Mantel und Proviant.

Ich zog meine Schuhe aus und schlich die Treppe hinauf, stellte meinen Fuß immer vorsichtig auf die nächste Stufe und verlagerte mein Gewicht erst, als ich sicher war, dass sie nicht knarrte. In meinem Zimmer machte ich kein Licht; ich brauchte es nicht. Meine beiden Wachstafeln lagen unter dem Bett. Ich nahm sie mit, außerdem meine Wechselkleidung, den Sommerkittel, die Wäsche, die ich in meinen Beutel steckte, und den warmen Umhang.

So leise, wie ich gekommen war, stieg ich die Treppe wieder herunter und zog meine Schuhe an. Einen Wasserschlauch fand ich in der Küche und füllte ihn. Ich nahm mir ein Tuch, in das ich ein halbes Brot, ein großes Stück Käse, drei Zwiebeln und ein paar Blätter, die ich von einem Kohlkopf abriss, legte. Für zwei Tage war das zu wenig, doch nach dem langen Winter war das Vorratsregal nicht gerade gut gefüllt. Ich mochte nicht zu viel nehmen.

Ich hörte Schritte. Es gab keine Möglichkeit, mich zu verstecken, da im nächsten Moment die Tür aufging.

Der Meister.

Er hatte einen Kienspan in der Hand, ein schwaches Licht, das ihm den Weg gewiesen hatte, und hielt es in meine Richtung.

»Was machst du da?«

Ich war zu alt für eine Ausrede. »Ich gehe nach Chartres und brauche ein wenig Proviant.«

»Mitten in der Nacht?«, fragte er.

Sein vom Wein benebelter Verstand arbeitete langsam, doch schließlich kam er zu einem Ergebnis. »Du bestiehlst uns«, rief er und tat es so laut, dass ich fürchtete, er würde Madame und Agnès wecken.

»Ich gebe es zurück«, entgegnete ich.

Mit seinem Kienspan in der Hand kam er näher. Ich beeilte mich, das Tuch zuzuknoten.

»Nicht so schnell. Lass sehen, was du nimmst.«

Ich trat zur Seite. Jean schlug das Tuch wieder auf und leuchtete auf das, was ich darin zusammengelegt hatte.

Mit grimmigem Gesicht wandte er sich mir zu. »Nach so vielen Jahren, die du in meinem Haus wohnst. Wir haben dich aufgenommen. Du hast zu essen bekommen. Ich habe dich Handwerke lernen lassen. Und das soll der Dank sein?«

»Meister, es ist ein halbes Brot und ein Stück Käse. Ich gebe es zurück, sobald ich wiederkomme. Aber ich muss gehen. Mein Vater ist gestorben.«

»Verschwinde«, herrschte er mich mit zitternder Stimme an.

Ich wich noch weiter zur Seite aus. Eine Küchenschlägerei mitten in der Nacht war das Letzte, was ich wollte.

»Und lass dich nie wieder sehen. Du Dieb, du.« Wieder war er viel zu laut für diese nächtliche Stunde.

»Meister, ich bitte Euch«, entgegnete ich. »Ich bin kein Dieb. Es ist ein Notfall.«

»Früher hat man euch die Hand abgehackt. Ein Fehler, dass wir das nicht mehr tun.«

Ich war so entsetzt darüber, wie Meister Jean mit mir sprach, dass ich den Mund nicht mehr aufbekam. Ich kam mir noch verlorener vor als auf der Brücke. Mit beiden Händen drückte ich mich von der Küchenplatte ab, machte einen weiten Schritt und war schon an der Tür. Ohne Proviant und Wasserschlauch.

Ich öffnete sie, trat hinaus, schloss sie wieder und ging davon. Nur meine Tafeln, den Beutel mit meiner Wechselkleidung und meinen Umhang hatte ich bei mir.

Es war eine frostige Nacht. Auf den Pfützen lag eine dünne Eisschicht. Der Himmel war wolkig, ein paar einzelne Schneeflocken fielen. Ich hängte mir meinen Mantel über die Schultern. Mein Ziel war die Kathedrale. Ich wollte meine Papyrusrolle haben und hoffte außerdem, dort Proviant zu finden.

Meine Idee war es, in der Meisterhütte bis zum frühen Morgen auszuharren. Mit dem ersten Tageslicht wollte ich mich auf den Weg machen.

Der Bauplatz lag dunkel vor mir. Ich drückte mich unter dem Absperrgitter hindurch. Den Weg hätte ich mit geschlossenen Augen machen können, und dennoch war es seltsam, nach so langer Zeit wieder in diese Hütte zu kommen. Der Geruch hatte sich verändert, er war nicht mehr herb wie bei Meister Jean, sondern süßlich wie von Blumen. Auch die Hütte war stockdunkel. Ich brauchte Licht. Draußen war ich an einem Feuereimer mit glühender Asche vorbeigekommen. Ich suchte mir in der Hütte ein trockenes Stückchen Holz und ging hinaus.

Aber ich kam nicht dazu, das Hölzchen anzuzünden.

Jemand schritt über den Platz. »Hallo«, rief er laut. »Ist da jemand?«

Einer dieser verdammten Nachtwächter.

Er musste gesehen haben, wie ich unter dem Bauzaun hindurchgetaucht war. Ich wich zurück und versteckte mich an der Hüttenwand. Ein Glück, dass ich in der Bauhütte noch kein Licht gemacht hatte.

Der Nachtwächter nahm seine Aufgabe ernst.

»Hallo«, rief er wieder. »Wer ist da?«

Ich hielt den Atem an und konnte trotzdem nicht verhindern, dass mein Herz laut pochte.

Er führte seine Stablampe abwechselnd auf die linke und die rechte Seite. Dabei bewegte er sich langsam, geradezu vorsichtig, und hatte sein Schwert gezogen.

Auf Zehenspitzen bewegte ich mich seitwärts und verschwand, als ich die Ecke der vorderen Bauhüttenwand erreicht hatte, um sie herum. Nur den Kopf streckte ich vor, damit ich mitbekam, was der Nachtwächter unternahm.

Schritt für Schritt kam er näher. Blieb vorsichtig. Leuchtete mit seiner Lampe in alle Richtungen.

»Ich habe dich längst entdeckt«, behauptete er. »Komm raus, du Lump.«

Mein Problem war, dass die Hütte mit ihrer Rückseite an der Kathedralenwand stand. Ich befand mich in einer toten Ecke. Es gab an dieser Stelle keinen Durchgang in die Kirche, weder ein Tor noch eine Öffnung für ein Fenster, nur Steine, die über mir in die Luft ragten. In der Dunkelheit wirkten sie noch kälter und gespenstischer als sonst.

Ich schickte ein Gebet zum Himmel, eine Bitte um Hilfe, und besann mich auf meine alte Überzeugung, dass Gott bei diesem Bau die entscheidende Rolle spielte. Ich lehnte mit dem Rücken an der eisigen Kathedralmauer, und die Kälte begann, durch meinen Umhang zu kriechen. Es war nur eine Frage der Zeit, bis mich der Laternenträger entdecken würde. Er kam bereits um die Ecke. Seine Lampe an dem Stab leuchtete hoch über ihm. Er hielt ihn in der rechten Hand. In der linken hatte er sein Schwert. Mir blieb nur, mich an der Wand entlangzutasten, bis ich einen Durchgang fand.

»Komm endlich raus, du Hund.«

Ich bewegte mich wieder auf Zehenspitzen, beide Hände hinter meinem Rücken gegen die Wand gedrückt. Setzte vorsichtig einen Seitwärtsschritt nach dem anderen. Es knackte. Ich war auf ein Stück Holz getreten.

Der Wächter riss seine Lampe herum. Ihr Schein fiel auf mich.

»Da bist du!«

Ich rannte los.

Es war so dunkel, dass ich nicht erkennen konnte, wohin ich meine Füße setzte, ich ließ sie ins Schwarze fallen wie in einem bösen Traum. Sollte ich stolpern, wäre ich verloren.

»Bleib stehen!«, rief der Nachtwächter. »Sonst wirst du mein Schwert spüren.«

Mit den Fingerspitzen, mit denen ich beim Laufen über die Kirchenwand strich, ertastete ich eine Lücke. Die Aussparung für ein Fenster. Ich bog ab, hinein in das riesige Innere, das mir so vertraut war. Hunderte Male war ich hier durchgeschritten.

Trotz der Dunkelheit beschleunigte ich und hielt auf die Apsis zu. Dort vorne, an der Spitze des Kirchenschiffs, gab es mehrere Möglichkeiten zu entkommen, verschiedene Öffnungen, durch die ich wieder nach draußen gelangen konnte. Sehen konnte ich davon nichts.

Die Laterne des Nachtwächters leuchtete weit hinter mir und schien sich nicht zu bewegen.

Ich wurde langsamer.

»Komm heraus«, rief er. Er klang längst nicht mehr so entschlossen wie zuvor.

Ich wartete ab. Mein Herzschlag beruhigte sich. Doch die Laterne des Nachtwächters war noch an Ort und Stelle. Blieb an dem festen Punkt und bewegte sich nicht.

War es eine Falle? Hatte er sie in den Boden gesteckt und näherte sich ohne sie? Ich spitzte die Ohren, achtete auf kleinste Geräusche. Er konnte nicht wissen, wo im riesigen Kirchenschiff ich mich befand. Und ich hörte nichts.

Endlich bewegte sich die Laterne. Nach draußen. Er zog ab. Offenbar war ich ihm die Mühe nicht wert.

Ich war erleichtert und ging ihm nach, auch jetzt bemüht, meine Schritte lautlos zu setzen. So gelangte ich an die Öffnung, durch die wir ins Innere gelaufen waren. Ich trat ins Freie. Der Schein der Laterne entfernte sich über den Platz.

Ich wartete, bis er verschwunden war, dann suchte ich mir ein neues Hölzchen, entzündete es, hielt die Hand schützend um die flackernde Flamme und brachte sie in die Meisterhütte. Drinnen war es kaum wärmer, und ein Feuer konnte ich mir nicht erlauben. Eine einzige Kerze zündete ich an. Der Fensterladen blieb geschlossen.

Als Erstes zog ich meine Papyrusrolle aus dem Regal, die immer noch mit dem roten Band umwickelt war. Ich schaute mir meinen Entwurf an, die Kapellen, die ich mir hatte einfallen lassen, und war stolz darauf.

Wie Meister Jean hatte auch Gabriel Vorräte in der Hütte. Sogar eine Wolldecke gab es. Ich wickelte mich ein, setzte mich auf einen Stuhl und legte die Beine hoch. Sofort meldete sich die Erschöpfung. Ich ließ meine Augen zufallen, wobei ich mich ermahnte, früh aufzustehen. Ich musste fort sein, bevor der erste Handwerker auf die Baustelle kam.

Mein letzter Gedanke galt dem Nachtwächter. Sollte er Verstärkung holen, wäre ich erledigt. Doch ich war zu müde, um noch einmal aufzustehen und auf den Bauplatz zu schauen.

XXVIII

Die Kathedrale von Chartres sah ich bereits aus der Ferne, viele Meilen vor der Stadt. Wir waren eine kleine Gruppe von fünf Männern und Frauen, die den Weg von Paris gemeinsam gemacht hatten, und obwohl nur zwei von uns Dolche am Gürtel trugen, hatten uns die Räuber in Ruhe gelassen.

Es war der zweite Nachmittag unserer Wanderung, als wir aus einem Wald traten und ehrfürchtig stehen blieben. Dort thronte sie in ihrer ganzen Größe vor uns. Ihre beiden Türme ragten in den Himmel. Die ganze Kirche wirkte aus der Ferne noch mächtiger und unwirklicher als die von Paris. Ein Haus Gottes, prächtig, geradezu majestätisch. Notre-Dame de Chartres. Und mein Vater hatte einen gehörigen Anteil an diesem Bau.

Als hätte er meine Gedanken gehört, sagte einer meiner Mitreisenden: »So zeigt der Herr, dass Er ist.«

Der Eindruck, den die Kathedrale auf uns machte, war auch deshalb so stark, weil die Häuser der Stadt von unserem Platz am Waldrand aus wie Hütten wirkten, kaum größer als strohbedeckte Ställe für die Haustiere. Und zwischen ihnen dieses mächtige Gotteshaus.

Als wir unseren Weg fortsetzten, hatten wir immer die Kirchtürme vor Augen, sie waren ein festes Ziel, auf das wir zuhielten. Am nordöstlichen Tor verabschiedeten wir uns, versicherten einander, dass die Gesellschaft der anderen angenehm gewesen war, und gingen unserer Wege.

Nach neun Jahren, mit zweiundzwanzig, war ich also zurück in Chartres. Mit den Fingerspitzen berührte ich verschiedene Steine, erst an der Stadtmauer, dann an einigen Häusern, als wollte ich mich versichern, dass ich wirklich dort war. Sie fühlten sich rau an. Ich beschloss, einen Abstecher zur Kathedrale zu machen, bevor ich mein Elternhaus aufsuchte. Dorthin, wo mein Vater gearbeitet hatte.

In Chartres war vieles anders als in Paris. Die Stadt wirkte geordneter. Die Bewohner kannten sich und grüßten einander, manche blieben stehen und wechselten ein paar Worte. Zwischen ihnen gab es eine Höflichkeit, die ich aus Paris nicht kannte. Als ein Fuhrwerk ankam, machten die Leute Platz und riefen dem Bauern auf dem Kutschbock ein paar freundliche Worte zu, die er erwiderte, bevor er seines Weges rumpelte. Andere fegten vor ihren Häusern und beförderten mit Wasser den Tierkot in die Gosse. Überhaupt, die Gosse: Sie war nicht mehr als ein Rinnstein, bestenfalls halb so groß wie in Paris und doch weit davon entfernt überzulaufen.

Am meisten fiel mir die Ruhe auf. In Chartres wurde nicht gebrüllt. Niemand schimpfte oder drohte mit den Fäusten, wie es in Paris normal war.

An den Straßenrändern gab es nur wenige Stände, und keiner der Händler schrie sein Angebot heraus; das war auch nicht nötig, die Käufer kamen von selbst, schauten, wählten in Ruhe aus und bezahlten. Das Leben hier hatte einfach eine andere Lautstärke und Geschwindigkeit.

Und trotzdem war die Kathedrale weiter als die in Paris. Das sichtbarste Zeichen waren die vielen Fenster, die bereits eingesetzt waren. Ich dachte an mein kleines Abenteuer mit dem Nachtwächter in Paris. Hier hätte ich nicht ohne Weiteres durch eine leere Fensteröffnung in die Kirche fliehen können.

Der Bauplatz war nicht gesperrt, sodass ich mich frei bewegen konnte. Mit meinem Beutel auf dem Rücken war ich als Reisender erkennbar und fiel doch zwischen all den Händlern und Bauern, die darauf hofften, den Handwerkern etwas zu verkaufen, nicht sonderlich auf.

Mein Blick blieb an der Rose hängen. Sie befand sich im dritten Stockwerk, hoch über den Westportalen und über einer Reihe von drei Fenstern, von denen das mittlere höher und breiter war als die beiden äußeren.

Weil die Rose so hoch angesetzt war, musste ich mich ein Stück entfernen, um sie genauer betrachten zu können. Sie war groß genug, um mit der mitzuhalten, die Meister Jean für Paris entworfen hatte. Doch in ihr war eine Menge Stein verbaut, sodass ihr Glas kaum Bedeutung hatte. Für einen nennenswerten Lichteinfall war sie nicht gedacht. Deshalb hatte der hiesige Baumeister die Fenster unter ihr vorgesehen.

Mir wurde tiefer denn je bewusst, wie kühn Meister Jeans Vorhaben war. Was er sich ausgedacht hatte, war gewaltig und gewagt, und ich erinnerte mich gut an den Ausruf von Monsieur Jacques, wie das halten könne. Meister Jean hatte einfach auf seine Erfahrung verwiesen und gesagt, das werde es.

Hier in Chartres bekam ich ein körperliches Gefühl, ein Kribbeln im Bauch, das bis in meine Gedärme ausstrahlte, und das hing mit Meister Jeans Entwurf zusammen. Er wollte ein übergroßes Glas, rund und leuchtend, eine echte Rose, die die Illusion verbreitete, sie stünde von selbst, ohne stützenden Stein, gerade so, wie die Blume es kann. Wer auch immer sie sah, würde glauben, dass Gott selbst diese Rose hielte.

Den Weg zum Haus meiner Eltern fand ich, ohne einmal stehen zu bleiben und überlegen zu müssen. Es war allerdings kleiner, als ich es im Gedächtnis hatte, eher ein Häuschen, doch wie es dastand, ein wenig schief und mit dem ausgebleichten Stroh auf dem Dach, sah es liebenswert aus. Die Erinnerung an meine Mutter überkam mich ein weiteres Mal, und als ich auf der anderen Straßenseite verharrte, wurde sie so stark, dass ich glaubte, Maman im Hof zu sehen. Ich war drauf und dran, ihr zuzuwinken und sie zu rufen. Es dauerte eine lange Zeit, bis ich mich aus meinen Tagträumen losriss.

Ich trat vor und klopfte an die Tür.

Ein blondes Mädchen öffnete mir. Sie hatte einen weiblichen Körper, doch ihr Gesicht war kindlich, rund, ohne jede Falte, mit großen Augen.

Ich schaute sie an. Suchte nach Ähnlichkeiten mit dem blassen Bild, das ich irgendwo in mir trug. Fand keine.

»Marie?«, brachte ich trotzdem hervor.

Ihre Augen zwinkerten einige Male, während ihr Blick auf mich gerichtet blieb. Ihr Mund stand offen.

»Pierre?«, fragte sie leise. »Bist du das wirklich?«

»Ja«, sagte ich.

Sie zögerte einen winzigen Moment, als müsste sie meine Antwort erst aufnehmen, dann fiel sie mir um den Hals. Wir hielten uns fest, und ich sog ihren Geruch auf, der mich an Veilchen erinnerte.

»Komm rein«, sagte sie, fasste mich an der Hand und zog mich ins Haus.

Soweit ich auf den ersten Blick sah, hatte sich nicht viel verändert. Die Küche wirkte nicht anders als die von Meister Jean und Madame Nathalie. Ein Feuer brannte, die Luft war warm. Fabienne, meine Tante und Stiefmutter, schaute misstrauisch, weil sie nicht wusste, wen Marie da ins Haus schleppte.

»Das ist Pierre«, half ihr Marie. »Er ist nach Hause gekommen.«

In der Ecke spielten zwei Kinder, die aufschauten. Fabienne kam mir kaum gealtert vor, ihre Haltung war nicht gebeugt, sie hatte keine Falten auf der Stirn, ihre Bewegungen waren kraftvoll. Wie damals hatte sie eine herbe Ausstrahlung.

»Guten Tag, Pierre«, sagte sie ohne jeden Überschwang.

Marie war das Gegenteil von ihr, war hübsch und weich, mit blonden lockigen Haaren, einem geschwungenen Mund und lebendigen Augen. Nach wie vor hielt sie meine Hand, als sie die Kinder rief.

»Das ist euer Bruder«, sagte sie. Und an mich gewandt: »Deine Halbgeschwister.«

Der Ältere war ein Junge von sieben Jahren und hieß Laurent, die Jüngere ein Mädchen namens Denise. Sie war sechs. Beide begrüßten mich höflich und blieben einen Moment bei mir stehen, bevor sie in ihre Ecke zurückkehrten.

Marie führte mich an den Tisch. An einem der Plätze stand ein Becher mit Tannenzweigen, die, wie es Tradition war, an den Verstorbenen erinnern sollten. Ich erkundigte mich nach den Todesumständen meines Vaters. Marie erzählte, dass er sich seit längerer Zeit krank gefühlt habe. Schließlich sei er an einem verschlossenen Darm gestorben.

»Zum Schluss kam einfach nichts mehr heraus. Er hat sich gewunden und vor Schmerz geschrien. Der Arzt konnte nichts mehr für ihn tun. Am Ende ging es schnell. Drei Tage hatte er Fieber, dann war er tot.«

»Er ist hier zu Hause gestorben?«

»Ja, oben im Schlafzimmer.«

Wie unsere Mutter.

Wir beteten gemeinsam für Vaters Seele.

Fabienne brachte Wein, wir stießen auf ihn an, und Marie erzählte, dass eine Gruppe Handwerker seinen Sarg getragen hatte. Unser Bruder François, der in einem nahen Kloster lebte, hatte die Messe gelesen. Marie hatte die Todesnachricht an alle Geschwister geschickt. Offenbar war sie bei den anderen noch nicht angekommen, denn sie hatten sich nicht gemeldet.

Am Nachmittag führte sie mich an Vaters Grab. Es lag auf dem Hof einer kleinen Kirche in unserer Nachbarschaft. Ein

Stein stand darauf, in den jemand seinen Namen und Stand gemeißelt hatte, Meister Hugo.

Wir setzten uns auf einen Mauervorsprung. Marie hielt immerzu meine Hand fest, als wollte sie verhindern, dass ich noch einmal fortging.

»Es ist seltsam, dass du zurück bist, Pierre. Fast glaube ich es nicht. Als Kind hatte ich immerzu das Gefühl, dass mir etwas fehlt.«

»Kein Wunder, du hast innerhalb kurzer Zeit deine Mutter und vier Geschwister verloren.«

»Ja, aber es hing mit dir zusammen. Als du fort warst, war ich nicht mehr ganz. Ich weiß, das klingt verschroben, und ich will nicht behaupten, dass ich die ganze Zeit gelitten hätte, denn das stimmt nur für die ersten beiden Jahre. An diese Zeit habe ich keine schönen Erinnerungen. Und als du vorhin vor unserer Tür standst, da war es wieder da. Das gleiche Gefühl. Etwas Schweres, das sich mir auf die Brust legte.«

Ich drückte ihre Hand.

»Ich wusste sofort, wer du bist. Ich fühlte es. Aber ich habe mich nicht getraut, deinen Namen auszusprechen.«

»Auch ich habe oft an dich gedacht. Besonders abends, wenn ich nicht einschlafen konnte. Am Anfang hast du mir so sehr gefehlt, dass es wehgetan hat.«

Obgleich die Sonne bereits hinter ein paar Bäumen verschwunden war, war es etwas wärmer als an den vergangenen Tagen. Es war fast Ostern.

»Komm«, sagte ich zu Marie, »gehen wir ein Stück, und du erzählst mir, wie es euch seit Vaters Tod ergangen ist.«

»Wir sind alle traurig«, erwiderte sie sofort.

»Kommt ihr denn zurecht?«

»Mit Geld, meinst du?«

»Geld, Essen, Holz. Alles, was man braucht, um halbwegs gut über die Runden zu kommen.«

»Ja«, sagte sie. »Im Moment schon.«

»Im Moment? Und was ist morgen? Oder nächste Woche?«

»Ich werde mir eine Arbeit suchen. Mach dir keine Sorgen, Pierre. Für mich wird es höchste Zeit. Ich bin fünfzehn Jahre alt. Bislang habe ich immer nur Fabienne im Haushalt geholfen.« Wieder griff sie nach meiner Hand. »Erzähle du lieber. Wie lebst du in Paris?«

»Was für eine Arbeit suchst du dir?«, beharrte ich.

»Ach.« Sie winkte ab. »Ich weiß noch nicht. Ich kenne Leute auf dem Markt. Vielleicht dort? Und Paris?«, fragte sie wieder. »Erzähle.«

Wie von selbst näherten wir uns der Kathedrale. Ihre Türme erhoben sich über die Hausdächer. Es war fast so, als würde man ihr in Chartres nicht entkommen, so sehr dominierte sie das Stadtbild. Auf der Baustelle tummelten sich auch jetzt viele Handwerker. Dem hiesigen Domkapitel war offenbar eine stetige Finanzierung gelungen.

»Ich wollte ein Baumeister werden«, sagte ich. »Wie Vater und wie Meister Jean, bei dem ich gelebt habe.«

»Meister Pierre«, meinte sie. »Das klingt gut.«

Ich widersprach nicht, obwohl der Titel für mich schon seit Langem nicht mehr wichtig war. Mein Ziel war zu entwerfen.

»Du sagst, du wolltest. Heißt das, es gilt nicht mehr?«

»Ach, das ist eine lange Geschichte.«

»Ich höre zu.« Sie verschränkte ihre Finger mit meinen. »Es sei denn, du willst gleich wieder verschwinden.«

»Nein, sicher nicht.«

Wir machten uns auf, die Kathedrale zu umrunden, was ich bei meiner Ankunft nicht getan hatte. Auch wenn ihr noch manches fehlte, war sie ein großartiges Bauwerk geworden, voller kunstvoller Stützen, bemalter Fenster und feiner Skulpturen.

Unterwegs erzählte ich Marie von meinem Pech mit dem Entwurf der Kapellen und von meinem Wunsch nach Selbstständigkeit, weil ich nicht länger einer fremden Familie zur Last fallen wollte.

»Immer geht's um das blöde Geld«, sagte sie, und ich fand ihren Satz ziemlich klug für ein junges Mädchen.

»Wie meinst du das?«, fragte ich trotzdem.

»Ach. Wir reden doch auch dauernd darüber.«

Sie hatte recht, gleich am Abend kam das Thema wieder auf. Wir aßen mit Fabienne und den beiden Kindern, die ihre Scheu gegenüber dem fremden Halbbruder ein wenig abgelegt hatten und mich neugierig anschauten. In der kleinen Denise glaubte ich Ähnlichkeiten mit meinem Vater zu entdecken, während Laurent das herbe Gesicht seiner Mutter hatte.

»Wirst du lange bleiben?«, erkundigte sich Fabienne.

Die Frage kam mir im ersten Moment seltsam vor, schließlich hatte sie schon einmal dafür gesorgt, dass ich weggegangen war.

»Ich weiß es noch nicht. Bin ich dir schon lästig?«

»Nein, im Gegenteil. Bleib gerne. Auch für immer.«

»Fabienne!«, rief Marie.

Sie ließ sich nicht beirren. »Du bekommst eins der Zimmer.«

»So?«, fragte ich.

Sie schob sich ihren Löffel in den Mund. Ich wartete auf eine Erklärung.

»Dein Vater hat nicht gerade viel hinterlassen.«

Ich schaute zu Marie, die mir etwas anderes gesagt hatte, und tastete nach der Kitteltasche, wo ich meine Ersparnisse verwahrte. Es waren nur ein paar Sous. Für eine Familie reichte das für eine Woche, höchstens für zwei.

»Wir brauchen Pierres Hilfe nicht«, erklärte Marie.

»Also hast du dich für Thibault entschieden?«

Marie wurde rot.

»Wer ist das?«

Für einen langen Moment antworteten sie beide nicht.

»Ein Stoffhändler«, sagte Fabienne schließlich. »Er möchte Marie heiraten.«

»Das hast du mir gar nicht erzählt!«

Marie bekam einen roten Kopf. »Hör endlich auf!«, rief sie Fabienne zu.

Sie sprang auf und stapfte die Treppe hinauf.

»Um was geht es?«, fragte ich Fabienne, nachdem Marie oben eine Tür zugeschlagen hatte.

»Thibault ist ein Leineweber. In seinem Haus hat er zudem eine Schneiderei, und er verkauft Tuch auf dem Markt.«

»Ein wohlhabender Mann?«

»Ja, bestimmt. Er möchte sie zur Frau nehmen.«

»Und sie?«

»Sie hat ihm noch keine Antwort gegeben. Obwohl er darauf wartet. Er ist etwas älter als sie.«

»Etwas? Was heißt das?«

»Ich weiß nicht genau, wie alt er ist.« Sie wandte sich den beiden Kindern zu. Ihre Geste hatte etwas Endgültiges. Für sie war die Unterhaltung beendet.

Ich setzte mich darüber hinweg. »Aber du kannst sein Alter schätzen, oder nicht? Ist er dreißig? Vierzig? Fünfzig? Oder ein Greis?«

»Nein, nicht noch älter.«

»Also fünfzig.«

»Kann sein. Ungefähr.«

Ich war durchaus bereit, Fabiennes Not und ihre Sorge um die Zukunft zu berücksichtigen. Sie hatte zwei Kinder großzuziehen. Das Haus war mit Kosten verbunden. Ich hatte gesehen, wie dünn das Dach war. Sie brauchte Geld. Ein wohlhabender Tuchhändler in der Familie mochte ihr wie ein Gottesgeschenk vorkommen.

Aber ich hatte ein ungutes Gefühl.

Umgekehrt, wenn sich Marie weigerte, bedeutete das, dass ich für die Familie sorgen müsste. Ein Handwerker, der morgens auf die Baustelle ging und abends seinen Verdienst nach Hause brachte.

»Du musst verstehen, Pierre«, sagte Fabienne, »dass dein Vater Streit mit dem Domkapitel hatte.«

»Weswegen?«

»Worum streitet man wohl? Um Lohn.«

Das also hatte Marie vorhin gemeint.

»Sie haben ihn nicht bezahlt?«

»Seit Längerem nicht mehr. Zunächst haben sie ihn vertröstet, weil das Geld für die Kathedrale knapp war. Und dann hatte er wegen seiner Krankheit nicht die Kraft, die Außenstände einzutreiben. Ein Jahr lang war er fast immer zu Hause. Ich habe oft erlebt, dass er sich morgens besser fühlte und zur Baustelle ging, und dann war er schon mittags wieder zurück und war so erschöpft, dass er schlafen musste.«

»Um wie viel handelt es sich?«

»Es geht um viel«, sagte sie. »Der Lohn für ein halbes Jahr.«

»Wie viel?«

»Dreihundert Sous. Also fünfzehn Silberpfund. So hat er selbst es immer beziffert.«

»Fünfzehn Pfund? Ist das wahr?«

»So hat es Hugo gesagt. Als er den Weg nicht mehr machen konnte, bin ich selbst zum Domkapitel gegangen.«

»Und?«

»Sie haben mich abgewiesen. Wenn du es genau wissen willst, ich wurde nicht einmal eingelassen. Ich solle verschwinden, hat ein Wachmann gerufen.«

Fünfzehn Silberpfund, dachte ich. Das war ein kleines Vermögen.

Mir schien es, dass es neben dem Leineweber und mir noch eine dritte Möglichkeit für Marie, Fabienne und ihre Kinder gab.

XXIX

Ich überließ Fabienne fast alle meine Münzen und schlief wie früher im Jungenzimmer, zusammen mit meinem Halbbruder Laurent. Wir redeten im Dunkeln, genau, wie ich es als Kind mit meinen Brüdern getan hatte. Laurent interessierte sich für Paris. Es konnte es sich nicht vorstellen.

»Wie meinst du das: viel größer als Chartres?«

»So, wie ich es sage. Man geht durch die Stadt und kommt ewig nicht an die Mauer. Es geht immer weiter. Neue Straßen, neue Häuser, weiter, als man sich vorstellen kann.«

»Und das ist erlaubt?«

»Wer sollte es verbieten?«

»Ich weiß nicht. Der König. Oder Gott?«

»Der König lebt ja selbst in Paris. Er hat eine Burg dort, den Louvre.«

»Hast du ihn schon einmal gesehen?«

»Nein«, sagte ich und musste lachen.

Ich erzählte ihm, was ich gehört hatte, nämlich dass König Louis eine goldene Kutsche besaß, die von vier Schimmeln gezogen wurde, und dass er auf einem Fuchs zur Jagd ritt. In der Dunkelheit des nächtlichen Zimmers schmückte ich meine Geschichte ein wenig aus und machte Louis zu einem Schützen, der den Umgang mit Pfeil und Bogen beherrschte wie kein Zweiter. Laurents Stroh an der anderen Wandseite raschelte, ich spürte seine Anspannung, die mich anregte, noch ein wenig dicker aufzutragen. Ich behauptete, der König hätte einen Bären mit einem einzigen Schuss mitten ins Herz erlegt.

»Du meinst, Gott selbst führt ihm die Hand?«

»Das weiß ich nicht«, erwiderte ich. »Aber es gibt Leute, die das sagen.«

»Ich gehöre dazu«, erklärte Laurent. »Sonst kann man nicht so gut schießen. Das geht ja gar nicht.«

»Nun«, meinte ich und freute mich darauf, ihm seine Sicherheit gleich wieder zu nehmen, »dagegen spricht, dass er krank geworden ist. Sehr krank sogar.«

»Nein!«

»Es ist wahr. Eine Mücke hat ihn gestochen.«

Er lachte. »Du willst mich reinlegen, Pierre. Aber ich bin nicht dumm. Von einem Mückenstich wird man doch nicht krank. Das juckt höchstens ein bisschen.«

»Es gibt Mücken, deren Stich einen krank macht. König Louis war dem Tod nahe.«

»Ehrlich?«

»Ja.«

Den Geräuschen nach zermalmte er einzelne Strohhalme zwischen seinen Fingern. »Und Gott hat ihn gerettet?«, fragte er nach einer Weile.

»Vielleicht. Ich weiß es nicht.«

»Bestimmt war es so. Ich bin mir sicher. Er will, dass unser König lebt.«

»Das mag sein. Lass uns jetzt schlafen.«

Er stellte eine weitere Frage und dann noch eine, wollte wissen, wie der Louvre aussah, warum ich den König noch nie gesehen hatte, ob ich auch schon einmal auf der Jagd gewesen sei.

Ich war müde.

»Eine letzte Antwort gebe ich dir noch«, sagte ich. »Dann ist endgültig Schluss.«

»Bleibst du bei uns?«, brachte er so schnell hervor, dass ich mir sicher war, dass diese Frage ihn die ganze Zeit beschäftigt hatte.

»Das weiß ich noch nicht.«

»Pierre?«

»Was?«

»Ach, nichts. Überleg es dir. Hier im Zimmer ist jedenfalls Platz für zwei.«

Bevor ich mich am nächsten Morgen auf den Weg machte, dachte ich darüber nach, wie ich mich dem Domkapitel von Chartres präsentieren sollte. Ich nahm eine Anleihe bei Meister Jean: Marie schnitt mir die Haare und säuberte meinen Umhang, mit dem ich auf dem Waldboden gelegen hatte, ich selbst wusch meinen Kittel. Als ich alles anhatte, fand sie, ich sähe stattlich aus, und tatsächlich ließ mich der Wachmann, der Fabienne abgewiesen hatte, ein, ohne dass ich viele Worte machen musste.

Das Kapitel saß im Stadthaus, nicht weit von der Dombaustelle. Viele Menschen eilten durch die Flure, Bürger, die ihre Anliegen vortragen wollten, Bauern mit gezogenen Mützen und unsicheren Schritten, Beamte mit wichtigem Gesichtsausdruck und Schriftstücken unter dem Arm. Das Domkapitel hatte ein eigenes Büro. Ich klopfte an die Tür.

»Herein.«

Ich trat in einen weitläufigen Raum. An zwei Wänden standen Regale mit Papyrusrollen, wie ich es aus der Baumeisterhütte in Paris kannte. Auch hier lagen sie dicht an dicht, neben- und übereinander, wahrscheinlich die Baupläne der letzten zehn oder zwanzig Jahre. Einige davon hatte sicher mein Vater gezeichnet.

Zwei Männer waren in diesem Raum beschäftigt, jeweils an einem Tisch, auf dem mehrere brennende Kerzen standen. Ich trat vor den, der näher an der Tür saß. Er war in meinem Alter, schlank, blond, hatte einen dünnen hellen Bart und eine Narbe an der Wange. Ein Sekretär, wie ich vermutete. Am auffälligsten war seine Kleidung, mehrere Schichten gefilzter Wolle und Flachs übereinander. An seinen Händen trug er fingerlose Handschuhe. Das Zimmer ließ sich nicht heizen. Es war kalt.

»Euer Begehr?«, fragte er.

»Ich bin Pierre de Montreuil. Mein Vater war Euer Baumeister Hugo de Montreuil.«

»Unser Baumeister heißt Étienne und stammt aus Chartres«, gab er kühl zurück.

»Mein Vater ist nicht der Baumeister. Er war es.«

»Was ist mit Eurem Vater?«

»Er ist gestorben. Davor hat er viele Jahre an der Kathedrale gearbeitet.«

Der Blonde schaute mich an. Es war trotz der Kerzen zu dunkel, um seine Augenfarbe zu erkennen, aber sein Blick war kalt.

»Hugo de Montreuil?«, fragte er.

»Ja.«

»Euer Vater war Proviseur, kein Baumeister.«

»Das stimmt nicht«, widersprach ich.

Er zuckte mit den Schultern, nahm eine Liste, wie wir sie auch in Paris geführt hatten, und entrollte sie. Die Ausgaben. Alles Material und außerdem die Löhne, nach Handwerkern unterteilt. Sein Finger fuhr über eine endlose Reihe von Namen.

Ich wartete.

Er blickte auf. »Hier ist er. Hugo de Montreuil, Proviseur, wie ich es Euch gesagt habe.«

»Das kann nicht sein. Bitte schaut noch einmal hin. Er war Baumeister.«

Der Blonde seufzte und machte eine halblaute Bemerkung, von der ich nur die beiden Worte »genug Arbeit« verstand. Immerhin, er fuhr noch einmal mit dem Finger über seine Liste.

»Nein, mein Herr. Es ist ganz klar: Hugo de Montreuil hat bis zum Herbst 1245 als Proviseur gearbeitet und im Frühjahr 1246 nicht wieder angefangen. Euer Vater war nicht gerade der Zuverlässigste.«

»Er war krank.«

»Sehr lange, wie es scheint. Was also kann ich für Euch tun?«

»Das Kapitel schuldet ihm Lohn.«

»Sicher nicht.«

»Fünfzehn Silberpfund.«

»Pff«, machte er, »das kann nicht stimmen. Ausgeschlossen. Wir bezahlen immer sofort.«

Der andere Mann, dessen Tisch nur ein paar Schritte entfernt war, tat so, als würde er dem Gespräch nicht lauschen. Er schrieb mit einer Feder. Es kratzte.

»Ihr führt diese Liste allein?«, fragte ich.

»Ich führe sie, das ist richtig. Aber ich darf Euer Misstrauen beruhigen, Monsieur. Sie wird kontrolliert. Wir beide«, sagte er und zeigte auf den anderen Sekretär, »können nicht machen, was wir wollen. Ganz und gar nicht.«

Es war nicht sinnvoll, ihn zu verärgern. »Selbstverständlich nicht. Sagt bitte, welche Aufgaben genau hatte mein Vater?«

»Die, die ein Proviseur eben hat. Im Einzelnen kann ich Euch das nicht sagen. Das ist hier nicht vermerkt.«

Das Wort »Proviseur« bedeutete Direktor und zeigte, dass die Baustelle in Chartres anders organisiert war als die in Paris, denn bei uns gab es einen solchen Posten nicht, zumindest nicht in der Zeit von Meister Jean. Dort arbeiteten die einzelnen Gewerke selbstständig. Sie brauchten keinen übergeordneten Verwalter.

Ich war mir sicher, dass der Schreiber log, und das mit gutem Grund. Nur ein Baumeister konnte so hohe Außenstände haben. Ich richtete meinen Blick wieder auf die Pläne im Regal. Ich hätte sie am liebsten Stück für Stück durchgesehen und dem blonden Sekretär diejenigen gezeigt, die seinen Namen trugen.

Ich wandte mich wieder dem Mann zu und blieb an der Narbe auf seiner Wange hängen. Sie musste von einem Messerstich oder einem Schwert herrühren. Möglicherweise hatte er schon mit anderen um Geld gestritten.

»Auch ein Proviseur verdient nicht schlecht«, behauptete ich.

Er winkte ab. »Aber nicht übermäßig viel. Euer Vater hat immer bekommen, was ihm zustand.«

»Das hat er anders gesagt.«

»Dann bringt Beweise. Meine Buchführung ist korrekt.« Er tippte mit dem Finger auf die Liste, bevor er sie wieder zusammenrollte. »Im Übrigen, Monsieur, wenn ich Euch einen Rat geben darf?«

»Bitte.«

»In einer Zeit wie dieser ist das Geld völlig egal.«

»Wie meint Ihr das?«

»Habt Ihr es denn nicht gehört? Der König hat zum Kreuzzug aufgerufen.«

»Nein.«

»Die ganze Stadt spricht davon. Was sage ich? Das ganze Land. Louis, den die Menschen im ganzen Land schon jetzt einen Heiligen nennen, hat Gott diesen Feldzug geschworen, wenn Er ihn nur von seiner Malariakrankheit heilt. Und nun ist er wieder gesund und löst seinen Eid ein. Es geht los! Die Franzosen ziehen aus, um das Heilige Land zu befreien. Ich selbst gehe auch mit. Es werden viele von uns sein, so viel ist gewiss, schließlich ist es ein Dienst am Christentum, für den man reichlich belohnt wird.«

»So?«

»Aber sicher. Mit einem Platz im Paradies. Ich sage Euch, eine solche Gelegenheit ist einmalig. Da werdet Ihr doch nicht um ein bisschen Geld streiten.«

»Ein bisschen? Fünfzehn Silberpfund!«

Er winkte wieder ab, und es kam mir vor, als würde er diese Geste regelmäßig machen, wenn er einen Bittsteller abwies.

»Das stimmt nicht, das sagte ich doch gerade. Jemand hat Euch einen Bären aufgebunden. Ich hoffe nur, es war nicht Euer Vater selbst, denn kein Mensch sollte mit einer Lüge vor seinen Schöpfer treten.«

Ich schob meine Schultern nach hinten und weitete meine Brust. »Mein Vater hat nicht gelogen.«

»Nun, ich glaube, an dieser Stelle waren wir bereits. Verzeiht, wenn ich mich mit Euch nicht im Kreis herumdrehen kann.« Er zeigte auf seinen Tisch. »Dazu habe ich zu viel zu tun. Das Domkapitel erwartet ordentliche Listen von mir, und das bedeutet, sie jeden Tag auf den neuesten Stand zu bringen. Jeden Tag«, wiederholte er.

Bei diesem Mann konnte ich nichts erreichen, so viel war klar. Er war wie eine Wand, unverrückbar, undurchdringlich. Obwohl ich noch vor ihm stand, hatte er sich bereits wieder seiner Schreibarbeit zugewendet, und auch der andere Sekretär schaute angestrengt auf seine Papiere. Im Raum war Stille, sodass man umso lauter hörte, wie beide auf ihren Papyrus kritzelten.

Ich brauchte einen anderen Plan. Und ich hatte auch eine Idee. »Auf Wiedersehen«, sagte ich und ging hinaus.

Nach dem Besuch hatte ich schlechte Laune. Es gefiel mir nicht, die Antworten des Sekretärs nach Hause zu bringen, und mich reute, dass Marie, Fabienne und die Kinder meine Vorbereitungen und den Aufbruch mitbekommen hatten. Ich schaute auf meine gewaschene Kleidung und strich mir über das geschnittene Haar. Es wäre klüger gewesen, vorher nicht so viel Wind zu machen.

In einer Schenke trank ich ein Glas Wein. Er schmeckte sauer. Während ich daran nippte, besann ich mich auf meine nächsten Aufgaben.

XXX

Vor dem Haus spielten nicht zwei, sondern drei Kinder, die sich ein rundes Stoffknäuel zuwarfen. Als ich in die Küche trat, stellte Fabienne mir Margaux vor, eine Nachbarin, die mit ihrem Jungen zu Besuch war.

Ihren Blicken nach zu urteilen, warteten Fabienne und Marie sehnsüchtig auf meinen Bericht, den ich aber mit Rücksicht auf ihren Gast nicht geben mochte, schließlich konnte ich nicht wissen, wie weit sie in die Angelegenheiten der Familie eingeweiht war.

Margaux hatte einen Gesichtsausdruck, für den mir das Wort »offen« in den Sinn kam. Sie hatte braunes Haar, das ihr auf die Schultern fiel, und braune Augen. Ihre Stirn und die Wangen waren schmal und gleichzeitig kräftig, und der Schöpfer in seiner Laune hatte ein paar Sommersprossen darauf verteilt wie Sterne am Himmelszelt. Ihre Nase war spitz. Sie mochte Ende zwanzig sein, ein Stück älter als ich.

Während wir Höflichkeiten austauschten, verlor Marie die Geduld. »Erzähl. Was ist herausgekommen?«

»Ich war beim Sekretär des Kapitels. Er behauptet, Vater sei kein Baumeister gewesen, sondern ein Proviseur.«

»Das stimmt nicht«, erwiderte Fabienne.

»Bist du sicher?«

»Ja.«

Mein Leben lang war ich davon ausgegangen, dass mein Vater Baumeister war. Deshalb hatte er mich damals zu Meister Jean gegeben, zu einem Kollegen, einem Gleichgestellten, der mir Vaters Handwerk beibringen sollte.

Allerdings hatte Meister Jean einmal davon gesprochen, mein Vater sei Parleur, eine Art Vorarbeiter.

Was stimmte?

»Warum ist das wichtig?«, fragte Fabienne.

»Ich muss es wissen. Sonst komme ich nicht weiter.«

»Vater *war* lange Proviseur«, sagte Marie. »aber dann ist er aufgestiegen.«

»Genau«, meinte Fabienne. »So kommt das auch mit der fehlenden Bezahlung. Das Domkapitel hat ihm den höheren Lohn verwehrt, den ein Baumeister zu bekommen hatte.«

»Der ihm zugesagt war?«, hakte ich nach.

»Selbstverständlich«, antwortete Fabienne, und Marie nickte.

»Das hat er immer gesagt. Schon ganz am Anfang, da meinte er, er würde Baumeister und besser verdienen.«

»Und dann ist er krank geworden?«

»Nicht sofort«, erwiderte Fabienne.

»Pierre«, mischte sich Margaux ein. Ihre Stimme klang ein wenig heiser. Sie legte ihre Hand vor mich auf den Tisch. Ein goldener Ring glitzerte im Lichtschein.

»Du kannst es glauben. Ich habe deinen Vater gekannt.

Er war ein guter Mann und sicher nicht jemand, der sich für mehr ausgab, als er war.«

»Sicher nicht«, sagte Marie.

»Was haben sie dir nun gesagt?«, fragte meine Schwester.

»Dass es nicht stimmt«, erwiderte ich. »Das Domkapitel schuldet ihm angeblich kein Geld. Der Sekretär hat in seiner Lohnliste nachgeschaut. Wo Vater als Proviseur geführt ist.«

»Dann ist sie gefälscht«, rief Fabienne.

Ich fuhr mit dem Zeigefinger in ihre Richtung. »Sei vorsichtig mit einer solchen Behauptung. Wenn man sie macht, muss man sie auch beweisen. Sonst kann man eingesperrt werden.«

Fabienne reagierte trotzig. »Ich weiß, was ich weiß«, sagte sie.

»Gibt es einen Zeugen?«, fragte ich.

»Wer sollte das sein?«, fragte Fabienne.

»Es gibt keinen Zeugen«, ergänzte Marie.

Ich blickte in Margaux' braune Augen. Sie schüttelte langsam den Kopf. »Wenn es nicht in der Liste steht.«

»Aber Hugo hat oft davon gesprochen«, sagte Fabienne. »Dafür gibt es Zeugen. Marie und mich. Und er hat nicht mehr Geld nach Hause gebracht als zuvor. Und das nicht erst, als er krank war, sondern schon vorher.«

»Nun gut. Allerdings fürchte ich, dass ihr beide als Zeugen kein Gehör finden werdet. Schließlich seid ihr es, die das Geld bekommen wollen.«

»Das verstehe ich nicht«, sagte Fabienne. »Es geht doch um die Wahrheit.«

Ich zuckte mit den Schultern.

»Pierre«, sagte Marie, »mir geht es darum, dass du uns glaubst.«

»Das tue ich doch. Und dennoch, um an das Geld zu kommen, bräuchten wir einen Zeugen.«

Ich hatte Durst. Neben dem Herd gab es eine Karaffe, die ich zusammen mit vier Bechern auf den Tisch stellte. Ich schenkte ein.

Wir stießen an. »Auf Vater«, sagte ich. »Den Baumeister.«

»Möge Gott seiner Seele gnädig sein«, fügte Margaux hinzu.

In der Folge wechselten wir das Thema. Marie berichtete über unsere anderen Geschwister. Auch Margaux kannte einige von ihnen, da sie nur zwei Häuser weiter wohnte. Fabienne erzählte Geschichten von meinem Vater. Ich hörte zu und dachte gleichzeitig daran, wie ich an das Geld kommen konnte. Meine Idee war, Zeugen zu finden, Leute, die glaubwürdig waren.

Am nächsten Tag ließ ich mich von Marie durch Chartres führen. Ich hatte einen Hintergedanken. Ich wollte den Leineweber sehen.

Der Morgen war frisch. Marie schlug sich ein braunes Tuch um Haare und Hals. Sie sah ausgesprochen hübsch aus, hell, wonnig, ein blühendes Wesen. Mich überkam die Lust, sie zu zeichnen. Ihre ganze Jugendlichkeit und Schönheit festzuhalten.

Die Stadt war bereits erwacht. Kutschwagen rumpelten durch die Straßen, etliche Bewohner waren unterwegs. Alles blieb gemächlich und freundlich, an den Ecken standen die

Leute zusammen und schwatzten. Auch Marie wurde erkannt und grüßte. Manchmal schlug sie scheu die Augen nieder.

Ich hielt Ausschau nach Leuten, die sich zu dem bevorstehenden Zug ins Heilige Land sammelten, doch ich sah weder Bewaffnete noch Fahnenträger oder das Kreuz. Die Leute, die wir trafen, gingen ihren Geschäften nach.

»Gibt es jemanden, der in Paris auf dich wartet?«, fragte Marie.

Augenblicklich kam mir Agnès in den Sinn, und ich sah sie vor meinem inneren Auge, ihre schwarzen Haare und braunen Augen, den geschwungenen Mund. Ich vermisste sie.

»Nein«, sagte ich.

»Ich glaube, Margaux mag dich.«

»Ich bitte dich, sie ist verheiratet.«

»Ihr Mann ist gestorben. Ungefähr drei Monate vor Vater.«

»Noch eine Witwe?«

»Ja. So haben sich die beiden Frauen angefreundet. Erst ist Fabienne zu ihr gegangen, um sie zu trösten, und als Vater tot war, kam Margaux zu uns.«

»Nach nur drei Monaten wird sie kaum auf der Suche nach einem neuen Mann sein«, erklärte ich.

»Ach«, machte Marie. »Ich glaube nicht, dass man da so streng sein muss.«

Es war verblüffend, wie schnell sich alles zu fügen schien; ganz anders als in Paris, wo ich auf der Stelle getreten war. Hier wurde ich gebraucht, um meine Familie zu unterstützen. Eine Nachbarin schien sich für mich zu interessieren, eine attraktive Frau. Ich war nur drei Tage in Chartres, und schon eröffnete sich mir ein neues Leben.

Ich mache diesen Einschub nicht gerne, denn ich rücke mich in ein schlechtes Licht und zeige, wie wenig Klarheit ich besaß, doch ich habe mir vorgenommen, meine Geschichte so zu erzählen, wie sie war, und was mich an diesem Morgen, als ich mit meiner schönen jungen Schwester durch die Straßen von Chartres spazierte, überkam, war die Sehnsucht nach Paris. Eine starke Sehnsucht. Sie ergab keinen Sinn, ich fand die Hauptstadt laut und dreckig, mich band nichts an sie, und dass ich an der dortigen Kathedrale mitwirken konnte, lag ferner denn je. In Chartres dagegen war ich zu Hause und wurde gebraucht. Und trotzdem dachte ich an Paris.

Dieser Gedanke war noch um mich, als wir den Leineweber trafen. Marie musste ihn mir nicht zeigen, ich erkannte ihn auch so. Selbstsicher, ein wenig eitel, stand er vor seinem Haus. Im Erdgeschoss war die Schneiderei untergebracht. Auf ein hölzernes Schild hatte jemand in roter Farbe das Gewerk geschrieben.

Thibault war in einem Gespräch mit einem anderen Mann. Als er Marie auf der anderen Straßenseite sah, nickte er ihr zu, und sie erwiderte den Gruß.

»Der ist es?«, fragte ich, obwohl ich das längst verstanden hatte.

»Ja.«

Er war klein und hatte langes Haar, das ihm zu beiden Seiten auf die Schultern fiel. Seine Kleidung zeigte seinen Reichtum, der Mantel aus gefärbter Wolle, die goldbestickte

Mütze, das Fell, das er um den Hals trug. Er hatte einen Gürtel angelegt, in dem ein kleiner Dolch steckte, eher eine Zierde als eine wirkliche Waffe. Seine Stiefel hatten hohe Absätze, um ihn größer wirken zu lassen. Sein Alter zu schätzen fiel mir schwer. Ich glaubte, dass er älter als Vater war.

Wir verharrten an unserem Platz, gegenüber von Thibaults Haus. Marie kam mir angespannt vor. Sie sprach nicht.

»Wollen wir weitergehen?«, schlug ich schließlich vor, denn der Tuchhändler setzte sein Gespräch fort.

»Ich weiß nicht«, sagte sie. »Besser nicht. Er hat mich schon gesehen.«

Ich nahm ein leichtes Zittern in ihrer Stimme wahr. Unwillkürlich dachte ich, dass es nicht richtig war, sie einem Mann zu überlassen, der ihr offenbar Angst machte. Und gleichzeitig schwirrte mir immer noch Paris im Kopf umher, und ich sah mit großer Klarheit, dass ich beides zusammen nicht haben konnte.

Marie war meine kleine Schwester, war diejenige, die sich schon als kleines Kind an mich gewandt hatte, und ich hatte oft an sie gedacht, auch wenn ihr Bild mit den Jahren blasser geworden war.

Thibault beendete sein Gespräch mit einem Handschlag. Ohne Eile kam er zu uns.

»Guten Tag, Marie. Wer ist dein Begleiter?«, fragte er, als hätte er bereits einen Anspruch darauf, das zu erfahren.

»Das ist mein Bruder Pierre.«

»Ah«, sagte Thibault und lächelte jetzt. »Pierre. Es freut mich, Eure Bekanntschaft zu machen.«

»Gleichfalls«, sagte ich.

Er begann, mir Fragen zu stellen. Wollte wissen, wieso er mich noch nie gesehen hatte, welchem Beruf ich nachging, ob ich bald nach Paris zurückkehren oder in Chartres bleiben würde. Ich gab so knapp Auskunft, wie es gerade noch höflich war, denn es kam mir allzu fordernd vor, wie er diese Unterhaltung führte. Bald behauptete ich, wir müssten weiter.

»Selbstverständlich. Auch mich rufen meine Geschäfte.« Er nickte mir zu und wandte sich an Marie. »Ich erwarte nach wie vor deine Antwort.«

»Ich weiß«, entgegnete sie.

Als wir außer Hörweite waren, sagte ich: »Er ist nicht der Richtige für dich. Zu alt. Und nicht besonders sympathisch.«

»Ach, Pierre, warum sagst du das? Thibault hat versprochen, für uns alle zu sorgen. Wie kann ich ein solches Angebot ablehnen?«

Ohne Marie ging ich später ein weiteres Mal zur Dombaustelle. Das war der erste Teil meines Plans: Ich wollte mit dem Baumeister reden. Seinen Namen hatte mir der Sekretär genannt. Baumeister Étienne war ein hagerer weißhaariger Mann mit schmalem Gesicht, groß, mit gebeugter Haltung. Im Arm hielt er zwei Baupläne.

Ähnlich wie Meister Jean schritt er von Gewerk zu Gewerk und musste überall Rede und Antwort stehen. Dafür entrollte er immer wieder seine Pläne, und erst, nachdem er sich dort vergewissert hatte, erklärte er den Meistern, was zu tun war. Meistens zeigte er auf eine bestimmte Stelle der Kathedrale. Mein Eindruck war, dass er seine Antworten nicht aus einer inneren Schatzkammer nahm. Er las sie ab.

Ich wartete, bis er frei war.

»Monsieur?«

Er blieb stehen. »Wer seid Ihr?«

»Pierre de Montreuil, der Sohn von Meister Hugo.«

»Oh«, sagte er. »Es tut mir leid, dass Euer Vater gestorben ist. Viele von uns waren auf seiner Beerdigung. Er war ein guter Mann. Allerdings hatte er sich zurückgezogen.«

»Er war krank.«

»Ich weiß.«

»Was war seine Aufgabe?«

»Ist das eine ernste Frage?«

»Ja.«

»Seid Ihr vom Bau?«, fragte er nun.

»Ich habe in Paris an der dortigen Kathedrale mitgearbeitet.«

»In Paris, ja? Na, dann wisst Ihr ja, wie es zugeht. Einer hat die Gesamtverantwortung. Das ist der Baumeister.«

»Und das war mein Vater?«

»Sicher. Ich bin sein Nachfolger. Vieles von dem, was ich kann und weiß, verdanke ich ihm.«

»Das freut mich zu hören«, sagte ich halbherzig, denn ich fragte mich, warum Vater sein Wissen nicht an mich weitergegeben hatte.

»Das ist einfach die Wahrheit«, sagte Étienne.

»Ich bin gekommen, um Euch eine Frage zu stellen.«

»Bitte.«

»Mein Vater hat meiner Stiefmutter gesagt, das Domkapitel schulde ihm Lohn. Ziemlich viel.«

»So?«

»Ja.«

»Und nun seid Ihr aus Paris gekommen, um die Außenstände einzutreiben?«

»Ist es denkbar, dass er nicht regelmäßig bezahlt wurde?«

»Denkbar ist vieles«, erwiderte der Baumeister, während er meinem Blick auswich.

»Gab es Zeiten, da das Geld knapp war?«

»Die gibt es überall.«

»Geht es etwas konkreter?«

Er trat einen Schritt näher. »Monsieur, bei aller Sympathie, die ich für Euren Vater hatte, werdet Ihr nicht erwarten, dass ich gegen meinen Dienstherrn rede. Wenn das bekannt wird, verliere ich meine Arbeit.«

»Das verstehe ich.«

Er senkte die Stimme. »Deshalb nur so viel: Eine Klage wie die Eure höre ich nicht zum ersten Mal. Ich kenne sie auch von anderen Leuten, die hier beschäftigt sind. Ich selbst bekomme mein Geld oft erst mit Verspätung. Mehr als einmal musste ich dafür laut werden.«

»Ich danke Euch«, sagte ich.

»Gern geschehen. Aber eines solltet Ihr wissen: Wenn Ihr versucht, Euch beim Kapitel auf mich zu berufen, werde ich alles abstreiten.«

Das war natürlich ein Tiefschlag gegen meinen Plan. Trotzdem nickte ich, bevor ich mich umdrehte und davonging.

Auf dem Heimweg traf ich dann doch auf Kreuzfahrer. Es war ein kleiner Trupp, sieben oder acht Männer, die sich um ein Feuer geschart hatten, das in einer eisernen Schale auf der Straße brannte. Gegen die abendliche Kälte tranken sie Wein aus Schläuchen.

Mir kamen sie verwegen vor, mit langen Bärten, einige hatten Brustpanzer aus Leder umgeschnallt, als stünde die Schlacht unmittelbar bevor. Alle hatten sich rote Kreuze auf die Kleidung nähen lassen. Ihre Waffen allerdings waren lächerlich, Holzforken, mit denen man auf dem Feld arbeitete, zwei Speere, die mir alles andere als stabil aussahen, ein Bogen, der vielleicht für die Jagd nach Damwild ausreichte, aber sicher nicht für die Schlacht um Jerusalem.

»He«, rief mir einer von ihnen zu, als ich in ihrer Nähe stehen geblieben war. Seine Stimme klang nach viel Wein. »Komm, schließ dich uns an. Dann ist dein Seelenheil gewiss.«

»Ich denke darüber nach«, rief ich zurück und ging weiter.

»Aber nicht zu lange«, rief er mir nach. »Sonst sind wir fort.«

XXXI

Da ich mit der Aussage von Baumeister Étienne nichts erreichen konnte, nahm ich wenige Tage später eine Stelle als Steinmetz an der Kathedrale Notre-Dame de Chartres an. Es war die gleiche Arbeit wie damals in Saint-Denis, ich hatte mit Hammer und Meißel aus Quadern Steine zu schlagen. Zusammen mit drei anderen Gesellen hockte ich vor der Bauhütte. Der Boden war noch kalt, deshalb faltete ich mir Reste eines Sacks und schob den Stoff unter die Knie.

Obwohl ich genauso arbeitete wie damals als Junge, war alles anders. Ich war sicher mit meinem Werkzeug und beherrschte, was verlangt wurde. Ich ritzte eine Linie in den Stein, schlug auf den Meißel, traf immer. Der Spalt wurde tiefer, der Stein gab nach. Die ersten Stücke kontrollierte ich noch mit dem Maßstab, aber bald trat das ein, was Meister Victor seinerzeit gesagt hatte: Ich bekam ein Gefühl für die richtige Größe. Das Zeichen, das ich auf meine fertigen Stücke machte, war ein Strich mit einem halben Kreis, ein »P«.

Bei der Arbeit kam mir Clément in den Sinn, seine Art, jeden Stein einzeln auf den Stapel zu bringen. Gerade, weil ich schneller war, schmunzelte ich zum ersten Mal seit langer

Zeit wieder über ihn, über seine Langsamkeit genauso wie über seine Unbekümmertheit und Frechheit. Dennoch dachte ich nicht mit der alten Zuneigung an ihn. So versuchte ich, mit meiner Aufmerksamkeit zu Hammer und Meißel zurückzukehren. Und ich stand immer erst auf, wenn ich sieben oder acht Steine zusammenhatte und sich der Weg zum Stapel lohnte.

Wie in Saint-Denis wurden wir nach Stücken bezahlt, was mich zusätzlich anspornte. Wenn ich müde wurde, sagte ich mir, dass ich nicht zum Trödeln hier war, sondern, um Geld zu verdienen und meine Familie zu ernähren. Den Plan, den ausstehenden Lohn meines Vaters einzutreiben, hatte ich nach dem Gespräch mit dem Baumeister verworfen, zumindest vorerst.

Zusammen mit den anderen Steinmetzen machte ich Mittagspause in der Bauhütte und wusch mich wie sie nach Arbeitsende an der Regentonne. In der Nähe des Bauplatzes traf ich eines Abends Margaux, die in der einen Hand einen Einkaufskorb hielt und an der anderen ihren Sohn. Im Nachhinein habe ich mich manchmal gefragt, ob die Begegnung zufällig war oder ob sie sie herbeigeführt hat. Es war allgemein bekannt, zu welcher Zeit die Handwerker der Kathedrale ihren Tag beendeten, es gab sogar eine Glocke, die einer der Direktoren schlug. Wenn sie verklungen war, wurde der Lohn ausbezahlt.

Sie lächelte und grüßte mich mit ihrer heiseren Stimme. »Pierre!«

»Hallo, Margaux.«

»Das hier ist Christian.«

Ihr Sohn hatte pechschwarzes Haar und grüne Augen, die mich misstrauisch anblickten. Offensichtlich ähnelte er seinem Vater. Ich begrüßte auch ihn, und wir machten uns zu dritt auf den Heimweg.

»Du hast dich also entschieden, in Chartres zu bleiben?«, fragte sie.

»Entschieden?«, wiederholte ich, mehr für mich selbst. Ihre Vermutung stimmte nicht, ich hatte nur aus Enttäuschung über den Kapitelsekretär und über Meister Étienne mit der Arbeit begonnen. Aber irgendwann musste ich mich der Frage stellen, wie es weitergehen sollte, obwohl es dabei etwas gab, das sich nicht lösen ließ, das wie verhext war. Früher, als Junge, hatte ich auf jeden Fall nach Chartres zurückkehren wollen. Nun war ich hier – und dachte immerzu an Paris.

»Ist es nicht so?«

»Nicht unbedingt«, sagte ich.

»Es ist schön in unserer Stadt.«

»Ja, das sehe ich.«

»Natürlich anders als in Paris.«

»Es hat seine Vorteile«, räumte ich ein.

»Und Paris?«

Ich legte den Kopf auf die Seite. »Auch.«

Sie lachte.

Ich mochte sie, ihre offene Art genauso wie ihre etwas heisere Stimme.

»Wenn du magst, Pierre, dann komm doch einmal zum Abendessen«, sagte sie, als wir ihr Haus erreicht hatten.

»Gerne«, erwiderte ich.

»Demnächst?«

»Ja.«

Es dauerte einige Tage, bis ich meiner Zusage nachkam, und das, obwohl ich jeden Abend an Margaux' Haus vorbeikam. Meistens war sie draußen, schöpfte Wasser aus dem Brunnen, hängte Wäsche ab oder saß mit einer Näharbeit vor dem Haus, während Christian im Hof spielte.

Meine Sorge war, dass ein Besuch bei ihr große Bedeutung hätte, nicht nur, weil Marie und Fabienne davon wüssten und sich ihren Teil dazu denken würden, sondern auch für Margaux und möglicherweise für mich. Ich sah mich an einer beschrifteten Weggabelung stehen. Auf der einen stand unter einem Pfeil das Wort »Chartres«, auf der anderen »Paris«. Es zog mich in die Hauptstadt, doch alle Umstände sprachen für den anderen Weg.

Und dann hielt ich trotzdem an Margaux' Haus.

»Gilt deine Einladung noch?«

»Selbstverständlich«, sagte sie. »Ich hatte schon den Eindruck, du wolltest nicht.« Sie schaute mich mit ihren braunen Augen an. In ihrem Blick lag etwas Zugewandtes, geradezu Liebevolles.

»Wie wäre es morgen?«, erwiderte ich. Das war ein Samstag, der letzte Arbeitstag der Woche.

»Einverstanden.«

Am folgenden Abend machte ich mich gründlicher sauber als sonst, klopfte auf meinen Kittel, bis aller Staub abgefallen war, kratzte den Dreck unter meinen Fingernägeln heraus, wusch mir den Oberkörper und kämmte die Haare. Den anderen Gesellen blieb das natürlich nicht verborgen.

»Schaut, Pierre hat etwas vor«, rief der Erste.

»Wie heißt sie denn?«, wollte ein anderer wissen.

»Wenn sie eine Schwester hat, dann komme ich mit«, meinte ein Dritter, und alle lachten.

Es war die übliche Frotzelei. Ich wusste, wie man zu antworten hatte, mit einem flotten Spruch, der erst Gelächter hervorrief und dann Schweigen. Doch mir fiel nichts ein. Ich war angespannt.

»Seid nicht so neugierig«, wies ich die Gesellen zurecht.

»Oh, er hat etwas zu verbergen. Wir sollten ihm nachgehen.«

»Unbedingt. Ein hübscher Kerl macht leicht Dummheiten.«

»Die er hinterher bereut.«

»Das müssen wir verhindern!«

Sie lachten derbe. Ich verabschiedete mich unter ihrem Gejohle und lief zu Margaux' Haus.

Sie trug ein schlichtes rotes Kleid mit einem Gürtel, aber keine Haube. Von der Trauer einer Witwe war nichts zu sehen.

Christian saß bereits am Tisch. Er war ein ernster Junge. Grüßte mich höflich, als ich eintrat, wendete den Blick aber schnell wieder ab. Er spielte mit Holzklötzchen.

Margaux schenkte uns Wein in die Becher, und wir stießen miteinander an. Christian bekam Milch. Der Kochtopf stand auf dem Feuer. Sie hatte Teller gedeckt. Ein Festessen.

»Einen Moment dauert es noch. Erzähl doch Christian von der Baustelle.«

»Möchtest du auch Handwerker sein, wenn du größer bist?«, fragte ich ihn.

»Nein. Ich werde Soldat, wie mein Vater.«

»Bei der Stadtwache?«

»Ja. Sie haben Waffen.«

»Ich weiß, die habe ich gesehen.«

»Mein Vater hatte einen Bogen und einen Speer.«

»Christian!«, rief Margaux vom Herd aus.

Er verstummte sofort.

Es war bekannt, dass die Städte den Familien von verstorbenen Wachsoldaten eine Zeit lang den Sold weiterbezahlten. Offenbar war es nicht wenig, zumindest, wenn ich von dem ausging, was Margaux gekocht hatte, reichlich Hühnerfleisch, dazu Bohnen und Erbsen und Sahne. Sie tat mir zuerst auf. Wie Madame Nathalie fischte sie große Fleischstücke für mich heraus. Meister Jean hatte das wie selbstverständlich akzeptiert.

Christian wartete geduldig.

»Wie lange wird der Dombau noch dauern?«, fragte Margaux.

»Viele Jahre, würde ich sagen.«

»Wie kann das sein? Er ist doch fast fertig.«

»Das sieht nur so aus. Es fehlen noch große Teile vom Dach, mehrere Fenster, die Hälfte des zweiten Turms und der gesamte Innenausbau. Skulpturen, der Altar, die Bänke.«

»Und in Paris? Wie ist es da?«

»Paris ist anders«, erwiderte ich.

Sie lachte. »Jetzt machst du mich neugierig.«

Ich nahm ein Stückchen Hühnerfleisch auf den Löffel, schob es mir in den Mund und kaute es gründlich. Danach trank ich einen Schluck Wein.

»Die Kathedrale dort ist weiter zurück«, sagte ich. »Viel weiter.«

Es war keine richtige Antwort, und das wusste ich. Sie hakte nicht nach. Erst später, als sie Christian zu Bett geschickt hatte, nahm ich ihre Frage wieder auf. Dabei half, dass ich inzwischen Wein getrunken hatte.

»Dass mein Vater gestorben war, war nur ein Grund, warum ich aus Paris weggegangen bin«, begann ich und schilderte ihr nun die verschiedenen Umstände. Nur die Geschichte von Agnès und Clément sparte ich aus. »Nichts ging mehr weiter. Ich hatte keine Vorstellung, wohin mit mir, und wollte weg, nur weg.«

»Und wie ist es jetzt?«

Ich lachte. »Schwierig.«

»So ist es meistens, man entscheidet etwas, und dann begreift man, dass die anderen Möglichkeiten weggefallen sind.«

»Wenn ich darüber rede, vermisse ich Paris«, räumte ich ein. »Genau genommen, die Kathedrale.«

»Ich verstehe«, sagte sie nachdenklich.

»Was ist mit dir? Dein Mann war Soldat?«

»Ja. Der hatte solche Probleme nicht. Dafür einige andere.«

»Die gibt es überall, sonst wäre es kein Leben.« Ich trank

einen Schluck Wein. »Meines ist vielleicht gar nicht echt. Ich habe hier alles. Und ich unterstütze meine Familie.«

Sie legte ihre Hand auf meine. »Doch, Pierre, das ist es.«

Ihre Finger waren schmal und gleichzeitig kräftig, die Haut fühlte sich weich an. Ich drehte meine Hand, sodass ich ihre halten konnte.

Auf dem Tisch brannte eine dicke Kerze. Ihr Schein erleuchtete unsere Hände, die ineinanderlagen und sich nicht bewegten.

»Ihr Leben oder deins«, sagte sie.

»Das ist nicht die Wahl!«

Ich hatte zu heftig geklungen. »Nein, du hast recht«, sagte sie. »Das nehme ich zurück. Aber wenn es so wäre, wie würde sich dein Meister Jean entscheiden?«

Ihre Frage traf den Kern. Ich brauchte nicht zu überlegen. Bei Agnès genauso wenig. Beide wussten genau, was ihnen wichtig war.

Mich verlangte nach mehr Wein. Der nächste Tag war ein Sonntag, und wenn ich nicht aus dem Bett kam, würde ich nur den Gottesdienst verschlafen. Es gab Schlimmeres, fand ich in diesem Moment.

Bevor ich aber nach der Karaffe greifen konnte, drückte Margaux meine Hand stärker und neigte ihren Kopf in meine Richtung. Ihr Haar fiel zur Seite, sie schaute mir direkt in die Augen, und ihre Sommersprossen schimmerten im Kerzenschein. Wir küssten uns, erst vorsichtig, aber bald mit Hingabe. Meine Finger wanderten über ihr Kleid und ihren Körper, während ihre Hand an meinem Nacken lag.

Plötzlich unterbrach sie den Kuss und begann, an mir zu

riechen. Dabei drückte sie ihre Nase an meinen Hals, an Ohren, Wangen und Haar, und dann schnüffelte sie so sehr, dass ich an einen Hund denken musste. Dann kam ihr Mund zurück, und wir küssten uns wieder, und auf diese Art, küssend, riechend, wieder küssend, blieben wir lange auf den beiden Stühlen im Kerzenschein. Zwischendurch tranken wir Wein. Auch dabei hielten wir uns bei den Händen.

Irgendwann wurde es unbequem.

»Komm«, sagte sie und richtete sich auf. »Wir gehen nach oben.«

Mit der Kerze in der Hand stiegen wir die Treppe hinauf. Oben war es winzig klein, viel enger als im Haus meiner Eltern, ich musste mich bücken, um nicht gegen das Dachstroh zu stoßen. Margaux stellte die Kerze ab. Wir küssten uns wieder und entkleideten uns gegenseitig, bevor wir uns auf ihr Bett legten.

Sie tippte mit dem Zeigefinger auf ihren Mund. Ihr Sohn schlief nebenan. Offenbar hörte er uns trotzdem. Während wir uns liebten, schluchzte er zweimal auf, und als wir fertig waren, hörten wir ihn leise weinen.

Ich lag auf dem Rücken und hielt Margaux in meinem Arm. Sie strich mir über die Brust. Alles, was ich in der kurzen Zeit in Chartres erreicht hatte, stand vor meinem inneren Auge. Es gab eine Frau, die mich mochte und wollte, ich hatte Arbeit, und ich konnte mir sogar einen Weg ausmalen, wie ich bei Meister Étienne den Beruf des Baumeisters erlernte. Meine Familie war hier, und die Stadt war klein und überschaubar.

Es war beinahe perfekt.

Und doch dachte ich immerzu an Paris. Daran, dass die Kathedrale, an der ich mitbauen, zu der ich eigene Entwürfe beisteuern wollte, nicht hier war. An diesem Abend begriff ich, dass mir das wichtiger als alles andere war.

»Margaux?«

Sie sah auf. »Ja?«

»Früher oder später werde ich nach Paris zurückkehren.«

»Ich weiß«, erwiderte sie, während Christians Weinen im Nebenzimmer lauter wurde. »Ich wusste es vorhin schon.« Sie gab mir einen Kuss auf den Mund. »Schade, Pierre. Wirklich sehr schade. Aber so ist es nun einmal.«

Sie stand auf und zog sich ein dünnes Kleid über. »Ich muss nach ihm schauen. Er träumt oft schlecht. Manchmal erscheint ihm nachts sein Vater.«

Ich erhob mich ebenfalls. Hielt Margaux fest, bevor sie aus dem Zimmer trat, drückte sie an mich, küsste sie. »Danke.«

»Wofür?«

»Dafür, dass du verstehst.«

»Falls du es dir anders überlegst …«, sagte sie, wandte sich um und ging hinaus.

Ich kleidete mich an und stieg die Treppe hinunter.

XXXII

Als ich nach Hause zurückkehrte, war es spät. Die Küche war dunkel, das Holz im Ofen glomm nur noch. Ich war in einem seltsamen Zustand, müde, aufgewühlt, auch ein wenig betrunken. Und ich hatte Margaux um mich, ihren Körper, den Geruch, ihr Gesicht mit den geschlossenen Augen, als sie auf dem Stroh lag.

Ihr Abschiedsgruß ging mir nach. Ich hatte die zweite, unausgesprochene Hälfte davon auch gehört: Wenn ich es mir anders überlegte, wäre sie bereit für eine Verbindung.

Ich schenkte mir einen Becher Wein ein und nahm ihn mit in mein Zimmer, wo der kleine Laurent schlief. Auch hier war es vollkommen dunkel. Seine Atemzüge gingen gleichmäßig. Ich tastete mich zu meinem Strohsack vor und lehnte mich gegen die Wand.

Mein Entschluss, nach Paris zurückzukehren, stand. Allerdings musste ich vorher das Geld für meine Familie beibringen, wenn ich nicht wollte, dass Marie einen alten schmierigen Mann heiraten würde.

Ich nahm mir vor, noch einmal beim Domkapitel vorzusprechen, diesmal mit etwas mehr Überzeugungskraft, wie ich hoffte.

Bevor mich der Schlaf übermannte, schickte ich ein Gebet zum Himmel.

Am nächsten Mittag, während die Steinmetze zum Essen in ihre Bauhütte verschwanden, machte ich mich erneut auf zum Domkapitel. Mit meiner Sauberkeit gab ich mir nicht so viel Mühe wie beim ersten Mal, fuhr mir nur mit den Fingern durch die Haare, wusch Hände und Gesicht ein wenig und klopfte mir den gröbsten Staub von der Kleidung. Das musste genügen.

Auf dem kurzen Weg traf ich auf eine Gruppe der angehenden Kreuzfahrer, unschwer zu erkennen nicht nur an ihren Fahnen, sondern vor allem daran, dass sie untätig herumstanden und Reden schwangen. Mittlerweile waren sie mehr geworden, sie besetzten einen Teil des Platzes zwischen Kathedrale und Stadthaus. Ich sah auch, von was sie lebten. Es galt als gottgefälliges Werk, sie zu versorgen, und so kamen Bauern und Bürger und brachten ihnen Wein und Brot und Käse. Um die Hände zum Essen frei zu haben, rammten die künftigen Krieger ihre Fahnen mit den aufgenähten Kreuzen in den Lehmboden und legten ihre Holzforken und Knüppel ab. Ich konnte mir nicht vorstellen, dass sie mit diesen Waffen die Muselmanen beeindrucken würden, von denen es hieß, dass sie über starke Armeen verfügten. Oder aber Gott wollte, dass sie siegten, und half ihnen. Darauf schienen sie zu hoffen.

Auch ich setzte darauf, dass Er mich unterstützte, und schlug einen Bogen um die Kreuzfahrer.

Die beiden Sekretäre schauten auf, als ich eintrat.

»Ihr schon wieder?«, fragte der Blonde. »Ich dachte, Ihr hättet Euch den Kreuzfahrern angeschlossen.« Er kniff die Augen zusammen. Der Schein der Öllampe fiel auf die Narbe an seiner Wange, die dadurch glänzte. »Sie sammeln sich bereits.«

»Ich komme noch einmal wegen des Geldes, das der Familie meines Vaters zusteht.«

»Aber nein! An diesem Punkt waren wir bereits.« Er hob ein Blatt in die Höhe, auf dem er geschrieben hatte. »Bitte, geht. Ich habe viel zu tun.«

Aus dem Augenwinkel sah ich, dass sich auch der zweite Sekretär wieder seiner Arbeit zuwandte. Seine Geste war unehrlich; selbstverständlich hörte er uns zu.

»Es gibt Zeugen«, behauptete ich, »die die Angaben meiner Stiefmutter und meiner Schwester bestätigen. Fünfzehn Silberpfund.«

Ich verschwieg, dass zwei dieser Zeugen zur Familie gehörten und der dritte verkündet hatte, er würde sich nicht öffentlich erklären.

Der Sekretär schwieg. Schaute mir in die Augen. Dachte nach. Prüfte mich.

»Monsieur, macht Euch nicht lächerlich«, sagte er. »Für jeden Eurer angeblichen Zeugen bringe ich drei, die das Gegenteil beschwören werden. Außerdem habe ich die Liste. Sie wird jede Woche kontrolliert. Wenn ich mich recht entsinne, sagte ich auch das bereits.«

Ich hatte einen Trumpf, der mir am Vorabend eingefallen war, einen einzigen. »Ihr wisst, dass Eide geschworen werden müssen, wenn Aussage gegen Aussage steht. Mit der Hand auf der Heiligen Schrift. Und wer wird auf die Bibel die Unwahrheit sagen?«

»Das kann ich Euch genauso fragen. Es sind schließlich Eure Zeugen, die lügen.«

»Wollen wir das nicht einfach lassen?«, bot ich ihm an. »Wir kennen doch beide die Wahrheit. Gebt mir, was das Kapitel meinem Vater schuldet, und dann ist es gut, und ich belästige Euch nie wieder.«

Wir schauten uns an. Er saß, ich stand. Keiner von beiden senkte den Blick.

»Von mir aus«, bot ich an, »wenn Euch fünfzehn Silberpfund auf einen Schlag zu viel sind, dann teilen wir es auf. Die Hälfte jetzt, die andere im nächsten Monat.«

Der Sekretär erhob sich. »Nein.«

Nun standen wir einander gegenüber wie zwei Wirtshausschläger vor dem Kampf. Nur sein Tisch war zwischen uns. Der zweite Mann im Raum sah weiterhin nicht herüber, dabei war es spürbar, dass seine Aufmerksamkeit bei uns lag.

»Ich verstehe Euer Unglück«, sagte er, »und Ihr habt mein Mitgefühl. Doch daraus kann nicht folgen, dass wir eine Leistung zweimal bezahlen …«

»Nun gut, wie Ihr meint«, entgegnete ich trotzig. »Dann werde ich einen Richter suchen, dessen Urteil bindend ist. Ich weiß, dass ich im Recht bin.«

Sein Tonfall wurde schlagartig scharf. »Ich sage Euch, was Ihr seid: unverschämt. Mehr nicht.«

Ich setzte ein Grinsen auf, legte den Kopf auf die Seite. »Auf der Baustelle sagen viele, dass Ihr nicht ehrlich seid.

Wisst Ihr, gegen Betrug wird Euch nicht einmal ein Kreuzzug helfen. Ihr glaubt doch nicht im Ernst, dass Gott Euch so etwas verzeiht.«

Der Sekretär kam um seinen Tisch herum.

»Bittet wartet einen Augenblick«, sagte er in einem Tonfall, den ich nicht einordnen konnte, öffnete die Tür und schaute auf den Flur. Offenbar fand er nicht, was er suchte, denn er verschwand.

Die Tür blieb offen.

Ich suchte Blickkontakt zu dem zweiten Mann, der aber den Kopf nicht hob. Ob er wusste, was sein Kollege vorhatte?

Als der Blonde zurückkehrte, wurde er von zwei Wachmännern begleitet.

»Dieser Mann hier hat den heiligen Kreuzzug verspottet«, rief der Sekretär und zeigte mit ausgestrecktem Finger auf mich. »Er behauptet, Gott verzeihe keine Sünden. Auch dann nicht, wenn man sich dem Zug anschließt. Nehmt ihn fest.«

Einer der Wachmänner zog sein Schwert, und beide traten neben mich.

»Das habe ich nicht gesagt«, erwiderte ich.

»Doch, das hat er. Wir müssen ihn einsperren, bevor er seine ketzerischen Reden weiter verbreitet.«

»Wie Ihr meint«, sagte der Wachmann, der das Schwert in der Hand hielt. »Mitkommen«, forderte er mich auf.

Ich hob die Fäuste, bereit, mich zu wehren. »Nein! Der Sekretär lügt. Ich habe das nicht gesagt.«

Die Schwertspitze des Wachmanns bewegte sich in meine Richtung. »Wenn Ihr den Kampf sucht, brauchen wir Gewalt. Ihr habt die Wahl.«

Nur mit meinen Fäusten gegen zwei Schwerter, das war keine Wahl.

Ich war in eine Falle getappt. Kopfschüttelnd blickte ich den Sekretär an. Wir standen einander so nahe, dass ich die Farbe seiner Augen erkannte. Sie waren grün.

XXXIII

Sie führten mich zu einem flachen, gemauerten Gebäude, das an die Rückseite des Stadthauses anschloss. Es hatte vier dunkle Eichentüren, wie ein Haus für mehrere Familien, und das Dach bestand aus Brettern, die mit Pech bestrichen waren. Der Hof war von einer Mauer umgeben.

Einer der beiden entriegelte die Tür ganz links. Vor mir tat sich ein Raum auf, der so dunkel war, dass ich fast nichts erkennen konnte. Weit oben in der Wand gab es Schlitze, die für frische Luft sorgen sollten und wie kleine Inseln von Helligkeit wirkten. Dort tanzten die Sonnenstrahlen und funkelten. Tiefer nach unten in die düstere Zelle drangen sie nicht.

Mir schlug ein erbärmlicher Gestank entgegen, süßlich und dumpf und schwer zugleich. Es roch nach Fäulnis, Exkrementen und Eiter.

Ich blieb stehen.

»Weiter«, rief der Wachmann und stieß mich hinein.

Ich hielt mich am Türrahmen fest. »Ich habe den Kreuzzug nicht verspottet«, rief ich ein weiteres Mal. Es wollte nicht in meinen Kopf, an diesem stinkenden Ort zu bleiben.

»Das wird sich alles klären.«

»Aber wann?«

»Los, vorwärts«, sagte er und drückte mir seine Schwertspitze in den Rücken.

Sobald ich über die Schwelle war, zog er die Tür zu und verriegelte sie. Es war nun dunkel um mich, abgesehen von den schmalen Lichtstreifen unterhalb der Decke. Da sie an allen Wänden angebracht waren, halfen sie mir zumindest, mich zu orientieren. Die Zelle mochte drei oder vier Schritte in der Länge und ebenso viele in der Breite haben. Der Boden war mit Stroh ausgelegt, das, dem Gestank nach zu urteilen, nie ausgetauscht wurde.

Als ich mich bewegte, raschelte es.

Ich hörte Geräusche, und als meine Augen sich ein wenig an das fehlende Licht gewöhnten, erkannte ich drei Gestalten, die jeweils in einer Ecke kauerten. Sie sahen aus wie Gespenster.

In der verbliebenen Ecke stand ein Eimer, und in seiner Nähe stank es so schlimm, dass es mir die Luft nahm. Also setzte ich mich in der Mitte einer Wand, lehnte mich gegen den kalten Stein und zog die Beine an.

Ich versuchte, die anderen Gefangenen besser zu erkennen. Einer von ihnen hatte langes silbergraues Haar, das ihm wie ein Vorhang vors Gesicht fiel. Möglicherweise schlief er. Der zweite Mann starrte in meine Richtung. Vor ihm musste ich auf der Hut sein, glaubte ich. Der dritte schließlich war ein Junge, nicht älter als fünfzehn oder sechzehn. Er trommelte mit den Fingern auf seinem Oberschenkel.

»Louis«, rief der Junge mir zu.

»Pierre«, antwortete ich. »Du heißt wie der König?«

»Nützt mir leider nichts.«

»Was hast du getan?«

»Gestohlen«, sagte er. »Weil ich Hunger hatte. Und du?«

»Mich hat einer verleumdet. Er behauptet, ich hätte gegen den Papst und den Kreuzzug gelästert.«

»Ah, der Kreuzzug«, erwiderte der Junge.

Er sprach das Wort langsam aus, hielt es geradezu im Mund, als würde er es schmecken wollen. Ich fand ihn seltsam, und nach einem Disput über die Befreiung des Heiligen Landes stand mir nicht der Sinn, zumal mich der andere Mitgefangene immer noch anstarrte. Er machte mir Angst, trotzdem fasste ich einen Entschluss, den ich mir mehrfach bestätigte. Falls der Kerl mich angriff, würde ich mich auf jeden Fall zur Wehr setzen.

Ich würde kämpfen.

Ich spannte die Oberarme an und streckte die Brust raus. Diese Vorstellung wurde eine fixe Idee, und um sie nicht zu vergessen, stellte ich mir wieder und wieder vor, wie wir beide uns auf dem Boden wälzten, versuchten, die Oberhand zu gewinnen, die Hand jeweils am Hals des anderen. Selbstverständlich gewann ich in meiner Fantasie. Wieder und wieder sagte ich mir dieses eine Wort vor: kämpfen, kämpfen, kämpfen.

Der Mann änderte seinen Blick nicht. Wie bei einem endlosen Gebet wiederholte ich mir, dass ich zurückschlagen würde, einerlei, welchen Preis ich am Ende dafür zu bezahlen hatte. Und wenn ich in dieser Zelle den Tod fand, dann war es eben so. Im Kampf zu sterben war ein gutes, stolzes Gefühl. Und Gottes Plan war eh unergründlich.

Bald kam mir mein Vorsatz wie das Gegenstück zu meinem bisherigen Leben vor. Zwar hatte ich mich einige Male zur Wehr gesetzt, damals gegen Xavier, den Zimmermann in Saint-Denis, auch gegen Meister Jean und Agnès und Clément. Doch insgesamt hatte ich viel mit mir machen lassen. Zu viel. Hatte mich herumschubsen lassen und mich weggeduckt, wenn es unangenehm wurde.

Der Satz von Agnès, ich sei zu nett, fiel mir ein. Sie hatte recht, in der Regel tat ich, was andere von mir verlangten. Manchmal gab es gute Gründe dafür, etwa, wenn ich nicht wollte, dass Marie einen Mann heiraten musste, der fünfunddreißig Jahre älter war. Doch oft genug hatte ich nur die Auseinandersetzung gescheut.

An Marie zu denken war schmerzhaft. Ich konnte mir nicht vorstellen, sie ihrem Schicksal zu überlassen. Doch ich war nicht in der Lage, etwas für sie zu tun. Die Mitgefangenen, apathisch, wie besonders die beiden älteren wirkten, schienen schon lange in diesem Kerker zu sitzen. Wenn ich sie als Maßstab nahm, dann würde ich zu allem zu spät kommen.

»Hast du Verwandte in der Stadt?«, fragte Louis aus seiner Ecke und unterbrach meinen Gedankenstrom.

»Ja.«

»Bringen sie dir Essen?«

»Wie meinst du das?«

»Sonst gibt's nichts. Auch nichts zu trinken.«

»Sie wissen nicht mal, dass ich hier bin«, sagte ich.

»Das ist blöd.«

In der Tat wurde im Laufe des Nachmittags dreimal eine

Klappe in der Tür geöffnet, und jedes Mal wurde einem meiner Mitgefangenen etwas zu essen hereingereicht.

Louis brach mir ein Stück von seinem Brot ab und warf es mir zu. Auch seinen Wasserschlauch bot er mir an, den ich dankbar nahm.

Auch der Gefangene mit dem starren Blick war mit seinem Essen beschäftigt. Er schien keinen Sinn für etwas anderes zu haben, auch für mich nicht. Er schmatzte laut und bohrte mit dem Finger in seinem Brot.

Ich sah ihm zu. Dabei überkam mich die Wut. Sie breitete sich in mir aus, meine Hände wurden warm, das Herz klopfte, ich riss den Mund auf. In mir war eine Lust an Streit und Kampf, wie ich sie noch nie erlebt hatte. Ich wollte den Mitgefangenen herausfordern. Wenn er mich nicht angriff, warum tat ich es nicht?

Mir fiel ein Satz von Meister Jean ein, der behauptet hatte, ich könne kein Baumeister werden, weil ich das Kämpfen nicht gelernt hatte. Vielleicht, sagte ich mir, war es höchste Zeit, damit anzufangen.

»He«, rief mir Louis zu und unterbrach meine Gewaltfantasien. »Willst du wissen, was mein Ausweg ist?«

»Ja.«

»Der Kreuzzug.«

»Wie das?«

»Ganz einfach: Ich melde mich.«

»Und dann vergeben sie dir den Diebstahl?«

»Das hoffe ich. Gott wird mir schon helfen.«

Das Licht, das durch die Wandschlitze fiel, wurde langsam

schwächer. Ich ging hinüber zu dem Eimer und pinkelte hinein. Ob ich traf, konnte ich nicht sehen, ich hörte nur, dass er ziemlich voll war.

Dann setzte ich mich wieder an meinen Platz und rutschte weiter auf das stinkende Stroh. Ich war müde. Versuchte noch, den seltsamen Kerl mit dem starren Blick im Auge zu behalten. Schaffte es aber nicht.

Irgendwann schreckte ich aus dem Schlaf auf. Geräusche hatten mich geweckt. Sie kamen von Ratten, die über das Stroh huschten. Sie raschelten und quiekten. Ich stieß meine Beine von mir.

Die drei anderen schnarchten und ließen die Ratten treiben, was sie wollten. Auch hier galt, dass man sich nicht die ganze Zeit wach halten konnte. Die Ratten hatten die Oberhand, weil sie sich tagsüber in ihr Loch verzogen. Die Nacht war ihre Zeit. Was genau sie trieben, welches Fressen sie fanden, bekam ich schon bald nicht mehr mit.

Am Morgen erschienen zwei Wachmänner an der Tür. Durch den geöffneten Spalt drang ein Lichtschein herein.

»Den Eimer«, befahl einer von ihnen, und Louis brachte ihn. Sie händigten ihm einen neuen aus.

Etwas später ging die Klappe auf, und eine Männerstimme rief meinen Namen. Als ich hindurchschaute, war meine Schwester da.

»Marie!«

Sie schob mir ein Päckchen hindurch, das in Leinen eingeschlagen und verschnürt war, und reichte mir einen Wasserschlauch. Ich hatte Hunger. Trotzdem wartete ich.

»Wir haben uns Sorgen gemacht«, sagte sie.

»Ich wollte beim Domkapitel die Schulden eintreiben.«

»Jetzt werden sie dich wegen Gotteslästerung anklagen, haben sie mir gesagt. Was hast du getan?«

»Nichts. Es ist gelogen.«

»Wenn sie dich schuldig sprechen …«

Ich ahnte, was sie sagen wollte. Dass dieses Vergehen hart bestraft wurde. »Das werden sie nicht!«, rief ich.

»Können wir etwas tun?«

»Es gibt Beweise, glaube ich.«

»Was für welche?«

»Pläne, die Vater gezeichnet hat. Sie müssen im Stadthaus liegen. Im Zimmer der Schreiber.«

»Wie soll ich darankommen?«

»Das ist das Problem.«

»Das reicht. Genug geredet«, rief der Wachmann von der Seite.

»Dort einbrechen?«, flüsterte sie.

»Nein!« Ich griff nach Maries Hand. »Mach das nicht. Denk nicht einmal daran. Wenn sie dich erwischen, dann sitzt du hier.«

»Aber was sonst?«

»Schluss jetzt!«, rief der Wachmann.

»Marie, mach das nicht«, sagte ich laut und hielt durch die Klappe in Brusthöhe meinen Blick auf sie. In ihrem Gesicht fand ich Tapferkeit und Entschlossenheit.

»Mach das nicht«, wiederholte ich.

Es gab einen Knall, als die Klappe geschlossen wurde, und ich war wieder im Dunkeln. Als ich das Leinen abgewickelt hatte, brach ich Louis die Hälfte von meinem Brot ab. Ich hatte eine andere, bessere Idee als einen Einbruch im Stadthaus, und darauf hatte mich Louis gebracht. Was Marie anging, konnte ich nur hoffen, dass sie keine Dummheit beging.

Im Kerker gingen die Tage und Nächte ineinander über. Morgens stand man nicht auf, sondern lehnte sich nur gegen die Wand. Ohne jegliche Körperbewegung wurde ich nicht richtig wach, ich blieb in einem Dämmerzustand, in dem ich bald die Orientierung verlor. Wenn die Sonne nicht schien, konnte ich nicht einmal an den Schlitzen die Zeit ablesen.

Und dennoch gewöhnte ich mich an die Abläufe und sogar an den Gestank. Bald kam er mir nicht mehr so unerträglich vor. Offenbar passt sich der Mensch immer an, solange sein Herz schlägt.

Marie kam regelmäßig, und ich war jedes Mal erleichtert, sie zu sehen. Einmal brachte sie sogar Laurent mit. Doch mein Halbbruder hielt Abstand und sprach nicht. Offenbar war ich in seiner Achtung tief gesunken.

Maries Besuche waren mein Lichtblick. Den ganzen Tag wartete ich auf sie. Nahm das Essen, das sie mir durch die Klappe reichte, bedankte mich, schaute sie an und sagte ihr eindringlich, dass sie Geduld haben müsse. Außerdem fragte ich sie nach der Tageszeit. Als die Klappe wieder geschlossen und die Dunkelheit um mich war, vergaß ich bald, welche Stunde sie genannt hatte.

Es fehlte mir, mich zu waschen. Den Schlaf konnte ich mir nur aus den Augen reiben, meine Haut begann zu jucken, sodass ich mich immerzu kratzen musste, die Hände fühlten sich an, als wären sie mit einer dicken Schmutzschicht überzogen. Ich verbrachte viel Zeit damit, den Dreck unter meinen Fingernägeln herauszupulen. Dazu benutzte ich Strohhalme.

Am schlimmsten war die Langeweile. Ich wurde apathisch wie die anderen. Saß da, hatte nichts zu tun, meine Gedanken drehten sich, die Unruhe kam und ging. Oft zählte ich einfach, fing bei eins an und schaute, wie weit ich kam. Auch das half nur wenig. Meine Wut war verraucht, und der Kerl mit dem starren Blick rührte sich nicht.

Ich sprach einen der Wachmänner an, denjenigen, von dem ich meinte, er sei halbwegs freundlich. Ob ich einem Richter vorgeführt würde. Und wann.

»Das wirst du schon sehen«, erwiderte er schroff.

Auch Marie konnte nichts über einen Prozess in Erfahrung bringen.

»Der Einzige, der helfen kann, ist Thibault«, sagte sie, als sie mir mein Päckchen durch die Klappe geschoben hatte. »Er ist ein einflussreicher Mann.«

Der Tuchhändler.

»Nein«, erwiderte ich auf eine Art, die keinen Widerspruch zuließ. »Wenn du ihn um einen Gefallen bittest, bist du ihm etwas schuldig.«

»Ach, Pierre. Ich möchte, dass du freikommst.«

»Ich auch. Und ich habe eine Idee.« Ich drückte ihre Hand. »Du musst mir vertrauen.«

Ihr kamen die Tränen. Aber sie nickte.

XXXIV

Irgendwann wurde ich aufgerufen. Die Tür ging auf. Die beiden vertrauten Wachmänner standen vor mir.

»Mach keine Dummheiten«, herrschte der eine mich an und führte die Hand an seinen Schwertknauf.

Der andere verriegelte die Tür, sobald ich hinausgetreten war. Sie brachten mich über den Hof ins Stadthaus. Meine Kleidung war voller dunkler Flecken und stank. Die Hände zitterten, als ich mir über Gesicht und Haare fuhr. Ich hatte einen dichten Bart bekommen. Und wünschte mir ein Rasiermesser und ein Bad.

Es war ein anderes Zimmer, in das sie mich geleiteten. In der Mitte standen zwei Stühle, von denen einer besetzt war. Dahinter hatten sich weitere Wachmänner aufgebaut.

»Du bist Pierre?«, fragte der Mann auf dem Stuhl.

»Ja.«

»Ich bin der zuständige Bailli. Ich handele in Vertretung des Grafen von Chartres. Setz dich dort hin.«

Er zeigte auf den Stuhl. Ich folgte seiner Aufforderung, setzte mich und musterte ihn dabei. Er war Anfang oder Mitte fünfzig und hatte graues Haar und ein rundes Gesicht mit einem Doppelkinn. Seine Wangen waren aufgeblasen, die Nase dick und rot und der Hals faltig. Die verzierte Tunika zeigte an, dass ich es in der Tat mit einem hohen Beamten zu tun hatte.

»Du lebst in Chartres?«

Sicherheitshalber wollte ich meine Familie nicht nennen. »Nein, in Paris. Ich bin dort Mitarbeiter eines Baumeisters.«

»Und der heißt wie?«

»Jean de Chelles. Bis vor Kurzem hat er den Bau der Kathedrale geleitet.«

»Nun gut«, sagte der Bailli. Seine Hände lagen auf dem Bauch, der die Form einer Kugel hatte. »Du weißt, weshalb du hier bist?«

»Nein.«

»Dir wird vorgeworfen, den Kreuzzug verspottet zu haben und damit den Papst und unseren König. Am Ende Gott selbst.«

»Das ist nicht wahr. Ich bin zum Sekretär des Domkapitels gegangen, weil er meinem Vater Geld schuldet.«

Der Bailli winkte ab. »Das spielt keine Rolle. Unter keinen Umständen ist es zulässig, Lügen über eine heilige Angelegenheit zu verbreiten. Der Kreuzzug ist Gottes Wille.«

»Ich habe diese Sachen nicht gesagt«, widersprach ich mit fester Stimme.

»Zwei Männer zeugen gegen dich.«

Der zweite Sekretär, ich hatte es immer geahnt. Natürlich stand er hinter seinem Kollegen.

»Die beiden würden es unter Eid wiederholen?«

»Ja«, sagte der Bailli. »Das haben sie angekündigt.«

»Auf die Heilige Schrift?«

»Einen anderen Eid gibt es nicht.«

Für den blonden Sekretär, mit dem ich gesprochen hatte, blieb der Widerspruch groß. Wie konnte man für sein Seelenheil auf einen Kreuzzug gehen wollen und gleichzeitig bereit sein, eine Falschaussage zu machen und dabei auf die Bibel zu schwören? Ging er wirklich davon aus, dass Gott ihm sogar einen Meineid verzieh, wenn er mithalf, die Heiden aus dem heiligen Jerusalem zu vertreiben?

»Ich kann beweisen«, sagte ich, »dass ich die Wahrheit sage.«

»Ach? Und wie?«

Ich senkte den Blick und ließ mich schwach und reuig wirken. Der Bailli wartete. Schließlich hob ich den Kopf. »Indem ich mich dem Kreuzzug anschließe.«

Der Bailli brauchte einen Moment, denn meine Antwort hatte ihn offenbar überrascht.

»Wieso sollte ich etwas verspotten, woran ich selbst teilnehme? Das ergibt keinen Sinn. Wenn Ihr ein entsprechendes Dokument habt, Herr, dann unterzeichne ich es.«

Ich hatte nicht vor, dem Zug ins Heilige Land zu folgen, sondern setzte darauf, mich unterwegs in die Büsche zu schlagen, am besten noch in Frankreich. Noch besser wäre es, wenn es mir gelang, sogar vor dem Abmarsch zu verschwinden. So oder so würde ich dann nach Paris zurückkehren.

»Also gut, Pierre«, sagte der Bailli. »Trag dich in die Liste ein, unterschreib, und ich lasse dich gehen.«

Ich pustete leise meinen Atem aus. »Danke, Herr.«

»Es ist«, sagte er, »ein Versprechen, das du Gott gibst. Also musst du es halten.«

»Ich weiß«, sagte ich mit feierlicher Stimme und setzte darauf, dass Gott mir verzeihen würde.

»Hast du Geld?«, fragte er.

»Nein.«

»Das ist bedauerlich. Die Kreuzfahrer brauchen Waffen, und zwar dringend. Nun gut, daran wird deine Freilassung nicht scheitern. Aber eines sage ich dir: Bring dich nie wieder in eine solche Lage. Den Herrn zu verspotten ist ein schweres Vergehen. Eines der schwersten.«

Ich nickte und betete still, dass nichts mehr schiefging. Der Bailli saß auf seinem Stuhl und schaute mich an, und ich hatte Sorge, er würde seine Entscheidung revidieren. Doch dann stand er auf und führte mich in ein Büro, in dem ein Pult stand. Ein weißes Tuch mit einem breiten dunkelroten Kreuz hing herunter.

Obendrauf lag die Liste, von der er gesprochen hat.

»Kannst du schreiben?«

»Ja.«

Die Buchstaben hatte ich mir vor vielen Jahren beigebracht, als ich das Zeichnen geübt hatte.

»Dann los.«

Ich schrieb also meinen Namen unter viele andere, die sich dort eingetragen hatten, die meisten nur mit einem Anfangsbuchstaben oder einem Fingerabdruck.

Der Bailli streckte mir seine Hand entgegen, in die ich einschlug. »Pierre, du hast eine gute Entscheidung getroffen. Sei tapfer im Heiligen Land, dann wirst du einen Lohn erhalten, der sich kaum ermessen lässt. Im Paradies gibt es keine Sorgen mehr.«

Ich verbeugte mich. »Das weiß ich, Herr.«

Er nickte und entließ mich.

Ich eilte den Flur entlang Richtung Tür, denn ich wollte auf keinen Fall dem blonden Sekretär begegnen.

Die Tür stand offen. Ich trat hinaus in die Freiheit – und traf ausgerechnet auf die Kreuzfahrer.

Auf dem Platz zwischen Stadthaus und Kathedrale war es in den Tagen meiner Gefangenschaft noch einmal voller geworden. In der Mitte loderte ein großes Feuer, an den Seiten gab es mehrere kleinere. Überall standen die Kreuzfahrer eng beieinander und brachten sich in Stimmung. Einige sangen, andere warfen sich mit gefalteten Händen auf die Knie, neben ihnen peitschten sich welche mit Birkenzweigen den nackten Rücken aus oder riefen, in eine Kreuzfahne gewickelt, mit ausgebreiteten Armen laut nach Jesus Christus. Zwischen ihnen liefen Pfarrer umher, die ihre Schäflein immerzu bekreuzigten und segneten.

Ein Stückchen weiter hatten sie einen Übungsplatz geschaffen, auf dem die angehenden Kämpfer mit Holzschwertern gegeneinander fochten, angeleitet von einem bärtigen Veteranen mit tiefer Stimme, der immer wieder dazwischenrief und korrigierte. Es waren keineswegs nur Männer, die sich versammelt hatten, sondern auch Frauen und Kinder unterschiedlichen Alters. Auch sie tanzten im Kreis und riefen nach Gottes Beistand.

In einem weiten Ring um den Platz standen die Bürger von Chartres und schauten zu. Fast alle trugen Geschenke für die Kreuzfahrer bei sich, Käse und Wein, Brot und Getreide, Gemüse, Milch und geräucherte Wurst, auch Geldmünzen und sogar Goldschmuck. Die Kreuzfahrer brauchten nur auf etwas zu zeigen, schon ging es in ihren Besitz über. Wer nicht selbst aufbrach, wollte wenigstens seine Unterstützung zeigen. Und hoffte, dass der Herr auch die sah.

Ich hatte nichts in der Hand, war dreckig und stank, trotzdem drängte ich mich zwischen die Zuschauer. Viele riefen den Kreuzfahrern ermutigende Worte zu. Ich kam mir fremd vor. Zwar setzte ich auf meinen Plan, dem Zug irgendwann entfliehen zu können, doch wenn das nicht gelang, würde ich mit diesen Leuten einen weiten Weg gehen müssen.

Von meinem Platz aus beobachtete ich, dass die Kreuzfahrer eine Gruppe Juden eingefangen hatten. Es waren fünf Männer in schwarzen Gewändern. Umringt von Speerträgern, die sie bedrohten, wurden sie gezwungen, auf Schemeln zu sitzen, während sich einige der angehenden Kreuzfahrer daranmachten, ihnen die Schläfenlocken abzurasieren. Zwei schliffen noch ihre Klingen an einem Stein, während ein Dritter bereits zur Tat schritt.

Sein Messer war grob, das sah der Handwerker in mir auf den ersten Blick, es eignete sich vielleicht für Käse oder Holz, aber nicht für Haare. Ob mit Absicht oder aus Versehen, er schnitt dem Juden in die Wange, und der schrie auf und versuchte, sich zu befreien. Augenblicklich richteten die Bewaffneten ihre Speerspitzen direkt auf seine Brust.

»Warum die Juden?«, fragte ich einen Mann neben mir.

»Ich dachte, es geht um Muselmanen. Die haben doch das Heilige Land besetzt.«

Er war in mittlerem Alter und hatte ein Gesicht mit dicken Wangen und kleinen Augen. »Mein Gott, weißt du denn gar nichts, du dreckiger Kerl? Die Juden haben unseren Herrn gemordet.«

Ich entgegnete nichts und ließ ihn weiterreden.

»Der König will, dass sie aus Frankreich verschwinden, und zwar allesamt. Das Geldwechseln hat er ihnen bereits verboten. Und da!« Er fuhr den Arm aus und zeigte auf das große Feuer in der Platzmitte. »Siehst du, was unsere Freunde da machen?«

»Sie schmeißen Papier in die Flammen.«

»Das ist der Talmud, ihr Regelbuch. Sollen sie brennen, diese Lügen. Die Bibel ist die wahre Heilige Schrift.«

Ich hatte mir manchmal nach dem Gottesdienst in der Kirche Bücher angeschaut und konnte ermessen, wie viel Zeit es brauchte, einen Text abzuschreiben und die Seiten zu verzieren. Die Flammen dagegen fraßen die Schriftrollen rasend schnell. Eine zweite wurde hineingeworfen, und als auch die verbrannt war, noch eine dritte. Ein Jahr Arbeit verschwand in wenigen Augenblicken.

»Woher stammen diese Schriften?«, fragte ich den Mann neben mir.

»Na, aus den Synagogen, was denkst du? Am besten, sie verbrennen die Scheißkerle gleich mit.«

Die Rollen waren also geraubt. Diebstahl. Das gleiche Vergehen, für das Louis im Kerker saß.

Wenn ich die Frage beantworten soll, warum ich mich eingemischt habe – und selbstverständlich muss ich diese Antwort geben, um eine vollständige Geschichte zu erzählen –, dann sage ich, dass es eine impulsive Entscheidung war. Mehr als alles andere zählte in diesem Moment das, was ich mir im Kerker vorgenommen hatte. Ich wollte kämpfen. Die Wut, die in der stinkenden Zelle in mir aufgestiegen war, war wieder da. Mein Kopf war heiß, die Hände schwitzten, und ich glaubte, ich könnte mit einem Schlag alles loswerden, was mich belastete.

Als ich die Juden und ihre Peiniger erreichte, waren zwei weitere Kreuzfahrer dabei, ihre Messer zu schleifen. Nur einer setzte sein Werk mit der stumpfen Klinge fort. Ich hörte, wie die Juden Gebete murmelten in einer Sprache, die ich nicht verstand. In ihrer Haltung lag etwas Schicksalsergebenes. Demjenigen von ihnen, der mit dem stumpfen Messer traktiert worden war, lief Blut über das Gesicht. Es tropfte auf sein schwarzes Gewand.

Ich fiel seinem Peiniger in den Arm. Hielt ihn fest.

»Lass ab. Schleif zuerst die Klinge.«

Er drehte sich zu mir.

Ich blickte in ein verzerrtes Gesicht. Die Augen waren aufgerissen, aus dem Mund lief Speichel, die Zunge hing aus dem Maul wie bei einem Hund. In seinem Blick lag Mordlust.

»Wer bist du denn?«

»Einer von euch«, erwiderte ich. »Ich habe mich für den Kreuzzug verpflichtet.«

Er richtete sein Messer gegen mich. Streckte es in Höhe meines Herzens vor.

»Beweis?«, verlangte er, offenbar unfähig, in seiner Erregung einen ganzen Satz herauszubringen.

Auch seine Gesellen hatten ihre Tätigkeit unterbrochen. Verstohlen blickten die Juden zu mir. Ich konnte ihre Angst spüren, ließ aber nicht zu, dass sie auf mich übersprang.

»Schau auf die Liste im Stadthaus. Dort findest du meinen Namen, Pierre.«

»Pierre?«, rief einer der anderen und zeigte mit seinem Messer auf mich. »Oder doch Israel? Lass ihn nicht entkommen, Freund«, wies er den Mann an, der mir gegenüberstand.

»Das habe ich nicht vor. Ein Judenverteidiger ist selbst ein Jude. Das weiß jeder.«

»Lasst uns nachsehen!«, rief ein Dritter.

Als sei das ihr Stichwort gewesen, kamen andere Männer von der Seite und packten mich an den Armen. Augenblicklich bildete sich ein Kreis um uns.

»Ich bin ein Handwerker«, rief ich, »und weiß, welchen Schaden ein stumpfes Werkzeug anrichtet.«

Sie hielten mich fester.

»Ihn müsstet ihr bedrängen«, rief ich in Richtung auf den Mann mit dem Messer. »Der Kerl hat keine Ahnung. Im Heiligen Land wird er uns alle in Gefahr bringen.«

»Quatsch nicht«, zischte er. »Ich wette, er ist ein Jude.«

Die anderen Männer packten mich.

»Lasst mich los!« Ich strampelte wie wild mit den Beinen und bekam eine Ohrfeige, so scharf, dass mein Kopf zur Seite flog. »Hört auf!«, brüllte ich. »Ich bin einer von euch!«

Sie hielten mich noch fester. Ich bog meinen Leib vor und

zurück, war wie ein Fisch, der dem Angler noch entkommen will, nachdem er ihn vom Haken genommen hat.

Es gelang mir nicht.

»Schaut weg, ihr Weiber«, rief einer der Kerle.

Sie begannen, mir die Hose herunterzuziehen. Zerrten und rissen an dem Stoff.

Als sie mir auf den Knien hing, griff mir einer brutal zwischen die Beine. Der Schmerz schoss mir in den Kopf.

Er riss meinen Penis in die Höhe.

»Seht hier, eine Vorhaut«, sagte er und zog mein Geschlecht noch weiter in die Länge, auf dass sich alle überzeugen konnten. »Doch kein Israel.«

Die Leute lachten.

Sie ließen mich los. Ich taumelte rückwärts, einen brennenden Schmerz zwischen den Beinen. Ich zog meine Hose hoch.

»Das sage ich doch die ganze Zeit. Hört gefälligst auf mich.«

»Selbst wenn du ein Christ bist«, erklärte der Mann mit dem stumpfen Messer, »gibt dir das nicht das Recht, ein gottgefälliges Tun zu unterbrechen. Wir bestrafen hier eine Mörderbande.«

Ich war gedemütigt worden, doch meine Wut war stärker. Ich setzte zwei Schritte, sodass ich ihm gegenüberstand. Spannte meine Arme. Zeigte seitlich hinter mich. »Dort ist der Schleifstein. Benutze ihn gefälligst.«

»Was geht's dich an?«

»Alles. Ich gehe doch nicht mit einem Dummkopf, der kein Werkzeug benutzen kann, auf den Kreuzzug.«

Er kam näher. Ich kniff die Augen zusammen. An seiner Wange war eine lange Narbe. Es war mir egal.

»Du nennst mich einen Dummkopf?«

Das Publikum beobachtete gespannt unsere Auseinandersetzung.

»Ja«, sagte ich.

Er hob das Messer.

»Willst du mich jetzt mit dieser stumpfen Waffe angreifen?«, höhnte ich. »Pass bloß auf, dass du dich nicht selbst verletzt.«

Einige der Umstehenden lachten. Auch die fünf Juden schauten zu uns.

Mein Herz pochte wild. Aber ich war entschlossen, nicht nachzugeben, nicht wegzulaufen. Ich würde mich wehren. Ging in die Hocke. War bereit, seinen Angriff abzuwehren.

Mein Gegenüber sah offenbar meine Entschlossenheit. Er bewegte sich nicht. Machte keine Anstalten, mich anzugreifen. Ich bezweifelte sogar, dass er sein Messer richtig festhielt. Ein Tritt, und er würde es fallen lassen.

Von der Seite kam ein lauter Ruf.

»Der Bischof!«

Wie Echos in einer Höhle nahmen andere den Ruf auf und wiederholten ihn: »Der Bischof, der Bischof!«

Der Mann ließ das Messer sinken.

Eine vierspännige Kutsche erreichte den Rand des Platzes. Die Kreuzfahrer fielen auf die Knie. Der Wagen wurde langsamer. Ein Diener öffnete die Tür, und der Bischof in seiner weißen Robe trat heraus und stützte sich auf seinen Stab.

Er begann, Kreuze in die Luft zu zeichnen. Der dicke Ring an seinem Finger war nicht zu übersehen.

Alle Blicke waren auf ihn gerichtet.

Der Kerl mit dem stumpfen Messer kniete sich ebenfalls nieder, genauso wie seine Freunde.

Ich machte zwei Schritte auf die Juden zu, tippte den mit dem blutigen Gesicht an und zeigte in Richtung Platzrand. Er begriff, genauso wie die anderen, die lautlos aufstanden. Zu sechst drückten wir uns durch die kniende Menge, die mit Inbrunst das Vaterunser zu beten begonnen hatte.

Es dauerte, weil es so eng war, lange, bis wir die Menge hinter uns gelassen hatten. Während die Juden sich beeilten fortzukommen, drehte ich mich noch einmal um.

Der Bischof schickte sich an, wieder in seine Kutsche zu steigen.

»Hat er einen Audienztag?«, fragte ich, einer plötzlichen Eingebung folgend, den Mann neben mir.

»Aber sicher. Immer freitags. Sei früh da, wenn du vorsprechen möchtest. Da herrscht Andrang.«

Das war ein guter Rat, den ich mit auf meinen Weg nahm. Zu Hause erwarteten mich Marie, Fabienne und die Kinder. Marie drückte mich an sich und wollte mich gar nicht wieder loslassen. »Pierre«, sagte sie immer wieder. »Was bin ich froh.«

Ich war auch froh, erzählte aber nicht, wie es mir gelungen war freizukommen.

»Später«, sagte ich, als Marie zum wiederholten Mal fragte, was geschehen war. »Jetzt will ich mich erst mal rasieren und waschen. Ich kann meinen Geruch nicht mehr ertragen.«

Auch Kittel und Hose säuberte ich und ließ mir viel Zeit dabei. Hängte beides in die Nachmittagssonne, nachdem ich mich in eine Wolldecke gewickelt hatte.

Eine letzte Gelegenheit hatte ich noch, meiner Familie zu ihrem Recht zu verhelfen.

Am Freitag.

XXXV

Bereits im Morgengrauen stand ich vor dem Bischofspalast, so früh, dass ich der Vierte in der Reihe war. Ich hatte lange wach gelegen und auf den Atem von Laurent gelauscht. Den Bischof von Paris hatte ich viele Male gesehen, als ich Meister Jean zum Domkapitel gefolgt war, doch ich hatte mich noch nie selbst an jemanden in einem derart hohen Amt gewandt.

Ich sprach mir Mut zu. Wenn es einen Audienztag gab, dann war er für Leute, die ihre Bitten vorbringen wollten. Leute wie mich.

Weder Marie noch Fabienne hatte ich in mein Vorhaben eingeweiht. Inzwischen trug ich einen ganzen Sack voller Geheimnisse mit mir herum.

Als es heller wurde, wuchs die Schlange hinter mir. Ich hatte nichts gegessen und kaum etwas getrunken, ich wollte keinen Wein, auch keinen mit Wasser verdünnten, denn ich brauchte einen klaren Kopf. Die Tür vor uns war verschlossen. Sie war zweiteilig, aus schwerem Holz, die Griffe mit Eisen beschlagen. Um mir die Zeit zu vertreiben, überlegte ich, ob beide Flügel für die Audienz geöffnet wurden oder nur eine. Auf welche Weise würden die Bittsteller hereingelassen? Geordnet und hintereinander oder als drängende Menge?

In meinem Rücken ging die Sonne auf, und die Schlange der Wartenden wurde immer länger. Sie wuchs an, wie Tropfen eine Regentonne füllen, einer nach dem anderen kam und stellte sich hinten an. Als die Glocken neunmal schlugen, öffnete ein Wachmann einen der beiden Türflügel.

Langsam und geordnet traten wir ein, einer nach dem anderen, durchschritten einen Flur und blieben vor einer weiteren verschlossenen Tür stehen. Sie wurde von zwei Soldaten bewacht.

Der Bischof residierte in einem Saal, an dessen hinterer Wand ein riesiges vergoldetes Kreuz hing. Unterhalb des Goldkreuzes standen zwei Tische, beide mit einem Schreiber besetzt. An der Längsseite bildeten mehrere Pfarrer eine Art Publikum. Einige von ihnen hatten die Hände gefaltet.

Der Bischof selbst trug einen spitz zulaufenden Hut und saß auf einem erhöht stehenden Sessel mit Baldachin. Seinen Stab hatte er in der Hand. Er war ein älterer Mann mit einem kantigen Kopf und hellen, beinahe leuchtenden Augen.

Da ich der Vierte in der Reihe war, hatte ich Zeit zu studieren, wie sich meine Vorgänger verhielten.

Als Bittsteller hatte man bis zum Sessel vorzugehen, dort niederzuknien, dem Bischof den Ring zu küssen, wieder aufzustehen und sein Anliegen dann so laut vorzutragen, dass es alle Anwesenden hören konnten.

Als ich an der Reihe war, sagte ich laut und deutlich: »Hochwürden, ich bitte um Gerechtigkeit.«

In meiner Stimme war ein Flattern, und mir schien sie

höher zu sein als sonst. Ich spürte meine Anspannung, als ich den Namen meines Vaters nannte, von seiner Aufgabe auf der Baustelle erzählte, der langen Krankheit und seinem Tod.

»Das Domkapitel schuldet meinem Vater Geld, und ich bitte Euch, dafür zu sorgen, dass es seiner Witwe ausgezahlt wird.«

»Das kann ich mir nicht vorstellen«, sagte der Bischof. »Im Domkapitel sind ehrliche Christenmenschen tätig.«

Vorsichtig schüttelte ich den Kopf und setzte zum Widerspruch an, doch der Bischof sprach weiter.

»Glaub mir, mein Sohn. Und nun geh. Die Reihe der Petenten ist lang.«

Als ich mich vor ihm verbeugte und langsam wieder aufrichtete, kehrte meine Wut zurück. Das Gefühl aus der Zelle. Das vom Kreuzfahrerplatz. Der Wille, den Kampf aufzunehmen.

Als es da war, richtete ich mich wieder auf, bis meine Schultern so standen, wie es sich gehörte.

Ich schaute den Bischof direkt an, der ein fragendes Gesicht machte.

»Seine Frau und seine Tochter haben es beschworen.« Ich streckte meinen Arm mit der geöffneten Handfläche vor. »Sie lügen nicht. Ich gebe meine rechte Hand dafür.«

»So?«, fragte der Bischof. »Die rechte Hand? Das nenne ich mutig. Sei froh, dass ich dein Angebot nicht wörtlich nehme. Und nun geh.«

Die Pfarrer an der Seite lachten halblaut.

»Hochwürden«, brachte ich hervor. »Mein Vater war Baumeister an der Kathedrale, doch das Domkapitel hat ihn nur als Proviseur bezahlt. Das ist die Wahrheit.«

»Die Wahrheit«, wiederholte er spöttisch und bekam wieder ein Lachen aus dem Publikum.

»Es gibt im Stadthaus Pläne«, behauptete ich. »Von seiner Hand gezeichnet.«

Das schien den Bischof nachdenklich zu stimmen. »Hmm. Wie ist dein Name?«

»Pierre de Montreuil, Hochwürden.«

»Und der deines Vaters?«

»Hugo de Montreuil.«

»Nun gut.« Er wandte sich an einen der Schreiber an seiner Seite. »Thierry?«

»Hochwürden?«

»Überprüft die Angelegenheit. Die Pläne, und wenn ihr fündig werdet, auch die Lohnliste. Wer kontrolliert die normalerweise?«

»Das ist unsere Aufgabe. Genauer gesagt, die von Bruder Raimond.«

Der Schreiber zeigte auf den Mann neben ihm.

»Also, kümmert euch um die Sache. Gründlich, wenn ich bitten darf. Ich denke, das sind wir dem hartnäckigen jungen Mann schuldig. Außerdem will sich die Kirche nicht nachsagen lassen, dass sie Geld unterschlägt. Bis wann«, fragte er mich, »hat dein Vater gearbeitet? Baumeister Hugo de Montreuil, richtig?«

»Ja, Hochwürden. Er war bis zum Herbst 1245 beschäftigt. Nach dem Winter konnte er wegen seiner Krankheit nicht wieder anfangen.«

»Also, Thierry, das lässt sich doch wohl nachprüfen.«

»Wir kümmern uns darum, Hochwürden«, erwiderte der Schreiber.

Ich verbeugte mich tief und wollte mich zurückziehen.

»Eins noch, Pierre«, sagte der Bischof. »Wenn deine Familie Geld benötigt, warum arbeitest du dann nicht? Ich meine«, setzte er hinzu und machte eine kleine Pause, »wenigstens so lange, wie du deine rechte Hand noch hast.«

Die Pointe war wohlgesetzt. Der Saal lachte wieder.

»Ich arbeite, Hochwürden. In Paris. Auch dort wird zu Ehren der heiligen Maria eine Kathedrale gebaut.«

»Davon habe ich gehört«, sagte er schmunzelnd, und wieder lachten die Pfarrer am Rand. »In Paris also?«

»Ja, Hochwürden. Ich habe verschiedene Handwerke gelernt, Steinmetz, Mörtelmischer, auch Zimmermann. Aber ich möchte dort Baumeister werden.«

»Soso«, meinte der Bischof. »Ein Baumeister. Wie der Vater. Nun, mein Sohn, dann wünsche ich dir Gottes Segen auf deinem Weg.« Er schaute mir mit seinen leuchtenden Augen ins Gesicht. »Übrigens werden auch bei uns in Chartres Baumeister gesucht.«

»Selbstverständlich, Hochwürden. Aber mein Platz ist in Paris.«

»Dein Platz ist in Paris. Nun, wenn du dir da so sicher bist, halten wir dich nicht auf. Komm morgen wieder hierher, bis dahin werden Thierry und Raimond die Angelegenheit überprüft haben.«

»Danke, Hochwürden.« Ich verbeugte mich.

Ich verließ den Palast, vor dessen Tür nach wie vor Bittsteller warteten. Als ich an ihnen vorbeiging, knurrte mein Magen. Meine Audienz hatte nicht lange gedauert, doch ich war bereits seit vielen Stunden auf den Beinen.

Ich öffnete die Haustür. Zu meiner Überraschung war Besuch da.

Es war Thibault, der Leineweber. Er stand in der Mitte der Küche, gegenüber von Marie und Fabienne. Als ich eintrat, blickte er zu mir. Er war noch teurer angezogen als bei unserem ersten Treffen. Nach Art der reichen Leute trug er enge Kleidung, die Bauern oder Handwerker schon deshalb nicht anziehen konnten, weil sie bei der körperlichen Arbeit hinderlich wäre. Über seiner Brust hing eine Kette aus schweren Gliedern. Ich vermutete, dass sie aus Gold war.

Offensichtlich wollte er zeigen, wie viel er besaß.

»Pierre«, sagte Marie. »Thibault ist gekommen, um meine Antwort zu hören.«

»Ich meine, es ist genug Bedenkzeit gewesen«, sagte der Leineweber in meine Richtung.

»Wahrscheinlich.«

Mir wäre es lieber gewesen, der Mann wäre einen Tag später erschienen, und ich hätte die Entscheidung der bischöflichen Schreiber bereits gehabt, doch so oder so war ich nicht bereit, ihm Marie zu geben. Es war ein Risiko, denn ich konnte nicht in Chartres bleiben, wollte ich nicht Gefahr laufen, zur Teilnahme am Kreuzzug gezwungen zu werden. Doch mein Entschluss stand fest. Ich würde einen Weg finden, ihr und Fabienne Geld zukommen zu lassen.

Ich blickte Thibault an. In seinem Gesicht regte sich nichts. Er war angespannt.

»Wir danken Euch für Euer großzügiges Angebot, mein Herr. Doch wir sagen Nein.«

Er runzelte ungläubig die Stirn.

»Pierre!«, stöhnte Marie halblaut. »Ich …«

Ich beachtete sie nicht.

»Unser Vater ist tot, deshalb bin ich das Familienoberhaupt und treffe die Entscheidungen. Ich bitte Euch in aller Form, sie zu akzeptieren.«

»Se …selbstverständlich«, brachte Thibault hervor.

»Sie richtet sich nicht gegen Euch persönlich. Ich respektiere Euch. Aber beim Nachdenken über die Verbindung bin ich zu dem Schluss gekommen, dass der Altersabstand zu groß ist.«

»Ich bin zwar achtundvierzig, Monsieur, aber ich werde sie ehren. Ihr wird es bei mir an nichts fehlen.«

»Daran zweifle ich nicht. Dennoch, ich habe mich entschieden.«

Thibault schaute mich an. »Wie Ihr meint«, sagte er pikiert und ging grußlos hinaus.

»Pierre«, flüsterte Marie. »Warum?«

Ich nahm ihre Hand und drückte sie.

»Er hat es gut gemacht«, meinte Fabienne.

»Das glaube ich nicht.«

»Doch, Kind.«

Auch ich fand, dass ich die richtige Entscheidung getroffen hatte. In diesem Gefühl trank ich einen Becher verdünnten Wein, suchte mir in der Küche Brot und Käse und setzte mich damit an den Tisch. Mein Magen knurrte.

Den Rest des Tages schlichen Marie und ich umeinander herum. Ich bot ihr an, Holz für den Ofen hereinzuholen, sie stellte mir im Gegenzug Wein an meinen Platz. Einige Male schaute ich sie verstohlen an, und mein Blick blieb an ihrem Gesicht hängen, das noch faltenlos und rund war wie das eines Kindes. Ja, ich hatte richtig gehandelt.

Am Abend verabschiedete ich mich früh und ging nach oben.

Es war dunkel in der Kammer. Laurent war noch wach. »Ich mag diesen Leineweber auch nicht.«

»Ach«, sagte ich, während ich mich auszog und mich in den Nachttopf erleichterte, »ich habe nichts gegen ihn.«

»Trotzdem hast du ihn fortgeschickt.«

»Das stimmt. Wenn du zugehört hast, weißt du auch, warum.«

»Weil er alt ist«, sagte Laurent.

»Genau. Und warum magst du ihn nicht?«

»Weil er ein Angeber ist.«

Ich lachte. »Das kann sein.«

»Pierre?«

»Ja.«

»Ich bin froh, dass du wieder frei bist.«

»Ich auch.«

»Wenn du doch wieder nach Paris gehst …«

»Was ist dann?«, fragte ich.

»… dann möchte ich mit dir kommen.«

»Und deine Mutter und deine Schwester hier allein zurücklassen?«

»Ja«, erwiderte er. Die Unsicherheit in seiner Stimme war nicht zu überhören.

»Dafür bist du zu jung, Laurent. In ein paar Jahren vielleicht.«

»Dann holst du mich?«

»Wenn ich dann in Paris bin, tue ich das.«

Ich verließ unser Haus, bevor die anderen wach waren, und spazierte durch das Städtchen. Es war bereits hell.

Ich mied den Platz der Kreuzfahrer, von dessen Lagerfeuern graue Rauchsäulen aufstiegen.

Der Markt wurde aufgebaut. Die Arbeit der Händler ging leise vonstatten. Es war angenehm, irgendwie friedlich.

Als die Kirchenuhr neun schlug, machte ich mich auf zum Bischofspalast. Ich klopfte an die Tür der Schreiber und öffnete sie.

Was das Ergebnis ihrer Untersuchung war, wusste ich, kaum dass ich eingetreten war.

Sie hatten einen Raum, der dem der beiden Kapitelsekretäre nicht unähnlich war, allerdings viel ordentlicher. Es gab keine überquellenden Regale. Außerdem war es nicht so kalt.

Auf dem Pult des ersten Schreibers stapelten sich Silbermünzen. Ich hatte gewonnen.

»Monsieur Pierre. Tretet näher«, sagte der Schreiber, der Thierry hieß. »Wir haben Eure Angelegenheit noch gestern überprüft. Es gibt Pläne Eures Vaters.« Er hielt eine Papyrusrolle in die Höhe. »Eine ganze Reihe davon.« Er zeigte auf die Münzen. »Und es ist wahr, dass er nicht bezahlt wurde, wie es einem Baumeister zusteht.«

»Danke.«

»Bedankt Euch bei Bruder Raimond. Er ist die Lohnlisten durchgegangen und hat den Fehler entdeckt.«

Ich verneigte mich vor dem zweiten Schreiber.

»Wobei ›Fehler‹ wohl nicht das richtige Wort ist«, fuhr Thierry fort und wandte sich an seinen Mitbruder. »Oder was meinst du?«

Raimond lächelte. »Nicht ganz.«

»Wir mussten den Kapitelsekretär verhaften lassen. Er wurde noch gestern Abend befragt. Unter Folter. Dann kommen die Antworten ja meistens schnell.«

Es war allgemein bekannt, dass die Beschuldigten, wenn sie nicht beizeiten gestanden, auf die Streckbank gespannt wurden und die Peiniger die Kurbel drehten. Niemand hielt das lange aus. Ich war froh, dass mir eine solche Tortur erspart geblieben war.

»Der Mann behauptet, das Domkapitel hätte von ihm verlangt, Geldmittel einzusparen. Deshalb der Betrug. Aber das war nur eine weitere Lüge. Er hat das Geld für sich selbst genommen. Was Euch angeht …«

»Ja?«

»Hier ist das Silber, das man Eurem Vater vorenthalten hat. Dreihundert Sous. Das entspricht fünfzehn Silberpfund.«

Ich trat vor. Der Schreiber reichte mir einen Beutel für die vielen Münzen.

»Zählt nach, wenn Ihr wollt.«

»Ich vertraue Euch.«

Nachdem ich die Münzen in den Beutel geschüttet hatte,

ging hinter mir die Tür auf. Die beiden Schreiber verbeugten sich. Ich drehte mich um.

Es war der Bischof. Diesmal ohne seinen hohen Hut, auch ohne den Stab. Er sah beinahe normal aus.

»Ah«, sagte er, »der junge Baumeister.«

Ich verneigte mich.

Er trat näher an mich heran. »Willst du nicht doch in Chartres bleiben? Wir können talentierte junge Leute gebrauchen.«

Er eröffnete mir einen Weg, wahrscheinlich mehr, als er ahnte. Der Sekretär, der mich angezeigt hatte, war eingesperrt. Sicherlich könnte der Bischof erreichen, dass ich als junger Baumeister meine Unterschrift unter die Kreuzfahrerliste zurückziehen durfte. Dann hätte ich ein gutes Leben und würde das Handwerk lernen, das ich anstrebte.

Aber es half alles nichts: Ich wollte zurück nach Paris. Ich wollte zu Notre-Dame.

»Ich danke Euch, Hochwürden, aber ich muss Euer großzügiges Angebot ablehnen.«

»Verstehe«, sagte er. »Die Hauptstadt lockt. Wie du meinst.«

Er war bereits dabei, sich an die beiden Schreiber zu wenden, als er sich noch einmal zu mir umdrehte. »Alles Gute auf deinem Weg, Pierre. Möge Gott dich schützen.«

Als er mit den Schreibern gesprochen und sich wieder entfernt hatte, wandte ich mich an Thierry. »Monsieur«, sagte ich, »ich habe noch eine Bitte.«

»Nämlich?«

Ich zeigte auf die Papyrusrolle. »Würdet Ihr mir den Plan geben? Damit ich eine Erinnerung an meinen Vater habe.«

Er schmunzelte, als er ihn mir reichte.

Ich brachte die Silbermünzen nach Hause, wo ich sie auf dem Tisch stapelte, wie der Schreiber es auf seinem Pult getan hatte. Nun brachte ich endlich alles, was ich verheimlicht hatte, zur Sprache: meinen Wunsch, nach Paris zurückzukehren, die erzwungene Unterschrift in die Kreuzfahrerliste, auch, warum ich die Verbindung zu Thibault unterbunden hatte.

Ich versprach, ihnen auch in Zukunft Geld zu schicken.

Noch am selben Tag nahm ich Abschied. Es war warm und trocken, ein gutes Reisewetter. Ich zog Marie zur Seite.

»Wenn du möchtest, komm mit mir.«

Das war ein seltsames Angebot, denn ich hatte weder Arbeit noch Unterkunft in Paris. Dennoch meinte ich es ernst. Ich wollte sie nicht noch einmal gegen ihren Willen verlassen.

»Mein Platz ist hier in Chartres.«

»Dann komme ich dich besuchen. Regelmäßig.«

»Das wäre schön.«

Ich nahm ihre Hände. »Heirate einen Mann, den du magst und mit dem du dein Leben teilen willst.«

»Das werde ich. Danke für alles, Pierre.«

Ich drückte sie an mich. »Wir werden uns bald wiedersehen. Das verspreche ich dir.«

Diesmal standen sie alle an der Tür, als ich ging, Fabienne, die beiden Kleinen und Marie, die mir ein dickes Proviantpaket geschnürt hatte. Ich verabschiedete mich, dann ging ich hinüber zu Margaux. Wir umarmten uns und hielten einander lange fest.

Ich wanderte hinaus aus Chartres und bis an den Waldrand. Erst dort drehte ich mich um, blickte auf die Kathedrale und entrollte den Plan meines Vaters. Er zeigte eine seitliche Fassadenwand. Es dauerte einen Moment, aber dann war ich mir sicher, sie entdeckt zu haben. Sie sah genauso aus wie auf der Zeichnung.

XXXVI

In Paris führte mich mein erster Weg zu Notre-Dame. Rund ein Jahr war vergangen, seit ich vor dem Nachtwächter geflohen war, in der Meisterhütte auf einem Stuhl geschlafen und mir aus Meister Gabriels Vorrat meinen Reiseproviant gestohlen hatte.

Der Bau hatte sich verändert. Der nördliche Turm war inzwischen fast fertig. Er ragte nicht in den Himmel wie der von Saint-Denis, sondern war rechteckig und kompakt. Die Aussparungen waren meisterhaft. In der Mitte trug eine Säule die Last, die auf die Entfernung nicht dicker schien als ein Arm. Auch gegenüber, am Südturm, hatten die Arbeiten begonnen.

Aber mich fesselte vor allem der Chor. Ich stand weit weg, auf der äußeren Zaunseite, der gesamte Platz und der mächtige Kirchenbau zwischen mir und der Fassade, und dennoch war ich mir sicher, dass sie anders geworden war. Wie war das möglich? Meister Gabriel hatte sie sicher nicht abreißen und neu bauen lassen.

Meine Neugier zog mich dorthin. Ich tauchte unter dem Zaun hindurch. Der Platz und die Baustelle waren kaum wiederzuerkennen. Sie wirkten wie verwandelt. Der Betrieb war zurück. Es gab wieder eine Menge Handwerker, die wie Insekten über den Platz wimmelten.

Beim Näherkommen sah ich noch besser, was sie geschaffen hatten, neue Wände, Fenster zwischen den Pfeilern, Skulpturen an den Fassaden, die es damals noch nicht gegeben hatte.

Die Sonne schien, ein paar dicke Wolken standen am Himmel, es war warm. Stück für Stück wanderte mein Blick am Kirchenbau entlang. Ich trat zwischen zwei Säulen in das Innere der Kirche. Es war groß und weit. Ich kam mir vor, als sei ich in einer Himmelshalle.

Die Gerüste hingen wieder an den Wänden. Maurer arbeiteten, Mörtelmischer schleppten ihre Eimer hinauf, es war laut wie eh und je, überall wurde gehämmert und gesägt, und die durchdringenden Rufe der Handwerker hallten durch den Bau.

Ich blieb auf halbem Weg stehen. Von dort sah ich, dass die Chorfassade tatsächlich neu war, ich hatte mich nicht geirrt. Sie hatte die frühere Höhe noch nicht wieder erreicht, doch es war unzweifelhaft, dass jemand die alte Wand abgerissen hatte. Langsam wurde mir der Zusammenhang klar. Meister Jean war zurück.

Als ich ihn entdeckte, schien er mir älter und langsamer geworden zu sein, in seinem schwarzen Haar gab es graue Strähnen. Ich verbarg mich hinter einer Säule. Unser letztes Zusammentreffen hatte ich nicht vergessen. Er hielt mich für einen Dieb.

Es gab manches, was ich nicht verstand. Offenbar hatte

das Domkapitel neues Geld erhalten. Aber woher stammte es? Und wieso war Meister Jean zurück?

Ich wollte Antworten auf diese Fragen finden.

Zumindest einige bekam ich schneller, als ich erwartet hatte.

»Pierre?«, hörte ich eine Stimme hinter mir.

Es war Clément. Mit seinem Essensbeutel und einem Trinkschlauch in der Hand stand er da, offenbar im Begriff, sich ein Plätzchen für die Mittagspause zu suchen.

Er kam näher. »Pierre? Bist du das wirklich?«

»Clément!«

Wir umarmten uns.

»Wo warst du? Und seit wann bist du wieder hier?«, fragte er.

»Seit gerade eben.«

»Komm, lass uns essen. Ich habe genug für zwei.«

Wir setzten uns in eine Ecke. Er reichte mir seinen Weinschlauch, und ich nahm einen großen Schluck.

»Was ist hier los? Ich erkenne die Baustelle kaum wieder.«

Er lachte. »Es hat sich viel verändert. Man sollte eben nicht so lange verschwinden.«

»Das Domkapitel hat Geld?«

»Und es fließt reichlich. So heißt es zumindest. Das kommt daher, dass die Kirche inzwischen eine Spende für die Kathedrale als genauso gut für das Seelenheil anerkennt wie eine Teilnahme am Kreuzzug. Und da bleiben die Leute lieber hier.«

Er lachte noch herzlicher als zuvor. »Die Reise ins Heilige

Land ist doch eher unbequem. Und wer weiß, ob man zurückkommt. Meinem Vater war das nicht vergönnt.«

»Und deshalb haben sie auch Meister Jean wieder gerufen?«

»Ich glaube, sie waren nicht besonders zufrieden mit diesem Gabriel. Zu dicke Mauern, zu viele Stützen. Ich meine, ich hatte nichts dagegen …«

»Nein?«

»Ich bin jetzt Maurermeister«, erwiderte er und strahlte. »Je mehr Steine verbaut werden, desto besser verdiene ich.«

»Ein Meister – ich gratuliere. Was ist mit Meister Yves?«

»Der ist mit Gabriel fortgegangen. Das war mein Glück. Sie brauchten jemanden, der ihn ersetzte.«

»Aber«, wandte ich ein, »du wolltest doch mal Baumeister werden.«

Er hatte ein Stück Schinken in der Hand, von dem er uns beiden eine Scheibe abschnitt.

»Baumeister, ja«, sagte er, während er am Schinken säbelte. »Das war ein Kindertraum. Es hat sich viel verändert.«

Sofort fiel mir Agnès ein.

»So?«

»Ja. Ich bin Maurer, und das bleibe ich auch. Was ist mit dir?«

»Ach, ich habe viele Möglichkeiten«, log ich.

»Das ist ganz bestimmt so. Handwerker werden überall gesucht.« Er zeigte auf einen unscheinbaren Mann mit einer grauen Mütze, der mit zwei anderen im Gespräch war. »Siehst du den Kerl da?«

»Was ist mit ihm?«

»Der ist von der Stadtmauer und versucht, meine Leute abzuwerben. Plötzlich gibt es zu wenige Handwerker. Ich glaube, ich muss einschreiten.«

»Dann los.«

Er reichte mir seinen Wasserschlauch. »Warte einen Moment, Pierre. Lauf nicht weg.« Er stand auf. »Übrigens werde ich heiraten.«

So beiläufig er mir das mitteilte, so unvermittelt war die alte Eifersucht zurück. Sie traf mich derart heftig, als hätte er mich mit einem Messer gestochen. Vor meinem inneren Auge sah ich ein Bild meines letzten Abends in Paris. Agnès und Clément, die vom Wein erhitzt ins Haus stürmten.

»Du bist ein Glückspilz«, sagte ich bitter.

»Da könntest du recht haben. Eines noch: Wenn du hier als Maurer arbeiten möchtest, bist du willkommen. Schließlich sind wir Freunde.«

»Danke.«

Er ging hinüber zu dem Mann mit der Mütze und den anderen beiden, und ich beobachtete, dass er nicht viele Umstände machte und seine Maurer fortschickte. Sie gehorchten ihm. Offenbar war er als Meister anerkannt.

Ich brauchte nicht darüber nachzudenken, hier als Maurergeselle anzufangen. Weder wollte ich in der Nähe von Meister Jean sein, noch hatte ich Lust, an Cléments Hochzeitsglück teilzuhaben.

Zwar war und blieb Notre-Dame mein Ziel, aber vorher musste ich noch einiges lernen, und zwar bei einem bereitwilligen Baumeister. Gleichzeitig galt es, Geld zu verdienen.

Die dreihundert Sous aus Chartres hatten meinem Vater zugestanden, deshalb gehörten sie seiner Witwe. Ich besaß nicht mehr als ein paar Münzen, die ich in Chartres verdient und für mich behalten hatte.

Die schnellste Möglichkeit war, das aufzunehmen, was ich vor meiner Abreise geplant hatte: die Arbeit an der Stadtmauer.

Genau wie Notre-Dame war auch die Mauer gewachsen. Ich blieb an einer Stelle stehen, wo alte Teile abgebrochen wurden, um sie zu erneuern. Steinmetze klopften alten Mörtel ab. In der Nähe war das Fundament vertieft worden. Auch hier konnte man mühelos erkennen, dass nicht gespart wurde. Es wurde ordentlich verschalt, damit das Erdreich nicht rutschte, an der Seite stapelten sich die Steine, die Maurer hatten eine Kette gebildet und reichten sie herunter, genauer gesagt, warfen sie sie sich zu. Die Stimmung schien gut zu sein.

Ich ging auf einen bärtigen Mann zu, der den Steinmetzen Befehle erteilte. Der Meister war schmal, aber muskulös, man sah ihm an, dass er hart arbeiten konnte.

»Guten Tag, Monsieur«, begann ich.

Er schaute mich an.

»Mein Name ist Pierre, ich bin Steinmetzgeselle.«

»Wo kommst du her?«

»Aus Chartres«, erwiderte ich wahrheitsgemäß.

»Und du suchst Arbeit?«

»Ja.«

»Gut«, sagte er und streckte mir die Hand entgegen, die

ich schüttelte. »Du kannst hier anfangen. Wenn du Steinmetz bist, kennst du ja die Bezahlung.«

»Zwei Steine, ein Denier.«

»Das ist richtig, allerdings gilt es nicht für die, wo ihr nur den Mörtel abklopft. Das geht viel schneller. Da ist die Regel vier Steine ein Denier.«

»Einverstanden.«

»Dann komm morgen früh wieder. Wir fangen an, sobald es hell wird.«

»Bis morgen«, entgegnete ich und machte mich auf, mir eine Unterkunft zu suchen.

Am Nachmittag lief ich ziellos durch die Stadt. Vor allem aber war ich mit meinen Gedanken bei Notre-Dame. Die Arbeit an der Stadtmauer verpflichtete mich zu nichts, ich würde jeden Abend meinen Lohn bekommen, und wenn ich eines Morgens nicht wieder auftauchte, würde der Meister bestenfalls mit den Schultern zucken.

Wie aber kam ich an die Kathedrale zurück?

Meister Jean zu fragen war ausgeschlossen. Je mehr ich an ihn dachte, desto mehr kam er mir wie ein unüberwindliches Hindernis vor. Mein Plan war, mit dem Baumeister der Stadtmauer in Kontakt zu treten, um bei ihm zu lernen. Ich dachte darüber nach, wie ich das am besten anstellte. Dabei blieb ich auf der Seine-Brücke stehen, schaute zum Himmel und betete still.

Aber es war nicht Gott, der mir etwas zurief, sondern Agnès.

Sie kam mir auf der Brücke entgegen. »Pierre!«

Als sie vor mir stehen blieb, war sie außer Atem und hatte ein Lächeln im Gesicht, das sie zu verbergen versuchte. Ich sah es trotzdem. Ihr schwarzes Haar war so lang, dass es seitlich unter dem Kittel verschwand. Die Hände hatte sie gefaltet und knetete die Finger. Sie hatte sich kaum verändert, ihr Gesicht war schön wie eh und je.

»Agnès? Was machst du hier?«

Ich behielt meine Aufregung für mich, und gleichzeitig kämpfte ich dagegen an, mich ihr wieder zu nähern, auch nicht ein kleines Stück. Sie gehörte zu einem anderen, und wenn Abstand zwischen uns war, ließ sich das leichter akzeptieren.

»Ich habe dich gesucht. Clément hat mir erzählt, dass du zurück bist.«

»Und dann bist du durch die Stadt gelaufen, um mich zu suchen?«

Das war eine seltsame Vorstellung, erstens, weil sie mit Clément verbunden war, und zweitens, weil sie nicht eine ihrer Skulpturen stehen lassen würde, um mich zu finden.

»Nicht durch die ganze Stadt«, sagte sie trocken. »Er meinte, du wärst nach Norden gegangen.«

Wir standen auf der Brücke, die Leute drängten sich links und rechts an uns vorbei.

»Komm«, schlug sie vor, »gehen wir ein Stück?«

»Warum nicht?«

Ich musste mich nicht fragen, ob meine alten Gefühle für sie noch da waren, denn sie pochten ziemlich laut in mir, mein Herz klopfte, ich war aufgeregt. Aber ich wollte diese Empfindungen nicht. Endgültig nicht mehr.

So gab ich ihr, als sie sich erkundigte, nur vage Auskünfte über meine Pläne und begann meinerseits, ihr Fragen zu stellen. Sie arbeitete nach wie vor als Bildhauerin an der Kathedrale. Ihr Vater hatte es dem Domkapitel schwer gemacht und Forderungen gestellt, als er zu Frühlingsanfang erneut berufen worden war. Sie hatten Meister Gabriel entlassen und einen berittenen Boten zu ihm geschickt. Doch natürlich war er froh, zurück zu sein.

»Du kennst ihn ja. Es ist seine Kathedrale, und er will sie genau so, wie er sie sich vorstellt.«

Wir schlenderten am nördlichen Flussufer entlang. Nicht allzu weit von hier hatte ich damals die Meister Yves und Gabriel belauscht. Agnès zeigte auf den Strand, und wir gingen hinunter. Auch dort waren wir schon einmal gemeinsam gewesen.

»Weißt du noch«, sagte ich, als wir uns in den Sand gesetzt hatten und auf das Wasser und die bunten Segel schauten, »dass du einmal gesagt hast, du würdest nicht heiraten?«

»Hmm«, machte sie. »Da war ich jung.«

»Und wenn doch«, gab ich zurück, »dann weder Clément noch mich.«

»Jaja.«

»Und jetzt gilt das nicht mehr?«

»Was meinst du?«

»Heiratest du nicht?«

»Nein. Wie kommst du denn darauf?«

»Ich dachte … also …« Ihre Entrüstung brachte mich ins Stottern. »Clément …«

»Was?«, rief sie. »Wer behauptet so etwas?«

Als ich nicht antwortete, sagte sie: »Clément heiratet ein Mädchen aus seiner Nachbarschaft. Sie heißt Valérie.«

»Stimmt das?«

Mit einem Ruck drehte sie sich zu mir. »Wenn ich es sage. Wie kommst du darauf, ich würde ihn heiraten?«

Ich wich ihrem Blick aus. »Wegen damals …« Ich kam wieder ins Stottern »… als du ihn mit nach Hause gebracht hast … da wart ihr doch ein Paar.«

»Nein, waren wir nicht«, sagte sie.

»Aber es sah so aus!«

Sie nahm eine Handvoll Sand auf und ließ ihn zwischen ihren Fingern hindurchrieseln. »Vielleicht sollte es so aussehen«, sagte sie leise.

»Was heißt das?«

»Ach nichts.« Sie winkte ab. »Warum kommst du nicht zu Notre-Dame zurück? Clément meinte, du würdest es dir überlegen.«

In meiner Verwirrung ließ ich zu, dass sie das Thema wechselte.

»Das geht nicht. Dein Vater ist bestimmt noch wütend auf mich. Außerdem kann ich bei ihm nichts lernen.«

»Das Erste stimmt nicht. Das Zweite schon eher. Aber das liegt auch an dir.«

Ich stand auf und klopfte mir den Sand vom Hintern. Wenn ich eines auf keinen Fall wollte, dann waren das ihre guten Ratschläge.

Sie streckte mir die Hand hin, ich zog sie hoch. Das war das erste Mal seit langer, langer Zeit, dass ich ihre Hand berührte, und ich ließ es etwas länger andauern als nötig.

»Sprich mit Vater«, sagte sie.

»Nein.«

»Wenn du möchtest, komme ich mit.«

Ich sah, dass sie mir einen Weg wies, und erinnerte mich daran, wie ich vor einer oder zwei Stunden Gott um Hilfe gebeten hatte. Seine Wege, hieß es, waren unergründlich. Was, wenn Er mir Agnès geschickt hatte? Wenn sie Sein Fingerzeig war?

Wie konnte ich sie abweisen?

XXXVII

Die Dämmerung war angebrochen. Auf der Baustelle wurde nicht mehr gearbeitet, die Handwerker waren verschwunden.

»Ich glaube, er ist in seiner Bauhütte«, meinte Agnès.

Mir wäre es lieber gewesen, Meister Jean draußen zu begegnen, doch Agnès öffnete bereits die Tür.

»Vater, Pierre ist zurück.«

Meister Jean stand an seinem Pult, hatte einen seiner Kohlestifte in der Hand und war über eine Wachstafel gebeugt. Eine Öllampe und einige Kerzen brannten, es war leidlich hell.

Ich blieb an der Schwelle und trat nicht ein.

»Ach, sieh an«, sagte er nicht unfreundlich, sondern eher überrascht. »Der verschollene Pierre. Du hast deinen Vater zu Grabe getragen?«

»Das auch, ja«, sagte ich, obwohl es nicht ganz der Wahrheit entsprach. »Und seine Schulden eingetrieben.«

»Sehr ehrenvoll. Das hätte ich an deiner Stelle auch getan. Und nun bist du zurück?«

»Ja.«

»Wie steht es um die Kathedrale von Chartres?«

»Gut. Sehr gut. Außen ist sie bald fertig.«

»Auch hier hat sich viel verändert. Komm, ich zeige es dir.«

Ich freute mich, dass er offenbar keinen Groll mehr gegen mich hegte. Zu dritt machten wir uns auf den Weg.

Ich blieb besonders vor den bemalten Fenstern stehen. Sie leuchteten in blauen, gelben, roten und grünen Tönen, und in jedem wurde eine Geschichte dargestellt, entweder aus der Bibel oder aus dem Leben eines Heiligen. In den Kreuzgängen konnte man nun sehen, wo die Rosetten eingesetzt werden sollten, denn der Platz war ausgespart. Meister Jean zeigte mit ausgestrecktem Arm darauf, und ich spürte seinen Stolz. Agnès lächelte. Offenbar hatte sie endgültig Frieden mit ihrem Vater geschlossen.

Dann kamen wir zum Chor. Die neue Wand war nicht mehr klobig wie die alte, sondern schlank und geradezu zerbrechlich. Und es gab auch hier Aussparungen in einzelnen Abschnitten.

Meine Kapellen, dachte ich.

Als hätte er meine Gedanken gelesen, sagte Meister Jean: »Wir haben dort kleine Kapellen vorgesehen. Andachtsräume für Pilger oder für die Beichte. Für ein stilles Zwiegespräch mit einem Pfarrer.«

»Das war meine Idee«, sagte ich.

»Ist das so?«

»Könnt Ihr Euch nicht erinnern? Ich habe Euch die Entwürfe gezeigt. Damals. Ich hatte sie gezeichnet.«

»Das weiß ich nicht mehr«, entgegnete er. »Wenn es so ist,

dann sei doch froh. Nicht jeder erlebt die Umsetzung seiner Einfälle.«

Ich schaute zu Agnès. Auch ihr hatte ich damals von den Kapellen erzählt.

»Ich habe Vater gesagt, dass sie von dir stammen.«

Meister Jean breitete die Arme aus und stieß hörbar den Atem aus.

»Ja, es stimmt. Na und? Jedem fällt mal etwas ein. Glaubt ihr, ich hätte jedes Detail an der Kirche geplant? Irrtum, Kinder. Da gibt es viele andere.«

Ich wollte gerade hervorbringen, dass er mir etwas schuldig war, weil er meine Idee verwendet hatte, aber er kam mir zuvor.

»Wann fängst du wieder an?«, fragte er kurz und knapp.

»Ihr habt keinen Assistenten?«

»Nein. Aber ich brauche einen.«

Ich schaute ihn an und versuchte zu ergründen, ob er mich anders behandeln würde als früher. Er wirkte tatsächlich nicht mehr ganz so düster und schien ein wenig mitteilsamer geworden zu sein. Auch dass Agnès und er sich verstanden, sprach dafür, dass er milder geworden war.

»Wenn ich wieder anfange, dann möchte ich von Euch ausgebildet werden, damit ich selbst ein Baumeister werde.«

»Jaja.«

Seine Antwort war mir zu wenig. »Ich meine es ernst, Meister Jean.« Ich bemühte mich, meine Stimme fest klingen zu lassen.

»Du stellst Forderungen?«

»Ja«, sagte ich.

Er grinste. »Warum nicht? Bist ja auch älter geworden. Als ich in deinem Alter war …«

»Ach, Vater, nicht das«, fiel ihm Agnès ins Wort. »Keine Heldengeschichten von früher. Bitte nicht.«

In diesem Moment rief jemand nach Jean, und als ich mich umdrehte, erkannte ich Glasbläsermeister Albert. Sein Bart war noch länger geworden. Mittlerweile reichte er bis an die Brust. Ich grüßte ihn.

»Also, entscheide dich«, sagte Meister Jean und verschwand.

»Es geht um die Armierung«, meinte Agnès. »Seit Tagen reden sie darüber, als gäbe es kein anderes Thema auf der Welt.«

»Es hing schon damals viel davon ab.«

»Kann sein«, sagte sie. »Überleg dir sein Angebot. Du kannst auch wieder bei uns wohnen. Dein Zimmer steht leer.«

»Nein«, erwiderte ich schnell. »Ich habe eine Unterkunft.«

»Schade«, sagte sie. »Nimmst du trotzdem an?«

»Ich denke darüber nach. Lass uns noch ein Stück gehen.«

Es war wunderbar, ziellos mit ihr über den Bauplatz zu schlendern.

»Hast du mich deshalb gesucht, um mich zu deinem Vater zu bringen?«, fragte ich nach.

»Nein«, sagte sie.

»Weshalb dann?«

Sie blieb stehen. Strich sich mit den Fingern durchs Haar und schaute mich an. »Willst du die Wahrheit wissen?«

»Ja!«

Sie schaute zu Boden. »Ich hatte Angst, ich hätte dich verloren«, sagte sie.

Einen solchen Satz hatte ich noch nie von ihr gehört. Ich konnte es kaum glauben.

»Mich verloren?«, wiederholte ich erstaunt, und sie nickte.

»Und jetzt?«, fragte ich.

»Was meinst du?«

»Ist die Angst weg?«

»Nein.« Sie schüttelte den Kopf. »Ist sie nicht.«

Wir setzten uns wieder in Bewegung. Offenbar hatte sich manches gefügt – Clément würde ein Mädchen aus seiner Nachbarschaft heiraten, und Agnès sorgte sich um mich. Neben ihr über den Platz zu gehen ließ mein Herz klopfen.

Im Morgengrauen machte ich mich auf den Weg zur Baustelle der Stadtmauer. Von beiden Seiten strömten die Handwerker herbei. Ich ging zum Steinmetzmeister.

»Nun?«, fragte er. »Soll ich dich einweisen?«

»Ich bin gekommen, um Euch mitzuteilen, dass ich ein anderes Angebot bekommen habe und es annehme.«

»Was? Wieso?«

Ich berichtete ihm von Notre-Dame, woraufhin er mir sagte, ich solle einen Moment warten und mich ja nicht von der Stelle rühren, während er davoneilte.

Kurz darauf kam er mit einem Mann zurück, der eine weiße Tunika trug, die zwar Flecken hatte, aber zu edel war, um die Kleidung eines Handwerkers zu sein. Seine Stirn war faltig, der Bart ergraut. Er sah aus wie jemand, der viel Erfahrung hatte.

»Ich bin Ulric, der Proviseur.«

Das gleiche Amt, das mein Vater einst innehatte. Ich grüßte ihn.

»Der Steinmetz hat mir von dir erzählt. Bleib bei uns! Du kannst hier Baumeister werden.«

»Wie das?«

»Du arbeitest ein Jahr mit unserem Baumeister. Danach bekommst du das Amt.«

»Und Euer Baumeister?«

»Der bleibt. Wir brauchen zwei.«

Es war genau das, was ich mir gewünscht hatte. Ich fragte mich, ob das immer noch Gott war, der sich um mich kümmerte. Wenn das stimmte, dann gab Er mir reichlich, und das, obwohl ich mich dem Kreuzzug verweigert hatte.

Nun hatte ich also zwei Angebote. Die Mauer war eine gute Möglichkeit, um Erfahrungen zu sammeln. Sie wurde nicht nur ausgebessert, sondern an den Stellen, wo neue Straßen und Häuser eingeschlossen wurden, auch erweitert. Allzu kompliziert war es nicht, sie weiterzubauen, es sei denn, es war irgendwo ein neues Tor vorgesehen. Mir schien sie ein sinnvolles Übungsfeld zu sein. Und der Baumeister würde mir seine Geheimnisse zeigen.

Wenn er denn welche hatte.

Doch mich zog es zu Notre-Dame. Ich hatte immer an die Kathedrale gewollt, und dieser Wunsch bestand fort, womöglich stärker denn je, und das galt auch dann, wenn ich nicht einschätzen konnte, wie sich die Zusammenarbeit mit Meister Jean gestalten würde.

Ich lehnte ab.

Der Proviseur gab nicht auf. »Überleg es dir«, sagte er. »Mein Angebot steht. Du kannst jederzeit darauf zurückkommen.«

Überall suchten sie gute Leute. In ganz Frankreich entstanden Kathedralen, aber die Zahl der Handwerker wurde nicht größer, im Gegenteil, auch unter ihnen gab es viele, die sich dem Zug ins Heilige Land anschlossen und an den Baustellen fehlten. Das war der Grund, warum die Abwerber umherstreunten, wie ich einen bei Clément gesehen hatte. Sie gingen bereits dazu über, den Tageslohn zu erhöhen.

Die Offerte des Proviseurs hatte einen unerwarteten Effekt auf mich. Sie gab mir Sicherheit. Ich war nicht mehr auf Meister Jean angewiesen. Falls er in seine schweigsame Art zurückfiel, konnte ich zur Mauerbaustelle wechseln, zumal ich nicht mehr in seinem Haus lebte.

So begann ich, ihm Fragen zu stellen, wann immer sie mir in den Sinn kamen. Und tatsächlich antwortete er.

»Wie könnt Ihr sicher sein, dass die Rosette hält und die Mauer sie trägt?«, sagte ich, als wir im Kreuzgang standen.

Er schaute mich an. Seine Augen waren dunkel wie eh und je, der Bart dicht, sein Gesichtsausdruck undurchdringlich.

»Sicher?«, fragte er. »Sicherheit gibt es in unserer Welt nicht. Ich habe Erfahrung. Ich fühle es. Sehe es vor mir.«

Seine Schatzkammer. Ich hatte immer gewusst, dass dort sein Geheimnis lag.

»Und anders geht es nicht?«

»Es gab in der alten Zeit einen Griechen in Syrakus auf Sizilien, Archimedes, der erklärt hat, dass man die Kräfte berechnen kann, die auf Mauern einwirken. Ein kompliziertes Buch. Ich habe es gelesen, in lateinischer Übersetzung. Ist viele Jahre her. Ich erinnere mich kaum noch.«

»Also handelt Ihr nicht danach?«

»Ich nicht und auch niemand, den ich kenne.«

»Das bedeutet, dass ich Erfahrungen sammeln muss?«

»So ist es, Pierre.« Er lachte und schlug mir auf die Schulter. »Sei aufmerksam, und schau zu.«

Seine Art zu bauen kannte ich bereits, aber jetzt achtete ich auf jedes Detail. Was er für die Stabilität als notwendig ansah, versteckte er, sodass man es nicht sah. Das galt für die Armierungen, die die Glasbläser einzogen, genauso wie für die Stürze unter den Fenstern und an den Portalen. Sie wurden so verkleidet, dass sie von anderen Wänden nicht zu unterscheiden waren. Meister Jean kam es auf den Eindruck an, den die Kirche machte.

Seine Kunst war die Illusion.

Wenn ich etwas mit ihm bereden wollte, war es mir egal, ob er gerade in eine Zeichnung vertieft war, einen alten Plan studierte oder aß, und oft entwickelte sich dann ein richtiges Gespräch. Nur wenn er sich mit anderen Meistern beratschlagte, hielt ich mich zurück; das war ein Gebot der Höflichkeit. Dann hörte ich nur zu.

Alles in allem hatte ich in diesem Sommer eine gute Zeit

auf der Baustelle. Meister Jean ließ mich teilhaben, und ich wurde von Meistern und Gesellen respektiert wie nie zuvor. Zweimal besuchte ich Madame Nathalie. Nur mit Agnès veränderte sich nichts. Wenn wir uns begegneten, unterhielten wir uns, und zwei- oder dreimal verbrachten wir auch die Mittagspause zusammen. Doch wir kamen uns nicht näher. Ich würde wohl nie die Art Mann sein, der die Frauen leicht für sich gewann – so wie Clément.

Seine Verlobte Valérie lernte ich kennen, als sie ihm mittags etwas zu essen brachte.

»Das ist Pierre, mein Freund. Wir werden ihn zur Hochzeit einladen«, sagte Clément. »Und das ist Valérie.«

Um die Wahrheit zu sagen, war ich ein wenig überrascht. Sie sah aus wie ein Gegenstück zu ihm, war kräftig, wo er schlank war, hatte einen vollen Busen und breite Hüften, während er zwar muskulös, aber doch schmal war. Es war seltsam, was ihn, dem die Frauen stets schöne Augen gemacht hatten, ausgerechnet zu ihr zog. Damit will ich nicht sagen, dass ich sie hässlich fand, denn das war sie nicht. Sie hatte ein freundliches Gesicht, mit großen Augen und schwarzem Haar. Aber sie fiel nicht auf. Nicht so wie er.

Ich kam zu dem Schluss, dass Clément in seinem Leben inzwischen manches anders handhabte als früher. Er war Meister und arbeitete schnell. Achtete darauf, dass seine Gesellen taten, was er anordnete, konnte sehr bestimmt auftreten, wenn etwas schiefging. Dazu passte, dass er eine Familie gründete. Mit einem Mädchen aus der Nachbarschaft, das er seit Langem kannte. Er hatte seine Entscheidungen getroffen und seinen Platz in der Welt gefunden.

»Wie gefällt sie dir?«, fragte er, als Valérie Richtung Tor abzog. Wir aßen, was sie gebracht hatte.

»Gut. Du bist wirklich ein Glückspilz.«

»Das stimmt. Wir werden Kinder haben.«

»Davon gehe ich aus.«

»Viele Kinder.«

»Die will ich alle kennenlernen«, sagte ich. »Ich komme euch besuchen.«

»Das hoffe ich. Denn vom Erstgeborenen wirst du Pate.«

XXXVIII

Abends trieb ich mich in Paris herum. Ich saß mit fremden Leuten am Tisch, wir tauchten unsere Löffel in denselben Topf und teilten uns eine Weinkaraffe.

Das Zimmer, in dem ich schlief, war einigermaßen sauber, zumindest gab es keine Kakerlaken. Als Dauermieter hatte ich einen Schlafplatz an der Wand, mit nur einem Nebenmann. Außerdem bekam ich regelmäßig frisches Stroh. Die anderen Gäste waren in der Regel friedlich, was aber nicht hieß, dass es keine Schnarcher gab. Manch einer sägte wie ein Zimmermann und hielt alle anderen wach. Meistens stand dann einer auf und trat ihm gegen Strohsack oder Oberkörper. Oft drehte sich der Schnarcher nur auf die andere Seite und machte ungerührt weiter.

Für Frauen hatte das Gasthaus einen eigenen Schlafsaal. Beide lagen nebeneinander, sodass es durchaus Austausch gab. Einige Männer bezahlten für ein Weib die Übernachtung im Frauensaal, und sie kam dann zu ihm, und beide vergnügten sich, egal, ob andere schliefen oder zuschauten.

Ich gewöhnte mich an diese Ruhestörungen. In schlechten Nächten tröstete ich mich damit, dass diese Unterkunft nicht für immer war. Womit wir nun wieder bei Agnès wären.

Sie blieb fast immer in der Nähe der Bildhauerhütte. Und ich besuchte sie nicht.

Wenn sie draußen vor ihrer Hütte arbeitete, schaute ich manchmal aus der Ferne hinüber. Ich hatte durchaus Lust, mir ihre Skulpturen genauer zu betrachten. Warum ging ich nicht hin? Aus Scheu vielleicht? Aus Angst, ein solcher Schritt hätte große Bedeutung? Wie auch immer, ich machte den Schritt nicht, und je länger ich ihn herauszögerte, desto schwieriger wurde er.

Hatte Agnès eine fertige Skulptur in eine der Kirchenmauern einzusetzen, dann tat sie das gemeinsam mit den anderen Bildhauern. Das sah aus wie kleiner Triumphzug, und alle von ihnen, Männer wie Frauen, waren daran beteiligt. Der Weg von ihrer Hütte war nicht sehr weit, dennoch schlugen sie die Figur in mehrere Lagen Wolldecken ein und bewegten sie vorsichtig nach dem Kommando ihres Meisters. In die Seilwinden, die alle anderen benutzten, hatten sie kein Vertrauen. Sogar ihre eigenen Leitern brachten sie mit. Für schwere Skulpturen bauten sie ein neues Gerüst auf. Auch diesen Arbeiten sah ich aus einer sicheren Distanz zu.

Es zog mich zu ihr, und dennoch machte ich den Schritt nicht, und auch sie kam nicht zu mir. Als die Zeit voranschritt und aus dem Frühling Sommer wurde, wechselten wir kein Wort mehr. Wir begegneten uns auch nicht. Entweder blieb ich länger oder sie. Ich verbrachte meine Zeit mit Meister Jean und saugte auf, was er sagte. Oft waren wir bei den Glasbläsern und ihrem Ofen. In ihm entstand das Glas für die Rose, und Meister Jean folgte jedem einzelnen Schritt und überprüfte ihn.

Doch ausgerechnet während des Unfalls war ich nicht bei ihm.

Als die Schreie ertönten, pinkelte ich gerade am Rand des Bauplatzes in ein Gebüsch.

Es war ein markerschütterndes, ein schmerzerfülltes Gebrüll. Ich wusste sofort, dass etwas Schlimmes passiert war. Zog meine Hose hoch und rannte dorthin, von wo die Schreie kamen. In den Kreuzgang.

Eine Traube von Handwerkern hatte bereits einen Kreis um den Unglücklichen gebildet. Als ich mich hindurchgedrängt hatte, sah ich Meister Jean, der reglos auf dem Boden lag.

Ich fiel neben ihm auf die Knie. »Meister! Meister!«

Er reagierte nicht.

An seiner Wade war ein Knochen böse verdreht. Die Hose war der Länge nach aufgerissen, sodass er frei lag. Seltsamerweise blutete es kaum. Aber der Knochen sah so schlimm aus, dass ich kaum hinschauen konnte.

Das Gerüst, von dem er gefallen war, hing ziemlich hoch über uns. Zehn Fuß, schätzte ich. Ein Sturz, bei dem man sich auch das Genick brechen konnte.

Ich schüttelte den Meister sanft. Selbst das schien er nicht zu merken. Ich presste mein Ohr auf sein Herz. Es schlug. Er atmete, zwar langsam und schwach, aber der Brustkorb hob und senkte sich. Das war eindeutig. Und trotzdem schien er mich nicht zu hören.

Ich nahm seine Hand und drückte sie.

Sie war schlaff. Er reagierte nicht.

»Meister«, sagte ich wieder, diesmal leiser. »Wie kann ich Euch helfen. Sprecht!«

Er antwortete nicht.

Im nächsten Moment wurden sie ein weiteres Mal auseinandergedrängt, diesmal von Agnès.

Sie stürzte heran und ging neben mir in die Hocke.

»Vater, Vater!«

Ihre Augen waren aufgerissen, der Mund verzerrt. In ihrem Gesicht stand das blanke Entsetzen.

»Vater, sag etwas, ich flehe dich an.«

Er regte sich nicht. Schien sie nicht zu hören. Seine Augen waren offen, der Blick starr, er schaute zum Himmel und bewegte sich nicht.

Meister Albert erzählte halblaut, wie es zu dem Unfall gekommen war. Meister Jean habe einen Rückwärtsschritt gemacht und das Gleichgewicht verloren.

»Ich wollte ihn noch festhalten, aber es ging so schnell.«

»Pierre«, sagte Agnès.

Sie tastete nach meiner Hand, und als ich sie ihr hinhielt, drückte sie sie mit aller Kraft zusammen. Tränen liefen ihr über die Wangen.

»Ja?«

»Hol eine Schubkarre. Und eine Decke, dass wir ihn weich betten können. Wir fahren ihn nach Hause und rufen den Wundarzt.«

Froh, tätig werden zu können, lief ich los. Die größten Karren hatten die Hilfsarbeiter, die die Steinquader vom Fluss auf die Baustelle transportierten. Ich fackelte nicht lange und entriss dem Ersten, dem ich begegnete, seine Karre und kippte den Stein, den er gefahren hatte, herunter. Mit einem dumpfen Ton fiel er in den Dreck.

»Lass dir vom Maurermeister eine andere Karre geben«, rief ich dem Mann zu. »Von Meister Clément. Hörst du? Sag ihm, Pierre hätte dich geschickt.«

Dann rannte ich mit dem Fahrzeug los, so schnell es das Holzrad zuließ. Es ächzte und quietschte, war aber gut verkeilt. Es würde den Meister tragen.

Die Wolldecken besorgte ich bei den Bildhauern.

»Macht Platz!«, rief ich, sobald ich wieder auf den Kreuzgang einbog. »Kehrt an eure Arbeit zurück. Hier gibt es nichts zu glotzen.«

Seltsamerweise gehorchten die Handwerker und zerstreuten sich. Nur Albert und Clément, der inzwischen eingetroffen war, blieben bei uns.

Langsam hoben wir Jean vom Boden auf und betteten ihn auf die Decken in der Karre. Er blickte immer noch ins Nichts, als ich den Wagen in Bewegung setzte. Ich bezweifelte, dass er irgendetwas mitbekam. Er war in einer anderen Welt.

»Vorsichtig, Pierre«, rief Agnès.

Die Ermahnung war unnötig, ich schob die Karre, als würde ich ein Fuder roher Eier transportieren. Wich Löchern aus, umkurvte Unebenheiten, rief den Leuten zu, aus dem Weg zu gehen. Clément begleitete mich, während Agnès vorauslief, um den Wundarzt zu holen.

Im Hof warteten Madame Nathalie, Agnès und der

Wundarzt auf uns. Madame Nathalie stürzte auf uns zu, sobald sie uns gesehen hatte.

»Jean! Jean! Was ist mit dir?«

»Er kann nicht sprechen«, sagte ich und steuerte die Karre durch die Haustür direkt in die Küche.

Die Fensterläden standen offen, in einer Ecke war bereits ein Strohlager aufgeschlagen.

»Wir legen ihn dorthin«, befahl der Wundarzt.

Wieder hoben wir ihn hoch und betteten ihn sachte auf das Stroh.

Der Arzt begann, Meister Jean zu untersuchen. Er ging gründlich vor, was mir Vertrauen einflößte, hob erst das eine Bein, kniff dann in das andere, das kaputte, versuchte, die Arme zu bewegen, wischte mit der Hand vor Jeans Augen, um die Reaktionen zu testen. Er war ein stiller Mann in mittleren Jahren, mit dichtem blonden Haar und einer tiefen Stimme. Auf mich machte er einen erfahrenen Eindruck.

Madame Nathalie hingegen war wie aufgelöst. Ihr Gesicht war rot, selbst am Hals hatte sie Flecken, und sie biss sich immerzu auf die Finger. So hatte ich sie noch nie erlebt.

»Was hat er? Was hat er?«, fragte sie immer wieder.

Der Wundarzt antwortete erst, als er seine Untersuchung abgeschlossen hatte. »Ein Bein ist gebrochen und möglicherweise das Becken. Das kann man leider nicht sehen.«

»Um Gottes willen«, erwiderte Madame Nathalie. »Und warum spricht er nicht? Er lebt doch noch.«

»Ja, er lebt. Aber was mich besorgt, ist diese Abwesenheit. Eine Ohnmacht scheint es mir nicht zu sein. Er schläft nicht und ist doch nicht wach.«

»Was können wir machen?«

»Ich schiene das Bein. Der Knochen wird wieder zusammenwachsen, das ist eine Frage der Zeit. Achtet darauf, dass er es nicht bewegt. Außerdem werden wir ihn zur Ader lassen. Nach einem solchen Sturz sind die Körpersäfte durcheinandergeraten. Da ist der Aderlass das beste Mittel.«

»Und wenn das nicht hilft?«, fragte sie mit flatternder Stimme.

Er wandte sich ihr zu und drückte ihre Hand. »Beruhigt Euch, Madame. Trinkt einen Schluck Wein.«

»Ich habe keinen Durst.«

Der Arzt nickte Agnès zu. Sie schenkte Wein in einen Becher und gab ihn ihrer Mutter, die brav trank.

Ihre Hände zitterten. »Sollen wir ihm auch etwas geben?«, fragte sie.

»Versucht es. Ich fürchte, er kann nicht schlucken.«

Madame kniete sich neben ihren Mann, legte die Hand hinter seinen Kopf und zog ihn ein wenig hoch. Als sie ihm den Becher an die Lippen brachte, kam es, wie der Arzt vorausgesagt hatte. Der Meister machte keine Bewegung. Weder trank noch schluckte er. Roter Wein lief ihm über das Kinn.

»Es wird Eure Aufgabe sein, Madame«, sagte der Arzt, »Euren Mann zu füttern. Er muss essen, und vor allem muss er trinken.«

»Er nimmt es doch nicht!«

»Das wird er schon. Löffelweise vielleicht. Es erfordert Geduld.«

»Solange er nur wieder gesund wird.«

»Das liegt allein bei Gott.«

»Ich weiß«, sagte sie und faltete ihre Hände.

»Habt Hoffnung. Es gibt viele Beispiele, wo der Aderlass auch den Geist geheilt hat. Wenn die Säfte erst wieder im Gleichgewicht sind, kommt auch der Verstand zurück.«

»Seid Ihr sicher?«, fragte Madame.

»Unsere Möglichkeiten sind begrenzt. Gott allein entscheidet über Leben und Tod.«

Während Madame sich auf einen Hocker setzte, kniete sich der Wundarzt wieder neben das Lager von Meister Jean und schob ihm den Ärmel hinauf. Er nahm ein Band aus seiner Tasche, das er ihm um den Oberarm legte und festzog, bevor er ihm mit einer Nadel in die Vene stach. An der Nadel hing ein Schlauch. Der Arzt fing das Blut in einer Schüssel auf, die sich schnell füllte. Ich fand, es war viel, der Aderlass dauerte lange. Aber selbstverständlich habe ich mich nicht eingemischt.

Meister Jean fielen die Augen zu. Er schlief ein.

»Er reagiert, das ist ein gutes Zeichen«, meinte der Wundarzt, zog die Nadel heraus und machte sich daran, das gebrochene Bein zu richten, es mit dünnen Holzstreben zu schienen und einen festen Verband darumzuwickeln.

Madame Nathalie und Agnès saßen bei ihm. An diesem Abend fiel es mir schwer fortzugehen.

Auf der Baustelle erwartete mich eine neue Situation. Plötzlich sollte ich Antworten geben. Ob die Maße für die neuen Fenster stimmten, fragte Clément und zeigte auf die Wand. Der Meister hatte ihm gesagt, dass er alles noch einmal nachmessen werde. Albert und seine Glasbläser standen bereit, die Rose einzusetzen. Wann wir das tun würden?

»Ohne den Meister?«, gab ich zurück. »Wie soll das gehen? Wir warten, bis er wieder gesund ist.«

Agnès brachte keine guten Neuigkeiten von zu Hause. Der Zustand des Meisters veränderte sich nicht, er war nicht tot, aber auch nicht lebendig. Er sprach nicht, und ihn zu füttern war mühsam.

Sie sah verquollen aus, als hätte sie nicht geschlafen. Ihr Gesicht war blass, die Schultern hingen herab, sie wirkte niedergeschlagen. Ich nahm ihre Hände, die kalt waren. »Wäre es nicht besser, du würdest wieder nach Hause gehen und bei deinen Eltern bleiben? Vielleicht kannst du auch ein wenig schlafen.«

Sie schüttelte den Kopf. »Es setzt mir zu. Ich arbeite lieber, das lenkt ab.«

Vor vielen Jahren, als sie mir im Schuppen die Schnitzerei gezeigt hatte, die ihn darstellte, hatte ich erkannt, wie eng die Verbindung zu ihrem Vater war. Auf eine seltsame Art hingen beide stärker aneinander, als man für möglich hielt. Ich legte meinen Arm um ihre Schulter und drückte sie, und sie nickte mir zu, bevor sie sich zur Bildhauerhütte aufmachte.

Auf der Baustelle tat ich, was immer mir möglich war. Maß zweimal mit Meister Albert die Rose nach. Schrieb mir die Zahlen auf eine Tafel, kontrollierte sie. Fragte den Glasbläser noch einmal, ob sie stimmten.

Er klopfte mir auf die Schulter. »Ja, Pierre. Sie sind richtig.«

Mit der Tafel am Gürtel kletterte ich auf das Gerüst im

Querschiff. Clément war bereits oben. Zusammen überprüften wir die Auslassung. Auch hier stimmten die Maße. Sie waren genau.

Sobald der Meister zurückkehrte, konnten wir die Rose einsetzen.

Am Mittag ging ich zu ihm nach Hause und fand eine Situation, die mich rührte. Madame Nathalie hatte umgebaut. Einer der Wandteppiche hing am Kopfende des Lagers, auf das der Meister mit seinem geschienten Bein gebettet war. Er gab der Ecke etwas Warmes, geradezu Gemütliches. Das kunstvolle Kreuz, das Agnès geschnitzt hatte, hatte sie auch dort angebracht.

Unter Jeans Hintern lagen mehrere Lagen Tuch, um das Stroh zu schützen. Er selbst trug nur ein leichtes Leinenhemd, das ihm bis zu den Oberschenkeln reichte. Madame hatte ihm Kissen unter Kopf und Rücken geschoben, sodass er beinahe saß. Sie bemühte sich, ihn zu füttern, und redete dabei mit ihm.

»Jean, iss etwas, ich bitte dich. Du musst doch wieder zu Kräften kommen.«

Als ich eintrat, schaute sie auf.

»Ich weiß nicht, ob er mich hört«, sagte sie.

»Ich möchte ihn auch etwas fragen.«

»Versuch es. Setz dich.«

Sie zeigte auf die andere Seite des Bettes.

»Meister, könnt Ihr mich verstehen?«

Er reagierte nicht.

»Meister, es geht um die Rose. Ich habe die Maße überprüft, alles ist bereit. Wenn Ihr zurückkommt, können wir sie einsetzen. Meine Frage ist, ob ich noch etwas vorbereiten soll. Braucht es eine weitere Stütze? Einen Träger? Muss der Sturz verstärkt werden? Was hattet Ihr vor? Ich habe keine Pläne dazu gefunden.«

In seinem Gesicht regte sich nichts.

»Ich weiß nicht, ob irgendetwas bei ihm ankommt, Pierre. Selbst wenn, dann kann er nicht antworten.«

»Was soll ich tun?«

Sie zuckte mit den Schultern. »Das kann ich dir nicht sagen.«

Mein Blick blieb an dem Wandkreuz hängen. Mit seinen beiden unterschiedlichen Hölzern und der Borte war es wirklich etwas Besonderes. Agnès hatte sich damals große Mühe damit gegeben. Es gab keine einzige Stelle, die nicht vollständig geschliffen war. Die Goldfarbe der Borte war gleichmäßig aufgetragen. Nirgends gab es einen Klecks, wo keine Farbe sein sollte.

Das Kreuz war schön.

Allerdings entsprach es dem Meister nicht. Madame hatte ihm vor vielen Jahren vorgeworfen, er glaube nicht richtig. Das stimmte nicht, er glaubte. Aber nicht an unseren Gott. Seine Heiligen hatten andere Namen als die der Kirche, sie hießen Schönheit, Licht, Zartheit und Illusion. Letztere vor allem.

Aber Gott in Seiner Gnade würde ihm sicher anrechnen, dass Meister Jean sein Leben damit zugebracht hatte, zu Seiner Ehre neue Kirchen und Türme zu bauen.

In den nächsten Tagen wurde klar: Der gesamte Bau wartete auf eine Entscheidung – und zwar von mir. Die Rose war fertig. Sie lag abgedeckt und gut geschützt vor der Hütte, und die Glasbläser, die sie erschaffen hatten, schauten mich fragend an.

Ich wich ihnen aus. Lief geschäftig und mit Plänen unter dem Arm über den Platz. Tat so, als würde ich die Blicke nicht bemerken. Als hätte ich anderen Angelegenheiten nachzugehen, solchen, die keinen Aufschub duldeten.

Das ging so lange gut, bis Monsieur Jacques kam. Der Unfall hatte sich bis ins Domkapitel herumgesprochen. Er rief mich und Agnès zu sich. Jemand brachte drei Stühle. Wir nahmen vor der Meisterhütte Platz.

»Wie ist der Zustand von Meister Jean?«

Ich wollte ihn beschönigen und suchte nach passenden Wörtern, doch Agnès war schneller.

»Er ist wie in einem langen Schlaf.«

»Spricht er?«

»Nein.«

»Das tut mir leid.«

Monsieur Jacques bekreuzigte sich, was ich übertrieben fand, schließlich war der Meister nicht tot.

»Der Bau«, sagte er dann, »duldet keinen Aufschub.«

»Er geht weiter«, erwiderte ich. »Soweit es ohne Meister Jean möglich ist.«

Monsieur Jacques schüttelte nachdenklich den Kopf.

»Was ist?«, fragte Agnès.

»Wir können nicht warten. Unsere Kathedrale steht über allem.«

»Was wollt Ihr damit sagen?«

»Ganz einfach, wir müssen einen anderen Baumeister benennen.«

»Aber nein«, sagte ich.

»Es tut mir leid, aber der Bischof möchte, dass die Rose endlich an ihren Platz kommt. Das gesamte Domkapitel erwartet das.«

Ich schwieg, mein Mund war trocken.

»Wie gesagt, es tut mir leid«, sagte Monsieur Jacques und wandte sich ab.

»Vertraut seinem Sekretär!«, rief Agnès ihm hinterher.

Monsieur Jacques blieb stehen, während ich Agnès anstarrte. Mir war schwindelig.

Der Kaufmann machte zwei Schritte auf mich zu. »Nun?«, fragte er. »Traust du dir dieses Amt zu?«

Ich bekam den Mund nicht auf. Meine Lippen waren wie zugenäht.

Agnès stieß mir ihren Ellenbogen in den Arm.

»J …ja«, brachte ich hervor.

Monsieur Jacques grinste. »Besonders überzeugt klingt das nicht.«

»Es ist alles vorbereitet, Monsieur«, sagte ich, während mein Herz laut klopfte. »Noch vom Meister. Die Maße stimmen genau, das haben wir überprüft.«

»So …« sagte er und dachte nach. »Also gut«, sagte er schließlich, »versuche dein Glück. Wir werden beten.«

Er ging davon. Agnès stand vor mir und strahlte übers ganze Gesicht. Mir hingegen war flau im Magen.

»Ich gehe zum Meister. Vielleicht ist er aufgewacht und kann mir Anweisungen geben.«

»Spar dir den Weg, Pierre. Vater spricht nicht.«

»Das kann sich geändert haben.«

»Nein. Jetzt kommt es auf dich an. Denk doch mal nach: Du bist genau dort, wo du immer sein wolltest. Jetzt ist nicht die Zeit für Ausflüchte.«

»Agnès, es ist zu früh für mich, ich habe noch nicht genug gelernt. Ich ... ich kann das nicht.«

»Doch, Pierre, du kannst.«

»Stell dir nur einmal vor: Wir setzen die Rosette ein, aber die Wand trägt sie nicht. Die Steine brechen ein. Das ganze große Glas fällt herunter und zerspringt in tausend Scherben.«

Sie legte ihre Hände an meine Hüften und schaute mir in die Augen. Dabei schüttelte sie sachte den Kopf. Eine leichte, unaufgeregte Geste. Wir küssten uns. Vorsichtig zunächst, dann inniger. Ich hielt sie fest und wollte sie nicht wieder loslassen.

Und dennoch schwanden meine Zweifel nicht. »Die Arbeit von vielen Monaten ...«, begann ich wieder.

»Pierre«, entgegnete sie.

Sie hielt meine Hände. Ihre Stimme war ganz ruhig. Sie sagte nichts weiter als meinen Namen.

Pierre.

Der Stein.

Epilog

An dem Tag, an dem wir die Rose hochzogen, stand die Baustelle still. Es war, als würden alle den Atem anhalten. Handwerker aller Gewerke hatten sich an der Nordseite des Querschiffs versammelt, sie drängten sich im Kirchraum genauso wie an Wänden und Fensteröffnungen und reckten die Hälse. Mir kamen sie vor wie das Publikum auf dem Jahrmarkt, wenn der Tanzbär auf die Bühne geführt wird. Ob diese armen Tiere vor ihren Auftritten auch so unruhig waren wie ich? Ich hatte in der Nacht kaum ein Auge zugetan. Und das, obwohl wir alles sorgfältig vorbereitet hatten.

Wie die Bildhauerarbeiten steckte die Rose zum Transport in mehreren Lagen Wolldecken, die derartig übertrieben mit Seilen umwickelt und verknotet waren, dass ich mich fragte, wer das oben wieder auspacken sollte. Auf dem Weg hinauf hatten wir mehrere Gerüste an die Wand gehängt und mit Glasbläsern besetzt, die dafür zu sorgen hatten, dass das schwere Paket nicht allzu sehr schwankte. Sie machten ihre Arbeit ordentlich.

Ganz oben, auf der letzten Etage, waren Meister Albert, Clément, ein paar seiner Maurergesellen und ich. Neben uns standen mehrere Eimer mit frischem Mörtel. Die Rose, von den Seilzügen behutsam in die Höhe gebracht, kam immer näher.

Ich warf einen Blick hinunter zu Agnès, die im Publikum war und zusah wie alle anderen. Sie nickte mir zu.

Stück für Stück kam die Rose näher. Sie wurde von den Rufen und tiefen Stimmen der Handwerker begleitet.

»Langsam!«

»Nach rechts! Weiter nach rechts!«

»So ist gut!«

»Jetzt gerade halten.«

Schließlich schwebte sie wie ein Engel zu uns herüber, mit dem Unterschied allerdings, dass sie riesengroß und schwer war, während die Engel ja bekanntlich so winzig sind, dass man sie nicht sehen kann.

Wir zogen das schwere Paket zu uns heran, und kaum war es da, begann Clément, die Seile zu entknoten. Alle anderen machten mit, ließen die Schnüre fallen und zogen die Decken ab. Das letzte Wegstück vom Gerüst bis zu ihrem endgültigen Platz in der Mauer war kurz, nicht mehr als zwei oder drei Ellen. Doch es war das gefährlichste.

Clément stand bereits neben der Aussparung und schmierte Mörtel auf die Steine. Ich war froh, ihn dort zu wissen, denn ich hatte die Überzeugung, dass nichts schiefging, wo er war.

Er schob seinen Eimer ans Ende seines Gerüstbrettes, und dann gab er den Männern, die unten den Seilzug bedienten, Kommandos. Sie zogen, die Rose schwebte wieder. Diesmal nackt, ohne den Schutz der Wolldecken.

Meister Albert und ich streckten die Arme nach dem gläsernen Ungetüm aus und mit uns die Maurer, die auf dem Gerüst waren. Ich fing ein Grinsen von Clément auf, zuversichtlich und ein wenig diabolisch, nicht anders, als er früher als Junge gegrinst hatte.

Stückchen für Stückchen dirigierten wir die Rose an ihren Platz.

Im allerletzten Moment mussten die restlichen Zugseile gelöst werden, während die Rose von vielen Händen gehalten wurde. Ihre Knoten aber hatten sich derart festgezogen, dass sie sich nicht bewegten. Clément und ich schnitten die Seile eins nach dem anderen kaputt.

»Langsam!«, rief Meister Albert. »Vorsichtig.«

»Jetzt absenken«, kam mein Kommando.

Es gab ein feuchtes und knirschendes Geräusch, als die riesige Rosette ihren Platz im frischen Mörtelbett fand.

Die Wand unter ihr blieb stehen.

Sie trug das Gewicht.

Die Sonne schien und schickte ihre Strahlen durch das bunte Glas. Es gab noch kein Dach, dennoch konnten wir alle sehen, wie die Rose eines Tages wirken würde. Durch sie trat das göttliche Licht ein.

Ich wischte mir den Schweiß von der Stirn.

Unter uns begannen die Zuschauer zu klatschen. Der Applaus schwoll an, daraus wurde ein Johlen und Pfeifen, das nicht mehr aufhören wollte. Ich war beileibe nicht der Einzige gewesen, der unter Spannung gestanden hatte.

Rose und Wand hielten. Schon machten sich die Maurer daran, über ihr einen Sturz einzuziehen. Gehilfen kratzten

Mörtelüberstände ab. Die Rose stand wie ein Triumphsymbol an ihrem Platz. Die schmale Seite des Kreuzganges hatte ihr versprochenes Fenster bekommen.

Kaum waren wir wieder hinabgestiegen und hatten festen Boden unter den Füßen, gab ich die zweite Rose in Auftrag. Meister Albert glotzte mich an, als hätte ich eine fremde Sprache gesprochen.

Um deutlich zu machen, was ich wollte, habe ich mir den Satz von Euch geliehen, Meister Jean, den Ihr gleich nach Eurer Ernennung zum Baumeister von Notre-Dame gesprochen habt: »Monsieur Albert«, sagte ich zu ihm, »auf wie vielen Beinen steht Ihr?«

»Auf zweien.«

»Eben. Und wir brauchen zwei Rosen.«

Bald darauf begannen wir auch mit den Kapellen. Meine Entwürfe, mit Euren Korrekturen. Auch sie bauten wir wegen der Symmetrie an beide Seiten des Chors. Sie sind noch nicht fertig, doch man erkennt sie bereits. Monsieur Jacques ist beeindruckt.

Manchmal frage ich mich, ob es wahr ist, was ich erlebe, oder ob ich in einem derart schönen Traum bin, dass ich mich weigere aufzuwachen. Das Domkapitel hat mich zu Eurem Nachfolger bestimmt. Ich bin der neue Baumeister an Notre-Dame. Alle Welt nennt mich Meister Pierre. So, wie ich es mir vor vielen Jahren erträumt hatte.

Ihr habt das nicht mehr mitbekommen, Meister Jean, und das tut mir leid. Ihr seid nicht wieder aus Eurem Dämmerzustand aufgewacht, und irgendwann hatte der Herr ein Einsehen und hat Euch erlöst.

Für Madame Nathalie war Euer Tod furchtbar. Sie hatte Euch, wie Agnès sagte, mit ihrer Liebe überschüttet, und nun brach es ihr das Herz, dass Ihr gehen musstet. Bei Eurer Beerdigung haben Agnès und ich sie stützen müssen. Jemand hatte Mitleid und brachte ihr einen Stuhl.

Sie setzte sich, woraufhin sie etwas weniger zitterte. Agnès und ich standen nebeneinander, hielten uns an den Händen und sahen uns an. Mein Herz lief vor Liebe über.

Ein endloser Zug von Trauergästen hat Euch auf Eurem letzten Gang begleitet, Handwerker von Notre-Dame und aus Saint-Denis, Nachbarn, Monsieur Jacques und selbst der alte Vater Didier. Es war eine würdige Beerdigung, Meister Jean, das kann ich Euch versichern. Viele Leute hatten Tränen in den Augen. Besonders Agnès hat viel geweint, denn auch sie hat Euch geliebt. Ich hielt die ganze Zeit ihre Hand.

Inzwischen sind wir verheiratet, und sie erwartet ein Kind. Madame Nathalie ist fast aufgeregter als wir. Ich bin sicher, dass sie ihr Enkelkind vom ersten Tag an ins Herz schließen wird. Es wird wieder jemanden für ihre Liebe geben, und wir planen, dass sie viel Zeit mit ihm verbringen wird, denn Agnès will nach der Geburt möglichst bald zurück auf die Baustelle. Ich finde das richtig. Ohne ihre Bildhauerei kann ich sie mir nicht vorstellen.

Agnès und ich, wir sind nicht nur ein Ehepaar, wir sind auch Freunde, und manchmal denke ich, auf eine seltsame Art habe ich ihr doch ihren toten Bruder ersetzt. Sie hat sich jemanden gewünscht, auf den sie sich immer verlassen kann. Dieser Mensch bin ich gerne für sie, und umgekehrt gibt sie mir die Harmonie und den Frieden, die ich brauche. Gott meint es gut mit uns.

Das alles wollte ich Euch erzählen, Meister Jean.

Wir wissen beide, zuzuhören war nicht Eure größte Stärke. Aber von hier, vom Friedhof, könnt Ihr nun nicht mehr weglaufen, und es gibt für Euch nichts mehr zu tun.

Eigentlich wollte ich Euch sagen, dass ich Respekt vor Euch habe. In vielerlei Hinsicht wart Ihr ein guter Lehrer, und ich habe mir viel von Euch abgeschaut, nicht nur Licht, Eleganz und Illusion, sondern am Ende auch, dass ich ein Kämpfer geworden bin. Das merke ich jeden Tag. Ich stelle mich den Widrigkeiten auf der Baustelle, egal, wo sie auftauchen. Übrigens habe ich auch gelernt, hart zu verhandeln, wenn das Geld knapp ist.

Nur eines unterscheidet uns, Meister. Anders als für Euch steht für mich der Schöpfer über allem. Zu seinem Ruhm und zur Ehre der Heiligen Jungfrau will ich eine Kathedrale vollenden, wie sie die Welt noch nicht gesehen hat.

Nachwort

Der vorliegende Roman spielt zwischen 1238 und 1249 und damit zu einer Zeit, da neun von insgesamt zehn gotischen Kathedralen in Frankreich im Bau waren. In diesen Jahren erlebte die Architektur im französischen Königreich einen Ausbruch von Modernität und Stilwillen, den man kaum überschätzen kann.

Die romanischen Kirchen des frühen Mittelalters ähnelten mit ihren dicken Mauern noch Burgen, der Schutzgedanke stand im Vordergrund. Bei den gotischen Kathedralen hingegen ging es um Höhe und Licht. Diese Verschiebung zeigt eine fundamentale Veränderung im Denken, in Werten und Zielen. An ihr lässt sich ein Epochenwechsel ablesen.

Die Gotteshäuser wurden als Kontrast zu den engen Wohnhäusern entworfen, in denen in der dunklen Jahreszeit Öllampen und Kerzen die einzigen Lichtquellen waren. Hell wurde es nur im Schein ihrer Flammen. Umso beeindruckender wirkte es, in eine dieser riesigen Hallen zu treten und dort das Lichtspiel der bemalten Fenster zu erleben. Kein Wunder, dass die französische Gotik bald auch im benachbarten Ausland Nachahmer fand.

Selbstverständlich war die damalige Zeit nicht so schnelllebig wie unsere heutige. Der Wandel kam langsam, und langsam entstanden auch die Kathedralen. Zweihundert Jahre Bauzeit waren keine Seltenheit. Zwischendurch versiegten die Mittel, die Arbeiten standen still. Dann flossen die Spenden wieder, neues Geld kam, die Baustellen lebten auf. Die Kathedrale von Chartres, die in rund fünfundsechzig Jahren entstand, ist da eher die Ausnahme.

In Paris benötigte man für den Bau von Notre-Dame mehr als hundert Jahre, und selbst nach dieser langen Zeit war die Kirche noch nicht vollendet. Der Beginn lag, von den Fundamenten abgesehen, im Chor, also dem vordersten Teil, und als dieser fertiggestellt war, wurden dort bereits Gottesdienste abgehalten, während andere Bereiche halb fertig oder noch nicht einmal begonnen waren.

Die meisten Baumeister und Handwerker haben sich in der Gewissheit an einem solchen Bau beteiligt, dass sie seine Fertigstellung nicht erleben würden. Dahinter lässt sich ein Denken in Generationen erahnen: Was ich beginne, werden meine Nachfahren eines Tages fortsetzen. So bin ich Teil einer langen Kette.

Allerdings brachten diese Nachfahren zumindest teilweise andere Vorstellungen von Schönheit und Modernität mit. Deshalb wurden die Kathedralen während ihrer Bauzeit vielfach verändert. Meistens betraf das nur die Pläne, doch es kam auch immer wieder vor, dass alte Mauern abgerissen wurden.

Auf den Kathedralbaustellen haben übrigens keineswegs nur Männer gearbeitet. Alte Lohnlisten verzeichnen viele weibliche Vornamen, und zwar für alle Gewerke. Das Leben der Handwerker, weiblich wie männlich, war hart, sie alle waren Tagelöhner. Wenn die Mittel knapp wurden oder das Wetter zu schlecht, verloren sie Arbeit und Einkommen.

Es mag seltsam anmuten, dass die verschiedenen Domkapitel derart große Spenden für Kirchenbauten einwarben und verwendeten, während die Lebensbedingungen der Bevölkerung schlecht waren. Die Lebenserwartung war niedrig, Hunger weit verbreitet. Dennoch verlangte es Klerus und Bürgertum nach sichtbaren Zeichen der Gläubigkeit. Wahrscheinlich stellte niemand ein Leben nach dem Tod infrage, und die bekannten Möglichkeiten dafür hießen Hölle, Fegefeuer und Paradies. Die »Göttliche Komödie« des Florentiners Dante Alighieri ist in ebendiese Abschnitte eingeteilt: »Inferno«, »Purgatorio« und »Paradiso«. Dieses Buch ist, wie die Kathedralen, ein Werk des Hochmittelalters. Der Wunsch, durch ein gottgefälliges Leben ein langes Leiden nach dem Tod zu vermeiden, war ausgeprägt.

Dass große Bauten – oder Teile davon – mit den Namen ihrer Schöpfer verbunden werden, ist eine Vorstellung der frühen Moderne, der Renaissance. Sie hängt nicht zuletzt mit der Arbeit des Biografen und »ersten Kunsthistorikers« Giorgio Vasari zusammen. Er war es, der beispielsweise Michelangelo als Schöpfer der Kuppel des Petersdoms in Rom bekannt machte, und er schilderte auch dessen Leben und das vieler anderer Architekten und Künstler.

Dem Mittelalter dagegen war die Idee einer Künstlerpersönlichkeit noch fremd. Von den Baumeistern Jean de Chelles und Pierre de Montreuil, von denen dieser Roman erzählt, gibt es nicht allzu viel, was gesichert ist; das gilt selbst für ihre Lebensdaten. Ob sie sich als Künstler oder eher als Handwerker gesehen haben, ist nicht bekannt. Was genau sie gebaut haben, darüber ist sich die Forschung nicht einig. Immerhin werden Meister Jean die Nordfassade des Querschiffs und die dortige Rosette zugeschrieben und Meister Pierre das südliche Querhaus, ebenfalls mit der Rosette.

Ehrungen erfuhren die beiden Baumeister erst in späterer Zeit, und die sind noch heute sichtbar. An Jean erinnert eine Plakette am Querschiff von Notre-Dame. In seinem Heimatort Chelles gibt es eine Statue, die ihn darstellt, und eine Straße und eine Schule tragen seinen Namen. Von Pierre weiß man durch die Grabinschrift, dass er zusammen mit Agnès in Saint-Germain begraben wurde. Am Pariser Rathaus, dem Hôtel de Ville, gibt es eine Statue, die ihn zeigt.

Ihre Epoche, das langsam ausgehende Hochmittelalter, ist gekennzeichnet durch lange Phasen wirtschaftlicher Prosperität. Die Bevölkerung von Paris wuchs auf fünfzigtausend. Die französischen Städte sahen sich mehr und mehr in Konkurrenz zueinander, und diese Wettbewerbssituation trieb den Kathedralenbau zusätzlich voran. Gemeinden, die etwas auf sich hielten, wollten nicht hinter den anderen zurückstehen.

Zugleich mit dem wirtschaftlichen Aufschwung erlebte das Hochmittelalter einen ausgeprägten Marienkult, der eher von der Bevölkerung ausging als von der Theologie. Den einfachen Menschen galt die Jungfrau keineswegs nur als Vorbild für Reinheit und Tugend, sondern sie wünschten sich eine weibliche Gottheit, gütig und milde, eher verzeihend als strafend. So kam es, dass die meisten gotischen Kathedralen in Frankreich, genauso wie die in Paris, nach Maria benannt wurden: Notre-Dame. Auch nach achthundert Jahren noch sind sie monumentale Zeugnisse ihrer Epoche.

Glossar

Apsis – der Abschluss einer Kirche oder Kathedrale, meistens an der Ostseite. Oft als Halbrund konstruiert.

Armierung – Verstärkung von Bauteilen, oft durch eingezogenes Eisen.

Bailli – Bezeichnung für einen hohen Beamten in Frankreich. Die deutsche Entsprechung ist Vogt.

Chor – vorderer Teil der Kathedrale, wo der Hauptaltar steht. An ihn schließt sich die Apsis an.

Dornenkrone – Die Dornenkrone, die Christus bei der Kreuzigung getragen haben soll, befand sich der Legende nach auch tausend Jahre später noch in Jerusalem und kam von dort nach Europa, genau genommen nach Konstantinopel. Der französische König Ludwig IX. gab ein Vermögen aus, um sie zu kaufen, und ließ als Aufbewahrungsort in Paris die Sainte-Chapelle bauen.

Fassade – Anders als heute war nicht nur die Verblendung einer Außenwand gemeint, sondern die Wand selbst.

Handwerkerinnen – Aus alten Lohnlisten weiß man, dass an den Kathedralenbaustellen viele Frauen beschäftigt waren.

Kreuzzüge – eine Reihe von sieben mittelalterlichen Kriegszügen christlicher Länder gegen einige der muslimischen Staaten des Nahen Ostens. Die Züge wurden vom jeweiligen Papst befürwortet, dennoch war die oft angeführte »Befreiung« Jerusalems, also der dortigen heiligen Stätten, keineswegs der einzige Grund, nicht einmal das Hauptmotiv. Es ging um wirtschaftliche Interessen und darum, den anfangs erfolgreich expandierenden Islam zurückzudrängen.

Maßwerk – die steinerne, oft mit Mustern verzierte Profilierung von Fenstern.

Notre-Dame – wörtlich »Unsere Frau«, »Unsere Dame«. Gemeint ist die Jungfrau Maria.

Ost-West-Ausrichtung – Wenn die Topografie es zuließ, wurden Kirchen im Mittelalter so angelegt, dass Chor und Altar im Osten lagen, der Himmelsrichtung also, aus der die Sonne aufgeht, die wiederum die Auferstehung symbolisiert Daher stammt übrigens unser Wort »Orientierung« (= Ostung).

Parlier – der »Sprecher«, Vorarbeiter auf der Baustelle, der die Anweisungen des Baumeisters an die Handwerker weitergibt. Deutsche Form: Polier.

Statik – Eine berechenbare Statik benutzten die mittelalterlichen Baumeister nicht, obwohl es in der Antike erste Ansätze dazu gegeben hatte. Vielmehr verließen sie sich auf ihre Erfahrung.

Personen

Pierre de Montreuil, Baumeister der Kathedrale Notre-Dame de Paris

Jean de Chelles, Baumeister der Kathedrale Notre-Dame de Paris

Nathalie, die Frau von Jean

Agnès, Bildhauerin, Tochter von Jean und Nathalie

Clément, Maurermeister, der beste Freund von Pierre

Und außerdem:

Albert, Glasbläsermeister in Paris

Bertrand, Mörtelmischmeister in Saint-Denis

Der Bischof von Chartres

Der Bischof von Paris

Christian, Sohn von Margaux

Vater Didier, Mitglied des Pariser Domkapitels

Élise, Mörtelmischerin in Saint-Denis

Étienne, Baumeister in Chartres

Fabienne, Pierres Stiefmutter

François, Pierres Bruder

Gabriel, ein Pariser Baumeister
Hugo, Pierres Vater
Ysobel, Steinmetzgesellin in Saint-Denis
Margaux, Nachbarin von Fabienne
Monsieur Jacques, Sprecher des Pariser Domkapitels
Louis, ein Gefangener in Chartres
Laurent, Pierres Halbbruder
Marie, Pierres Schwester
Olivia, Bildhauerin in Paris
Richard, Bildhauermeister in Paris
Raimond, Schreiber in Chartres
Thibault, Leineweber in Chartres
Thierry, Schreiber in Chartres
Ulric, Proviseur in Paris
Valérie, Cléments Frau
Victor, Steinmetzmeister in Saint-Denis
Xavier, Zimmermannsgeselle in Saint-Denis
Yves, Maurermeister in Paris

Das älteste Spiel der Welt ist das Spiel um deine Seele …

1486: Knittlingen ist ein ruhiger Ort im Kraichgau. Bis zu dem Tag, als die Gaukler in die Stadt kommen – und plötzlich Kinder verschwinden. Johann Georg, genannt »Faustus«, der Glückliche, kümmert das nicht. Ihn interessiert nur der Spielmann und Magier Tonio del Moravia: Von dem blassen Mann mit den stechend schwarzen Augen, der Johann eine große Zukunft als Gelehrter voraussagt, geht eine seltsame Faszination aus. Johann schließt sich ihm an, gemeinsam ziehen sie durch die deutschen Lande. Der junge Mann saugt alles auf, was Tonio ihm beibringt. Doch von Tonios Lehren geht eine ungeahnte Gefahr aus, und schon bald beschleicht Johann das Gefühl, dass sein Meister mit dunklen Mächten im Bunde steht. Mächte, die Johanns ganzes weiteres Leben bestimmen werden …

Oliver Pötzsch
Der Spielmann

Taschenbuch
Auch als E-Book erhältlich
www.ullstein.de